逐乡

云涛 著

陕西新华出版传媒集团
太白文艺出版社

图书在版编目（CIP）数据

远乡 / 云涛著. -- 西安：太白文艺出版社，2021.1（2022.1重印）
ISBN 978-7-5513-1797-9

Ⅰ. ①远… Ⅱ. ①云… Ⅲ. ①长篇小说－中国－当代 Ⅳ. ①I247.5

中国版本图书馆CIP数据核字（2020）第203265号

远乡
YUAN XIANG

作　者	云　涛
责任编辑	李明婕
封面设计	史　琦　向崇锋
出版发行	陕西新华出版传媒集团 太 白 文 艺 出 版 社
经　销	新华书店
印　刷	三河市华东印刷有限公司
开　本	787mm×1092mm　1/16
字　数	370千字
印　张	20.5
版　次	2021年1月第1版
印　次	2022年1月第3次印刷
书　号	ISBN 978-7-5513-1797-9
定　价	48.00元

版权所有　翻印必究
如有印装质量问题，可寄出版社印制部调换
联系电话：029-81206800
出版社地址：西安市曲江新区登高路1388号（邮编：710061）
营销中心电话：029-87277748　029-87217872

第一章

女娲补天之时,有一条白蟒日夜相伴其左右。大事告成之后,女娲自封"无极老母",以骊山为道场,受众生供奉,享人间香火,却将白蟒打发到渭河北岸,自生自灭。荒滩寂寂,冷月清清。白蟒南望骊山,怨恨如滔滔渭水,浪奔潮涌。于是乎,它暗地斗法,誓要压骊山一头。一日,蟒身终于高过骊山。

正是:道高一尺,魔高一丈。

无极老母大怒,但她不屑与白蟒为敌,亦不便亲自动手,这是有污清誉的事情。于是无极老母给人间的真命天子,当时还是小亭长的刘三,托去一梦:除掉白蟒,报酬是大汉四百年江山。刘三不辱使命,手提三尺剑,砍了白蟒的脑袋,白蟒的尸体变成了雄伟绵长的白蟒塬。

八百里秦川,黄土漫天扬。唯白蟒塬土色赤红,有别于他处。老人们说,白蟒的血流干了,血又把土染红了。白蟒虽挨了一刀,但也回报了后来的汉高祖一刀——王莽篡权,算是一报还一报。

陕西自古埋皇上,白蟒塬上陵冢旺。一座座汉朝陵冢雄踞在白蟒塬,如同硕大圆润的乳房长在大地母亲丰腴的胸膛上。最东边的陵冢疙瘩是长陵——汉高祖的埋骨之地。他在咽气之前留下了一道圣旨,要葬于白蟒身首异处的地方。是不是有愧疚的意思,全是后人猜测,谁也不好说。

传说毕竟是传说,曾经的泼天富贵只剩光秃秃的大坟包,这是现实存在的。荒草烟雨,野鸟寒蝉,少不得文人骚客凭吊怀古,吟几首诗词,叹几声岁月。周边村庄的娃儿们成群地爬上陵冢,在上面拉屎尿尿,和泥巴玩。

塬上沟壑纵横,少有人住,时有狼出没。村庄多依塬而建,人们以窑洞为屋。能住上青砖瓦房的不是殷实的庄户人家就是有钱的地主。塬上是旱地,实打实地靠天吃饭。塬下有泾河水可以用来浇灌,是难得的良田。

聂庄在白蟒塬是个大村子,有二百多户人家。村子东西两头,各有一口大涝

远乡

池。东边涝池旁有棵大皂角树,不知何时何人所栽,树干高大挺拔,树枝纵横交错,树叶稠密茂盛。十里八乡的人们谓之"神树"。风头之盛,似要赛过镇上的娘娘庙,甚或县上的关帝庙。

皂角可是个好东西,长长的,扁扁的,果肉肥厚,略带苦味,皮捣碎可以洗衣。皂角树上长满了尖刺,无处不在。单个细长的,似粗壮的铁钉;簇拥一堆的,像盛开的荆棘花。看起来就让人胆战心惊,更别说爬了,稍不注意,就会划得血肉模糊。树杈上满是老鸹的巢,老鸹这鬼东西来时遮天蔽日,去时呼啸山林,吵得整个村子好像翻天一样。只有到晚上,它们才停止打闹叫唤,聂庄才算正式告别白日的喧嚣,彻底沉寂下来。

聂庄人在嘲笑哪个乡党爱钱不要命或者感叹银圆的伟大时,往往拿皂角树来说事:有钱能使鬼推磨,碎碎个事,有钱能使恶鬼精尻子爬皂角树。

民国二十二年(1933年),聂庄发生了一件大事,有个人在"神树"下被粮子砍了。"粮子"是关中道对当兵的除了"丘八"之外的另一种称呼,更加形象生动——当兵为啥?吃粮!

保长聂振海带着两个保丁早在头天已经把消息传出去了。一个保丁敲着一斤多重的铜锣,另一个保丁随着锣声的起落,扯着嗓子吆喝。聂保长则嘴里叼根纸烟,跟在两个手下的后面,双手背在身后,昂首挺胸。

这回敲锣的目的,不是催款,不是征粮,而是吆喝乡党们看戏。有村民问道:"啥角,啥戏?势大得让保长亲自出马吆喝?"

聂保长脸上习惯性地挂着那职业般的笑容,以掌为刀,在脖子上一划拉:"角不出名,戏可是全本的。一本到头啊!县上杀个共匪的探子,刑场就在神树下,早点来,迟了可没地儿啊!"

杨秉德照旧到聂秀才家里上工。这段时间麦子还在地里窝冬,他主要是打草料,喂牲口。杨秉德想,人杀人,还吆喝人去看,谁不是爹娘生的,这铜锣声吵得人硌硬。

老子没去,儿子却去了。杨石头偷偷溜出去第一次见识了砍头——这种传了千年的还不知要再传多少年的杀人手段,血腥刺激的场面让他终生难忘。

陈铁匠连带打铁用的铁锤一并被粮子征用。这把铁锤足足有十来斤重,槐木把子油腻肮脏,有年头了,他用着顺手。

陈铁匠今日特别有心眼,任凭当官的软硬兼施,只推说胆子比老鼠还小。再者,这杀人的活哪能让一个打铁的干,不合行规。

带队的粮子头头躁了,瞪起圆眼,抡圆胳膊,当嘴一捶。陈铁匠顺势跌倒在地,捂住腮帮子,哎哟哎哟呻唤不停。

一个中年男人身着黑布棉衣,破旧不堪,被粮子用麻绳捆在皂角树上。他满脸青肿,双眼胀成缝,显而易见是挨打了。

杨石头见过这个人。前几天,杨石头在塬畔挖酸枣根时,这个人背了个包袱还向他问过路。杨石头心想:聂保长嘴里的共匪不都是赤眼红发,和庙里的夜叉一个样子吗?但这个人就是普通人的样子啊!

聂猪娃,聂庄的老二流子,挤在最前面,扯起喉咙,大声喊道:"乡党,来上一段《斩单童》嘛,再不吼几嗓子,揭被子晾娃——迟了!"

聂猪娃不合时宜的喊叫声,聂保长听得一清二楚,心里一沉:"不长眼色的东西,啥时候轮到你扎势了?"

"聂猪娃,咋呼啥哩?要不你俩做个伴,搭伙唱,你看这事美不?"聂保长站在皂角树前嗓子,官声更比民声响。

"不了,不了!我跟他不熟,唱不到一个板路上。"聂猪娃忙回话。

他四处瞅瞅,有认识的聂庄人,当然也有不少从附近村子专门跑过来的他不认识的人。人们好像都把目光转向自己,全是热切的、期待的、盼望的,他慌忙低下了头。

"聂猪娃,想看的话,老老实实待着;不想看的话,趁早滚蛋!"聂振海皱起浓眉,伸出食指,在空中点了点,凌空一击,似刺中聂猪娃的癞痢头!聂振海那两颗凸出的大门牙,似每次拉完屎必用的刮粪板子,唾沫星子在舌头和牙齿之间有点汹涌的意思。

"从辈分上讲,我还是你叔哩,猪娃是你叫的?少家教的货,不懂礼数的货!算了,算了,今天点子背,就当被狗咬了。再凶,还不是黄扒皮的哮天犬!"聂猪娃在心里畅快淋漓地骂舒坦了,精神层面上已经将聂振海扒拉到孽畜的范畴。被狗咬了,还能咬狗不成?

聂猪娃心里虽这样想,但他脸上却露出浓浓的谄笑,点了点癞痢头,来来回回不下三次。他伸出右手的中指在鼻孔里旋着向下用力,抠出的鼻屎抹在破棉鞋帮上,然后双手塞进破棉袄的袖子里,慢慢地蹲低身子,似土行孙般倏地矮化,圪蹴在地上。

爱热闹是人的天性,特别是凭空而来的热闹。在所有的热闹中,头份的热闹当数看别人人头落地了。

人们早早抢好位置,站住身子,踮起脚,像一只只被掐住脖子的鸭子。如同围观过年要杀的肥猪,以"神树"为中心的刑场上空弥漫着喜气洋洋的亢奋。

铡刀抵在中年男人的脖子上,在当官的指令下,一个矮胖的粮子抡起陈家锤,照着刀背就是一下。红殷殷的血噗一声溅得老远,脑袋瞬间滚落到还坐在地上捂着腮帮子的陈铁匠的身旁。陈铁匠如同被毒蝎子蜇了一口,惊恐地大吼一声:"我的爷哩!"一骨碌爬起,如挨了砖头的狗,惶惶然,跟头绊子地跑了。

惊天动地的这一声吼为他赢得了声望。从此以后,五大三粗的陈铁匠,就被乡党们戏称为"陈爷"。

中年男人的尸首被草草埋在路边,几天过后,被一群野狗刨出来,拖拉撕扯。野狗为争夺食物,互相咆哮示威,龇牙撕咬。残肉断骨混合着破碎棉衣,夹杂着稀烂棉絮,遍地散落,好不瘆人。

聂秀才看不过眼,雇人在塬上挖个深坑,将这具残尸埋了。

对平民百姓而言,哪个党坐江山,哪个皇帝上台,咱都是一个顺民,一个良民,都要照交皇粮国税,照样的穷人扛长工,地主收租子,还能变个天不成?

杨陈氏刚把砖头哄睡着,杨石头又跑到隔壁聂明堂家,听老瞎子闲谝。

说是瞎子,其实半瞎。一只眼青红,另一只眼全黑,平日出摊,戴一副石头镜,挡光遮丑两便。老瞎子秦腔唱得好,尤其擅唱老生,一副苍苍嗓音,把戏文里一个个悲剧英雄的三魂能唱出两个来。据说他摸骨测字还算准,在太平镇街道上摆个卦摊为生,有时运气好,还能跟上自乐班唱个堂会,是一个靠嘴混饭的热心肠。

杨家是聂庄的外来户,杨秉德的父亲从河南一路逃荒,挑着担子将儿子挑到这里,在一个远房表哥的资助下,落户成家,在聂庄扎下根。算上杨秉德这辈已经是第二代的河南移民了,不仅他,连带三个儿,被土著的乡党们统一称呼为:河南担。

窑内,灯似豆亮。

杨陈氏借着煤油灯的微光正给老大杨柱子做棉鞋。杨柱子在县城纸扎店当学徒,开年就该出师了,不能让娃在外面受可怜。话又说回来了,能不受可怜?听娃说,掌柜的很严,很抠。吃得坏,用得狠,在纸扎店的待遇远远低于那头花驴。好歹要熬出头了,到时家里就能多个帮手养家,总比一家人仅仅守着旱塬上的三亩地要好些。人还是要有盼头的,遥远的希望或多或少能稀释生活的艰辛。

土炕,热烘烘的,杨石头挖的酸枣根还能烧好几天。天地黑成一团,阴沉似阔气人的脸,似要下雪。该下了吧,已旱了大半年了,老天爷真的瞎了眼?要不明天再回娘家借两斗苞谷。大嫂话里话外,不是夹枪带棒,就是指桑骂槐,不由得让人火大。

叫门声将杨陈氏从胡思乱想中拽了出来,连忙从炕上下来,打开窑门,一股寒风入屋。

"咋回来这晚哩?"

"哦,到振江兄弟家谝会儿闲传。"

"他寻你啥事?"杨陈氏敏感地意识到,掌柜的绝不会无缘无故主动接近聂家的,不是一路人,肯定有事。

"兄弟?他从心里压根看不上你这当哥的,有啥事哩?"杨陈氏想探出点口风。

"没事,谝闲传。"杨秉德说道。

"你和聂家的黄牛有话说我相信,和他?"杨陈氏故意没把话说完,满是嘲弄的味道。听出妻子怀疑的语气,杨秉德忙补上一句:"睡,乏哩!"

冬天的热炕,解乏取暖是最好不过的。中国老百姓的理想生活很朴素,很简单:三亩田,一头牛,老婆孩子热炕头。热炕头在老百姓心目中有很高的地位。聂瞎子的理想常挂在嘴上,更直截了当:"吃饱了,喝胀了,咱跟皇上一样哩!"

杨秉德虽说躺下来,却翻来覆去睡不着,身上像沾满皂角树上的长刺。杨陈氏嘟囔道:"你烙煎饼哩!"

他暂时安静下来了,一会儿又腾地坐起,不说话,如老僧入定。杨秉德是远近闻名的"老好人",地里一把好手,专长是扛长工,打短工。他干活不惜力,不偷奸耍滑,不磨洋工,一人干两人的活,他在白蟒塬长工堆里和地主圈里都有很好的口碑。提起杨秉德,人们都说他是个老好人,一个好长工。靠着美名在外,家里的日子还算差强人意。一辈子忠厚待人,踏实干活,一辈子不与天斗,不与地斗,当然更不会与人斗。

正是:平生不做亏心事,世上应无切齿人。

"娃们早就困哩,你一晚上还让睡不?到底出啥事哩?"杨陈氏焦躁起来。见媳妇急上火了,杨秉德摇摇头,唉了一声,吞吞吐吐说出话来。

聂振江生了三个男娃，娃们不仅能吃饱，而且能吃好。一天一顿的大老碗黏(音 rán)面，隔三岔五的肉臊子拌面。弟兄三人，个个面若银盘，身似张飞。聂振江这几年走私大烟，腰包鼓了，人发福了。一张胖圆脸，白白净净。夏摇蒲扇，冬戴皮帽，颇有几分富贵人家的做派。他在塬下盖起二厅三进的青砖瓦房，照壁上是龙腾虎跃的图样。窄门楼，高房檐，上书"耕读传家"四个楷书大字。

字对于聂振江来讲，纯粹是狗瞅星星，但总觉得门楼没有字的话，缺点什么。字是泾阳县清末陈举人的真迹，他自称"白蟒山人"。润笔费不低，一个字，一枚袁大头。

举人的名号比秀才高出一头，聂庄唯一的读书人——聂秀才，他的字也不错，聂振江没看上。成为聂庄首富的宏图大志经常在聂振江脑海里浮现，心里很是有几份躁动。

聂庄真正的第一等富贵人家是秀才公——聂文智。

在乡党们的印象中，聂先生总是戴副眼镜，总是穿一身青蓝布袍。脸颊干瘦，齐肩长发，那是当年剪辫子留下的。

聂文智是光绪三十年(1904年)的秀才公，秀才的功名是他爹给姚教谕花了大价钱谋来的，聂老爷的想法是让娃走仕途。然而聂老爷没想到，第二年科举就废了。他一直深有怀疑，姚教谕是不是早就得到消息了，做了一个顺水人情？聂老爷很是愤愤了一段时间。又几年光景，莫说科举废了，连大清也亡了。

虽说大清的秀才头衔在民国不值钱了，但在聂庄乡党们的心里依然是读书人的代名词。况且还是村里世袭的财东，既有木字材，又有贝字财，谁有命托生在这样的人家，绝对是会赶来投胎的。

聂秀才家在塬上有百十亩地，那是旱地，塬下有六十亩地，那是水田。单论地和钱，在白蟒塬排不到前五；要论名，却是大名鼎鼎，他排第二，没人敢拔头筹。

聂秀才年过半百，膝下无一男半女。媳妇聂冯氏自感愧疚，觉得对不住聂家的列祖列宗，私下里积极地张罗给聂秀才纳妾，好歹给聂家留个后。十里八乡，说媒扯线的几乎把门槛踏破了。

人，来来往往，反反复复；话，婆婆妈妈，啰里啰唆。这严重影响并打乱了聂秀才日常生活，惹得他对媳妇大发雷霆。殃及池鱼，顺带连说媒的也好一顿气壮山河般地臭骂，以实际行动彻彻底底打消了媳妇帮衬纳小的念头。

聂秀才成了太平镇唯一没纳妾的老牌地主。

"文智哥"，聂庄平辈的都这样叫，"聂伯"，晚辈都这样叫，没有一个人"老爷,老爷"地叫。

敬重在心里,而不是嘴上。

快种地了,聂庄的乡党们陆陆续续地来借牲口了。

"文智哥,文智哥!"

门,开了半扇,女人伸出一个脑袋。

"啥事?"

"借牛。"

"干啥?"

"犁地。"

"歪脖子柳树下,你自己套。"聂冯氏用手一指,还想说其他的话,撇撇嘴,忍住了。

"好哩!"来人心满意足地套牛去了。

"记得喂!"聂冯氏在后面心疼地大声提醒道。

"放心! 放心! 光知道用牛,不知道喂料,这事我做不来!"

自然,也有忘记喂的,不当紧,拴回就算数。

年关到了,总有几个叫"文智哥"的登门拜访,甚或领着甜甜地叫"聂伯"的娃儿们。"文智哥,能不能借我些粮食,实在是揭不开锅了。一年到头,年关不好过啊!"来人央求道。

"媳妇和娃都养活不了,日子过成屎哩,白披了一张人皮!"来人低着头,不敢回话。

"唉! 羞先人哩!"聂秀才摇摇头。

聂文智根深蒂固地认为,大富由命,小富由勤。有智吃智,无智吃力,只要人勤快,哪里黄土不养人,没有糊不了口的道理。骂归骂,最后还是让装了几斗粮食回去。

整个白蟒塬都知道聂庄有个仁义的聂秀才。

他经常到泾河边上游玩,看清水东去,夕阳西下,扯起嗓子吼秦腔。虽说唱得不好听,好在空旷的泾河滩上也没人来逛,一个人自娱自乐,自由自在。他经常拾些奇形怪状或色彩斑斓的石头,回来放在桌子上把玩。乡党们闲谈扯淡之余不由得为聂秀才操碎一颗颗炽热的心:心思净用在偏门上,如用在种田上的话,估计银圆用捡粪团的粪笼来装了。聂振江有钱不假,若和聂秀才相比,不过笨狗扎个狼狗势罢了。

聂庄符合兄弟成年三人须抽一人当壮丁条件的人家，除了聂振江家，别无分店。他忧愁了好几天，直到今早碰到去聂秀才家上工的结拜大哥杨秉德，脑子灵光一闪，计上心来。

这个落难时结拜的大哥，娃多，人憨，脾气犟，话少，面软，心肠好，真真的一个老好人。当初鼓动杨秉德随自己到北面贩大烟，杨秉德说，这是个缺德事，不弄。饭都吃不上了，还满口的道德仁义，真是狗咬吕洞宾，狗肉端不上席面，狗咬秤砣。

保长的事不是谁都能干的，一般开明绅士不屑干，一般善良农民干不来，不肖之徒觉得有利可图，故百般钻营。于是大部分保长由村霸地痞二道毛充当了。在陕西农村流传一句顺口溜："我是娘养的，人是保长的。"保长在地方上算个人物，比平民百姓地位高出不少。聂庄也不例外，保长聂振海是聂振江的同胞兄弟。

正是：明里一盆火，暗地一把刀。

初相识的说，聂振海面善喜乐，像送财童子。打过几回交道的人评价，到底谁给谁送钱，两说。一张张红红绿绿的催捐催粮单，像一张张的催命符，贴满墙面或者门板。不按时间交的话，保丁的鞭子、棍子、枪把子，没有一样吃素的。每遇这个当口，聂保长站在一旁冷眼观望。人情归人情，王法是王法。聂保长挂在嘴边的一句话：王法无情。

"人来了，咱俩唱个黑红脸。"聂振江将"大前门"放到桌上。你一根，我一根，你一口，我一口。不一会儿，屋里就烟气缭绕了。

"哥，你说，杨家要不愿意顶，咱来硬的话，太惹眼了。"

"拽鳖下水，你总得给甜头不是？"聂振江一笑，"一家人住孔破土窑，守三亩旱地过活。吃饭都成问题了，人还硬气得不行。他不穷，谁穷？"

"唉！可怜媳妇了，要模样有模样，要身材有身材，一朵鲜花插在牛粪上。"聂振江望着出气而成的白雾，很是惋惜。

"事成了，把塬上陈寡妇的女子给你号下。"为兄的开始许愿了。

当弟的是个光棍，光棍更渴望女人，尤其年轻好看的女人，于是问："哥，说话算数？"

聂振海瞬间感到有一大朵美丽的五彩祥云在心里冉冉上升。

"咦？一个娘生的，我糊弄你？"聂振江瞥了亲弟一眼，一脸矜持。

"我很兴奋，很期待啊！"聂振海摸了摸下巴，强忍住要笑的冲动。

"出息!"聂振江笑骂道,"只要手里有货,媳妇算甚?都说爹娘老子亲,叫我看,银圆最亲。世上没有钱解决不了的事情,若是不行,肯定是货没有上够。花多少钱,办多大事,这年头,耍的就是钱!"

正是那凸显身条的腰,正是那黑葡萄般的眼,正是那如同小山包的乳,正是那水蜜桃一样的臀。多少个晚上,聂振海想起这死妮子就难以入睡,多少回梦里抱住温软的身子,光棍不好当啊。

白蟒塬有名的孟村媒婆张被请去说合,说了两回,陈寡妇回回笑脸相迎,好言推辞。理由只有一个:娃还小,还想让在家多待几年。十八岁了,还小?爱钱不要脸的陈寡妇,挨刀的陈寡妇,活该死老汉的陈寡妇。真把女子当成比腰还粗的摇钱树了?!

聂保长几度儿女情长,几度英雄气短,几度希望破灭。如今亲哥亲口承诺财力支持,他心境如亮堂堂明月照大地,通透,舒服,敞亮。

汽灯就是比煤油灯亮,没有煤油灯一股子烤肉煳了的味,人送雅号"气死驴"。客厅挂了一盏,亮如白昼。炉子里的炭火正旺,室内,暖如初春。

正是:手持长钓钩,坐等鱼上来。

杨秉德早上去聂秀才家上工,远远望见聂振江站在自家门楼下抽着纸烟走来走去,踌躇着要不要避一下,绕一下。

聂振江好像在专门等他似的,看到杨秉德缓缓下坡过来,忙迎上前:"大哥,有段时间不见了。"一脸的融融春风,能将冬日的寒风吹跑。

"来一根。"聂振江打开大前门烟盒。

"劲太小了,没味。"杨秉德摇摇手,拒绝了。

"没土腥味,还香。"

"习惯了,还是觉得旱烟得劲。"杨秉德摆摆手。

"萝卜青菜,随你。"聂振江讪讪一笑,将本已抽出的香烟,小心地放回烟盒。

"大前门"是市面上的稀罕货,出门办事一根好烟就是一块敲门砖,现在倒省下了一根。

聂振江把手捅进棉袍里,跺跺脚,初冬的早上待在外面还真有点冷。"咱们好长时间不见了,晚上小弟想请你到家坐一坐。"

杨秉德下意识地想推辞,说辞还未出舌头,聂振江紧补上一句:"我有个事想和你商量一下,兄弟一场,有好事先想着你。"

远乡

"好事?"杨秉德想不出自己和什么好事有缘。

"绝对的好事哩!"聂振江笑道。

杨秉德思量片刻:"行,我下工来。"

聂秀才家管三顿饭,比一般主家多个晚饭。晚饭老三样:馍馍、咸萝卜、苞谷稀饭。掌灯的时候,杨秉德离开了聂秀才家。

麦苗在地里懒洋洋地蜷缩着身子,困倦极了,不想直起腰杆。青黄不接的时候,最让人发愁。入夜后的白蟒塬,黑乎乎、阴森森,似一条巨蟒,蜿蜒匍匐,面目狰狞。一弯新月挂在天边,像待嫁的新娘,恬静柔美。星星眨巴着眼睛,寒风抖动了天幕,聂庄更加沉寂、冷清。偶尔的狗叫更使村庄显得寂静。星星点点、忽明忽暗的灯光总给人们一丝温暖,想起自家的门楣。

杨秉德被聂振江迎到客厅,厚布门帘一撩,一股热气扑面而来。

进入客厅,杨秉德看到聂保长正围着火炉喝茶,有些诧异。聂保长见杨秉德过来,笑面相迎:"杨哥,来了。"

"哦,保长也在。"杨秉德点头示意,心里有点奇怪。"坐,大哥!"聂振江忙斟茶倒水。三人围坐炉边,杨秉德手里端起一杯热茶,两只手来回倒换,权当暖手。

"我有个事想和你商量商量,礼节不到之处,你权当弟兄们在一起谝闲传。"聂振江开门见山。

"今年咱保上有个壮丁的名额,这事你晓得不?"

"告示我看了。"杨秉德回道。

"上面说,壮丁三抽一,村上有人乱嚼舌头,说我家条件最符合。"聂振江弹了弹烟灰。

"这三个崽拐,你别看架子大,其实是聋子的耳朵——样子货,尿不顶。"聂振海眼前的曾经的结拜大哥,一身破旧的黑布棉衣,很是显眼,"我想让你屋里顶上名额。"

"我啥情况,别人不知,你还不知?老大在县上当学徒,老二开年吃十四岁的饭,老三,不提也罢,一个碎屁娃嘛!"

"你说老二才荒龄十四岁,我咋看都不像,个子不低。"聂振江夸奖道。

"县上给十斗麦子,我再多给十斗。一个名额二十斗麦子,划算!"聂振江在炭火上面搓了搓手,眼睛里闪耀着精明的光芒。

"老大过完年就出师了,正在节骨眼上。"

"我替你想好了,让老二顶。"

10

"老二?"杨秉德有点吃惊,"十四岁个娃,人家队伍上不会要,我也舍不得。"

"这事你就不操心了。"聂保长插话道,"上有王法,下有章法,咱保上我认定是谁,就是谁。只要人头对,就行。"

聂振江说:"要说十四岁不小了,许多大户人家都娶上媳妇了。"

聂保长在旁边借着音说:"镇上胡郎中的小子都当爹了,也就十四五的样子。依我说,咱能把娃们经管到老?"

杨秉德的脸庞在炭火下映得红通通的,心情却如外面的夜晚,阴沉似漆。他说道:"财东的娃,穷汉的娃,各有各的命。"

聂家兄弟俩互相看了一眼,这人别看平日一棍子打不出一个屁,心里有数。

聂振江给杨秉德的茶杯续上热水,笑眯眯地说:"趁热喝。"

他突然想起什么似的对聂保长说:"振海,今年旱了大半年了,会不会再闹年馑?"

"老天爷的心思谁晓得,看样子会闹。"

"大哥,你还记不记得十八年年馑咱们在黑龙口逃荒的事?我现在给这儿个娃们提起当年的恓惶,还禁不住两股眼泪直流。"

聂振江的声音低沉下来,脸上也应景,露出浓浓的悲凉。聂振海望向亲哥,心里已伸出左右两个大拇指,能人!

杨秉德的心脏像被陈爷整天舞动的那把大铁锤狠砸了一下,痛苦难受。

在秦人的心中,关中是世界上最好最美的地方,陕西八大怪就有"陕西女子不对外"之说。除了关中,其他的地方旱的旱死,涝的涝死。当爹当妈的哪能让姑娘远嫁他乡?不光女子,堂堂男儿也难以割舍对这方水土的感情,沉醉在风调雨顺的滋润下,牵绊着欲行的脚步,更加让人欲行又止。

秦腔,高亢激荡,豪迈奔放,是用真嗓子吼出的原始唱腔,非关中大汉不可。一个"吼"字,气势何其雄壮。心情好时吼上几嗓子,心情坏时也吼几声。朗朗红日照秦川,面朝黄土背朝天,浑然生出一种头顶天,脚踏地的起赳老秦的气概。

记得民国十七年(1928 年)麦收之后,天就一直持续晴朗。秋粮几乎绝收,人们却并不着急。男人们还是端着老碗,聚在一起不温不火地谝闲传,当然,靠天吃饭,讨论最多的还是天。

"几场秋雨一下,这一年就安宁了。"

"一料秋庄稼,没啥大不了。"

"多少朝代在咱这里建都,为啥?粮仓嘛。"

"不急,立秋过了,准下。"

没有人相信,富庶的关中道会打不下粮食。

可是盼望着,过了一天又一天,过了一月又一月,过了种麦的日子,还是晴天大日头,几片薄云彩。

于是人们着急失火了,害怕了。首先是井里的水干了,打不上水。雇人淘井,下挖数十米之深,只见湿土,不见水星。实在没辙了,人们索性套上牲口,犁了旱得冒烟的土地,遍地狼嘴般的裂口,似在啃食大地。人在后面,牛在前面,越犁心里越没有底气。庄稼汉们唯一的寄托,就是秋后一场透雨。

可是,雨到了立冬都没有下来。种下去的麦子根本没有发芽。刨开覆土,找到麦粒,用手一搓,变成干粉,和黄土一起飘散了。偶尔出来的几株麦苗,那是动物溺便之后的幸存者,三五天过去,无水滋润,彻底干枯,稍有风起,全飞走了。

秋粮绝收,冬麦未能下种,连续两季粮食颗粒无收,一般庄户人家都是收一茬庄稼吃一季粮,很少有余粮。持续干旱让关中道的粮食像金子一样贵,而且还买不到,陆陆续续有人饿死了。

灾荒之年,丧事自然从简,礼仪抛在一边,哪来的粮食待客哩?到最后,连入殓都免了,直接拖到乱葬岗子上。成群的野狗红着眼睛,跑前跟后,等待人走之后的饕餮大餐。

大灾荒在八百里秦川爆发了,不可避免。

杨秉德寻思着到南山讨个活路,待在家里只能是坐以待毙,全家饿死。他把家里东西收拾一下,其实也没有啥可收拾的,命要紧,谁还能把窑洞搬走不成!白天乞讨要饭,晚上道边露宿,杨秉德拿着个梆子在人家门前敲,唱一段乱弹。

啥时代都有好心的人,总能讨些残羹冷饭;啥时代都有坏心肠的人,大门一开,数只狼狗扑上来,慌得大人拿棍子挡,吓得娃们哇哇叫。明明看见前面的人摇摇晃晃地走着,突然倒地,一条命说没就没了。

甘肃、河南、山西的官贩子开着卡车,私贩子骑骡子、赶大车杀向关中道,来贩卖年轻女子。许多妇女自卖自身,为了就是一口吃的。

正是:宁为太平犬,不做乱世人。

杨秉德一家算是历尽千辛万苦,终于逃到商州,全家在一个叫黑龙口的地方安顿下来。在一座山底下捡拾些树木搭个窝棚,算是有了个落脚处,有了个庇护所。

年幼的杨柱子给当地一个山主家放羊,有天一只小羊不见,哭着找,找着哭。

杨陈氏眼看天黑了娃没回来,心慌了,带着杨石头满山寻儿子。后来娘儿仨费尽周折总算找到羊娃子,才算放心下山。

野狼不时出没,下雪后更是明目张胆下山伤人。杨秉德拿着棍子在窝棚边守着,点堆火,整夜不敢入睡。大人小娃手脚都是冻疮,天一热又痒又痛,恨不得将手脚剁掉。

杨秉德给一家山主家伐木头,扛着百十斤的檩条子下山,累得人能虚脱,有次脚底打滑,差点掉进山沟喂狼了。凄凉恓惶对谁能言?杨秉德如同秦川牛一样没日没夜地劳作,勉强让一家老小活了下来。

那时聂振江也带着一家老小在黑龙口讨生活,有次杨秉德经过聂振江的"家",听见娃哭,女人哭,男人骂,聂家断顿两天了。

杨秉德看在乡党的情面上送了几个榆树皮掺杂苞谷面的馍馍,并介绍聂振江一起扛檩条子。聂振江无以为报,执意与杨秉德结为金兰。过了几个月,陕西省国民政府派李仪祉修的泾惠渠快成了,又下了几场透雨,逃荒的人们开始陆续回乡。

正是:久旱又见甘霖下,天地还好有仁心。

一堆堆隆起的坟堆里面躺着在年馑中死去的乡党们。酸枣树挂满了黑红的小小的果实,老鸹栖于其上,缩身蜷颈,警惕地望着外来者,发出凄厉的威胁的叫声。

杨秉德一段乱弹,脱口而出:

"彦章打马上北坡,新坟更比旧坟多。新坟埋的汉光武,旧坟又埋汉萧何。青龙背上埋韩信,五丈原前埋诸葛。人生一世莫空过,纵然一死怕什么?"苍凉、凄惨、悲壮的唱腔久久回响在空旷的白蟒塬。

回到聂庄的杨秉德向聂秀才借了十斗麦子,以到聂秀才家扛长工作为交换,一家人继续守着塬上的三亩旱地过活。

聂振江觉得种庄稼累死累活,还讨不上一口热饭,动了贩大烟的心思。搭上土匪"幺狼"的关系,到陕北贩大烟。聂家的兄弟俩齐溜的嘴甜似糖,眼里有水,懂做人,会来事,几年工夫,在陕北经营出一片天地,赚得盆满钵满。

这几年刚能安安稳稳地有口吃的,难道还让媳妇和娃们再受二茬子罪?杨秉德狠不下心来拒绝:"我回去和娃他娘合计合计。"

"咦!男人桌面上的事,哪有女人说话的份儿?女人干政,自古坏事哩,嫂子拿你住住的。"聂振江讥笑声有点大。

"不是谁拿捏谁,多商量总不是坏事,谁主意正,听谁的。"杨秉德老脸一红。

"打下的媳妇,揉下的面,女人不能太惯了。"

"这是大事哩。"杨秉德说道。

"只要你画个圆圈,按个手印,不就大事成了?"聂保长拿出一张纸,指着上面红彤彤的鸡蛋大小的印章,"官府的大印在上面,假不了。"

杨秉德的思想在激烈斗争,一个声音说能行,一个说不行。杨秉德自己给自己宽心:只要不打仗,当壮丁没有啥危险的。可生在乱世,哪有不打仗的地方呢?

记得那年镇嵩军围西安城,当兵的都是炮灰,老百姓更是遭罪。围城几个月里,城里没啥吃的,钟鼓楼下面人肉煮熟了论斤卖。镇嵩军为了筹粮饷,连塬上的古墓也洗劫一遍,死人都不放过,更别说活人了。匪过如梳,兵过似篦,镇嵩军是匪兵合体。西安城附近的县被操着一口河南口音的粮子糟蹋个底朝天,杨秉德只好带着一家老小躲进山沟里,逃过一劫。

同村的聂占奎的媳妇来不及朝沟里跑,被粮子祸害了。一天到晚疯疯癫癫,后来家里人没看住,她一个人到塬畔摘酸枣,一脚踏空,摔死了。清明无人修墓拔草,过年无人烧纸送灯,坟包杂草茂盛,已比人高。男人据说跑到陕北去了,也没个准信。

家里少张吃饭的嘴,二十斗粮食,一家人就能活过来了。可想到杨石头毕竟还是十来岁的娃,杨秉德内心又十分的不舍。

他心里如塞满了棉花,在炭火的烘烤下,真想将这客厅烧了,连同这三进二厅的院子烧了。烧他一个火光冲天,烧他一个灰飞烟灭,烧他一个白茫茫大地真干净。

他忽地站起来:"我先回,容我想想!"

"大哥,准备饭着哩。"见杨秉德起身,聂振江连忙劝阻。

"在聂家喝过汤了。"

"聂家?苞谷糁子酸黄菜,有啥吃头?文智哥一辈子没儿没女的,还净在嘴上抠。人啊,香香地活几年,比啥都好。"聂振江呵呵一笑,指了指厨房,"我这里准备肉菜哩。"

"不了!"杨秉德坚持要走,聂振江也不再留。

弟兄俩将杨秉德送到门楼下,聂保长望着杨秉德远去的背影:"哥,你说事能成不?"

"瓮中捉鳖。"聂振江得意地说。

听完杨秉德的叙述,杨陈氏不由得泪水涟涟。眼见一家子要吃要喝,不得不搭上一个娃,又无可奈何,杨陈氏一下子难受起来。恨只恨娃们没有托生到好人家,怨只怨菩萨没有听到人的祈祷声。

"塬上的地太贫了,啥厌地嘛!"

"他爹,你说咋办?"

"一大家子哩!"杨秉德长长地叹息一声。

"就是恓惶娃了。"杨陈氏心酸地说道。

"石头哩?"杨秉德问道。

"隔壁。"

"啥时候了,这娃咋不知道回哩?"

杨陈氏知道老汉憋着一肚子闷气,不敢多说,慌忙下炕,穿鞋,出门,疾走。

"石头,快回家,要睡觉了。"关中道的风俗,娃的小名越贱越好养,越叫命越长。

杨陈氏进了聂瞎子的窑洞,看见这一老一小斜靠在热炕上,一个说得眉飞色舞,一个听得如痴如醉。敢情杨陈氏在窑门口喊的一嗓子,人家压根就没听到。

"好娘哩,武松正被押送到飞云浦,下面正紧火哩。"

炕上一张小桌,桌上一盏小灯,灯旁一碗炒苞米豆,这是杨石头受到的礼遇。平日聂瞎子舍不得煤油钱,再说点灯谁能来,谁又看哩。杨石头此时血脉偾张,正焦急地为英雄呐喊、助威。娘的话,左耳朵进去,右耳朵飘出。

"石头,发魔怔了?"杨石头感到耳朵一阵疼,回头,娘正在使劲拽他耳朵。

"疼!"听娃喊疼,杨陈氏不忍,又放手。

"他婶来了?叫娃回哩?"聂瞎子明知故问。

杨石头经常缠着瞎子讲故事,有时也帮着收拾一下破窑洞。

"明晚再来,武松一时半会儿也不会有事的,他命大着哩!"聂瞎子承诺明天继续故事会,杨石头方才高兴,下炕、穿鞋,看了看炕洞里的火:"伯,再给你架点柴火。"

"少添点,昨晚添得多,烙得肉熟了。"聂瞎子的声音传来。

"该换席片子了。"杨石头推开窑门,在门外空地上捡了把早上送来的酸枣根,扔进炕洞,补了一句,"灯吹了,门关了。"

"明儿再来哦。"聂瞎子心里空荡起来,心想:当秦腔吼起时,我聂明堂化身成戏文中的英雄豪杰,躺在破窑洞里,又是瞎孤老汉一个。幸好,夜晚还有这个娃来陪,不至于那么寂寞。

"娘,我瞎子伯是不是糊涂了?烙得疼不知道挪一下。"

"你伯逗你,他眼瞎了,心里亮堂哩。"

娘儿俩说着话,就到家了。推开门,杨秉德斜靠着窑壁,抽着旱烟。窑内,烟气缭绕,呛如着火。

"要死了!也不怕把砖头呛着,你不抽烟能死啊?"

杨秉德见媳妇发火,忙把烟灭了,斜靠在炕角,默不作声。

杨陈氏检查一下炕洞的火,还旺旺的,脱了鞋上炕。石头从口袋里掏出炒苞米豆放在炕桌上:"我炒的,煳了!"

"我在塬下面喝过汤了。"杨秉德低沉着声音。杨陈氏坐在炕边,摇摇头。

"留给砖头,我吃得不少。"一个屁响起,"我瞎子伯真实在,老让我,不吃还不行。"杨石头挠挠头,咧嘴笑了。

"让人是个礼,锅里没有米。你瞎子伯是个实在人,在外面可不能随着性子,让人笑话咱不懂人情世故。"杨陈氏说道。

一家人围坐在一床棉被里。棉被大补丁里套着小补丁,针脚均匀。砖头从棉被里露出小小的脑袋,睡得正香,发出均匀的呼吸声。

"石头,家里给你谋了一个事。"杨陈氏见不得丈夫榆木疙瘩的样子。女人只要下决心做一件事时,往往比男人更加决绝。

"到县城学手艺?"杨石头很是惊喜。

他去过一回县城,还是和爹第一次送大哥到县城当学徒,正赶上塔会。当地有"登高"的风俗,杨石头死缠活缠想上一回塔。杨秉德平生第一次奢侈地因游玩花了两个铜板。

此塔名为崇文塔,始建于唐,后毁于地震,明万历十九年(1591年)重建,全部为青砖砌成。因塔为倡导周边学童崇文尚学而建,故名"崇文塔"。塔高数十米,宝葫芦塔顶,清一色的黄色琉璃瓦,虽经岁月侵蚀,仍然金光灿灿。檐角挂满铁质风铃,风来铃响,清脆悠长。顺着塔里楼梯爬到塔顶,县城就在脚底。举目望去,阡陌交织。泾河似玉带,在阳光的照射下,闪闪发亮。微风拂面,天高云淡,杨石头仿佛伫立在世界之巅。

"不,让你顶替聂振江家的犊娃,到榆林当粮子。"杨陈氏背过身,觉得自己还是太狠心了,眼泪不由得又掉下来。杨陈氏无法想象在这个乱世,让娃远离家乡,如何跟着一群黄皮,朝夕相处,独自生存。

"可是,我从小就想学皮影戏。"杨石头委屈地说道。

"儿啊,你咋啥事都不懂哩?"杨陈氏半是埋怨半是怜爱,"家里眼看揭不开锅了,你哥开年就出师了。如果咱家稍微能过得去,娘能舍得你当粮子?实在没辙啊!"

杨陈氏的眼泪在眼眶里游荡了很长的时间,终于没有忍住,突破眼眶的阻拦,瞬间滚落下来。

杨石头沉默了,心里隐隐作痛。

在他的印象中,娘是很坚强的一个女人,无论遇到什么艰难困苦都能硬熬硬顶过去,娘经常说的一句话,顶过去,前面就是一片天。可娘现在却作难了,无助了,流泪了。

总有人在负重前行,总有人在遮风挡雨,当需要自己站在最前方,牺牲自己的梦想时,懦弱却在心门处躲躲闪闪。

"我懂哩,粮子有饭吃,还有钱。"杨石头反过来安慰母亲。

"现在世道不好,娘担心你一个人在外受人欺负。"

"瞎子伯给我讲过刘秀十二岁走南阳的故事,他还是咱河南老乡。他十二岁,我十四岁,比他还大两岁哩,没啥大不了的。"

"你瞎子伯就靠嘴过活,娘咋能不担心哩。"看着儿子瘦弱的身板,杨陈氏一把搂过儿子,"对不住我儿啊!"

远乡

第二章

第二天,杨秉德找到聂振江,同意由杨石头顶替壮丁名额。

当天下午,聂振江套上骡子,赶上大车,车里五个沉甸甸的布袋子,里面满是金黄饱满的麦粒。这个大烟贩子倒是守信用,没有食言。

杨石头还是白天挖酸枣根,晚上到聂瞎子家听故事。聂瞎子听说杨石头要去当粮子,到虎狼一样的部队里讨生活,心里充满了担忧。戏文里那些一战成名的将军,功名背后都是小兵们的累累白骨。他将所知所闻的人生经验一股脑地全教给杨石头,概括起来就八个字:遇事缩头,保命第一。

冬至刚过,聂保长接到通知,各保甲征募的壮丁开始集中。一天清早,聂保长冷不丁地带上保丁闯进杨家窑洞。这一天最终还是来了。聂保长没有直接在杨家绑杨石头上路,已经给杨秉德天大面子了。

一家人在村口道别,太阳很红,却不暖和。寒风似关中道的二杆子刀客,挥舞着凛凛的关山刀,和天地搏斗,不输一招半式。

杨石头望着砖头冻红的脸蛋:"回吧,村口风大。"

该交代的早就交代好多遍了,越到送别的时刻,杨秉德反而不知道再说些什么,只是默默地、静静地望着即将离开,仿佛一去再也回不来的儿子,从怀里摸出两块银圆。这是卖了两袋麦子的所得,也是家里所有的积蓄。

"拿着。"杨秉德心里如同有支唢呐,吹着离别的悲歌,没完没了的。

"爹,家里不宽展。钱,我不拿了。"

"穷家富路,我们在家咋样都好过活。"杨秉德宽慰儿子。

"部队上管吃管穿,啥都管哩。"

杨秉德握住了儿子冰冷的双手:"秦琼都有卖黄骠马的时候,拿着应个急。"

杨石头拗不过,接过两块银圆,沉甸甸的,亮晃晃的。这是他平生第一次接触袁大头,这就是人们为之疯狂的东西。

"够了!"

杨石头抿抿嘴,又退回给父亲一块,很小心地将另一块银圆放进贴胸口的口袋里。

杨陈氏心里如同刀割一样,为了让儿子放心离去,又不敢过分表露自己的情绪,怕影响儿子的心情。她勉强挤出一丝笑容:"儿啊,钱拿好,到部队了,记得捎个信。一个人在外,不要太抠自己了。最重要的是学会保护自己。我儿一定要平平安安的,菩萨一定会保佑我儿的。"

杨陈氏一直唠唠叨叨地叮嘱,还是觉得有哪些地方没有叮嘱到位,怕儿子吃亏。

聂保长对杨秉德高声说道:"你们就放一百二十个心,咱石头看起来就不像是瓷锤笨种,将来肯定能在部队上混出名堂来,如是混个一官半职,老叔面上也添彩哩。"

杨秉德瞥了一眼这个"笑面虎",没有作声,厌恶地抿了抿嘴。

杨陈氏见掌柜的冷面,忙接过话头,讨好地对聂保长说:"他叔啊!路上让你费心了。"

"自家人,还客气啥哩。娃,时间不多了,咱走人。"聂保长一笑。

杨石头知道不得不走了,纵有千般不愿,万般不舍,最终还是要面对。这一别,再见爹娘,不知哪年哪月;这一去,不知等待自己的是何种命运。

杨石头眼睛发酸,泪水在眼眶里打转,心里一遍一遍地告诉自己:"我长大了,我长大了!"

他拉起弟弟的手,给冻得通红的小手哈了哈热气,然后将砖头拥进怀里:"砖头,在家要听话。我走了。"

"二哥,你啥时候回来哩?"杨砖头仰头问道。他一身黑布棉衣,显得胖墩墩的。

没有人回答杨砖头的问题,也回答不了。

聂保长在后,两个保丁在前,杨石头夹在中间。聂保长做事好留后手,出了村子,马上让人把杨石头的双手用细麻绳捆牢。杨石头边走边回头,不知道多少次回首,蓦然发现,爹娘不见了,聂庄不见了。

儿子的身影越来越远,杨陈氏抱着砖头在那个干冷干冷的早上号啕大哭。

一个十四岁的少年,他的世界到底有多大?去过镇上的娘娘庙,登过高高的崇文塔,就这么大?在这个少年的心里,即便自己化成一只飞越了千山万水的雄

远乡

鹰,而那一孔破旧的窑洞,永远是他盼望回归的巢穴,家乡就是那筑巢的大树。

壮丁们被集中到镇公所旁边的一个院子里,一队保丁持枪警戒,保甲长们交割完手续,围在一起抽纸烟,拉闲话。

秩序是上下尊卑的集中体现,在任何时间和场合下属们都有自觉维持的意识。主要人物没来,下面的人只好干等。黄祁英是被省府嘉奖过的"模范镇长",征粮催税从来不让上面当官的操心,在上峰的眼里口中颇有官声,是一个尽忠职守、办事放心的干吏。太平镇的老百姓提起黄祁英,恨得咬牙切齿,背后地里叫"黄扒皮"。他就差白蟒塬的红土没扒了,对纳不起粮、交不起税的治下百姓,黄祁英有的是办法,鲜有漏网之人。镇公所大院里的那棵大槐树,不知捆过多少人,树皮也磨得斑驳了。不给吃,不给喝,三两天,脱层皮。家里人筹到粮税了,才放人。刁民何其多,草绳更不少。更甚者,把老人拉到镇公所,直接扔进监所,在逃的年轻人背着"不孝"的骂名,能跑几天?他的办法跟土匪绑票要赎金不差样,招数大同小异。他还有个身份:县长包德春的小舅子,泾阳县响当当的第一等人物,一跺脚,泾阳县怕要抖上三抖。

最近,黄镇长心情格外舒畅,有种人逢第二春,梅开十里香的感觉。这种感觉源于一个女人,一个艺名叫赛貂蝉的女人。

黄祁英是个戏迷,隔上一半个月要到西安城里的易俗社过瘾。前一个月,县上来了个戏班,在崇文塔前搭台唱戏。他听说后连忙骑马赶来。

这个戏班是个走乡串县的草根小戏班,弹琴的、打鼓的、敲梆子的,总共八个人。胜在有个台柱子,艺名赛貂蝉,人长得好,唱腔也好。赛貂蝉的镇台唱曲是《桃园借水》,唱的是婉转动听,余音绕梁。人群里爆发出的叫好声淹没了崇文塔清脆的风铃声。赛貂蝉唱了三天,黄镇长一天不落,听了三天。

正是:仙女下凡尘,嫦娥离月宫。

台上,才子佳人,一投足、一展袖、一颦一笑、一唱一叹,生死情缘,悲欢离合。台下,黄镇长端坐似虎踞。这是人眼里的,只有自己知道,已如干枯之禾苗,急需一场甘霖来解救。

鸭子再怎么打扮还不是一张板板嘴?以前家里的那位,身穿绫罗绸缎,脸涂胭脂白粉,充其量,一个艳俗的黄脸婆。两年前得了痨病,一命呜呼,算是解脱了自己。

黄祁英心动了,心动更要行动,他从来不是一个拖泥带水的人。

班主正在整理戏衣,准备收拾家当,拔寨起营。一个县城,两三天的光景,人都有个新鲜感,时间一长,观众生厌。

正忙碌间,抬头一见,贵客进门。班主脸上立刻堆满笑容,皱纹像向日葵一样绽放着浓烈的热情:"进屋,快进屋!"

班主知道在打呼哨、说荤话的人群里,这位身着藏青色中山装的中年人是个异类。这人一声不吭,专心听戏,似上工点卯一样,准时到场,散场却是最后一个离开。开唱三天,一天不落,每天的赏钱是一块明晃晃的袁大头,让人印象极深。

班主是赛貂蝉的养父,一个胆小怕事,见谁都含笑点头的老汉。

民国十三年(1924年)年馑,赛貂蝉被班主用三斗糜子在潼关县城从亲生父母那里换来,多年来经班主亲自调教,唱功已有几分功底,但和真正的"角"相比,还不在一个档次。班主能力有限,属于一瓶子不满,半瓶子晃荡的水平,如有高人指点,这女子绝对可以红遍三秦。

黄祁英端起班主倒的热茶,抿了一口:"茶叶子不错。"

"您是贵客,自然妥上好茶,信阳的毛尖,您尝尝。"班主忙献殷勤。

"鄙人姓黄,忝为太平镇镇长。"黄祁英单刀直入,报上名号。

"哦?黄镇长,失敬,失敬。"班主忙起身,双手打拱,示以尊重。"您在看戏人中如同鹤立鸡群,让人印象极深。"班主恭维道。

黄祁英哈哈一笑:"还不是一个脑袋两个肩膀?"

"主要是气质不同。我们是小场子,让您见笑了。"班主一笑。

"西安城里老孙家的羊肉泡正宗,我吃了几回,味道还不如我太平镇街摊上的。盛名之下,其实难副。大有大的俗,小有小的雅,不能一棍子扫倒一片,你说哩?"

"高论,高论!"班主有点意外,难得有人对小戏班青眼有加。

"戏班虽小,但旦角唱得出彩,有前途。"黄祁英特意强调了"旦角"这两个字。

这为官之人还真是没把这行看成下九流之行。"您还真是个爱戏之人哩。"班主笑了。

"人都有个喜好,有的人爱喝酒,有的人爱抽烟。我哩,爱吼秦腔,不过唱得难听罢了。"

"镇长谦虚了。人爱啥,不一定非要成名成家的,主要图个心情,自己舒服就好。"

"你的这一番说辞,才是真正的高论!看来你老哥也是性情中人哩。"黄祁英哈哈一笑,"哪天闲了,咱们好茶泡上,好烟抽上,好好说说戏。"黄祁英顿了顿,换了一种郑重其事的口吻,"今天咱不说戏,说人!"

"人?!"

一种不祥之感涌上班主心头,生末净旦丑挨个在脑子里轮流上阵,打得血肉横飞,不可开交。原来此前的话全是铺垫,还是说到此行的重点了。

正是:水落卵石出,图穷匕首见。

赛貂蝉年龄见长,身条见长,不知道多少地主财东、商人官家打过主意,若不是班主上下周旋、左右逢源,早就不知道花落谁家了。都是爷,都得罪不起。

黄祁英一杯热茶进肚,猛地拔出一把乌黑的短枪,咣的一声扔在桌上。又从怀里掏出一摞银圆码在桌子上,一双细长的眼睛冷冷地盯住班主,一言不发。班主顿觉好似一只落单的绵羊遇见一匹露出獠牙的狼。

班主不由得低下头,咽了口唾液,在喉结处咕咚一声,琢磨咋能圆个话,把这事推掉。黄祁英呸的一声,一口浓痰吐在地上,圆圆的,像枚铜钱。

"一个女娃家一天到晚在外面瞎混也不是个长事,你说哩?"

"没办法啊!"班主说道。

"咋能没办法?"黄祁英一笑,"眼下就有一法。"

"您这话说的。"班主的笑容变得僵硬起来。

"她缺个掌柜的,我少个媳妇,我俩成亲的话,就不用到处瞎跑了。"黄祁英指了指银圆,"咱关中道自古都是礼仪之地,礼数我懂,这是彩礼钱!"

"您娶的人定是大户人家的,我一个下九流唱戏的,不敢高攀啊!"

"咦?民国已经多少年了,思想还是那么腐朽顽固,要改哩。"

"唉!人老了,思想难进步。"班主余光瞥见黄祁英眉头一皱,赶紧加上一句,"您莫要戏耍我老汉。"

"我一天忙得跟贼一样,有时候比贼还忙,哪有闲时间和你说笑?"黄祁英顿了顿,"你是当爹的,大主意还要你拿。"

黄祁英陡然提高嗓门,随后抽出烟,也没有让班主的意思。自顾自点上,一吸一吐,跷起二郎腿,一颠一颠。

屋里陷入沉默,两个人都揣摩对方的心思。

"成不成,给句话,多大个事!"黄祁英收起短枪,起身要走。

班主忙阻拦:"您的钱!"

黄祁英冷哼一声:"那是你的!"

这些大洋够在老家买上十亩水田,住上青砖瓦房,比风吹日晒,跑江湖混饭吃要强何止百倍。话又说回来,人家一个子不给,硬要留人,自己也无能为力。岂不落得鸡飞蛋打,人财两空?

电光石火之际,班主已心中有数,以手为梳,把乱糟糟的灰斑头发来回梳了几回,好似下了很大决心:"那,那咱女子就托付给您了。"

班主双手打拱,黄祁英却握住老汉的手,蜻蜓点水般摇晃了几下:"我就说嘛,你是个明白人。"

"镇上还有事,我先走了,明儿见。"他哈哈一笑,转身离去。

班主目送黄祁英走远,转身关门,坐在桌旁,看见黄祁英仅仅喝了一口茶的杯子,暗生闷气,好似这人阴魂不散,附身其上。班主拿起杯子,摔在地上,啪的一声,杯子破碎,茶水四流,狗尿过似的湿了一小块地面。

"镇长?屁,一个纯种的土匪!"班主低声骂道。望着桌子上的那摞银圆,想起了赛貂蝉小时候的模样。

隔了一袋烟的光景,租住的民房来了四名穿着黑色制服的保安团士兵,分列门口,持枪站岗。班主一见大惊,瞬时呆如木鸡。这个黄镇长还真是心眼多,手段硬,下的是一个连环套。

第二天,黄祁英请戏班的所有人在县上的"醉八仙"酒楼吃散伙饭,赛貂蝉才晓得养父将自己卖了。这个弱女子陷入深深的悲哀:命运再次将自己抛弃。九岁那年,亲生父母弃自己不顾,带着用女儿换来的三斗糜子,过了黄河,逃往山西;这一次养父又卖了自己,自己又一次沦为命运的弃儿。

这个一镇之长,能让自己摆脱命运的嘲弄吗?赛貂蝉给班主磕了个头,算是报答了这多年养育之恩。班主嘱托了养女几句保重之类的话,胡乱吃了几口饭菜,领人赶车,向潼关急急奔去。是非之地,走为上策。

谁知道刚出泾阳县管辖之地,就遭了土匪,连一个子都没剩下。老汉连怕带惊,连气带悔,气结于胸,一病不起。他躺在大车上将息了几天,还没赶到潼关老家,就咽气了。

黄镇长在县东街买了个小院,雇了个老妈子,算是赛貂蝉与自己的新家。他第二天就迫不及待地将赛貂蝉从"醉八仙"迎娶过门。

老皇历上写着:冲虎,煞南,宜求财,嫁娶,进人口。下一次的好日子要在七天之后,黄祁英等不及。

洞房花烛之夜,黄祁英对着红盖头遮面的新娘唱起《桃园借水》里"崔生寻人不遇"时的那一段,如慕如诉。唱罢,用一个秤杆去挑新娘子头上的红盖头。秤杆,是黄祁英胞姐特意交代要有的,无外乎讨个称心如意的寓意而已。不能和上回一样,娶个短命鬼。这个女人自然称心,当然如意了。

烛光下,挑去红盖头的佳人惊喜地望着眼前这个男人。黄祁英一脸骄傲地说:"我也是个角哩!"

灯下观赏美人,更觉娇艳无比。

"娘子啊,你看天色已晚,红烛燃尽,早点歇息,莫要辜负了这良辰春宵。"

黄祁英好似戏文里文质彬彬、儒雅翩翩的一介书生。赛貂蝉本以为跟了个市侩好色的,谁能想到还是个她的同道之人,命运也不总是面目可憎。女人颔首低笑,如新月初升,似桃花盛开。

黄祁英竟看得有几分痴痴,顿觉血脉偾张,一股邪火在腹部狂热地燃烧,而火苗在向同一个方向流窜。他将秤杆撒到桌上,搂过赛貂蝉,扑倒在床。一场翻云覆雨后,黄祁英点上纸烟,心满意足地吸着;赛貂蝉像只小猫,温顺地躺在黄祁英身旁。

赛貂蝉自小跟着养父,四处卖唱,年轻漂亮的女人在哪儿都惹是非。

去年冬至前后,戏班给富平县大程镇一个程姓财东人家唱堂会。主家晚上硬留下吃饭,赛貂蝉仅喝半杯水酒,就不省人事。醒来时,发现一丝不挂地躺在床上,下身撕扯般刺痛,旁边躺着一个发须半白的糟老头子,正是此前慈眉善目的程姓财东。

赛貂蝉恶心得像吃了苍蝇,慌忙穿上衣服,跑回租住的地方,告诉养父事情经过,养父带着几个徒弟去找程财东理论。结果反被程家人说他们污人清誉,想讹人钱财,戏班的人被护院们打得浑身是伤,连程财东的面都没见上。养父劝赛貂蝉忍下这回事,就当事情没发生过。

正是:人在矮檐下,怎能不低头?

当弱者面对生活的馈赠时,点头,微笑;当弱者遭受命运的欺骗时,低头,哭泣。除此之外,好像没有其他好的办法。

"真是做梦啊!"赛貂蝉叹道,"没想到能走到这一步。"

"我在太平镇等你三十多年,算是有缘千里来相会哩。"黄祁英搂着赛貂蝉白棉花糖似的肉体,心情愉悦。

男人对女人甜言蜜语,目的很简单——取悦女人。

"从今往后哥疼你。"

真话也好,假话也罢,她心里弥漫着冰糖雪梨般甜丝丝的味道。这个躺在身旁的男人,是个有权有势的男人,幸好还喜欢自己。

"哥,你说的是真话?"

"当然,你不信我?"

"我信。"

"时间长了,你就知道哥的为人了。别的不敢说,泾阳县我还算个人物。你以后可不能再抛头露面了,惹人笑哩。"黄祁英一笑。

"我学了五年的戏,登了六年的台,把人脸看得够够的了,世上最难看的就是人脸了。"赛貂蝉回想起往事,多少有点伤感。

"你看,我的脸好看不?"

"难看,真难看。"赛貂蝉佯装摇头,娇嗔道。

望着女人微红妩媚的脸庞,蜡梅一样的嘴唇,黄祁英自感腹下三寸不再安分。他丢掉烟头,重升堂,另打鼓,开始下一轮的征伐厮杀。

三天后,黄祁英在"醉八仙"宴请魏寨的魏田玉,感谢他拦下赛貂蝉的养父。桌子上放着二十块大洋,原封不动,完璧归赵。

黄祁英硬要拿出一半作为酬金,惹得魏田玉满脸不高兴,说是给钱就是打他的脸哩,会被人耻笑的,以后没办法在江湖上立足。这钱算是黄镇长续弦的随礼钱了。

每天早上,赛貂蝉唱一段戏,黄祁英躺在床上,这是他的个人专场,两人时不时还对唱几句。晚上两人在床上腻歪,你侬我侬。黄祁英觉得这才是过日子,日子就该这样过。

这天,他恋恋不舍地从温暖的被窝爬起。女人没有睡醒,一根纤纤玉指搭在娇嫩红艳的唇上,让人心生爱怜。

吴妈端上早点,一碗热热的五仁油茶,一小笼热气腾腾的小葱肉馅包子。真是让人提劲,冬天的早上,吃了身上热乎乎的。

老远,黄祁英骑着一匹黑白相杂的马,缓缓而来。聂振海一路小跑,赶到镇公所大门前的时候,黄祁英正准备下马,人与马之间的时间差,超不过三秒。聂保长连忙拉住马的缰绳,笑容像涟漪一样荡漾着满满的热情:"哥哥回来了!"

远乡

聂保长嘴巴似糖甜,说话让人舒心,办事让人放心。黄镇长很欣赏,引以为心腹。

"你咋来了?"

"保上送壮丁,我想着来看望一下哥哥。"聂振海把马拴好,"听说哥娶新媳妇了。"

"消息传得挺快的。"

"也分人哩!你是泾阳县响当当的人物,一举一动让人关注。"

"哪有你说得这么玄乎,净给我戴高帽子!"

黄祁英摸出烟盒,掏出两根,一根给自己,一根递给聂振海。聂振海连忙双手接过,拿到鼻子下嗅了嗅,紧接着从口袋摸出洋火,殷勤地先给黄祁英点着。

"哪天一定登门看看新嫂子,能把咱镇长迷倒,要有多大魅力呀!"

"哥当二茬子新郎官了,你却一直单着,茶饭没人经管,不是个事啊。"

"就我这样?"聂振海双手一摊,双肩一耸,"除非老丈人眼瞎了。"

黄祁英望了望聂振海的大门牙,夸张的肢体动作,不禁大笑。过了一会儿,他缓缓说道:"就当媳妇在娘家多养几年,还给你省钱了,多大个事。"

两人边走边说边抽烟,来到镇长办公室。小文书早已架起火盆,满盆通红的火炭让房间渐渐地有了暖意。

聂振海关上房门,从怀里掏出红纸包着的一摞银圆:"小弟的一点心意。"

"振海,我要批评你,不能搞这虚的。"黄祁英一本正经地说道。

"人熟礼不熟。你娶新媳妇,大喜事一件,你低调做事,不愿张扬,我不能失礼不是?再者,这礼不随,心里也过意不去,晚上咋睡踏实啊?"

"咦?倒成我不对了,兄弟真是有心了。"黄祁英笑了,将这摞银圆放进办公桌的抽屉里。

"开年县上要征缴民国六十年的田赋了,咱镇上不能拖后腿。"

"我的娘哩!还没过民国二十三年的春节,这有点太那个啥了。"

"南方共匪闹得凶,离得远的咱不好说,陕北几个县也在闹,这个你知道。枪炮一响,黄金万两,打仗就是打钱哩。"

黄祁英抬头望了望挂在办公桌后面的墙壁上的一个仿金的相框,里面镶嵌着一张画像——国民政府大掌柜的,身着戎装,面露笑意。他呵呵一笑:"蒋委员长的头比粪笼还大。"

聂振海面露难色:"今年大旱,估计完不成征收任务啊!"

"少安毋躁,旱的不是一两个县,估计整个关中道都是这样子。镇公所派保丁,县上派征粮队,谁敢说家里没有一点余粮?你信不信别人的话,我不知道,反正我不相信。井淘三遍出好水,谁家有多少地,谁家有多少粮,你心里得有本账哩。"

　　"就怕有人闹事。"聂振海担忧地说道。

　　"你这个人就是一贯眼光有问题,短视!我今天给你上一课。"黄祁英伸出一个指头,用力地在空中点了点,霸气顿显,"收拾几个带头闹事的,剩下的就消停了。人是贱骨头,谁捶头子硬服谁!"

　　黄祁英继续说道:"干咱这差事,胆正脸厚下手硬,老话说得好,男人脸薄一世穷。"

　　聂振海一个劲地点头,凸出的大门牙缝里冒出不是一个"对"、两个"对",而是像鱼吐泡一样,一连串的"对"。

　　"再给你教一绝招,千万不能让这些扛锄把的聚在一起,容易闹事。先找难说话的下硬茬,尽量单个收拾,人越多,越要狠。杀鸡骇猴,这把戏永不过时。"

　　陕西省国民政府嘉奖的模范镇长,不是浪得虚名的。

　　"走,瞅瞅这群宝贝疙瘩。"两个人一前一后出了屋。

　　保甲长们看见黄祁英来了,脸上都是极其尊重的神情,或脱帽致意,或弯腰示好,或面露谄笑。黄祁英露出淡淡的笑容,点头示意。太平镇一群有头有脸的人,簇拥着他,如众星拱月。

　　保丁们连吆喝带骂总算让这群只想赖在墙角边上晒太阳的壮丁勉强站成两排,虽不整齐,但也算有点队形。

　　黄祁英披着大氅很威严地站在队伍前面,一言不发,眼光从一个个壮丁身上扫过。

　　"镇上今年一共征募多少壮丁?"

　　"县上摊派二十三人,实征二十三人。"旁边戴眼镜的小文书忙小心地回答。

　　"这里面咋混进来个娃哩?"黄祁英指着一个瘦瘦的半大娃子,"哪个村里的?保长是谁?这差事咋办的?"黄祁英埋怨道。

　　壮丁堆里,瘦弱的、没枪高的杨石头,想不引人注意都不行。聂振海连忙跑到上司面前,附耳说了几句话。黄祁英紧皱的眉毛缓缓地舒展开来,细长的眼睛闪烁着冷冷的光,向这群壮丁扫了一圈,壮丁一个个中枪似的,默默低下头。这是个弱肉强食的世界,强者要活得舒坦,对待弱者就要来横的。

壮丁们在镇公所验明正身后,黄祁英特意安排聂振海作为镇上的押送大员,将这二十三个壮丁押往县城。壮丁们被绳子绑着手,镇公所派了五个保丁持枪押送。

泾阳县兵役科将关帝庙作为壮丁安置点,关帝庙现在可是人满为患。

关帝庙在县城的紧东边,在兵荒马乱的年代,连神仙也遭罪,关帝庙破落得不像样子。庙门只剩下半拉子,院子里一棵桐树,不知是死是活,干枯的树枝在风中摇晃不止。正殿大门上方嵌着一块匾,上面有模糊斑驳的三个大字:关帝庙。正殿里关老爷端坐在高台之上,一手捧《左传》,一手捋长须,红脸长髯,忠义千秋。

正殿的地上铺了一层苞谷秸,上面睡的都是人。窗户早就不见窗纸了,呼呼的寒风破窗而入。人挨人,人挤人,一天到晚的说话声、呼噜声、磨牙声、放屁声交织在一起,空气污浊难闻。现在不占个位子,晚上外面能把人冻成冰棍。万一患上伤寒,壮丁当不成不说,说不准这百十斤要撂在关帝庙了。一盏马灯挂在关老爷的胳膊上,算是影影绰绰地有丝亮光。想上茅厕,不踩几个人都不成,回来后发现原来睡觉的地方找不见了,只好找个地方窝蜷着睡下。大殿旁边搭个小棚,算是茅厕。里面臭气熏天,尿水都变成黄黄的冰溜子,踩在上面直打滑,人们不停地进出,鞋上不是沾了屎就是溅上尿。

一天两顿饭,顿顿一人两个黄面馍馍。三个大桶满是半温不冷,说热不烫的菜汤,漂着七点八星的油花子,浮着几块白菜帮子。关老爷脚下放了十来个破碗,似洗锅水一样散发着馊味。壮丁们争先恐后地去抢碗抢着舀菜汤,有的壮丁心急一口喝下去,连急带呛,嗷嗷地吐;有的刚舀进碗里,被后面一挤,又洒到地上;有的抢不到碗,用手掬着喝,如同饿鬼一样,唯有吃,最诱惑人。

保丁们连吼带骂,见不起作用,就用枪把子砸,砸倒好几个,才算稳住阵脚。

"排队!排队!"

"一个个来!"

"急着吃屎啊!"

在枪把子的震慑下,壮丁们乖乖地围着三个大桶,硬是没一个人敢上前舀。

在关帝庙里待了五六天的样子,部队上接兵的人才姗姗而来。穿着土黄色军装的粮子正式从保安团手里接过新兵,押着他们,浩浩荡荡地穿过泾阳县城。

街道上挤满了看热闹的老百姓,没有旌旗招展,没有鼓乐齐鸣。这是一群衣衫破破烂烂,走路摇摇晃晃的壮丁,他们双手被细麻绳捆着,一个连着一个,像肉串似的。

杨石头四处张望,人群中没有杨柱子的身影,这让杨石头很伤心。而此刻的杨柱子,已经离开了县城,拉了整整一大车的纸人纸马,钱掌柜亲自押车往丧家去了——口镇最大的地主王财东的娘死了。王财东是远近闻名的大孝子,也是个大买主。杨柱子刚开口告假,钱掌柜直接一句话堵住杨柱子的口:"要送行,可以,兄弟情深,我能理解你。但是正事要紧,你也要理解我。"在他的心里,除了钱,其他的事情都不是正事。

第三章

经过近一个月的长途跋涉,壮丁们终于到达终点——榆林。

路上的恓惶辛酸自不必说,一路上绳不离身,吃饭、睡觉都绑着。拉屎尿尿得憋着,实在忍不住了,呼喊押解兵过来解开绳子。押解兵都是部队上的兵痞老油条,为多拿几块钱才从榆林赶过来。好一点的一边解一边骂,日先人带娘地骂,弹嫌壮丁们懒驴懒马屎尿多。暴躁点的拿枪把子砸,仿佛壮丁们前世欠了他们的债,他们后世来寻仇的。

晚上睡觉,不是在这个庙就是那个观,壮丁们进去后直接门上锁。泾阳县关帝庙好歹还有苞谷秸铺地,这里啥都没有。走了一天路,浑身酸痛,壮丁们累得全身散架似的,也顾不了许多,席地而卧,猪崽一样挤在一起,互相取暖。

有八九个壮丁患伤寒,带队长官怕传染,影响路程,不顾他们的苦苦哀求,命令扔到路边。说是到前面镇上告诉当地保甲给予照顾,至于说没说,谁也不知道,这些人的命运就不得而知了。对长官来说,只需要上报伤病员名额即可,或者干脆就瞒下来,还能吃个空饷,区区几个壮丁的性命根本不在心里放。有的部队长官为吃空饷,在接壮丁期间,故意让壮丁患病甚至死掉。

新兵们觉得路上的恓惶让人苦不堪言,谁知道苦日子才刚开个头。杨石头分到连队的第一天就惹事了。

杨石头的班长是一个绰号叫"白毛"的家伙,黑胖壮实。小眼睛,塌鼻子,活脱脱一只肥硕的黑线鼠。他头顶有一撮白头发,很醒目。绰号是由他的渭南老乡——姜连长起的,他深以为荣。在队伍上经历多年的摸爬滚打,这个原本老实本分的农民早已蜕变成地地道道的兵痞。

白毛不仅在班里胡作非为,而且在连里也是横行霸道。装备刚下发,他急忙给新兵们"送温暖"来了。送温暖是幌,弄钱是真。这是个丧良心的活,一般人不会干,也干不来。

杨石头是他送温暖的第九个对象,前面八个慰问者四个弄到了钱,收成还行。杨石头领到的所有装备如下:一套土黄色军装、一双布鞋、两条绑腿布、一个洋瓷碗,再加上一条棉毡。

白毛唱着小调,推门而入。营房里两个老兵正在下棋,旁边围着三五个老兵,这些人他都认识。

"哟!弟兄们都在哩。"白毛笑道。

老兵们见是白毛,就有意收摊不玩了。"你们玩你们的,我找新兵谈谈话。"白毛和颜悦色地和老兵们打了招呼。

几个老兵你瞅瞅我,我看看你,更加专注棋盘上的楚汉争霸。一个瘦瘦的半大小子,军装宽大,像个猴孙,想靠近老兵们,却又怕太靠近遭嫌弃,木然站在一边。白毛不由得一肚子火气从胸腔直冲头顶。

"这碎厌饥瘦得能被一股风吹跑,还出来当粮子,家里估计穷得不像样子,想让娃出来混个饭,肯定没啥油水!早知道一个比一个穷,还不如路上多扔几个,省心省事!"白毛先在心里拨弄了几遍算盘珠子,然后嘴角上扬,硬挤出一丝笑容。苍蝇蚊子都是肉,拾到篮子都算菜,他想试试。

"你!"白毛用手一指杨石头,"我代表连长来看你哩,我们出去拉拉家常,谈谈心。"

杨石头跟随白毛,一前一后出了营房。

刚出房门,白毛一双贼不溜秋的眼睛盯住了杨石头的口袋,张口一句话:"你带了多少钱?"

杨石头到底年龄小,不知道他想干什么,老老实实交代:"家里只给了一块银圆。"

"交出来!"白毛很威严地说道。杨石头不明就里,呆呆地望着来人。

"我替你保管!"白毛似庙里的金刚在发火,杨石头心里一颤。

杨石头站在原地没动,白毛恶狠狠地道出由他保管的理由:"不把这个钱收起来,害怕你开小差。"

杨石头犹犹豫豫地解开口袋,将带有体温的那一块银圆捧在手上,白毛一把夺过来。

"一个大洋,还磨磨蹭蹭的。"白毛心里乐开了花,这是个意外的收获!

白毛将银圆装进口袋,笑眯眯地转身就走。杨石头意识到银圆被骗,懊恼不已。他实在不死心:"你暂时保管也好哩,啥时能还我?"

白毛勃然大怒,转过身高声骂道:"我好心替你保管,还没暖热哩,你就想要回去。"他冲到杨石头面前,抓住杨石头的领口,左右开弓,打得杨石头脸庞肿痛,眼冒金星。

"一个瓷锤哩,啥都不懂,我教你咋说话,咋做人!"说罢,白毛扬长而去。

虽说心疼得要命,很是不舍,但杨石头也无可奈何。他满以为白毛拿到了钱,就会相安无事,谁知道一箩筐的倒霉事在后面排队等着他。

新兵们好不容易睡上大通铺了,牛头马面已经将人的魂魄勾走,只剩下一具嗜睡的空壳,他们很快都睡过去了。感觉还没睡多长时间,新兵们就被老兵们拿皮带抽醒。他们有的光着膀子,有的还提溜着裤子,一个个木然地望着这群凶神恶煞的老兵,手忙脚乱。

白毛是挥舞皮带最凶的一个,带着铁钉的牛皮带打在身上生疼:"集合号都吹一遍了,还磨蹭?等我给你们穿衣服吗?集合!集合!一群懒驴,不打不走!"

在白毛的怒骂下,新兵们慌乱起来,连忙找衣服,寻裤子,闹哄哄的。吹第三遍集合号时,新兵们排成了三列纵队。

今天是新兵训练的第一天,姜连长已经准点到达操场。昨晚白毛上供了十六块大洋,说是今年新兵的"孝敬钱"。白毛这人别的不说,单单捞钱这一项还是很有手段的。能从一群穷鬼身上弄来大洋,那也是本事,一般人还学不来。

姜连长很爽快地给了白毛五块大洋,说是辛苦费,乐得白毛连连称谢。对待下面做事的兄弟,该给还是要给,要不然关键时刻谁给你办事?总不能黑红脸一个人来唱。当官发财,天经地义。靠这几个军饷能发家致富?简直是痴人说梦,必须另辟蹊径,带兵的当然要靠兵。

正是:马无夜草不肥,人无横财不富。

姜连长看部队都集合起来了,清清嗓子,开始讲话:"弟兄们,不管大家从前是务农的还是扛工的,从今天起,大家就是国民革命军的军人了,军人以服从命令为天职。"姜连长望着面前的高低不等、显然还没有适应的新兵们,很有点语重心长地说道:"前面是崖,叫你跳你就要跳;前面是河,让你过你就要过。一句话,长官叫你做啥就做啥。具体到排,就是排长;具体到班,就是班长。没有理由,不找借口,这叫令行禁止。"

姜连长说完,威严地扫视了一遍新兵们,继续说道:"我重点强调一点,弟兄们老老实实训练,在战场上多杀敌,早立功,当官发财那是迟早的事,谁要当逃兵,一个字:死!"姜连长带兵算是有一套方法,总结出来的经验就是一个字:打。

棍棒之下出孝子,也出好兵。当粮子的大部分都没读过书,不认识字,讲道理有几个能听得懂? 不过是白费口舌,浪费唾沫罢了。最直接,最经济,最有效的带兵之道就一个字:打。这条经验不是姜连长发明创造的,而是当时整个国民党的部队长官们普遍高度认可的,奉为金科玉律。冯玉祥号称"基督将军",他的部队里流传一句顺口溜:"石友三的鞭子,韩复榘的绳,梁冠英的扁担赛如龙,张自忠扒皮更无情。"信奉上帝的长官的部队尚且如此,其他部队更不要说了。

姜连长训完话,就喝茶去了。寒冷的冬天里能有一碗热乎乎的茶暖胃,那真是幸福的事。

下面就是班长们大显身手的时候了。

"胡大海。"

"到!"

"王保林。"

"到!"

"早上没吃饭吗?大声点能死人?"新兵们有气无力地答应声,白毛恨不得一脚踢死一个。

"聂犊娃!"没人回答。"聂犊娃!"还是没有人应声。

当白毛扯着嗓子准备喊第三声时,杨石头突然脑子一机灵,原来自己是顶替聂犊娃当壮丁的,在外面自己就叫聂犊娃,不再是杨石头。

杨石头连忙大声喊道:"到!"生怕回答声小了,要挨骂。白毛认出了昨晚的那个半大小子,顿时火冒三丈。

"叫你不吭气,你狗日的是故意的,给我耍性子,还以为在你屋里哩?"

"对不住哩,我……"杨石头脑子飞快地运转,说辞还没想好。

"聂犊娃?听名字就是还想吃你妈奶的货。"白毛皮笑肉不笑地干笑两声。走到杨石头面前,伸出双手,拧住他的双耳,"耳背是一种病,得治!"

白毛连拽带掐着杨石头的耳朵,使劲旋转着拧,边拧边有意朝上提。杨石头顿时觉得两只耳朵火辣辣地疼,仿佛两只硕大的蝎子正将尾后的长针刺进肉里。白毛加大了手劲,杨石头不由得踮着脚,像被掐住脖子提溜起来的鸭子。眼泪在眼眶里打转,嘴不由得咧开,牙齿上下打架,就差哭出声来。耳朵越来越疼,彻底听不见声音了。

杨石头痛苦地用手捂着耳朵,不停地跺脚。白毛阴森森地笑了,露出一口黄牙,总算松了手。

"我是华佗再世,手到病除了吧?聂犊娃,我以后会像照顾亲孙子一样关照你,期待不?"

杨石头头低下来,盯着地上的几棵枯黄的小草。白毛不再理睬杨石头,开始继续点名。杨石头捂了好一会儿耳朵,感觉能好点,放下手,才发现手上有血丝,耳朵竟被撕了个豁口。

看来这是彻底把白毛得罪了,他本来就是个睚眦必报的家伙,杨石头接连两次让白毛气不顺,在以后的训练中,杨石头可是吃大苦头了。

正是:不怕县官,就怕现管。

练习队列,说你没站正,白毛抬手就是一耳光;正步走,觉得腿踢出去时力量不够,飞起就是一脚,也不管是踢在腿上还是屁股上。射击、刺杀、投弹、出操等日常训练,白毛总能挑出刺,说得理直气壮,讲得头头是道。要么挥拳为锤砸,要么以棍为鞭打。白毛如是打牌输了钱或是喝酒上了劲,就拿新兵出气,杨石头就是一个大大的出气筒。出气方式一:罚站。背靠着一堵矮墙,两手平直举起,一站就是个把小时。出气的方式二:罚蹲。两脚分开,与肩同宽,两膝弯曲,要呈直角,两臂向正前方平举,胸部挺直,目视前方,呈"骑马蹲裆"式。少则蹲上半个小时,多的话要蹲足一个小时。最让杨石头胆战心惊的是方式三:打手掌。如同先生打学生,不同的是戒尺变刺刀。一顿下来,手掌又肿又痛,筷子都拿不稳,更别说摸枪了。第二天练习射击,摸枪栓似在摸滚烫的铁。十指连心,还不能叫一声苦,喊一声疼,要不然,更大的罪在后面排队等候。

不能奋起反抗,就要低头认尿,没有什么可耻的。

杨石头年龄小,理所当然地成为班里的公共勤务兵,谁都能指挥他。老兵们的军装脏了,袜子脏了,杨石头洗;白毛白天的洗脸水,晚上的洗脚水,杨石头端。慢慢地和老兵们熟络了,也有了人缘。伙夫老侯是个好人,这让杨石头在暗无天日的兵营里感受到一点亮光,一丝温暖。

五十来岁的老侯,满脸皱纹,右脸庞一道深深的疤痕,说是土匪抢粮时砍的。他是一个沉默寡言的人,很少和人说话,不过倒是经常和马聊天。此时的老侯只是国民革命军第八十六师的一名小小的不起眼的伙夫,连里有资格骑马的就连长一个,所以老侯又兼着马夫的活。

以前的老侯可是同州麻老九手下的一名小头目,麻老九可是大名鼎鼎的土匪,占据同州城,称霸一方,干的都是绑票越货破围子的事。民国十六年(1927年),同州城被攻破,宋哲元急电要将俘虏的三千多人斩尽杀绝,以儆效尤。幸亏张维玺为人敦厚,不忍杀戮。反而按路程远近,每人发五元到十元不等的盘缠,令其各自回家,另谋出路。老侯便是这三千多俘虏之一,拿着五块钱回到老家。一个光棍,一人吃饱,全家不饿。再无其他谋生手艺,只好重新投军,至今已经十来年了。

杨石头屡受欺负,三天两头的不是头上有伤就是脸上有疤,旧疤还没下去新伤又添上。老侯从杨石头的身上看到自己年轻时的身影,也许人老了,对过去的所作所为,有些悔过行善的意愿了,年龄渐老,这种意愿更加浓烈。老侯经常偷偷地在伙房留上几个馒头给杨石头充饥,并以过来人的身份开导石头。

有一天晚上,杨石头又被白毛打得鼻青脸肿。这次的理由是洗脚水不热,杨石头只好拎着木桶到伙房重新打水。老侯很是同情杨石头的遭遇,也很恼怒只会背地里流眼泪的杨石头。在他眼里,杨石头就像年轻时的自己,而自己年轻时是一棵"扒地龙"草,只要根能扎在地上,就能扛过酷暑,就能熬过严寒,就能活下去。受点伤就会哭,只是没出息的任人宰割的绵羊,而不是舔着伤口的猛虎。

"哟,遇到点事就只会哭,你就这点出息?"老侯嘲讽道。

在杨石头的心目中,这个老侯有时像忘年的朋友,在朋友面前哭泣没有什么可丢人的。有时更像家里的父亲,在父亲面前流泪更没啥丢人的。

"哭吧,等你哭够了,我再和你说!"老侯见一时半会儿杨石头的情绪还是没法恢复平静,知道现在说什么他都听不进去,便拿出旱烟袋,点上火,吧嗒吧嗒,猛吸几口,伙房里烟气缭绕。

好一会儿,杨石头逐渐平静了下来。老侯继续说道:"哭谁都会哭,哭能让白毛不欺负你的话,你就天天哭。只不过这样更让他开心,他要的就是这个效果。如是你把伤痛埋在心里,他欺负你也找不到乐趣,自己都觉得没意思了。"

杨石头静静地等老侯讲下面的话。

"娃,记住!男人打碎牙齿和血咽,不能掉眼泪。人哩,都是贱坯子。欺负老汉打碎娃,见了好汉忙回话,欺软怕硬是个通病。你看你,来部队上半年多了,还是麻花的身架,麻秆的腿,不欺负你欺负谁?"老侯走到杨石头身边,一把抓住他的胳膊,拽了几个来回。

"我现在做梦都想哪天把白毛收拾了,这狗日的真不是东西。"杨石头恨恨地说。

"谁都会背地里说些狠话,说狠话能把人说死了,你天天说,跳蹦子说。"

"那你说咋办哩?"

"要有两下子。"老侯微微一笑。

"像武二郎一样?"杨石头一听,立马来了精神,"可我不会啊。"他低下头,多么遥远的梦想。

"不会可以学嘛!我年轻的时候,练过红拳,凭记忆教你。"

"真的?"杨石头高兴地跳起来。

老侯点点头:"你先回!要不白毛这货又要搜事了。你明晚再来找我。"

杨石头满心欢喜地打了水,拎桶回去了。

第二天晚上杨石头急急忙忙地来找老侯。

"来了?"

老侯正在伙房烧水,不急不慢,不温不火。

"叔,快教我功夫。"杨石头心里充斥着狂热。

"啥?"老侯淡淡地问道。

"功夫!"杨石头提高了声调,心急如焚。

在灶房里忙忙碌碌的老侯似乎忘记了昨日他说过的话。

"叔,你耍我哩?"杨石头眼光暗淡下来。

"咦!年龄不大,性子还急得不行!"老侯微微一笑,"我先给你讲一个我少时拜师的故事。"老侯不慌不忙地从柴火堆积的墙角找到一个板凳,跷起二郎腿,摸出烟袋。

"那年,我只有十二岁。"老侯沉浸在回忆里。

老侯还是小侯的时候,身子骨比较弱。侯老爹唯恐家中独苗有啥闪失,绳子偏从细处断,让人担忧,不得不防。于是领着他到隔壁镇上一个老汉那里学打拳,不为别的,就是一个简单朴素的想法——续命。

那年第一场雪刚下,是一场小雪,地上存不住雪花,这使得有风黄尘起的小路更加泥泞不堪。侯老爹在前面走,左手拎两个礼盒,右手提两瓶上好的西凤酒,怀里揣了三块大洋。小侯在后面跟着,寒风时来,去路遥遥。

师父家在村子东边,独门独户。父子俩进了屋,只见一个老汉,胡须尺长,精神矍铄,斜靠炕桌。炕桌上一堆的花生和核桃,炕下一地的花生皮、核桃皮。

屋子里一炕、一桌、俩圈椅,墙上有一块匾,上面写着一个"武"字。墙角堆满了各种各样的高的、矮的、圆的、扁的、玻璃的、陶瓷的酒瓶子,蔚为壮观。侯老爹将礼盒放在桌子上,双手作揖。儿子垂手而立,到底是个娃,眼睛四处乱瞄。

"来了?"老汉面无表情,简单一问。

远乡

"花三爷,我把娃带来了。"侯老爹忙赔笑。

"好!"被称为花三爷的老汉,惜字如金,"娃!把地拾掇了。"花三爷的目光越过老子,直接落在儿子的身上。

小侯走出屋子,在院子里找到一个簸箕和一把蒿草做的扫把,麻溜地将地上的果壳扫干净,扫进簸箕;又走出屋子,来到外面的炕门洞子前,挪开挡住炕门洞的一块厚重的青砖,将这些杂物倒进去,火苗瞬间旺了。

屋里,侯老爹和花三爷正谝闲。小侯进屋后,突然看见圈椅下面还散落两个核桃。记得收拾干净了,咋又遗落了?他忙捡起来,伸手递给老汉一个核桃,另一个递给侯老爹。侯老爹摇摇头。花三爷点点头:"壳还在,咋吃呀?"小侯摇晃着脑袋,四处瞅瞅,没有发现捏核桃的夹子,也无榔头之类的工具,一时不知所措。

"门夹!"小侯灵光一闪,大声说道。

"好娃哩,就这样的破烂门,你夹两下,门板折了,狗进来了,麻烦大了,我怕狗。"花三爷一笑,"拿来。"

小侯双手将硬皮核桃递给花三爷。花三爷拿了一个,将另一个核桃放在炕桌上。小侯心想,这个花三爷的牙齿硬不硬?牙崩了的话,只能喝糊糊面稀饭,吃不成石子干馍了。

只见花三爷左手拈起一个核桃,深吸一口气,大拇指和食指做弹指状,瞬间弹出,嘭!嘭!两声脆响,核桃上赫然出现两个小洞,露出金黄的果仁。

花三爷递给小侯:"吃,香哩!"扭头又对当爹的说,"娃灵醒哩,我留下了。"

"犊娃,这才是高手。"老侯说道,一脸的敬仰。

"我在花三爷那里待了三年半,学到不少东西。老人平生爱酒,对徒弟严。唉!家家都有本难念的经哩!师娘走得早,剩下一个独苗苗,师父觉得娃从小没娘,很是娇惯,没想到娃长大后吃喝嫖赌,样样精通。花三爷给娃娶了一房媳妇,想着能收心过日子了。可两口子整天打捶嚷仗,又多个讨债的。后来老人得了急症,两口子把家败祸得也差不多了,手里紧不说,更不愿意出钱,说是送到医院,怕老人受罪,承受不了。作孽啊!弟子倒有十几个,我是关门弟子。但都是外姓,拿不住花家的事。师父在炕上躺了两天,人就不行了,丧葬费还是众弟子筹的。"老侯说到伤心处,猛地深吸了口旱烟,缓缓吐出。

"人啊!一辈子再能,再有本事,还是赢不过病,更是斗不过穷啊!"老侯一声长叹,左手握拳,一声低吼,捶在板凳旁边的硬地上。杨石头走近一看,地上出现一个小坑,赫然一个拳头的印记。

"后来我又到潼关学红拳,这个拳法,出师短,适宜近身搏斗。你今晚先回,改天晚上再来。叔当了十多年的伙夫,琢磨出一个道理,心急的话,眼睁睁看着筷子夹上狗肉了,却吃不上。为啥?烫嘴!"

回到营房,杨石头一夜未眠,心里如藏着一团火,暗自思忖:"老侯的功夫真是厉害,能学七八成就成事了,以后谁还敢欺负我。"

第二天晚上,杨石头不等白毛命令,拎起桶来到灶房打洗脚水。

"叔,我又来了。"杨石头进门就是一嗓子。

"好!叔不食言,今晚教你基本的,你好好听。"老侯一笑。

"打拳的有句老话,拳假功夫真,力大强十分。"老侯见杨石头一副茫然不知的样子,解释道,"白毛会拳法吗?不会。会功夫吗?更不会。身体壮,架子大,有把力气而已。你打人十捶,人家根本不在意,就当给人家挠痒痒,伤不到人家;但是人家一拳就把你打趴下。你明天早上开始,从基本功练起,比如跑步,腿上要绑沙袋,多跑几圈;比如做俯卧撑,今天比昨天多一个;比如打沙袋,一天多打几回。一个月过去才有收获。"老侯说起话来滔滔不绝,谁能想到他是个沉默寡言的伙夫?

"叔,我保证能行。"

"别说大话,沉不下心的尖尖尻子,我见得太多了。当坚持成为一种习惯,我再教你红拳三十六式,白毛是个垂子!你是要眉毛上面流汗,还是眉毛下面流泪?全凭你自己了。"老侯望着杨石头坚毅的神情,美美吸了一大口旱烟,烟在喉咙里盘桓一会儿,缓缓地吐出,烟气在屋里游荡。

此后,杨石头的训练更加来劲,班里的老兵们一致认为是白毛逼迫的。真不是个东西,把人家娃都欺负成啥了,难道逼人当逃兵吗?白毛很有成就感,"聂犊娃"被自己收拾怕了,收拾得服服帖帖,收拾得老老实实;让他向东不敢向西,让他撵狗不敢撵鸡。娃样子就要这样立。

杨石头见过一次惩罚逃兵,令人毛骨悚然。

那是当兵第二年的夏天,有天早上全团紧急集合,原来是三营二连的逃兵被抓回来了,团里要执行军规。抓回的四个逃兵,被扒光衣服,只剩下一条裤衩子,双手被捆,面向操场,跪在沙地上,似待宰的羔羊,脸上除了恐惧就是绝望。

团长宣布:全团每个士兵上来打三军棍。

在军队里,哪有什么公正可言。四个逃兵吓得哭爹喊娘,苦苦求饶,团长根本不为所动。偌大一个操场，黑压压地站满了木桩一样的士兵们。

刚上来的士兵都不忍心打，值星军官每人给了一脚，然后指向身边的一个壮汉："你给这群瓜货做个娃样子。"

壮汉抡起军棍，三棍砸下来。周围的士兵都噤若寒蝉，仿佛那军棍是打在自己身上。"就这个样子弄，想蒙混过关，没门儿！"值星军官喊道。

有一个士兵是逃兵的同乡，下手轻了，被值星军官发现了，骂道："娘的，怜香惜玉哩，老子让你亲身体会就知道用心了。"当下，值星军官让人把这个人摁到地上，连续三军棍。打完了，再将这个人从地上拎起来，将军棍往他手里一塞："知道咋弄不？不会再多试几回！"

逃兵们刚开始还大声地惨叫，后来惨叫声逐渐弱下去，到最后彻底悄无声息了。身上的肉都被打烂了，骨头也被打断了，惨不忍睹。

但是士兵们还是要眼睁睁地看，还得高高地举起军棍，狠狠地砸下去，要不下一个挨打的就是自己。全团两千人打四人，每人打三军棍，每个逃兵都要挨几千军棍，打完以后，四堆人肉直接被埋到兵营旁边的沙堆里。

团长站在队伍最前面大声说："这就是逃兵的下场！"

远乡

第四章

  老杨家的三个娃儿都遗传了杨陈氏的长相——眉眼细长,脸型偏瘦,典型的男生女相。相书上说这种面相是富贵相,有封侯拜相的命。以前在家,吃不饱肚子,杨石头满脸的菜色。部队里说不上吃得多好,但也不至于挨饿,还有老侯的特殊关照,再加上正是长身体的时候,杨石头的精气神也一天天在变化。最明显的外在变化就是胳膊粗壮了,胸膛肥宽起来了,个子长高了。原来像袍子一样的军装现在正合适,显得英姿勃发。

  一天晚上,杨石头又一次到伙房打洗脸水。老侯正在往灶膛里添柴火,脸庞红通通的,像喝了白酒一样,刀疤更加狰狞。

  "黑瓷老碗里有好吃的。"老侯手指案板。

  杨石头放下水桶,连忙走近一看:半碗绿辣子炒鸡蛋。

  "咦,还是荤菜?"杨石头惊道。

  "团部来人检查,连长让我做一桌子硬菜。狗日的就给一块大洋,要不是陪客多,我还能给你扣下些肥肉片片子。馍马上熟了,热蒸馍夹上,美得太!"

  杨石头拈了一块鸡蛋放在嘴里:"香!"

  "十三年的火头军了,厨艺还是有的。"老侯很自信。

  "对着哩,白菜能做出肉味。"杨石头笑嘻嘻地说。

  "又给叔戴高帽子。"老侯一笑。

  "大白菜一天三顿不重样,真是一个绝活。早上凉拌,中午醋熘,晚上熬汤。"

  "夸叔呢,还是糟蹋叔哩?"

  "当然是夸了。"杨石头一本正经地说。

  "垂子大点伙食费,姜连长还隔三岔五这扣点,那掖点。狗日的,一个麻钱当家产,蚊子身上还想刮三两肥油哩。我就是有日天的本事,也不可能把白菜帮子炒成肥肉片子。喝兵血喝出瘾了,不怕遭报应!"老侯愤愤地骂道。

"你没见白毛喝酒的样子,好像八辈子没喝过,羞先人哩!回到连队,跟猪一样,倒头就睡。这不,刚起来催命似的让我打水洗脸。"

"时间长了就好了,他到底还是不吃人嘛。"见杨石头不甘心的样子,老侯开导道。

"叔,你教我红拳吧。"

"尖尖尻子的样子。"老侯嘲笑道。

"就当验货,我,自认为还行。"杨石头拉着老侯的胳膊央求道,言谈中有小小的骄傲。

"也罢,你说你很牛。咱爷俩比画比画?"老侯豪爽地笑道。经过观察,老侯觉得石头能吃苦,人也不赖,是个有想法的小伙子,该是掏干货的时候了。

馍馍出笼,杨石头趁热一口气就着半碗荤菜吃了五个,半瓢水下肚,吃饱喝足,还打个嗝。杨石头忙着吃喝,老侯忙着翻馍、凉馍,收拾伙房。一个吃饱,一个忙完,两人站在空地上,四目相对。

"上,试着打我一拳。"

"好叔哩,我现在一拳能把你打趴下。"杨石头笑道。

"别吹!谁把谁打趴下还两说。"老侯摇摇头。

"那你小心了。"

"出水才见两腿泥。"老侯不以为然。

杨石头卷起袖子,握紧拳头,直捣老侯前胸。老侯侧身一闪,用左手一挡一拉,身子顺势斜插,左腿已经插到杨石头双腿后,右掌平推。

"开!"老侯一声低吼。杨石头一声惨叫,跌出两米开外,重重摔在地上。

"上推下砸中间胯,这是一招。以掌换拳的话,效果更猛。"

杨石头揉揉屁股,龇牙挤出一个笑脸:"大意了,再来!"

他双手紧握成拳,左脚向前急急跨出一步,在右脚蹬地的瞬间,挥出右拳,直奔老侯面门。老侯没有动,似一杆标枪,眼睛时刻注视杨石头的肩头。看到杨石头右拳冲向自己,老侯瞬间伸出左手,翻转为拳,狠狠地砸在杨石头的右胳膊上。

"哎呀!"杨石头疼得号了一嗓子。

"不招不架,就是一下!"老侯得意地一笑。

"我以前有个师兄,是个刀客。有次招惹了一个地痞,好话说尽,不顶用。地痞仗着人多,摆明了欺负人。当胸一个冲拳,我师兄一捶砸在他胳膊上,那家伙立马耷拉下胳膊,估计是折了。其他同伙见状,愣是没有一个敢出手,乖乖地目送我师兄走了。练成这个样子,就有力道了。"

老侯伸出双手,手指粗而短,手掌肥而厚,排成一列的四个骨节赫然入眼,坚硬似桃核。老侯每天从早到晚围着锅台转悠,揉面、蒸馍、炒菜、烧汤这些琐碎的活路,就是这样一双能打死人的手在操弄的?让人难以置信。

"我下硬茬了!"杨石头低吼道。这俩月的苦不能白下,在一个老汉手里过不下一招,太丢人了,太说不过去了。他左脚上前,右脚后蹬,左右拳头带风奔出,似狂风暴雨,急速而来。老侯左右躲闪,瞅准机会,拉住杨石头的胳膊,用力向前拽。杨石头身子不稳,一个趔趄。老侯趁势挥出右拳,直捣腹部,即将打到杨石头的肚子时,突然停止。

"借势打势,才是把式。"老侯谆谆说道。

杨石头哪能想到平日闷声闷气的老侯竟有如此的手段,真是深藏不露,让人刮目相看。

"手是两扇门,全靠脚踢人。不要踢得过高,下盘不稳就是一个花架子!最有效的就是这个部位,两个膝盖的关节处。记住了,踢不过膝!偎身靠子拧心肘,打人凭的六合手。无论哪种招式,目的只有一个,要能开动人。这个'开'字,不好理解,你要好好悟哩。"老侯谆谆教导。

"叔,你还有这能耐,真是让人意想不到!你是练家子啊,咋能埋没在伙房哩?"杨石头惊叹道。

"我算啥?花三爷才是真正的隐世高手。有一年中秋,镇上唱大戏,他领着我看完戏。回来的路上遇到一群野狗,估计好几天没吃了,白天不敢胡骚情,但是到了晚上,却是另一副模样。见人不怕,月光之下,和狼一个屌样,让人不寒而栗。花三爷真的怕狗,他拉着我的手在前面跑,四只狗,整整四只哩,在后面追。我实在害怕,一个绊脚子摔倒在地。最前面的是只大黑狗,扑过来就要撕咬我。我当时想,毕了,毕了!花三爷这时候也急了,转身的瞬间伸出两指,戳向已经扑在半空的大黑狗。你猜怎么样?"老侯望向杨石头。

杨石头摇摇头,想象不出一个老汉和一个小娃如何面对一群似狼的野狗。

"这一招就戳破了狗肚子,花三爷一把将狗肠子拽出,扔在地上。其他野狗见状,惊叫几声,都夹紧尾巴跑了。"

"真的?"杨石头惊道。

"还煮的哩,我亲身经历的事情。花三爷救了我一命,他天生怕狗,倒是真的,吓得够呛。手在衣裳上来回擦了好几遍,哆哆嗦嗦。回想起以前的事情,不由得让人难受。师恩难忘啊！"老侯满脸凝重，又想摸烟袋。

"叔不是吹，我年轻时不是一星半点的张狂。现在落到这个田地，怪不得别人。自己种的枣树，挂自己的衣裳。活该！"老侯叹了口气。

当年老侯拜在潼关"通背李四"门下学习红拳，何尝不想当个刀客，行侠仗义；或者当个拳师，扬名立万。谁知道年轻气盛，结交上一群狐朋狗友，还以为是患难与共的真弟兄。谁知道被勾到土匪窝，谁知道在大染缸里把自己搞得人不人鬼不鬼。一步错，步步错，世上哪有后悔药？

正是：一失足成千古恨，再回首已百年身。

两个人在伙房里，拳来脚往，老侯手把手地指点杨石头，就这么过了一夜。

白毛此刻斜躺在铺上，被子团成一堆，当作枕头，抽着纸烟。酒劲没过，还有点微晕。他的花花肠子在不停地蠕动，脑子里全是龌龊下流的念头："聂犊娃来部队快两年了，现在被收拾得服服帖帖，让干啥干啥，身体长开了，也有肉了，细眉细眼的，真像个娘儿们。"

白毛是一个见到女人就抽不出眼，迈不开腿，拔不开身的家伙。口袋里不能有钱，若有几张糙纸，就会屁颠屁颠地给城里的窑姐送去了，真真的为下半身而活的腌臜龟孙。最近上面说是要打仗，兵营里加强纪律，不能随便出营区。这能禁住白毛的人，禁不住他一颗骚狗般的心。一到晚上，想到榆林城里老相好肥颤颤的奶子，白花花的肉，就难受得要死。他翻来覆去，孤枕难眠，手握着命根子，来来回回使劲。兵营里没有女人，兵营里只有男人。兔儿爷也罢，聊胜于无啊。别处得不到，此处能得到，细眉长眼，面相清秀的"聂犊娃"开始他在脑海里进进出出。

有天晚上，杨石头睡得迷迷瞪瞪的，突然感觉有只手顺着胸膛向屁股摸去，像条蛇在身上匍匐，让人既恶心又害怕。杨石头蓦然惊醒，顺手抓住这只手的一根手指头，反方向一折，只听"哎呀"一声惨叫。

"谁？"

"咋回事？"

"大半夜的，弄啥哩？"

黑乎乎的房子里，到处传来不耐烦的喊叫声。

有人点起气灯，看见"聂犊娃"掰着白毛的左手无名指。白毛光着上半身，一条腿跪在炕上，龇牙咧嘴，大声喊疼。

"聂犊娃,你还不放手,爷手断了。"

杨石头见是白毛,连忙把手放开。

"我跟犊娃耍哩!瞅垂子哩!睡觉,都他娘的睡觉!"大家见状,默默无语,悄悄躺下。反正与自己没关系,少惹为妙。

"咦?还耍不起?"白毛贱兮兮地望向杨石头。没有吹胡子瞪眼,嘴一咧,露出满嘴大黄牙。门牙缝里有一点猩红,那是一块辣子皮。

"半夜三更的,谁知道是你,我还以为遭贼哩。"杨石头心有余悸。

"谁敢到兵营里当贼娃子?纯粹是牛羊进屠户家,一步一步寻死哩。"白毛摸了摸下巴。

"贼脸上也没刻字。"杨石头顶了一句。

"好,就当我是贼。你瞅瞅,我脑门上有没有刻字哩?"白毛未发雷霆之怒,倒是一笑了之,"没刻字吧,不过我心里刻字了,你猜是啥字?"白毛讪讪地回到自己的铺位上。

杨石头裹紧被子坐在铺上,忐忑不安。

"那个谁,把灯关了,睡!"

营房里彻底暗下来,杨石头躺下后,心还是怦怦直跳,以后要提高警觉。这世道啥人都有,啥事都有可能发生。屋里很快恢复了沉寂,续而有人大声地发出鼾声,似熟睡一样。

白毛就是条癞皮狗,只要被盯上,不咬下一块肉,或者一嘴毛,他是绝对不会善罢甘休的。白毛下令,将自己的铺位和人调换,调到杨石头的旁边。杨石头最害怕晚上了,熄灯号刚刚吹了三遍,白毛的心如同黑猪尿脬一样,臊气充塞,迅速膨胀。

他又对杨石头开始新一轮的纠缠。

"还不睡,是不是想女人了?"白毛贱笑道,"你家里有没有姐?你模样俊,你姐肯定差不到哪里去。"

"我家弟兄三个。"杨石头回了一句。

"那你老子尿把子长呀,生了三个光蛋。三个光蛋,娶媳妇能剥了老汉几层皮。出门在外,多个哥,多个照顾,我以后给你当干哥。聂犊娃以后是我白毛的干兄弟,谁敢欺负他,就是难为我。"白毛彰显着权威,坐在铺上大声说道。

"犊娃你看干哥对你好不好?"白毛嘻嘻一笑。

杨石头不愿意和这个烂人纠缠,一把扯过被子,捂住脑袋,倒床而卧。白毛望着杨石头惴惴不安的样子,很是受用,伸出舌头舔舔嘴唇,言辞上占了便宜,他有点小小的满足,拍拍手,喊道:"那个谁!熄灯!灯油不费钱吗?一群败家的货。"

油灯灭了,屋内一片黑暗。操练了一天的士兵们慢慢地睡了。杨石头却捂紧被子,担惊受怕,直到天明。之后几天,白毛时不时地趁着夜色骚扰一下杨石头,有时没脸没羞地趁杨石头不注意摸一下脸蛋,或是用手打一下屁股。杨石头不好意思吭声,只能躲,防贼一样,搞得精神高度紧张,白天哈欠连天。

一天中午,屋里的士兵都去打饭,杨石头在清理打扫营房。白毛一闪身,溜进来,随手把房门关了。杨石头听见关门声,扭头看见白毛一脸淫邪的笑,恶心得像吃了几只绿头胖苍蝇,一时半会儿还吐不出来。

"犊娃,你长得太稀罕了,跟姑娘一样好看,哥太喜欢了。你让我亲一下,或者你亲我一下,你选一个。以后谁欺负你,报哥的名号,打残狗日的。"

杨石头盯着白毛,心里开始琢磨:"今天不把狗日的打结实,这下作东西还真以为我杨石头还是当年逆来顺受的小媳妇哩!以后再说以后的话。"于是他静静地观察白毛的举动。

白毛见杨石头沉默不语,以为服软,认为有戏,张开双臂,扑了过来,要来一个熊抱。

杨石头双手向上一挡,顺势把白毛两个手腕抓上,向怀里一拉,左腿用力蹬地,右腿屈膝,对着这杂种的肚子顶去。白毛根本没想到杨石头会来这手,当下感觉被重锤击中一样。他捂着肚子,膝盖弯曲,跪在地上,嘴里嗷嗷地叫唤。杨石头根本不给白毛喘息的机会,一个正踢,踢在白毛的脑袋上,直接把这个黑线鼠踢昏过去。他慌忙打开房门,找老侯商量对策。其他士兵吃完饭回来,看到班长还昏迷在地上,连忙掐人中,喊名字,忙活半天,白毛才恢复意识。

"垂子,跌个爬扑,撞到门板上哩。"白毛悻悻地骂道。他摸着肿痛的脸,把"聂犊娃"恨透了,不识抬举的东西,恨不得立马提枪把"聂犊娃"直接崩了,可是没有借口。"此仇不报非君子,聂犊娃,你等着!你娃死都不知道咋死的!"白毛心中恨恨道。

正是:金风未动蝉先觉,暗送无常死不知。

杨石头找到老侯,将事情的经过简单向老侯讲述一遍。老侯一听,沉思下来,拿出烟袋,点上火,咂巴着烟嘴。全连上下,无人不知白毛什么德行,他绝对是一个睚眦必报的货。他能忍下这口恶气,不吭不哈?不过这件事压根也拿不到台面上来说,估计说出来,自己都觉得丢人现眼。从目前来看,一段时间内可能相安无事,娃暂时是安全的。老侯觉得一时半会儿白毛还不至于下黑手。

"我准备去向连长申诉,省得这货天天瞽乱我。"

老侯一听就急了:"千万不要到连长那里申诉。好娃哩!你真是碗口大的西瓜,一拃厚的皮!姜连长和白毛是狼狈为奸。从新兵身上搜刮的钱,大头要上供给他。没有姜连长在背后撑腰,白毛敢上蹿下跳?即便你申诉成功,白毛挨上几军棍,了不得了。这事弄大了,对你更不利。"

"白毛是一只死眼狗,怕他不丢口啊。"

"他人都丢到戈壁滩去了,估计一时半会儿要不出什么幺蛾子,你以后小心为好。"

杨石头强作镇静,装出一副若无其事的样子,回到营房,心里却是忐忑不安。白毛斜靠在铺上,额头敷了块冷毛巾,一个新兵在旁边伺候。见杨石头进来,白毛凶狠阴冷的眼神能把杨石头射出十个八个血窟窿。

"你妈的,还不换毛巾?不长眼的货。"白毛高声骂道。一个巴掌将这个新兵扇倒在地,冷哼一声,扭过头。

正如老侯说的那样,好像啥事都没有发生一样。白毛又把铺位和人调换回了原来的地方,表面上看,风平浪静。杨石头在兵营里待了近乎三年,连一个子的饷银也没有存下来。二等兵的军饷是每月十块钱,每个月扣除一块钱的伙食费,军饷是今天拖明天,明天拖后天,一年拖一年。杨石头只给家里寄了一回钱,是二十块钱,其余的全被白毛弄去了。发饷的日子,当兵的高兴,当官的更高兴。白毛会热情地召集大家推牌九。如他赢了,眉飞色舞,赏几根烟;如他输了,口里不干不净,日娘谳老子地骂,晚上谁也别想睡。

白毛还有一敛财手段:借。以各种理由借,不是家里有事,就是身体有事;不单向杨石头借,其他的新兵也是他借钱的对象。只不过借的钱,就像刘备借荆州一样。

杨石头和老侯偷偷去过三回榆林城,其余的时间就是在兵营里训练、吃饭、睡觉,过着三点一线的日子。据说整个"三边"的共匪闹得可凶了,地主老财带着金银细软跑到榆林城避难去了。地被红军分给了穷人,于是成群的穷苦人都参加红军了。杨石头所在部队接到上级命令,准备开赴定边,进行剿共。

当然这只有包括连长在内的军官们知道,士兵们还是按部就班地进行操练,好像他们从来不会被拉到战场上似的。

第四章

这天中午,姜连长准备到团里开会,老侯牵马到连部,看见白毛鬼鬼祟祟地进了连部,就多了个心眼,躲在窗户旁偷听。

"你我之间就不说这些了,你准备咋办?聂犊娃可不是刚到部队上任你拿捏的新兵蛋子,再说马上要开拔了,现在闹出人命不好交代呀!"这是姜连长的声音。

"我思量好一阵了,眼下便有一个万全之策。只要和共匪交上火,我躲在背后,打聂犊娃一个黑枪。事后报成战场死亡,说是被共匪打死了,神不知鬼不觉地把狗日的解决了。"这是白毛的声音。

"好办法!"姜连长继续说道,"你可要打准了,我大笔一挥,死人一个啊!"

"这货的抚恤金全部归你,我一个大子儿都不要,只为出口恶气。"白毛说道。

"老弟是直性子人,快意恩仇啊!其他的事情都是小事,好说,好说。谁叫咱们是弟兄哩。"姜连长一听有钱可捞,话音里藏不住喜悦。

"谁要得罪咱们,绝对没好果子吃。"

"对,就这样弄!"

正是:暗室欺心,鬼神不知。

老侯在窗外听得真真切切,气得火冒三丈。"聂犊娃"稀里糊涂死了,家里拿不到半个子儿的抚恤金,这两个恶贼真是阴险毒辣。老侯觉得大事不妙,"聂犊娃"这次是凶多吉少。回营区时,老侯找到杨石头,让他晚上来,有事商量。

秋天的晚上,塞上已然有些寒冷了。点点繁星在秋风中似乎要坠落,一闪一闪,似乎又被救赎。杨石头来到马棚,见老侯在铡草,连忙过去帮忙。杨石头捉铡刀,老侯将苞谷秸向铡刀下面放,铡刀下来,一堆齐齐整整的半寸来长的马料就成了。

"犊娃,叔争取今晚给你教完红拳三十六式,怕以后没机会了。"

"叔,你生病了?还是有其他的事情?"杨石头急切地追问。

"今晚你一门心思地学,明日事明日再说。"

那天晚上,老侯教了杨石头半宿的红拳,杨石头学了个七七八八。临走,老侯给杨石头再三交代,明晚一定到伙房来,有紧急的事情商量。

第二天晚上,杨石头端着水盆去找老侯,盆里是自己的一身军装。他也算老兵了,公共勤务兵的头衔和活路由另一拨新兵接替了。可是他从来没有指使过哪一个新兵,现今的他们何尝不是当年的自己?

"犊娃,你估计没法在兵营待了!"老侯见杨石头进屋,忙关上门。

"为啥?"杨石头一脸诧异。

"我昨天到连部给姜连长送马,无意间听见白毛和他商量,过些时日,队伍要开拔了,只要上了战场,就找机会在背后打你黑枪。所以昨天晚上,我把红拳套路教给你,就当是临阵磨枪了。"

"狗日的,非逼人上梁山!"杨石头一跺脚,"他不让我活,他也甭想过太平日子。"

"留得青山在,不怕没柴烧。要不你逃吧!"

"好叔哩,当逃兵被抓住,还不是一死,死得还窝囊!还不如把这狗日的崩了,大不了一命抵一命。"

"你年纪轻轻的,换他个下流坏子,不划算。"老侯见劝说无效,不由得着急,"现在是个乱世,不是所有的逃兵都能被抓。逃,还有一丝希望;留,必死无疑。"老侯一脸的凝重。

杨石头低下头,不吭气。想了一会儿,抬起头对老侯说道:"我堂堂七尺男儿,不靠舔人尻子活命,小爷就是死,都不做这丢人现眼的事!天地之大,我相信有一条出路,不过临走我也得拉个垫背的。"

"能逃就不错了。娃呀,你还想咋?"老侯仿佛在杨石头身上看到自己年轻时的身影,有一股子血性。

"先干掉白毛,再想办法逃走。"

"你思量好了,折进去咋办哩?"老侯一脸的焦躁。自己怕是真老了,怕出事,怕惹事。

"平日欺负倒算了,现在人家吃了秤砣要我命,不拼一下,我枉为男子汉了。再说,咱也知道他的计谋了,出其不意,干他狗日的,就当除了一个祸害。"

老侯见说服不了杨石头,也就不再继续劝说,强笑一声。

"我一辈子净干没眉眼的事,只落了一个肚子圆。"说话的空当,老侯从怀里摸出一张面值十块的钞票,递给杨石头。

"拿着!"

"叔,我不能要你的钱,你还要留着养老。"杨石头忙推辞。

"唉!我一个孤老头子,黄土埋到胸口了,还能背几天日头?"老侯眼里满是慈爱,"咱爷儿俩相交也是一场缘分,你推辞的话,叔生气了。"

"叔,你是一个好人。"杨石头说道。

"谁让我们命不好哩。"老侯悲哀地叹了口气,"西北风下淋雨,坏心人发横

48

财。这是个垂子世道！"

杨石头站起来，心里涌出浓浓的谢意和不舍，深深地对着老侯鞠个躬，说道："叔,保重！"

杨石头眼角湿润一片，泪花开始在眼眶里荡秋千，秋风一吹，随时滴落。

十天后部队开拔奔赴定边，姜连长奉命带领队伍进攻一个坐落在山顶的村庄。这里除了起伏的沙丘，就是裸露的岩石。偶尔长出的野草，在秋风中摇晃着低矮的身躯，努力证明生命的顽强。触目惊心的荒凉，如同世界末日。

第一次上战场的新兵们紧张得要命，好像敌人就潜伏在身边，随时都会开枪射击，还没弄清咋回事，一百多斤就扔在这里。众人小心万分地向山上缓缓推进，警惕地四处张望。刚到半山坡，就听见山顶传来密集的枪响，陆续有士兵惨叫着倒下。吼叫声，咒骂声，呻吟声，此起彼伏，队形变得凌乱。士兵们猫着腰，尽量压低身形，迅速向前移动。即便还没看见半个人影，也胡乱地向山顶开枪射击。乒乒乓乓的枪声好歹给壮了胆，感觉到安全了。

杨石头的注意力不在山顶，他时不时扭过头，他用余光瞥一下白毛，任耳边枪弹嗖嗖。突然，杨石头哎哟一声倒地，身体一动不动。白毛在侧后方亲眼看见"聂犊娃"突然倒地，不由得大喜：老天爷都在我这边帮忙执事，摇旗呐喊。这货被共匪打死了，倒省事了。白毛端着枪，弓着腰，叫骂着，领着队伍向前冲。在经过"聂犊娃"时，抬起脚，狠狠地在"尸体"上跺了一脚，在脊背上吐了两口浓痰。

"死了也要欺负你，欺负你到老家，不识抬举的货。"白毛咒骂道。

快乐是短暂的，很快就被令人恐惧的枪声冲散，白毛一步步猫腰向前。突然，"聂犊娃"的"尸体"动了，他单膝跪在沙子窝里，端起汉阳造，浅黄颜色的枪托因许多漆已经被磨掉，看起来有些斑驳。只见杨石头将枪托紧紧地抵在肩膀，手心里沁出细细的汗水，黏黏的；心脏狂跳，似要随时跳出胸腔。这是第一次杀人，杨石头想起在聂庄见过的杀人场景，但白毛算个人吗？是猪，是狗，是猪狗不如的畜牲！左前方大概三十米的位置，准星里白毛壮实的身躯缓缓向前。杨石头努力平静自己的心绪，一个深呼吸，还是紧张，一连几个深呼吸，似把日月星辰纳入腹中，又缓缓吐出。

杨石头轻轻扣动了扳机，砰的一声，随着汉阳造的后坐力在肩膀猛地一颤，子弹射出。随着枪声，白毛的后心出现一团血迹，迅速散开，如同一朵盛开的大红牡丹。杨石头兴奋地站起来，打中了！白毛没想到后背被人打了一枪，跟跟跄跄地回过头。远处，"聂犊娃"端枪站立的模样。像一尊下界金刚，威风凛凛，更

远乡

像勾魂无常,让人胆战心惊!不相信、不服气、不甘心的念头混杂在一起,乱煮成一锅,堵住了白毛的思维。渐渐地,"聂犊娃"的身影模糊起来;渐渐地,天旋地转,突然模糊成一片,一切归于沉寂。杨石头迅速丢下步枪,倒下继续装死。后来队伍被打得四散奔逃,杨石头觉得机会来了,一跃而起,连滚带溜跑下山去。

第五章

路过一个村庄,看到一家院子绳上晾着一身破旧的衣服,杨石头瞅着没人,便把衣服偷出来,换掉了身上惹眼的军装。

杨石头顺着官道走了十来天,只要瞥见有成群的人或者骑马的过来就急忙躲起来。老侯送的十块钱早就花完了,吃饭成了问题。

杨石头在路旁折根杨木当拄杖,一步三晃,走走停停。看到前面有个堡子,他想进去碰碰运气,讨几个馍馍充充饥。低矮的土墙将堡子围成一个整体,街面上人来人往,小贩的叫卖声此起彼伏,这是个富庶的集镇。

一家酒馆门前,杨石头站住脚:"叔,问个话,这是啥地方?到咸阳咋走?"

一个头戴瓜皮帽的老汉正坐在门口晒太阳,扭过头来。他脸色黄黑,皱纹像黄土高坡随处可见的纵横交错的深沟大壑。手里拿了杆镶了白玉烟嘴的铜杆烟袋锅。一把山羊胡,白多灰少,竟似聂瞎子几分,有着老人家特有的慈祥的笑容。

"小哥,此处是长延堡。看你风吹日晒的,走了不少路吧,到咸阳是投亲还是?"

老者眼睛炯炯有神,聂瞎子的眼睛却是天生一只病,一只瞎。杨石头突然冒出一个念头,聂瞎子拿这杆烟袋锅,更扎势。

老者的笑容让杨石头想起聂瞎子来,想起聂瞎子的种种好,但忘记了聂瞎子经常给自己反复说的一句古语:害人之心不可有,防人之心不可无。

"我是泾阳县人,出来帮人拉骆驼,几年没回家,想回去看看。"

"我就说,话听起来这么舒服。咱俩是乡党。"听杨石头说出原籍,老者笑意更加浓厚,"快给我乡党拿几个馍馍。"老板一听召唤,连忙拿来四个馍。

"再续一碗水,干啃馍,容易噎,要热的。"

"马老爷子,你真是善心人。"老板有了生意,心情舒畅,恭维话张口即来。

"在家千日好,出门一时难。谁愿意在外面讨活路哩,都是没办法啊!"马老汉一副古道热肠的模样。

老板赶忙端上一大黑瓷老碗的热水,递给杨石头。杨石头道声谢,狼吞虎咽,瞬间风卷残云。四个馍馍进入五脏庙,才觉得身体有了点活力。

虽说只是大半饱,毕竟是人家请的客,不能让人觉得没有拘谨,不懂事。杨石头抬头对马老汉说道:"吃饱了。"

"要不再来两个馍馍?吃就吃饱,可别作假。"

"真的饱了。"杨石头咽了口唾沫。

"老汉姓马,从泾阳出来几十年了,没想到在这鸟不拉屎的地方能碰见个乡党!今天到我地盘,咋都要帮你的。到家里住一晚,走,走,走!"

马老汉将烟袋锅在地上磕了几下,倒出烟灰,别在腰间。不由分说,拉起杨石头的手:"唉!都是下苦人,都不容易。娃在队伍上当排长,常年待在甘肃庆阳,几年回不了一趟家。我一个孤老汉,能体味你的难处。不嫌弃的话,晚上到家里将就一晚。"

正是:出门烧高香,就地遇贵人。

马老汉领着杨石头穿过街道,一直走到尽头,右拐,来到一处院子。红柳扎成的篱笆墙,半人来高,两间低矮的土房。院子中间一张木桌,两个木桩算是凳子。院子东边有一小畦菜地,种了几行葱,健壮挺拔,青绿一片。几株丝瓜蔓,顺着枯树枝搭成的菜架爬上房顶。十来个青中泛黄的大丝瓜在垂藤蔓上,给人果实累累的感觉。

马老汉推开房门:"快进,我这里很简陋。"

一盘大炕上铺着一张粗席,一床被子整齐地叠起来紧靠炕头,房间收拾得干净、整洁。一口大缸满是清水,塞北的秋天还真是干燥,杨石头拿起水瓢,连喝两瓢。

"估计你也乏了,在炕上眯一下啊。我到院子砍点柴火,待会儿去堡子买点东西。"

"叔,我来破柴,你歇着。"杨石头听说马老汉要破柴,连忙抢着要做。

"不了,不了,你好好歇歇。在我这里就当家里一样,千万不要假客气。"马老汉笑着劝住杨石头。

杨石头说服不了马老汉,不好意思强人所难,百无聊赖地在院子转了几圈。在马老汉的几次催促下,困意袭来,如同排山倒海。他转身进屋,双脚搭在炕沿上,斜靠在被子上,暂作小憩。太困了,太乏了,太想睡了。他本来只是想眯一会儿,但是眼皮却像城门闩一样沉重。挣扎着,努力着,终于放弃了,杨石头昏昏沉沉地睡过去了。

马老汉装模作样地找来半米长的一段枯树,拎起斧子胡乱砍了几下。斧声响亮,啪啪作响。

"乡党,乡党。"连喊了几声,无人应声。马老汉来到窗户底下,用手蘸点唾沫,将窗户纸捅开一个小口子。

人,躺在炕上,四仰八叉,呼噜声响起。

马老汉嘴角一咧,慈祥之颜风吹云散,取而代之的是笑,得意的笑:"一只肥羊到手了!"

正是:眼孔小时无大量,心田偏处有私谋。

马老汉悄悄地将房门锁了,从石桌下拿起一截铁链,将院门缠绕几圈,又用手使劲拽了拽,这才放下心来,向镇公所大踏步走去。一阵紧一阵的尿急,让杨石头不得不起身,迷迷糊糊地向外走,想到屋外方便。拽了拽房门,竟然锁上了。似啃人霹雳穿透迷糊的脑浆,杨石头一个机灵。

"狗日的,老狗!"杨石头骂道。

虽不晓得马老汉究竟想干什么,但锁门绝对是个危险的信号。杨石头使劲拽了拽门,掉了几块土渣,再无动静。

一个小窗户,榆木杆封着,身子根本爬不过去。除此之外,方方四堵墙,真是上天无路,入地无门。人越急,尿越紧,杨石头掏出命根子对着后墙一通畅快,无意间发现土墙湿了一大块,墙皮有点松动掉落。他一步顶三步,跑到水缸旁,拿起瓢,舀了一瓢水,对着刚尿湿的墙上缓缓泼下。后来,干脆把灶台上的铁锅搬下来,用铁锅盛水,找了个锅铲,在湿墙上挖。时间不长,一个拳头大小的洞就出现了。杨石头信心倍增,不觉尿臊,手底下更来劲。过了好一会儿,大功告成,一个辘轳大小的洞豁然出现在眼前。杨石头放下心来,在缸里洗了脸,洗了手,穿墙而过,逃出生天。

马老汉走进镇公所,几个保丁闲得蛋疼,晒太阳的晒太阳,抽纸烟的抽纸烟,一个个悠闲自得。

"我给咱送买卖来了。"马老汉呵呵一笑。

"买卖"两个字如飞来仙音,保丁们活泛起来,如猫嗅到鱼腥味。

"马老爷子,您老又有啥好事?"

"我家里圈了个逃兵,想请哥儿几个帮个忙,扭送到镇公所。赏钱下来,我请客。"

保丁们一听有好处,马上来了精神。

"马老爷子,你咋知道是逃兵哩?人家脸上也没写字?白跑一趟划不来嘛。"

"这娃我一见就知道是个逃兵。他说是骆驼客,拉骆驼的都是人在前骆驼在后,长时间下去,必然轻微驼背。当然,这需要相当眼力,一般人判断不出。这娃哩,腰身挺得像白杨。"

望着保丁们期待的眼神,马老汉更加高兴,谈兴更浓。

"我拉他的手,手掌心连个硬茧子都没有,你们说哪个骆驼客不是满手硬茧子?"

保丁们一听,都觉得在理。

"马老爷子真是老江湖。"

"真个厉害。"

"怪不得你能弄钱。"

"赏钱下来,请我们吃羊杂。"

马老汉将了将山羊胡子,这是个标志性的动作,一般是大事定后,自然流露的表现。他带着保丁们来到自家院子,扯开铁链,打开房门,众人拥进屋里。一地泥水,满目狼藉,空气里弥漫着一股尿臊味。墙上一个大洞,嘲笑似的张开大嘴,豁然在目。

"狗日的,跑了!"

马老汉一声大喊,喊声中充满着一股被愚弄被嘲笑被羞辱后的怒气。保丁们见人跑了,一个个都泄了气。料事如神的马老汉羞恼起来,鳖从瓮里跑了,堡子的老少爷儿们会把这个事说一辈子,脸丢完了。他跺跺脚,气急败坏地说道:"你们不追,我追!"呼喊了隔壁近邻,许以粮食银圆。大家伙抄起棍棒耙子,闹哄哄地追出。

杨石头出了堡子,顺着胡杨林向前走,隐隐地听见身后人声嘈杂,回头一看,一群人拎着家伙冲过来,有十多人。

"站住!站住!"一声高过一声。

杨石头撒丫子在前面跑,后面人紧追不放。前方有个小沙包,杨石头冲上沙包。卧倒,拿出一颗手榴弹,手拉环,腰伸直,臂用力,一套标准的投弹动作,朝着人群前面的空地上扔出去。轰!平地起惊雷,沙尘飞扬高。估计这群村民一辈子都没机会见识手榴弹的威力。只当是个逃兵,谁知道是个杀神;挑软柿子捏,谁知道碰到榫樯。杨石头不想惹麻烦,不想杀人,只求吓人。像挨了砖头的狗,人们胡跑乱窜。马老汉在人群里,一瘸一拐地跑,脚步不慢。

杨石头站在沙包上大声喊道:"小爷是长坂坡的赵子龙,来啊!"人散去后,杨石头查看一下战场,战利品如下:枣木把两根,白蜡杆三根,钉耙一把。杨石头挑了根趁手的白蜡杆,顺着村子旁的树林大踏步向前走去。随着手榴弹的爆炸,疲惫、恐惧,一扫而空。杨石头浑身轻松,双脚带风。天地之间,任我驰骋。

太阳跑了一天,累出汗了,点点汗滴化成天边的朵朵晚霞。天公是个不入流的画家,天空是他摊开的一张巨大的画布。金子般的黄,沙瓤西瓜的红,湖水般的青,颜料是现成的,绚丽的。笔法却毫无章法可言,胡乱涂抹一通。杨石头走了大概三里路,中午几个馍馍早消化了。饿鬼躲在肚子里,一会儿踹一下胃,一会儿揪一下胃。隔着肚皮,杨石头能听到它的不耐烦。塞上不比关中道,几十里难见一个村子。不知道前面有没有村庄,如遇上狼,只剩下给狼当晚饭了。赵子龙在曹营杀个七进七出,一战成名,我杨石头能让几个乡民像狗撵兔似的撵得胡钻乱窜?赵子龙是这个屎德行?不行!不闹一闹这长延堡,不挫一挫这老狗的威风,这一声赵子龙白喊了。杨石头拿定主意,转身,回走。他要杀一个回马枪。

天彻底黑下来了,亮晶晶的星星发出璀璨的荧光,装饰整个苍穹。星星是穷人的钻石,低低的似伸手可得,却真实地远在天边。蟋蟀在草丛里尽情地低吟浅唱,胡杨在微风中畅快地飒飒作响。真是一个美丽的地方,可是美丽的地方,也有恶人。

堡门外有两个保丁端着枪拉闲话,两支松油火把插在堡门两边,将堡门照得通亮。晚上一个陌生面孔进入,肯定被怀疑,还是得另想办法。堡门不远处的土墙有好大一个豁口,杨石头双手搭墙,双脚用力,人已上墙。顺着墙溜下去,街道上的店铺已打烊了,马老汉的酒馆还有几个醉汉,划拳吹牛,五马长枪。杨石头凭着记忆,找到马老汉的院子。屋里没有点灯,走到后墙,发现大洞还没封住,想必等天明才拾掇。他学着夜猫子在洞口叫了几声,四下倾听,屋内寂静,断定无人。杨石头顺着洞又钻回去,地上还是湿漉漉的,鞋上沾满泥浆,伸脚用用,泥浆四溅。趁着星光,杨石头摸索到炕边,抬腿上炕,以被褥为枕,斜靠在上,静等马老汉回家。

不多时,院里传来脚步声,来人进屋,关门。马老汉真叫个晦气,逃兵没抓着,还崴了脚,疼得老家伙直咬牙,东街药铺买了点药酒,回家敷敷。擦了根洋火,点了煤油灯,看见满屋的烂泥,老汉是一肚子的火没处可发,一拐一瘸,走进里屋,猛然见到小杀神从被褥上欠了欠身,似怒非怒,似笑非笑地打个招呼:"叔,又见面了。"

马老汉手一颤,煤油灯差点跌落在地。扑通,老家伙跪在地上,一脸死灰样。"小爷,我错了。我没想害你,只想混个赏钱。"

杨石头此刻才知道人家从他问路起就设套让他钻,自诩可以闯江湖,基本的防范意识都没有,真应感到羞愧。聂瞎子别看眼瞎,心亮堂哩,把人心看得透透的。杨石头很庆幸贪喝了两瓢水,要不然现在正在镇公所里受洋罪呢。长延堡距部队驻地百十里路,如让带回去,死路一条。

杨石头假装在怀里摸索:"我看你这老狗是嫌命长,如不是小爷尿急,早着道了,要不我再给你扔一个响雷听听?"

马老汉见识过手榴弹的威力,够威够力!他连忙又一个头磕地。

"可不敢哩,我一时糊涂啊,前阵子圈了一个土匪,上面赏了三块大洋。都怪我贪心一起,就把良心卖了。只要饶我一命,东西随便拿。"马老汉继续求饶。

"我成土匪了?你糟蹋谁哩?"杨石头说道。马老汉以为杨石头报仇心切,不要财物,只为寻仇,更加恐惧,情急之下,鼻涕眼泪稀里哗啦下来了:"小爷,我知道错了,再也不敢了。"

当着杨石头的面,马老汉狠心给了自己两个嘴巴,啪啪作响,下手蛮重,舍得用力。

"我不难为你,好歹你还给我几个馍馍哩,家里有啥吃的?"

"我一个孤老汉,平日偶尔做顿饭,家里没啥吃的了。柜里有我儿送给我的大洋,我愿意孝敬小爷。"马老汉担心来人要命不要钱,主动坦白。

他起身从柜里取出一个小匣,里面有两块银圆,杨石头一把抓起,反正是他娃喝兵血得来的,不义之财,取之何妨?

"赏钱哩?"

"吃光花净了。"

"真是个坏种。"杨石头靠近马老汉,举起巴掌。

马老汉慌忙躲闪:"爷!我自己来。"手对着脸颊,啪啪又是两个耳光。

杨石头端起煤油灯在外屋找根绳子,马老汉很顺从很麻溜地蹲在地上,不费杨石头半点力气。

杨石头把马老汉双手捆上,问:"我走了,你再来追?"马老汉知道命是保住了,连连摇头,像个拨浪鼓:"小爷,你把我魂都收了,还敢追你?你走了,我要烧

56

香拜佛哩！"

马老汉一把年龄，既可怜又可憎，可怜之人必有可憎之处。杨石头终究硬不起心肠，将煤油灯放在炕桌上，临走摸出一块大洋撇在地上，算是一饭之恩。

约莫杨石头走远了，马老汉靠着炕沿，折腾好久，颤巍巍站起来，晃悠悠走到院子中央，大喊："来人啊！遭土匪了！"声音嘹亮，悠远。

事情后来变得简单多了，马老汉被赶来捉土匪的邻居解开绳子，第一件事就是急急忙忙地拐进里屋，那块大洋还安静地躺在地上。他小心翼翼地捡起，装进匣子，将匣子放进柜子。长延堡保长刚和新媳妇大战数十回合，累得人困马乏，气喘吁吁。接到报警，急忙从床上爬起，带着保丁们前来勘查犯罪现场，询问案情。看到外屋豁然的大洞，保长当即断定这是惯匪所为，说不定还是江洋大盗。民风淳朴的长延堡竟然有强盗出没，这可是自己上任的头一遭。保长守土有责，顿时感觉肩头的担子重了。让人奇怪的是，能言善辩，智比诸葛的马老汉的态度耐人寻味。土匪长啥样，家里被抢多少，马老汉只字不提，一问三不知。只说自己吓蒙了，啥都记不清楚。再后来，城门口贴上防强盗的告示，保丁加强巡逻。还专门给各甲长配备了一面铜锣，以备不时之需。长延堡乱哄哄了好一阵子。

第六章

回家！

一想到这两个字，杨石头心里充满了热情，充满了希望，但随即又深深地陷入不可自拔的担忧：军队肯定把自己逃跑的消息传回镇里，镇公所晓得了，肯定会带人在家蹲守，守株待兔，家被自己连累了。

摆在杨石头面前一个残酷而又真实的现实：有家难回！既然回不去了，还不如直面现状。杨石头打算找份活，一方面养活自己，一方面隐藏身份。虽说身上还剩下一块大洋，但死水怕勺舀呀。

在前面的集镇上，杨石头到处打听哪有雇长工的活。两年多的兵营生活，在白毛的"重点关照"下，杨石头的身体是很结实的，从小在爹的耳濡目染之下，对打零工、扛长工还是多少有点经验的。杨石头一连几天都在集镇的人市上转悠，除了一无所获就是空手而归。他开始焦躁起来，比路边的沙堆还要焦躁，是一粒粒的沙粒在互相拥挤，互相摩擦出来的焦躁；似一片巨大的桐树叶子，上面爬满了肥硕的白肉虫子，在不停地啃咬。

彻底没钱了，杨石头拉不下脸伸手乞讨，只好漫无目的地流浪。他身上衣服已经破得不成样子，头发散乱，似有馊味，两眼无光，头重脚轻。已经两天没吃到任何东西了，好像有数只老鼠在他肚里厮打戏耍，以啃嚼肠子为乐；浑身没有半分力气，轻飘飘得像踩在棉花上。杨石头仿佛看见爹娘领着老三在聂庄等自己回去，还是站在村口，还是冬天的一个早晨，憨憨的老三，向他跑过来："二哥，抱抱！"杨石头终于昏倒在地上。

不知道过了多久，杨石头被一群绵羊的叫声吵醒。他艰难地睁开双眼，恍惚间发觉自己身处一个破旧的屋子里。一个和自己年龄相仿的姑娘像蝴蝶一样飞了进来，看见杨石头醒了，又如蝴蝶一样飞走，高兴地向外面喊道："阿爷，醒了，醒了！"杨石头觉得声音很好听，像百灵鸟在歌唱。

第六章

一老一小,一前一后进入屋里。老的,的确很老,岁月在老人的脸上刻满了山川沟壑,戴顶小帽,带着慈祥的关切。小的,一对细细的眉,一张圆润的脸,一双黑葡萄般的大眼睛。美中不足的是两个红脸蛋蛋,风沙在她脸上留下了不可磨灭的印记。

老汉脸上洋溢着惊喜的笑容:"总算醒过来了。"

杨石头挣扎着想起来,老汉急忙制止:"我回来的路上发现你晕倒在路边,用骆驼驮回来了。燕子,快去熬点稀粥。"

叫燕子的姑娘答应着开始在外面忙碌起来,不久,杨石头就闻到一股麦面糊糊的香气。姑娘端着一碗热气腾腾的糊糊,走到杨石头身旁。

老汉搀扶着杨石头斜靠在炕上。"让我来喂。"老汉伸出手。

"阿爷,你手颤得自己筷子都捉不住,怕你烫了人家。"姑娘说。

"哪有你说的那么玄乎?"老汉一笑。

"还是让我来吧。"姑娘吹吹碗里的热糊糊,挖出一勺,喂给杨石头。

"谢、谢、谢谢!"杨石头用微弱的声音对姑娘道谢,声音有点结结巴巴的。杨石头几乎没有单独与女人交谈过,此前唯一交谈过的就是自己远在千里之外的母亲。

"喝糊糊。"姑娘命令道,杨石头只好老老实实地听话。

姑娘给杨石头喂完糊糊,把碗筷收拾洗刷干净。"阿爷,我喂骆驼去了。"姑娘说完,一扭身出了门。

"后生,现在好点了吗?"

"好多了,谢谢你们救了我!"杨石头再次感谢。

"后生,你家在哪里,咋跑到横山来了?"

"到这里来投亲,谁知道亲戚搬了,一时盘缠花光,回不去家了。"

"哦!这样啊。"老汉捋了捋山羊胡子,上下打量着杨石头,沉思片刻。

"我姓马,家里就我和孙女两个,靠养羊过活,要不你暂时在我这里放羊,好歹有口饭吃,再慢慢打听你亲戚的下落。你看如何?"

"谢谢大爷,我啥活都会干,而且身体很好。"杨石头忙不迭地说出自己的优点。他舔舔嘴,不好意思地说道:"就是几天没吃饭,饿着了。"

"你先歇着,我出去看看。"老汉说完,出去忙活去了。

过了一两天,杨石头开始下炕走动。他身体原本就很结实,先前晕倒只是没吃饭而已。在几顿干饭熏肉的滋养下,杨石头很快又变得生龙活虎了。

远乡

这是戈壁滩上的一个小村庄,十来户人家的样子。清一色的土墙土屋,房顶上不像关中道的房子铺层瓦片,都是裸露的土层,估计这里一年都下不了几滴雨。几棵白杨树,挺拔高耸,树叶在阳光的照耀下泛着金光,空气里弥漫着羊粪的味道。远处,明城墙只剩下一道长长的矮墙。有的坍塌已久,有的像草扯蔓在纠缠,曲曲折折,蜿蜒而去,依稀有几分磅礴之气。

杨石头觉得再待下去也不好意思,就主动请缨,要求去放羊。马老爹见杨石头已完全恢复,就让马燕带杨石头熟悉环境。

早上起来,太阳刚刚在辽阔的戈壁滩上露出头,杨石头就开始第一天的羊倌工作了。

"这只是头羊,叫老白。"马燕指着一只又肥又壮的老羊,"它呢,是个倔脾气,会踢人哩。你只要赶着它,其他的羊都顺着走。"

马燕拿来一根鞭子递给杨石头,刚打开栅门,群羊慌乱地冲出去。杨石头看见一群羊挤挤攘攘而出,根本没分清哪只是头羊。

马燕从小生活在戈壁滩上,自己爹妈死后,阿爷就是她唯一的亲人,虽说定过一门亲,自己只当好玩的一件事。只记得那天的饭菜很丰盛,有自己喜欢吃的馓子,脆脆的,油饼喷香,还有粉汤,汤里的丸子都是用羊肉做的,肉嫩汤香,撑得自己胃胀得厉害。阿爷还笑话自己,说简直就是个吃货,哪像定亲的。后来听阿爷说那男孩得病死了,这个消息在马燕心里连一丝涟漪都没有泛起,若不提起,自己甚至连定亲这回事都记不起来。

塞上的女孩性格豪爽泼辣,敢说敢做,敢做敢当。"你咋是块石头哩,名字和人一样。"马燕大声埋怨道。

长这么大,杨石头还是第一次被一个年轻的姑娘呵斥,脸上顿时通红。

"你看,夹在羊群中间的,不急不慢的那只。"马燕指点道。

顺着马燕手指的方向,杨石头看到的确有只肥壮的羊,昂首挺胸,不慌不忙,悠闲自得。

"记住了,下次再分不清,我就鞭子招呼,非把你打灵醒了。"

"燕子,燕子。"杨石头望着马燕自言自语。

"喊我干甚?"马燕回身。

"我喊它。"杨石头指着天空,"你看这只燕子飞得高,轻盈漂亮。"杨石头嘴巴犯贱,又来一句,"叽叽喳喳的。"

"好个杨石头,敢曲里拐弯损我,找打!"杨石头躲过马燕扔过的土疙瘩,鞭子一甩,打出清脆的一个鞭响:"走喽!"

杨石头赶着羊,向茫茫戈壁滩走去,马燕在后面跟着。马燕一路指点放羊的路线,叮嘱要注意的事项。在戈壁滩上放牧,最害怕的有两点:一是狼,二是沙尘暴。

杨石头就这样当了名羊倌。马燕和马老爹则在家里照顾将要生产的母羊,秋季是剪羊毛的时候,也是羊羔出生的季节。

没过几天,杨石头就掌握了头羊的习性,真像马燕说的,是个犟脾气,你让它朝东,它偏要朝西。杨石头可没有马燕的耐心,一鞭子抽过去,打得老白羊咩咩地乱叫,撒腿跑起来,整个羊群都跟着跑,连带着他也飞奔起来。

天空蓝得通透,蓝得让人心醉。白云像挂在天空绒绒的棉花,风一吹,变幻了形状,飘向远处。戈壁滩遍布大大小小的沙包,有几株红柳树顽强地把根深扎在沙堆里,这星星点点的猩红,是苍茫的戈壁滩唯一鲜亮的颜色。羊最喜欢吃的是长在石缝间的不知名的野草,趁着羊儿觅食的当儿,杨石头躺在一个高点的沙丘上,可以看见整个羊群缓缓前行。偶尔一声尖锐的叫声在空旷的天地之间响起,杨石头一抬头:一只大雕振奋翅膀,翱翔在碧空之下,戈壁之上。自由自在的生活是多么美好的事情!

怀里揣四个馍馍,皮囊装满水,这是一天两顿的伙食。早上赶羊出来吃两个,太阳开始转西的时候吃两个。有母羊下羔的话,晚饭有奶茶。这日子就像聂瞎子说的,给个县长都不换。水在这里很珍贵,家里有两口大缸,专门储存人畜饮水。云层厚了,提前准备,将锅碗瓢盆搬出来,静候雨来,十次只有那么一两次能接到雨水。洗漱完毕的水舍不得倒掉,要重复循环利用几次,人洗完脸,才给羊喝,羊需水量大,隔两天要到十来里远的水井打水,然后再用骆驼驮回来。太阳下山,羊儿吃饱了,杨石头赶着羊群往回走。

第二天又重复昨日的事情,日复一日不知不觉中,一个月过去了,慢慢地天黑得早了。杨石头每天起来得很早,在村庄外的空地上打一套红拳,要不好像一天就缺少点什么似的,惹得村里几个小屁孩天天围着杨石头要拜师学艺。马老爹心里可琢磨开了,真没看出这个杨石头还懂拳路,究竟是啥出身呢?

马燕这几天很忙,有七只羊羔陆续出生,还要给三只老羊剪羊毛,忙得人仰马翻。要不是有这个杨石头,估计真要把阿爷累趴下,阿爷六十好几的人了,还能放几天羊?

剪刀在一只羊身上上下挥舞,准备出去的杨石头被马燕喊住:"喂!过来!"

远乡

都是青春年少,在人迹罕至的荒滩小村,没有家长里短,更不会有流言蜚语,年轻人之间的交谈变得越来越无拘无束。在一个多月的接触中,马燕觉得杨石头是个勤快实诚的小伙子,眼里有活,只是有时沉默得吓人。明知道马燕在叫自己,这里就三个人,马燕胆子再大,也不敢用一个"喂"字称呼马老爹吧。杨石头装模作样地左看看,右瞧瞧,只顾低着头朝羊圈走去。

"杨石头,你给我站住!"马燕一跺脚。

"哦,原来你叫我,我还以为喊老白呢。"杨石头说。

"老白比你好。你头发成油毡了,我好心给你剪剪,看你这态度,免了!"

"我这人心真小。"杨石头忙自我批评。

"我这人手真巧。"马燕学着杨石头的腔调,顺带王婆卖瓜一把。

"你不会给我剪成这个样子吧?"杨石头指着刚剪过的一只羊。一块长一块短,一片密一片稀,像疯狗啃过似的,丑陋至极。这只羊高仰着头,咩咩叫唤不停。

"我要照你亲戚样子给你剪。"

"谁是我亲戚?"

"它!"马燕呵呵一笑,指着那只刚剪过的羊。

毕竟不是剃头师傅,虽说剪得深浅不一,高低不平,但马燕用心了,尽力了。

"你自己拿镜子照照,是不是一个羊头?"马燕剪完,拿出一面镜子。

镜子里的自己,头发短寸,细眉长眼,瘦瘦的脸庞,显得很精神。杨石头伸出两只手,张开十个手指头,同时在头上来回抓挠,摩挲。残发顺着他的手指纷纷落下。

"还扎得不行。"杨石头说。

"矫情!"马燕摆起脸。

"等着,净浪费水!"马燕到屋里舀了瓢清水,"蹲下,弯腰。"

杨石头感觉到女性手指特有的温柔细腻,顺着清水,来回摩挲,将头上耳朵上脖子上残落的头发楂儿一一清扫。纤细温润的手指带来的滑腻温暖让杨石头思想走神,而且走得很远。

"妥了!"马燕说道。杨石头立刻清醒过来,红着脸,眼睛里一抹羞涩慌乱,忙掩饰地问道:"冲完了?"

"赶紧闪人,我还有几个下家排队等哩。水多金贵,你还想洗澡不成?"

望着杨石头远去的身影,马燕喊道:"早点回来,有羊奶喝。"

第六章

  马老爹现在可以闲上一会儿了,有个帮手真的不错!老爹觉得是该给马燕招个女婿回来了。

  晚上回来,三个人围坐院子里,燃起一堆篝火,院子里弥漫着奶香。戈壁滩的夜晚寂静,冷清,沉默。一闪一闪的星星挂满整个夜空,摇摇欲坠,璀璨夺目。杨石头觉得这是离家后最快乐的时光,有家的感觉。

  "杨石头,你给我们讲个故事吧,白天忙,晚上该有时间了吧。"

  "哦,原来这羊奶是有报酬的。"

  "你以为呢?"

  "我饿得前心贴后背了,没力气讲。"

  "大不了明天不打拳了,村里的小屁娃一天到晚地寻你拜师学艺,你不烦啊?"

  "好人啊!真饿啊!"

  "羊奶泡馍,要多香有多香!我这是祖传手艺,不是谁想吃就能吃的。"马燕狡黠地笑了。

  "妮啊,你给爷先端一碗,阿爷故事也多。"马老爹打趣道。

  "阿爷,你净捣乱,你的故事我听得要吐了。"

  熊熊的篝火映照下,少女的眼睛像天上的星星一样晶莹,笑容似有魔法,动人心魄。杨石头心里猛然一颤,一种异样的感觉瞬间在脑海里留下一道深深的划痕,似灿烂夺目的流星划过夜空。

  马燕见杨石头局促不安的模样,一阵窃喜:"羊奶待会儿凉喽!"

  杨石头舍不得香甜的滋味,更无法拒绝这个善良美丽的少女的要求。

  "好!我给你说一个拉壮丁的故事吧。"杨石头肚子里的确没有什么蝴蝶可以飞出来,只能热蒸现卖了。杨石头讲完自己的经历,深深地沉浸在对往事的回忆中。马老爹和马燕倒是听得津津有味,时不时插上几句。

  "这个娃真的很可怜,幸好只是个故事而已。"马燕听完叹口气。

  马老爹过的桥比马燕走过的路要多,在杨石头的叙述中,马老爹听得出这个故事是真实的,而且这个被拉壮丁,后来当了逃兵的就是赫然坐在这里的杨石头。马老爹是个善良的人,可也是个精明人。一个逃兵!马老爹心里一惊。自己救了个逃兵?自己收留了一个逃兵!要不要明天到镇上举报?这个念头刚冒起,电光石火之间,又被否决。通过这两个月的观察,杨石头是个诚实的,没啥坏心眼的人,都是穷人家的孩子,去举报,说实在的,就自己这一关都过不了。人在做,天在看！再说谁会跑到戈壁滩上抓人呢？邻居都是几十年的,石头又是这么一个勤快的帮手。马老爹想明白了,对着杨石头意味深长地笑了笑:"我估计这娃早就跑回老家了吧！"

"你说的对,谁都觉得自己家乡好。"杨石头接过话头。

你不说明,我也不点破,一切尽在话里。

马燕依然没有听过瘾,此前阿爷讲的都是他小时候的事情。小时候生病,小时候放羊,小时候结亲,小时候……听得她两只耳朵早就起厚厚的茧子了。

"这个故事太沉重了,让人心情不好,你讲个轻松点的吧。"马燕的眼睛在篝火的微光下,明亮得如同天上的星星。

杨石头分不清是拒绝不了香甜可口的羊奶,还是马燕的热情期盼,尴尬地抓耳挠腮,一副搜肠刮肚的模样。

马燕看着杨石头滑稽的样子,莞尔一笑:"你脑袋上长虱子了？"

"那好,再给你讲个笑话。"杨石头想起了聂瞎子。

"这个好听,麻利地讲。"马燕催促道。

"很久以前,有一个长工快死了。他把三个儿子叫到身边,问他们弟兄三个有啥愿望,他上呈阎王,或许能实现。老大说要官居一品,老二要良田千亩,老三只有一个愿望,换一双大眼睛。惊得老子连喘了几口气,才勉强缓过神。"杨石头故意停顿了一下。

"为啥？"马燕双手托腮,一脸的疑惑。

"老三说,他要睁开大眼,看两个亲哥,贵的贵,富的富。"

马燕哈哈大笑:"你啊,还真懂得多！"

第七章

盖有国民革命军八十六师司令部鲜红印戳的公函发到泾阳县政府,要求协查缉拿逃兵聂犊娃。

秋天的一天,聂庄的乡党们看到了这一幕:一大清早,在去聂家上工的半路上,聂保长带着两个保丁将杨秉德截住,捆绑停当,向镇公所押去。

正是:数只皂雕追紫燕,一群猛虎唉羊羔。

押到镇公所后,杨秉德被投入监所,无人问津。这是黄祁英特意交代的,关老子,引儿子。这是老鼠拉锨把,大头在后面。

三天过去了,杨秉德蜷窝在墙角,精气神好像已枯竭了。秋天本来就干燥,加上缺水,嘴唇布满口子。喉咙似炕洞,着火冒烟;眼角满是黄脓一样的眼屎,似已糊住双眼。监所的伙食标准是:每天一个发霉的苞谷面馍馍外加一瓢凉水。监所是由一间民房改造而成的,除了一个缸口大小的窗户透点气,就剩下四堵墙,阳光根本就照不进来。加上空间狭小,屎尿都在一个桶里,屋子里弥漫着发霉发臭的味道。两个保丁在门口端枪站岗,这地方是易进难出。

杨秉德进来的时候,监所里还关了一个老汉,比杨秉德早来两天。老汉姓孟,太平镇后沟人。孟家在塬上开了几亩荒地,靠天吃饭。年景好时,勉强糊口,去年大旱,秋粮绝收。家中两个男人没奈何托身到邻村张财主家,只有一个妇人在家。老子年龄大点,打短工;儿子年轻,扛长工。虽说田是绝收了,但田赋还要缴,一个子儿都少不下人家政府的。穿着黑制服的保丁还没有进村,听到风声的青壮年全跑了,或隐身于庄稼地,或躲到破窑洞。剩下的净是老弱妇孺。"黑狗"走后,人们再悄悄溜回。孟老汉那天太累了,没来得及从炕上爬起来就被抓住,关在监所已经好几天了。昨天他还和杨秉德说话,今天早上蜷缩成一团,没半点动静。杨秉德觉得有点不对劲,忙走过来,用手探一下呼吸,还好,有气息。

"救人,救人啊!"杨秉德用力敲打着房门。隔了好一会儿,门开了。

"叫啥哩?"两个保丁闯进来。

"这人好像不行了,快来看一下。"

"你把你管好就行,旁人和你有毛关系?你娃当了逃兵,现在协查缉拿的公函就放在黄镇长的桌子上。你娃不回来自首,你就别想出去。"

杨秉德这才知道自己为何被抓起来了,自己的娃自己知道,不到迫不得已,绝对不会做出连累家人的事情。石头不知道现在在哪,是死是活。杨秉德的心一下灰暗下来。

堵住了杨秉德的嘴,两个保丁像没事人似的准备推门出去。杨秉德连忙拦下:"人快不行了,你们总要管一下,一条人命哩。"

"你以为镇公所是菩萨庙?"

另一个不屑地说:"你管好你自己,省点力气吧。"

"人真的不行了。"杨秉德焦急地拉住一个保丁的袖子。

"马槽里多出个驴嘴,欠收拾的货!"杨秉德还想说几句话,先把人救了。突然,一枪托砸在杨秉德后背上,直接把杨秉德打翻在地。他艰难地爬起来斥责道:"人都被你们折磨得要死了,你们还有没有良心?"

"你瞅瞅,这货还是个黑头。"一个保丁嘲弄道。

"咱俩成菩萨了。"另一个保丁笑道。

一枪托捅在杨秉德的肚子上,他疼得弯下腰,双腿不由得打战,最终不支,跪在地上。他咬紧牙,缓缓站起来,身体微微发抖,努力让自己腰杆挺直,紧握双拳,眼冒火星,似要点燃这监所。

两个保丁被杨秉德的气势镇住,后退一步:"你,你想干啥哩?不要乱来!"

"救人!"杨秉德忍着疼痛,平静却又愤怒地吐出这两个字。

"狗日的,还真是一根筋。"在杨秉德怒目注视下,两个保丁骂骂咧咧地把孟老汉抬出去,放在监所外面的空地上。一个守着,一个去向黄镇长报告。

黄祁英让人把孟老汉送回去,人死在镇公所总归不是光彩的事,好说难听。孟老汉受点风寒,加上又渴又饿,晕倒在监所。回家吃了几服草药,在鬼门关打个转悠,就如同小草一样,活过来了。

杨陈氏听说老汉被聂保长抓走了,不知道出啥事了,问聂保长也不搭理,只说镇上的事,他一个保长没办法过问。笑脸成驴脸,寒霜更染面,这个变化太明显了,不由得杨陈氏焦躁,惶恐,不安。

杨陈氏将砖头放在聂瞎子家,让帮忙照看一下,自己到塬下找聂保长的亲哥——老汉的结拜兄弟,打听一下消息,先把老汉保出来。聂振江正坐在客厅的八仙桌旁叼着纸烟,沏了壶茯茶,好不悠哉。听见有人在敲门,忙喊媳妇开门。待会儿,门帘儿一揭,媳妇和杨陈氏一前一后进了屋里。前面是娃他娘,天天不得不面对的黄脸婆,臃肿的身体把进门的光线都遮掩不少。

聂振江心里骂道:"一天到晚光知道吃、吃,快成母猪了。"

后面是杨秉德的女人,虽然一身粗布衣裳,但勾勒出的身形却玲珑曼妙,模样俊得让人心痒。美丑相比,高下立判。

"嫂子来了。"聂振江忙站起来,热情地招呼道,"坐,快坐。"

"就几句话,砖头还在屋里没人管哩。"

"哎,我和嫂子说几句话,你忙你的。"聂振江把婆姨赶走,屋里就剩下他和杨陈氏。

独自相处,更觉心动。尤其是杨陈氏低头的瞬间,修长白皙的脖颈,让聂振江眼睛一亮,心里一荡,喉咙里有了想吞咽的唾沫。

"嫂子,你有啥事?"

"你秉德哥被保长带人抓到镇公所了,你人头熟,有关系,看能不能到镇上搭上话,先让人回来。"

"有这事?"聂振江心里明得跟镜一样。聂保长早就和自己通过气,顶替犟娃当粮子的杨家老二当逃兵跑了,黄镇长要把主家抓到镇公所,逼杨家老二现身。

"人还不知道在镇上受啥罪哩,那可是阎王殿啊!这一家老小咋办哩。"杨陈氏想到苦处难处,不禁两手抹眼泪。

聂振江看见杨陈氏因为哭泣微微起伏的胸脯,心旌荡漾:"我这就到镇上去打探消息,你在家等着,晚上准把人带回来。"听到聂振江同意救丈夫,杨陈氏觉得有了希望。

"那就托付你了,我先回哩。"

"自家兄弟,分内的事。"

他望着杨陈氏出门的背影,心里暗叹:真是一朵鲜花啊!

聂振江根本没到镇上去,今夜杨陈氏独自一人在家,杨秉德是回不来了,今晚赴约的是我聂振江。他茶也觉得没味,烟更觉得没味,在家坐卧不宁,真是漫长的焦急的等待。

一轮秋月高高地挂在天空,满地银白的月光。风是清凉的,月是美好的,步子是轻快的,今夜注定是个赴约的好日子。杨陈氏已经把砖头哄睡着了,焦急地

远乡

等待丈夫,整整一天也没心思收拾屋子。天渐渐黑实了,人咋还不回来呢,还是有啥变故了?杨陈氏陷入深深的胡思乱想之中。突然,一阵敲门声传来。

"谁?"杨陈氏急切地问道。

"我,振江。"

杨陈氏赶忙开门,聂振江独自一人站在门外。

"你大哥没跟你一起回来?"杨陈氏着急地问道。

"事情有点难办,进屋再详细给你说。"杨陈氏忙把聂振江迎到窑里。

他大马金刀地坐在八仙桌旁,这破椅子有个大窟窿,硌得屁股疼。

"娃睡了?"聂振江明知故问。

"他爹到底犯啥事了?"

"我到镇上打听了,原来是咱石头从部队上开小差跑了。部队上要求协查通缉,镇上把人抓起来,就是要追查石头下落。不是我说,石头不懂事,咋能当逃兵哩,这不是没事寻事,净给家里找麻烦吗?"聂振江满脸的遗憾。

"啊!"这个消息对杨陈氏无疑是个晴天霹雳,石头从部队上跑了!

为啥?在哪儿?是生?是死?

一堆堆的疑问如同阴云,铺天盖地而来,让杨陈氏缓不过劲。她呆住了,一动不动,如冬日枯草一般。

"娃真没来,村里人可以做证,家里更不知道娃的下落。你再给镇上说说,先把人放了再说。"

"我给镇上也是这样说的,可人家根本不相信。说是咱两家私下顶替壮丁名额,还没追究。"

"这可咋办哩?"

"实在不行,我明天拉上振海去找黄扒皮。"聂振江顿了顿,"人肯定能赎回来,可保释金不是小数目,我估计最少五块大洋。钱是个硬头货,没有的话,事难办啊!"

杨陈氏的心猛地一沉,如坠万丈深渊。水已烧开,灶台上,热气袅袅。杨陈氏从一个破旧的陶瓷瓶里倒出点茶叶根子,放在碗里,舀了滚烫的开水倒上。

"喝茶。"杨陈氏恭敬地递给聂振江。

聂振江趁杨陈氏递茶的瞬间,抓住杨陈氏的双手,虽说是整天干粗活的手,仍是滑腻温润。聂振江圆盘一样的肥脸,露出狼一样贪婪的眼光,要活吞了她。杨陈氏完全没想到白天还嫂子长嫂子短叫着的家伙,竟做出这无耻的举动,吓得

68

一哆嗦,身体向后退,用力推开。碗,跌落在地,碎片四散。

"你陪我一晚,明早我肯定把人赎回来。我早就看上你了,你从了我,今后吃香喝辣,你在杨家受罪受恓惶,我看在眼里,疼在心里啊。"

"你别胡说,快出去!"杨陈氏后悔让这个人面兽心的恶棍进屋,"我是你嫂子,你不要胡来!"

聂振江嘻嘻一笑:"好吃的饺子,好玩的嫂子,都有味道。"

聂振江上前一把抱住杨陈氏的腰,肥猪一般将嘴巴贴上来乱啃胡舔。杨陈氏又怒又羞,情急之下张嘴咬住聂振江的嘴唇,一使劲,疼得聂振江放了手。

聂振江摸摸被咬破的嘴唇,黏黏的血沾满手掌:"今晚不把你办了,我就不姓聂。"说完,恶狠狠地逼过来。

杨陈氏一转身,跑到灶台,舀了大半瓢滚烫的开水,对着聂振江的脸上用力泼过去。聂振江紧闪急躲,还是有不少泼到脸上。

"哎呀!"聂振江一嗓子号叫,白净的脸顿时斑斑红肿,冒着热气。

"你给我等着!"聂振江狠狠地抛下话,摔门而去。

砖头也被惊醒了,从炕上爬起来,揉着眼睛问:"娘,出啥事了?"

杨陈氏忙把窑门关上,手捂胸口,心脏怦怦地乱跳,咒骂道:"人面兽心的货,不得好死!我娃快睡下,刚才不知道谁家的猪把门拱开了。"

"我咋隐隐乎乎地听见有人喊叫哩?"

"你这娃人小耳朵背,就是猪把门拱开了!"

"明儿让我爹把门拾掇好。娘,你搂我睡。"

杨陈氏亲昵地摸摸砖头的头:"娘陪你。"说着搂住砖头,轻轻地拍着背:"小小儿,坐门墩,想要啥,要媳妇……"

不一会儿,砖头睡过去了,杨陈氏却睡意全无。老汉没救回来,自己反而受到侮辱,这狗日的聂振江不会再来吧。她不放心,下炕又把窑门检查一遍,门闩得结实哩。

拍着砖头的背,杨陈氏的眼皮子使劲打架,迷迷糊糊地睡着了。她梦见石头穿着破旧稀烂的衣裳,看不清模样,头发又长又脏又乱,拄根棍,在沙漠里艰难地走着,一边走,一边哭,是那种低声的哭。突然一群追兵从天而降,他们穿着明晃晃的铠甲。一个领头的骑了匹白色的马,马身上滴的汗全是点点鲜血;一道刀疤横贯脸庞,面目狰狞;血红的头盔缨子足有三尺长,迎风飘扬。他恶狠狠地喊道:"缉拿逃兵,格杀勿论!"随即手持一杆长矛向石头后背直捅去,石头背上顿时出现一个窟窿,像泉眼,汩汩冒血。

杨陈氏惊醒了,是一个可怕的梦。她胡思乱想一直到天明,一早就到隔壁找聂瞎子解梦,连带让出个主意救杨秉德。

聂瞎子现在的日子那叫个滋润,他不但娶了妻,多个爹,而且马上要当爹了。去年一对父女乞讨路过聂庄,老汉患了伤寒,加上饥一顿饱一顿,病情更加沉重,半天工夫就病倒了。父女两人只得借宿在娘娘庙里。一个孤女,人生地疏,老父患病,想不出啥办法,除了哭还是哭。

那天聂秀才经过娘娘庙到河边游逛,听见庙里传出女娃的哭声,就过去看看咋回事。晓得前因后果后,聂秀才就连忙让杨秉德到镇上请胡郎中,又让媳妇熬粥蒸馍。几天过去,老汉恢复个七七八八。一场大病让老汉醒悟了:一路乞讨终不是长久打算,再带个丫头,如有不测,留下一个孤女,死不瞑目啊,不如就地找个人家把女儿嫁了。于是,他便央求恩人给姑娘找个婆家。这姑娘一脸雀斑,两只鼠眼,满头黄草般的头发。人长得难看不说,右腿还瘸着,再带个爹,要找到婆家,还真犯难。聂秀才嘴上答应下来,但心里还是没底。愿意接纳这对父女的一时半会儿还真不好找,直到脑海里冒出聂瞎子的模样。于是聂秀才乱点鸳鸯谱,给已经出了三服的堂哥保媒。聂瞎子一个人孤零零过惯了,从未奢望自己有生之年还能娶个老婆。好事从天而降,让老光棍激动不已。多个爹算个啥,毕竟人家不要一个子儿把丫头嫁给自己,多喊几声爹也无所谓。

瘸腿姑娘带着爹正式嫁入聂瞎子家。成亲那晚,老汉被聂秀才拉到家里喝酒,窑里就剩下聂瞎子和瘸腿姑娘两个人。聂瞎子眼睛虽说看不真切,但并没影响一个男人对一个女人该干啥干啥。姑娘倒是个勤快人,每天一大早就起来,把窑里屋外收拾得一尘不染,一日两顿饭好赖也能对付。聂瞎子觉得自己总算像人一样地活了,赚点钱,就给媳妇买个麻花捎个头巾什么的。

太平镇"秦人饭庄"的王掌柜,有天问聂瞎子:"一个瞎子,一个瘸子,办那个事,到底行不行?"聂瞎子大骂道:"你爷眼睛虽瞎,但长枪不倒,收拾你媳妇绝对比你厉害。"搞得王掌柜面红耳赤,讪讪骂道:"破锅自有破锅盖,一个眼瞎,一个腿瘸,还真是绝配。"

杨陈氏来到聂瞎子的窑洞,一推门,不由得想退回去。聂瞎子的瘸媳妇斜靠在被子上,满脸的雀斑遮挡不住即将当母亲的幸福与骄傲。聂瞎子正撅着屁股把脑袋紧紧贴在婆姨高高隆起的肚子上。瘸媳妇瞅见杨陈氏进门,连忙一把推开聂瞎子:"砖头他娘来了。"

杨陈氏进退两难,只得硬着头皮进来。聂瞎子慌忙站起来,坐在炕桌旁:"他婶来了。"

"你听得出怀的是男娃还是女娃。"杨陈氏自觉尴尬,没话找话。

"我耳朵灵得很,我听见我儿子用脚踹我脸哩,劲大得很,把人脸踢得生疼。"聂瞎子满脸透着高兴,"他婶,你有啥事哩?"

"我昨天梦见咱石头了。"杨陈氏把梦里的情景半分不落讲给聂瞎子,生怕说得不清楚。

聂瞎子摸摸胡须,半天不语,杨陈氏也不敢插话。突然聂瞎子一拍大腿,哎呀一声,惊得杨陈氏一跳。

"古代士兵来追杀,说明事情已过。梦见鲜血直流,见血冲煞,大吉之梦哩。"

"石头到底在哪里?"

"这个事,费点神,我得给你算上一卦。"

只见聂瞎子掐着指头,口里念念有词:"东方甲乙木,西方壬癸水……"一副西安城八仙庵老道的做派。

"依我看,在东北方向。"

"当真?"

"卦上看如此,主要是娃好着哩,这比啥都好!"聂瞎子安慰道。

"只要娃没事,我明天一早到娘娘庙上个香,捐几两香油,求娘娘保佑咱石头平安无事。"杨陈氏觉得心里一块大石头放下来了。

"还有一个事,他爹因为娃从队伍里跑了的缘故,被抓到镇公所,我去求聂振江,人家不愿意出头,你看有啥好办法。"

"他肯出头,我把聂字倒着写。"

"你赶紧给出个主意,要不日子咋过哩?"瘸媳妇在旁边催促。

"男人在说话,女人少插嘴。"聂瞎子骂道。

瘸媳妇小声地嘀咕:"你个瞎子,还要脸面得不行。"

聂瞎子回头,对着媳妇说:"你再说一遍?真是三天不打,上房揭瓦。"

"好了,好了,你们说,我给咱烧水去。"瘸媳妇慢慢地挪下炕。

"要不叫爹去?你身子沉。"聂瞎子关切地说。

"虚头巴脑的,摔不坏你的种。"瘸媳妇嘲弄道。

"俺是泥糊的?俺找俺爹去了。"

杨陈氏见她挺着大肚子执意下炕,连忙过去搀扶。瘸媳妇拒绝了,出了窑洞。

"还有几个月就要生了,娇贵哩。"

"女人家生娃都这个样子。"杨陈氏搭话道。

"他婶,有句话叫'求人应求大丈夫'。你求的啥人嘛,能不吃瘪吗?"

"我想着你秉德哥是他结拜大哥,没想其他的。"杨陈氏想到昨晚的一幕,后怕得要命。

"戏文上说,穷生奸计,富长良心。聂振江有钱不假,可是狗日的不长良心啊!用人把人搂在怀里,不用人把人推到崖下。在他眼里,人和人的关系,就是这回事!"聂瞎子侃侃而谈,"我给你指个人,你求指定没问题。"

"谁?"

"聂文智!"

第八章

经过聂瞎子的指点,杨陈氏仿佛如漫漫迷雾之中,突然见到一束火光,燃起希望。即便这希望如同煤油灯光一样微弱。

杨陈氏道了谢,连忙告辞回家,拉上砖头下塬找聂秀才去了。

聂秀才的媳妇开了门,见是杨陈氏,轻轻地点了点头,脸上露出微笑,食指放在嘴上,嘘声,又慈爱地摸了摸砖头的头,指了指偏房,意思是到偏房里说话,以免打扰聂秀才的功课。媳妇在前面轻手蹑脚地走,杨陈氏拉着砖头在后面悄悄跟随。

虽说到聂秀才家不是一次两次了,但亲眼见、亲耳听秀才公读书,却是大姑娘上花轿——头一次。听说有次聂保长找聂秀才有事,咋咋呼呼地闯进来,打扰到秀才公读书,惹得秀才公勃然大怒,愣把这个聂姓门里的兄弟骂了个狗血淋头。

院子里,秋风中,槐树下,聂秀才正捧着书小声阅读。砖头到底是个娃,看着聂秀才摇头晃脑的怪样子,头发在风中乱舞,嘴里说着听不懂的怪话。

"聂伯是个瓜子,自己给自己说话哩。"

杨陈氏没想到儿子凭空扔下半块砖,心想:这碎厎惹下祸了。忙慌里慌张地去捂砖头的嘴。

秀才媳妇转过身来,惊恐地望着这闯下弥天大祸的瓜娃。

聂秀才的思维从高高的云端被生拉硬拽到臭水泥坑之中。几乎在媳妇转身的同时,他转过身,咬牙切齿,眼里是愤怒的火苗,嘴里刚冒出"哎呀"两个字,望见被杨陈氏捂住嘴,两只小手不停乱抓的砖头,剩下的言语硬生生地咽到肚里,眼里的火苗似被浇了一瓢水,瞬间熄灭。

"把娃放开。"聂秀才大声说道。

杨陈氏如同接到口谕圣旨,顺从地放开手。聂秀才露出一丝笑意,像阴霾笼

远乡

罩的天空露出一线太阳的光芒。

"过来!"聂秀才指了指砖头。

砖头径直走到聂秀才身边。聂秀才蹲下身,亲昵地摸了摸砖头的脑袋:"谁家的娃,在这里大呼小叫的?"

"我叫杨砖头,我爹叫杨秉德。"

"你知道我是谁不?"

"知道,你是聂伯,你是一个大善人。"

聂秀才眼里闪过一丝不易觉察的骄傲,稍纵即逝。

人奉承人,人巴结人,因为人有求于人。娃不懂得求人,在娃的心里,我姓聂的还是给乡党们办实事的。娃说一句话,顶大人万句。

"碎崽娃子,你咋说伯是个瓜子哩?"

"头摇来摇去的,像个拨浪鼓,自己给自己说话,难道不是瓜子吗?"砖头脸上写满了疑问。

"砖头,胡说啥哩?"杨陈氏厉言喝住,生怕儿子嘴里继续喷出什么大逆不道的话来。

"娃嘛!童言无忌。"聂秀才亲昵地捏了捏砖头的脸蛋,"我娃说得对哩!伯就是个不识时务的瓜子。哎,你领娃寻糖吃。"

二十多年的共同生活,仿佛已经忘记枕边人的名字,不知道叫什么才好,只有简简单单一个字:哎。既是一个称呼,又是一个开场白。

媳妇抱起砖头走了,聂秀才望向杨陈氏:"说事!"

杨陈氏扑通一声直挺挺地跪在地上,泪花闪烁。

"这是干啥哩?"聂秀才顾不得男女授受不亲的古训,一把抓住杨陈氏的胳膊,硬拽着坐在椅子上。

"文智哥,我眼睁睁地要家破人亡了。"杨陈氏抹着眼泪。

"莫哭,莫哭,人生不如意者十之八九,再难日子还是要过哩。你说我听,看我能帮上忙不?"

客厅里,杨陈氏将杨秉德被抓的前因后果原原本本地讲给聂秀才。刚开始聂秀才坐在椅子上,再后来索性站起来,在客厅里踱来踱去。杨陈氏说完,聂秀才才停步。

"蛇鼠一窝的东西!唉,国民党从上到下烂完了!"聂秀才骂道,"这事包在我身上,秉德是我多年的老兄弟,我不救谁救!"

74

"文智哥。"杨陈氏又想跪下来。

聂秀才见状,连忙拦住:"明天一早我就到镇上去,即使用热脸偎,也让黄扒皮放人。糊弄哩嘛!"

媳妇和砖头回来了,砖头的两只手攥满了琼锅糖,嘴里还塞得满满的,小小的腮帮子鼓起来。芝麻的香混合麦芽的甜,世界上还有这么好吃的东西。

聂秀才看到砖头贪吃蛇的模样,眉开眼笑。

"我这里就是太冷清了,娃来了,一河水开了。砖头,好不好吃?以后想吃糖了,随时寻伯,咋样?"

砖头点点小脑袋,咀嚼着嘴里的糖也含糊不清地说:"伯,那咱可说定了,有糖吃。"

"哟,还是个不见兔子不撒鹰的主。"聂秀才哈哈大笑。

杨陈氏领着儿子回到家,猛然间又想起一件重要的事情,还没有向菩萨祈祷。她一下子惴惴不安起来,拿了两个窝窝头,又觉得诚心不够,犹豫一会儿,拎了半瓶香油,装进篮子,牵着砖头出门了。

入夜,聂秀才躺在床上,想起砖头嘲弄自己是个瓜子的话,一声长叹。

"还不睡觉?"听见丈夫的叹息声,女人关切地问道。

"砖头这碎厥让我回想起当年第一次上私塾白先生家的情景,历历在目,历历在目啊!白先生已经下世二十多年了。老杨日子虽说过得恓惶,但自有人家的乐趣,一门三光蛋,乐和嘛!"

聂秀才自顾感慨,女人却裹紧被子,如同一只作茧自缚的蚕,低低的轻轻的哭声,在黑夜里飘荡。

"还哭上了,我没说啥呀?"

"嘴上没有说,不代表心里没骂,你还是弹嫌我,断了你聂门的种。"

"哟,心里还藏根柴火!"聂秀才一笑。

"反正笑话的不是你。"媳妇继续埋怨道,"我叫你娶小,你死活不愿意,现在又想要娃。你图省心,让我里外不是人。"

"触景生情,聊发感慨,你看你还上心了。"聂秀才伸出胳膊,搂住女人瘦弱的肩膀。她使着劲,憋着气,弯着身子,向墙壁方向努力躲去。

"我咋能埋怨你哩?儿孙缘自有天定。"

"就你一天想得开。"女人终于哭出声来,"让我落下一个不会下蛋的恶名。"

"谁一天长个驴嘴,乱嚼舌头!明天找人把嘴给缝上。会下蛋,会下蛋哩。"

远乡

"你才下蛋哩。"说话的空当,聂秀才没闲着。在两三番的拉扯下,他声东击西,脱掉贴身裤子,钻入女人温暖的被窝。

"干啥哩?深更半夜的。"女人嘟囔道,"小心你一把老骨头。"

聂秀才很自信:"硬棒哩。"

今夜,星光正灿烂。

他抚摸着,揉搓着,抓捏着女人早已松弛的软绵的乳房,如同两坨少添了面酵子而没有完全发起的面团,心里涌出浓浓的惆怅。

天地如炉,日月为炭。刀在其中炼,锋自淬火出。人为血肉之躯,哪能抵得住这凛凛的时光之刃?岁月啊,好一把锋利的钢刀!

多久没有和媳妇睡在一起了?一个月,三个月,也许四个月,也许更久。

"麦花,给我生个娃。"肉搏厮杀之间,他呼喊着女人未出阁时的芳名。

麻雀乱鸣,日上三竿。聂秀才美美补了一觉,懒懒地从炕上爬起来。

正是:岁月催人老,精神总不济。

媳妇见聂秀才醒来了,忙拾掇饭菜。虽然老夫老妻了,但是昨晚老家伙的折腾还是让女人感到有些不好意思。

饭桌上一大碗热腾腾的空心挂面,一小碟腌咸菜。小葱丝的青绿色配着荷包蛋的白嫩金黄,上面还点缀几点辣椒的猩红,加上咸萝卜的入味提神,让人食欲大开。

半个时辰后,聂秀才敲响了黄祁英的办公室门,此刻黄镇长正和几个同僚喝茶抽烟胡说浪诨。

"进来!"听到有人敲门,黄祁英一嗓子。

"聂哥,你咋来了?快坐。"黄祁英见是聂秀才,忙热情地站起来。

"无事不登三宝殿哩,有个事还要请镇长通融。"聂秀才脸平似镜,好不容易挤出点笑容,真比哭还难看。

"散会!我这里来贵客了。"黄祁英对几个同僚下了逐客令。

你看我,我看你,再看看聂秀才,几个公职人员知趣地鱼贯退出。名震白蟒塬的聂秀才找镇长办事,这演的哪出戏?聂秀才啥时求过人,看过脸?这可是破天荒的新闻。

"聂哥,烟。"黄祁英从桌子上拿起"大前门",抽出一根递给聂秀才。

聂秀才轻轻摆手:"黄镇长,我不抽烟。"

"好哥哩,你镇长镇长一直喊,生分了不是?"黄祁英嘻嘻一笑,"打兄弟脸哩。"忙将聂秀才让到椅子上,又亲自倒茶。

"那好,我今天来有事相求,请兄弟成全。"

"你老哥尽管吩咐就是,兄弟照办。"黄祁英立马表态。

"我有个伙计,姓杨,被抓到镇公所,我做保先把人放了,你看这事能不能通融?"

"有这事?"黄祁英问道。

"千真万确。说是娃扛粮子,当了逃兵,镇上把爹抓起来了。"

黄祁英脑子飞转,顶替聂保长侄子扛粮子的好像姓杨。这聂秀才咋有这闲心情管这闲差事,真是咸吃萝卜淡操心。心里这样想,嘴上却不能这样说,更不能把不满表露出来。

这位爷可不好惹。众人眼里的聂秀才只是一个清末秀才,聂庄的一个财东。其实仅是表面现象,这里面的水很深,关键是他背后的人厉害。聂秀才少时在味经书院求学期间结交的一位同学,据说聂秀才曾慷慨解囊,大力相助过这位穷同学。两人足换过帖的结拜兄弟,聂秀才还认了这位同学的母亲为干娘。后来这位同学追随孙中山闹革命,是同盟会元老级的人物。在报纸上经常能看见他的名字,紧靠蒋主席后面几位。那可是一个通天的大人物。

有一年,这个大人物回陕西探亲,亲自跑到聂庄探望聂秀才,陪同的有陕西省国民政府主席。沾了聂庄由太平镇管辖的光,黄祁英有幸受到接见,至今与有荣焉。聂秀才过惯了闲云野鹤的日子,不愿更不屑靠这层关系谋个差事,守着祖上留下的基业做了个人间散仙。

"还有这事?我真不知道。下面人咋办事哩,要严肃处理。"

聂秀才见黄祁英认真演戏,便推了推眼镜,腹诽声已经冲到喉咙眼,深吸一口气,硬是原路压回。他嘴唇上挑,一声不屑的冷笑:"现在民国了,还兴清朝的株连?哪有儿子犯法,老子顶罪的道理?"

黄祁英满脸赔笑:"你老哥说得在理,估计是办事程序上出了偏差。我现在亲自去查,如情况属实,立马放人。"黄祁英说完,准备推门出去,又转身,殷勤地给聂秀才的茶杯添上热水:"趁热喝,我去去就回。"

不一会儿,黄祁英推门进来,歉意已写在脸上,自我批评现场开演:"哎呀,都怪我平日事情多,监管不力。聂哥不来,我还蒙在鼓里。人现在就放出来。"

"有黄镇长的金口玉言,错不了。我回了。"聂秀才一听,站起来就走,这衙门他一刻都不想待。

远乡

"聂哥,你好不容易来趟镇公所,中午咱兄弟一起吃个饭?"黄祁英盛情邀请。

"不了!"

"秦人饭庄的饭菜,味道正宗。尤其羊肉泡,肉嫩汤鲜,美得很。离得也近,出门就到。"黄祁英热情挽留。

"不了!"

聂秀才惜字如金,不多说一个字,推开房门,站定回首,做了个不冷不热的拱手样子,扬长而去。

热脸贴上冷屁股,黄祁英讨了一个没趣,脸上寒霜密布,心里怒火燃起。望着聂秀才远去的背影,低声骂了句:"老不死的。"

正在过嘴瘾,小文书颠颠地跑过来请示:"镇长,有份文件要你签字。"

黄祁英一把抢过来,用力摔在地上,高声骂道:"签个垂子!"

第九章

近年,陕西开始进行分期禁烟,禁毒局在保安团的协助下毁烟田,封烟馆,抓烟民。据说邻县有结伙对抗禁令的,当场被击毙数人。

钱和命比起来,还是命值钱。聂振江觉得生意越来越难做,老主顾手头的存货越来越少,多要几斤烟土像要他命似的,价格还一个劲地上涨。聂振江有种深深的挫败感,以前觉得自己是个人物,到哪里都有人买自己面子,现在发现面子是别人给的,不是自己挣的。人家不给你,面子连个烟屁头都不如。禁烟令对拿枪的军头子、掌权的官帽子来讲是一张废纸而已。人家生意照做,还越做越红火。罢了,年前最后搞把大的,囤上一批,金盆洗手。钱啥时能赚够哩?犊娃年初成亲,现在儿媳妇的肚子一天天地大起来。张稳婆一口断言,准是个大胖小子。每次看到挺着大肚皮的儿媳在院子、门口溜达,聂振江心里充满了喜悦。三个儿子不成器,孙子辈或许有出彩的。

"气死驴"太亮,怕隔壁的大儿子和儿媳妇看见,聂振江点起煤油灯,趁着微弱的灯光,开始撬卧室的青石地板,这里面藏着他多年的心血。

媳妇关心地问道:"大半夜咋不睡觉?"

聂振江很不耐烦地骂道:"睡你的,少操闲心。"

女人微眯双眼,老汉背对着自己,拿个铁钎子在忙活。不用猜,肯定在倒腾他的金条,那才是他的人生挚爱。虽然她很清楚里面藏的啥东西,但就是借个胆,她也不敢碰一碰紧靠南边墙角的第三块青砖,那是个禁地。

聂振江盘算着:总共五根小黄鱼,换成烟土,转手出去,照当下一个劲上涨的行情,最少再赚五根。

正是:名利危中取,富贵险中求。

聂庄的老光棍聂猪娃,牛高马大,不务正业,聂振江雇上当个跟班,好歹是个泥塑的门神,撑个场面,唬个人。到底还是硬货的魅力大,聂振江顺顺当当地囤上一批烟土。雇了个赶大车的,外面用肉苁蓉遮掩,里面藏着一坨坨的烟土,捆绑停当。肉苁蓉卖给镇上的胡郎中,孟村的张财东最爱这个补药,听说要娶第三房的媳妇了。这次来回的车马人工靠这个药包住了,烟膏子是净赚的。给聂猪娃交代再三,谁问都说贩的是药材。大烟正是一味药,专治人间愁。

一行三人向聂庄返回,走到润镇,才发现过不去卡子。老远听到枪声,打听方知,国军在这一带和共军已经打了好几天仗。赶大车的见打仗,想往回走。聂振江好说歹说,承诺到聂庄多加钱才算稳住。

从淳化到泾阳的卡子,共有三道,第一道最难过。当兵的见到生意人,如苍蝇见屎,猫闻鱼腥。没有好处,一道卡子就是一座雄关。执事的要么收礼,要么收钱,这叫渗渠。火到猪头烂,钱到事情办。话糙,理不糙。

卡子执事的徐连长也找不到,如果不知深浅地过关,不被收缴了才怪,这下可咋办?在润镇耗了好几天,急得聂振江像热锅上的蚂蚁,心焦气躁,嘴上起了许多燎泡,连每顿饭必有的油泼辣子也不吃了。聂猪娃天天嚷着吃羊肉泡馍,气得聂振江心里直骂。狗日的饭量真好,一顿三个馍,还说勉强吃饱。眼下是用人之际,且收住一腔埋怨,领着聂猪娃来到镇上一家羊肉泡馍馆。刚一进门,碰见一个老熟人——魏寨的魏仁玉。他往来陕北与西安,专做中药材生意,在当地算一个能人。

"聂哥!"魏仁玉招呼道。

"兄弟,你咋也在这里?"聂振江忙带着聂猪娃过来,和魏仁玉围成一桌。

"我准备下午走,要不就陪哥哥喝几杯了。"魏仁玉说道。

"在这鬼地方能遇到熟人,不容易啊!"聂振江感慨道。

"那是,那是。"魏仁玉应承道。

"卡子你能过?"

"张连长我打好招呼了。"

"不是徐连长吗?"

"徐连长?"

"四川人,小个子,爱骂格老子的那个。"

"哦,上个月调到前方打仗去了。"

"我就说嘛,想一起吃个便饭,找不见人影。我和徐连长是弟兄,经常吃饭打牌。"聂振江表现出很惆怅的样子。

当然,这是夸口之词。哪次不是奉上两块大洋,觍上一张笑脸,说上一通好话,换来一纸路条。聂猪娃自顾低头吃饭,大嘴挨大碗,咀嚼声响亮。

"伙计,加上两个肉菜,烫一壶好酒,难得他乡遇故知。"

魏仁玉忙拦住:"聂哥,下午真有事,真不能喝。"

"少喝点,大冬天的暖和暖和。"聂振江热情地劝道。

酒过三巡,菜也吃了几口。魏仁玉嘴里嚼着一大块肉片,腮帮子憋足了劲,味蕾裹挟着肉香,顾不得说话。牛肉入五脏庙,美酒穿肠而过,肉嫩酒香,舒坦畅快。

"你和张连长有交情?"聂振江试探道。

"回回过卡子,他还要请我撮上一顿;不请的话,我还不乐意哩。"

"哦?"

聂振江怀疑的语气,让魏仁玉有点不高兴,他压低了声音:"张连长,满囤嘛,我俩是姑表兄弟,亲亲的,我是他表哥哩。"

"姑表亲啊,打断骨头还连着筋。哪像姨表弟兄们,姨不在了,就摘瓜扯蔓,不来往了!"聂振江呵呵一笑,不经意中已经捧上了。

"可不是嘛,满囤打小和我亲。"魏仁玉脸上的皱纹荡漾着得意的笑容。

"还是你老弟关系硬。"聂振江竖起右手大拇指恭维道,"朝中有人啊!"他又端起酒盅:"兄弟,哥哥敬你。"

魏仁玉忙放下筷子,端起酒盅:"哪能让你敬我呢?"

"咱弟兄在一起图个乐子,谁敬谁还不一样?"聂振江满脸笑意。

他刻意将酒盅放低,两个酒盅碰在一起,清脆的瓷器碰撞声,让人心情放松。

仰头,酒入喉,两人一饮而尽。

聂振江放下酒盅,抹了抹嘴巴:"哥哥想请你帮个忙,不知道咋开口。"

"有话尽管说,咱弟兄们还见怪了不成?"魏仁玉很大度的样子。

"兄弟既然和执事的张连长是亲戚,你也知道这年头粮子都是些啥人品。不出血,不办事,咱能赚多少?净让他们搜刮走了。咱一路上风吹日晒的,全给他们上供了,咱落一个生意人的名,他们倒实实在在得利,谁心里能舒坦?"

聂振江见魏仁玉放下筷子,很认真的样子,心中暗喜,继续说道:"咱两家能不能搭伙一起过卡子,哥哥有重谢。省下的,就是赚下的,你看?"

"小事一桩。"魏仁玉满口答应。

三个人酒足饭饱,出了门,来到聂振江租住的地方。

"一大车肉苁蓉,把人瞀乱的。"聂振江指着自己的大车说道。

魏仁玉不动声色:"那可是壮阳的好东西。"

"可不是,赚钱就要赚有钱人的。你看白蟒塬的大小财东,哪个不是半老壳子,哪个不是两三个媳妇?有钱人就好这口!"聂振江呵呵一笑。

"聂哥,好眼光!"魏仁玉恭维道,心里却琢磨开了:"你姓聂的靠贩大烟发家的,正财花不完,哪有偏食的兴趣,真把人当笋瓜蛋了?原想着是放羊娃摘酸枣,混几个饭钱而已,可这是一车沉甸甸、白花花的银圆呀。"

贪婪之心膨胀得要将自己刚吃的饭、喝的酒一股脑顶出去。嫉妒之心像一条扭着身躯的毒蛇,在五脏六腑里横冲直撞,要找个出口钻出来。狗日的聂振江!狗日的大手笔!自己辛辛苦苦干两辈子都赚不来这么多钱。

"这事包在兄弟身上,赶一只羊是赶,赶一群羊也是赶。"魏仁玉爽朗一笑。

"兄弟真是豪爽人。"聂振江从口袋摸出几张钞票,塞到魏仁玉手里。

"咦?这干啥哩?"

"我的一点心意,兄弟一定要收下,要不然我心里过意不去。"聂振江执意要给。

"这事弄的,哪能收钱哩?"魏仁玉坚决推辞。

聂振江怕不收钱不办事,心里到底不踏实,忙笑着说:"两盒烟钱,不碍事。"

"这咋好意思哩!"魏仁玉似极不情愿地把纸钞折叠起来,装进怀里的贴身口袋。

正是:白酒红人面,金钱黑人心。

自从见到那一车烟膏,魏仁玉的心黑得好似陕北府谷出的钢炭,一门心思要据为己有,一口吃个大馍。实实在在的利益和虚无缥缈的道德较量,前者总打得后者满地找牙。人一旦动了贪念,畏难情绪会神奇地消失,行为自觉地积极起来。

魏仁玉离开大车店,见四下无人,猫进卡子。张连长——魏仁玉八竿子才勉强搭上的姑表弟,听到扣下这车鸦片,倒个手给魏仁玉,就可得三根小黄鱼的酬劳,乐得心花怒放,喜得眉开眼笑,直夸魏仁玉比亲哥好。

魏仁玉撺掇聂振江一个人过卡子,在镇上祥和大车店等好消息。说是怕人多眼杂,跟的人多,反而坏事。聂振江再三给聂猪娃交代,绝不能离开大车半步。聂猪娃和赶大车的赶着一辆大车,魏仁玉赶着自己的装满药材的大车,一前一后,进了卡子。聂振江在大车店里左等不至,右等不来,焦急地在大车店走出走进。右眼皮像挨了断头一刀,仍有口气的老母鸡在垂死蹦跶,跳得让人心慌,心烦。俗话说,左眼跳财,右眼跳灾。该不会出了啥意外?聂振江恨不得把两个眼珠子抠出来,挂在卡子旁那根挂青天白日旗的旗杆上,看看到底咋回事。

盼望着,盼望着,终于见到三个身影。车哩?咋不见车哩?!聂振江的心顿时拧巴起来,不祥的预感从脊梁背开始蔓延,像藤条一样缠满周身,连脚步都变得轻飘起来,头却似戴个紧箍,整个人头重脚轻。魏仁玉浑身是土,脸上青肿,嘴角还残留着血迹。剩下两个人跟在身后,垂头丧气。

"聂哥,货被收了。"

"啊?咋能这样,你不是说跟张连长是亲戚吗?"聂振江紧拽着魏仁玉的手,魏仁玉感觉到指甲深深地掐进肉里了。

"你不是说是肉苁蓉吗?谁知道大车里藏大烟?现在正在禁烟的风头上,害我挨顿打不说,连我的药材都没收了。"魏仁玉满脸无辜。

哑巴吃黄连,有苦说不出。聂振江是个精明人,意识到坏事了:狗日的魏仁玉,把咱黑了。

"有种,算你狠。"聂振江眼里冒火。

"聂哥,你说这话我就听不懂了。"魏仁玉双手一摊,很无辜地说道。

"听不懂?你啥货色,你心里清楚。"

"姓聂的,有意思没?不是你,我的药材也不会被扣。"魏仁玉高声辩道。连哥也不喊了,语气里极其不满。唱戏就要唱折子戏,不显山露水,这才是老把式。"我如果知道你大车装的啥,有多远,我离多远,这责我担不起!这是你的钱,还你!"

聂振江一把抓过来,摔在魏仁玉脸上,钞票随风四处飘散。

"爱要不要,不要算屁!"魏仁玉怒道。

"越说越来劲了。"聂猪娃怒道,"想挨打?给脸不要脸的货!"

聂猪娃拦住魏仁玉,伸出醋钵大的拳头,左手抓住魏仁玉的领口,很有气势的样子。

魏仁玉有点害怕,这货吃得多,劲也大,看起来有点二,下手没轻重,还是离远点。于是脚步急忙向后移动,嘴里嘟囔道:"都是啥货嘛!"

"你敢骂我?"聂猪娃叫喊着,抡起蒲扇般的大手,一巴掌下去,魏仁玉跟跟跄跄地跌倒在地。他不等聂猪娃近身,连忙爬起来,飞也似的跑远了。

"小心打折你的狗腿。"聂猪娃叫嚷着。

聂振江恨死自己了,大意失荆州,阴沟里翻船,家当全折进去了。这可是一辈子的心血，一辈子啊！

赶大车的见聂振江转身走了，一下子着急了，在后面喊道："你们都闪了，我大车谁赔哩？"

聂振江停下脚步，咳嗽几声，喷出一口鲜血来，用袖子抹了抹，身子晃了几晃。

聂猪娃连忙过去搀扶。聂振江觉得神情恍惚，艰难地吐出五个断断续续的字："雇车，回聂庄！"说完，颤巍巍地从怀里摸出两块银圆，头也不回，扔在地上。

聂猪娃在大车店雇了个带篷的大车，铺了层厚厚的麦秸，上面是床厚厚的棉被。聂振江静静地躺在上面，只盼着回到聂庄，自己怕是不行了。在路上歇了一晚，第二天傍晚，聂振江回到聂庄，回到二厅三进的家。

媳妇见聂振江躺在大车上回来，脸色苍白，像屋里的窗户纸，顿时慌了手脚，连忙叫大儿子聂㸘娃去叫聂保长拿个主意。

"哥，哥。"聂振海唤着亲哥，聂振江努力睁开沉重的眼皮，觉得和在黑龙口扛檩条子一样。第一天走了十五里山路，第二天走了十里山路，第三天实在是背不动了，身体已虚脱，精气被掏空。

"气死驴"也不亮堂了，棉被从头到脚满是窟窿眼睛，或者根本没有盖严实，凛凛寒气往里倒灌，呼呼作响，似已侵入心脾肺，钻入骨头缝。他费力地挥挥手，示意媳妇和娃们出去，屋里只剩下亲哥俩。

"老二，魏寨的魏仁玉把哥黑了，烟膏在润镇全被扣了。"

"你能肯定？"

"唉！怪我太大意了。"

"你好好养病，其他的都是小事。"

"我的病，我知道。"聂振江盯着亲弟，眼神空洞。

"哥，别胡思乱想了，身子重要。"

"苦了一辈子，能了一辈子，最后竟让人当鳖捉了。不甘心，不甘心啊！"聂振江满眼含泪。

他交代了后事：仇报了，到坟上放上一千响的旱鞭。聂振江死的时候眼睛瞪得溜圆，聂保长用手抹了几回，还是闭不了眼，很是诡异。后来聂保长在他耳边说了句话，亲哥才闭眼的。

正是：死不瞑目，必有大恨。

聂猪娃逢人便讲自己孤身护主的光辉事迹，聂保长也不"猪娃""猪娃"地喊了,称之为聂叔。这让聂猪娃在聂庄着实风光了一阵子。

聂保长一手操办了亲哥的后事,等忙完了,第一件事就是找来聂猪娃问明当时的情况。听聂猪娃说,刚进卡子,很是顺当,后来发现大烟才查扣的,连魏仁玉都挨了打。按说张连长和魏仁玉有交情,至于在众目睽睽之下打人吗?咋听都觉得有《群英会》里周瑜打黄盖的感觉。这可是一个娘生的亲哥,精明一世的能人。自己在哥哥耳边说的,此仇不报,誓不为人。但这仇怎么报?这魏仁玉虽不算什么,他堂哥可是魏田玉,两个人的爹是同一个老子。

白蟒塬的地面上,有两个威名赫赫的江湖人物,道上的称为"东狼西魏"。

一个是"幺狼"。"幺狼"是绰号,叫的名气响了,官名反而不知道是啥了。据说是栒邑人,先是在白蟒塬入了伙,后来把原来的土匪头一枪打死了,自己成了大拿。狼,是要吃人的。光听名字,就知道是个狠角色。白蟒塬三县的烟土生意大半是他说了算的。一把盒子枪,打得准之又准,据说黑夜里百十米外的香火头,一枪灭一个,二三十人近不了身。

另一个就是魏田玉,靠给白蟒塬有钱有势者雇事为生。有啥见不得光,摆不到桌面的坏事丑事缺德事,寻魏田玉准没错。他是这方面的行家,从没有让雇主失望过。

两人是井水不犯河水,有时在场面上碰见,幺狼叫魏田玉一声大哥,魏田玉回一声贤弟,很是亲热。私下里却是互相鄙视对方,一个看不起另一个见到阔气人就直不起腰的模样,一个见不得另一个把眼睛长到脑门上,把谁都不放在眼里的样子。

聂保长思前想后,到了下半夜,终于决定找幺狼去审魏仁玉。如是冤枉了人,自己亲自道歉,实在不行,面子上过不去,央着黄祁英一起,他魏家还能不解气?若是哥哥的确被这狗日的害了,杀人偿命,天经地义。他兄弟不仁不义在前,他魏田玉也不敢强出头。

幺狼的巢穴在白蟒塬刘家沟,距太平镇三十里地的样子。沟深路险,塬畔陡峭,只有一条羊肠小道可以进出。以前塬上有一座道观,在当地很有名气。这里的签很灵,这里的香火很盛。

道观地理位置相当好,出家人看得上,土匪也看得上。道士们被撵跑了,现在住在里面的是五十多个土匪和他们的掌柜的——幺狼。

幺狼本是殷实人家出身,有十亩良田,雇有长工,日子不差。但是人丁单薄,娘死得早,只有父子两人。有一天,父亲到地里锄草,发现邻家老汉正吭哧吭哧地刨地界的梁子。原来粗粗的一道地梁子,只剩下细细的一道线。两个老汉从吵升级到打,情急之下,父亲用锄把打破了邻家老汉的脑袋。邻家的一个儿子在县警局当中队长,疏通了关系,幺狼他爹被抓进监狱。给人看伤,花了不少钱,十亩水田低价卖给了那户人家,幺狼的爹才被保出来了。虽说没有遭多大罪,但老汉气不过,生了病,不到一个月的光景就死了。顶梁柱没了,家彻底塌了。十四岁的儿子不得不辍学,到邻村地主家打短工,自己养活自己。仇恨像一根铁钉深深地扎在这个少年的心脏正中央。他觉得人生的意义就是报仇,他在等机会。

　　苦难往往逼人学乖。有时他想,人家势大,历朝历代,民哪能斗过官?认命算了;有时,他想起父亲的遗言,儿啊,要学会忍,能小忍就不会吃大亏。每当此时,脑海里总会浮现出邻家那个穿着制服的儿子,他用他那粗壮有力的中指隔空指着他,轻蔑地说:"你娃能把我咋!"

　　这句话如同庙里的钟声,天天在少年心里回响。屈辱像一根铁钉深深地扎在这个少年的心脏正中央,他觉得人生的意义就是把这句话还回去,他在脑海里演练过无数回,他在等机会。

　　某个立秋后的下午,县警局中队长回家给老母过六十大寿,请了个戏班,估计戏台子已经搭好了,就等夜色降临,秦腔开唱。老母开心,乡党恭维,真是让人期待。几个商行的老板屁颠屁颠地将钱奉上,生怕去晚了,落下一个不会做人的坏印象。

　　眼前,又是那条又陡又长的土坡,似巨蟒一样,蜿蜒盘桓。中队长只好推着自行车,缓缓向上,越走越热,越热越烦。人们常说,立秋后还有二十四个秋老虎。晴天大日头,异常闷热。秋蝉栖枝头,正拼命号叫,这是生命里最后的呐喊。崖边的槐树林长势茂盛,郁郁葱葱。有个半大的小伙子光着膀子,在用镰刀砍树杈子。路上撂了一段枯树,树枝似掌,向外蔓延,挡住了去路。

　　"喂!娃!"中队长喊道。

　　"你喊我?"半大小子回过头,汗水顺着脸流下来,双手在脸上来回抹了几回,脸上像眉笔画了一样,这一道,那一道。

　　"这里就咱俩,我不喊你,我喊鬼哩?"

　　"啥事?"

　　"把树挪了。"中队长命令道。

　　"不挡路啊!"

　　"屁!眼瞎了?"中队长也是横行惯了,张口就骂。

"给爷滚过来,把自行车推上去。站在那里干什么?等我过去请你?我看你娃就是铁匠铺的料——挨打的货。"

小伙子不敢吭声,把镰刀别到裤腰带上,慌忙跑了过来。这年头,穿制服的,手里有枪的都是爷,到哪都和自己家里一样。

"这就对了嘛!"中队长轻蔑一笑。

中队长在前面推,小伙子在后面推。两人一前一后,隔了一辆自行车。

中队长将家安在县城,除非逢年过节,或老家有事,轻易不回来。中队长边推边骂骂咧咧:"一个公鸡还有三两劲哩,饭吃到狗肚子里了。使劲!"

前面过了一个大弯,就要上到塬上了。突然,挎枪的皮带脱落了,他忙停下来。枪盒子在地上,枪却在这个半大小子的手里,乌黑的枪口正对自己,小伙子的另一只手则拎着镰刀。

"你干啥?"中队长一惊,手一哆嗦,自行车栽倒在地上。

"认得我不?"小伙子盯着中队长。

"屁大个娃,敢劫道?你不打听打听我是干啥的?知道枪咋耍不?"中队长强作镇静。

脑海里将所有的仇家过了个遍,始终搜索不出个人样来。中队长伸出手,很霸气地说道:"还给我!"

人没被吓住,似一只狼崽,眼神阴冷,盯着中队长。他咧嘴一笑,满是嘲弄的味道:"阴曹地府有大把的时间,你消消停停地想。给你狗日的提个醒,邻地畔子老王家的。小爷叫王学礼,见到阎王老子可别说岔了。"

"哦,原来是学礼,没想到长这么大了。以前的事,都是误会,有事好商量,你有啥条件尽管提。"中队长忙挤出一团笑。

"真的?"王学礼沉着脸。

"你尽管提!"

"我想跟你一样穿这身皮。"

"我以为多大个事哩!你小子有种,我很喜欢,以后跟着哥混。"王学礼拦下自己只为一个差事,中队长顿时如释重负,长松一口气。到底是娃,好哄!

"你不要骗我。"王学礼将枪扔在地上。

"哪能呢?你看你,还是不相信哥。"

"谁在你背后?"王学礼望向中队长身后,突然大喊一声。

中队长忙回头。就在此时,王学礼双手紧握镰刀向那颗头颅砍去。

远乡

白天,放牛时,牛悠闲地吃草,他抡起镰刀,一遍一遍地劈向空中;晚上,牛棚里,他卧在牛旁,听着牛的喘息声,以手为刀,一遍一遍地劈向夜空中那一颗明亮的星。多少白天溜掉,多少黑夜赶跑。他自信,一招制敌。

中队长的脖子几乎被砍断,刀刃也崩出一个大缺口。王学礼还是轻而易举地用崩了口的镰刀将中队长的脑袋割下来,拎起那颗曾经不可一世的头颅,他吐了口唾沫:"我就把你娃咋了!"

血顺着山坡向下流成一道长长的红线。搜刮了中队长口袋里的钞票,王学礼将无头尸体和自行车扔进崖边茂密的槐树林里,将仇人的首级带到父亲的坟头,一番祭奠后,在墓旁挖了个深坑,埋了。这是王学礼第一次杀人。多年之后,白蟒塬出了一个悍匪,绰号:幺狼。

每年的八月节和春节,聂振海都会陪着亲哥给幺狼上供,许多土匪都认识他。所以,这次也没费多大劲,他见到了幺狼。

幺狼大咧咧地坐在圈椅上,没有起身的意思,漫不经心地说道:"哟,黄狗来了。"

"狼哥,你真会戏耍兄弟!"聂振海讪讪一笑,将手里的四盒礼品轻放在桌子上。

"太平镇是个人都知道,你是黄祁英的一条狗,让你咬张三的胳膊,你不敢咬李四的腿啊。"幺狼继续畅快地嘲笑道。

"人家一镇之长,我一个保长,自然要听人家的话嘛。"聂振海很无所谓地笑道,"你觉得我是细狗呢,还是黑背?"

幺狼哈哈大笑:"聂家兄弟真是个玲珑人,和你哥一样,嘴甜得跟抹了蜜似的。"

"可惜我哥了,年上不能孝敬狼哥了。"

"咋了?"

"殁了!"聂振海脸上阴云惨淡。

"咋回事啊?上次见精神头还挺好的。"

聂振海哇一嗓子,不知道眼泪流下多少,哭声却是响亮。

幺狼看到一个大男人痛哭流涕,倒吃了一惊:"人到底是咋殁的?"

"被人害死了。"

"啥时候发生的事?"

"大前天。"

"谁?"

"魏仁玉。"

"这个名字听着耳熟,和魏田玉啥关系?"

幺狼现在有点明白了,聂振江急死忙活地找自己,就是因为这个魏仁玉后面的人。他一个保长,想惹人家,还要掂量掂量,这人分量沉。

"两人一个爷。"聂振海渐渐停止了哭泣。

"关系够近的!你咋不找魏仁玉给你个说法?大小一个保长,在太平镇也是号人物。"幺狼直视聂振海。

"如是其他人,我就不劳烦狼哥了。"聂振海顿了顿,"他哥魏田玉是个平地卧的角色,按道理,懂得江湖道义。可是他不如狼哥为人守义,做事公平,他能一碗水端平?"

"魏田玉护短不护短,我不知道。但他狂,是我亲眼所见。人狂没好事,狗狂挨砖头。有他娃后悔的时候。"幺狼原来在圈椅上坐着,现在直接蹲在上面,"振江逢年过节,都亲自备上厚礼过来看望我,一个好人!"

"好人不长命,祸害活千年。我哥一直记着你的好,经常说起狼哥的恩情。"聂振海瞅了瞅幺狼,继续说道,"经常说没有狼哥,就没有今天的好日子。"

"可惜,一大车烟膏子。"聂振海很懊恼地冒出一句话。

"多少?"幺狼心里嗵一声巨响,似被粗壮的撞城锤撞了一下,心扉,轰然大开。

"听我哥说最少值十根小黄鱼,都被狗日的魏仁玉黑了。"聂振海继续抛出诱饵。

幺狼两眼放光,却沉默不语。他盯住聂振海,似狼审视猎物一样,不经意地冒了一句:"你不会给我下套吧?"

"狼哥,你这么精明的人,谁能骗了你?再说,谁敢?"

"我就爱听实话!"幺狼狂笑道。

随后,幺狼派出人手,前往魏寨布线蹲坑。

再回到那天。魏仁玉远远地看见聂振江被抬上大车,这倒好了,省得自己多费口舌,忙活演戏。载着聂振江的大车越走越远,远得只剩下一个黑点。魏仁玉重新返回卡子,见到张连长,提出将大车赶回去,等把这批烟土出手,就赶紧把三根小黄鱼亲自送到张连长手中。张连长坚持要先拿到钱才能放行,没钱免谈。

刚刚还亲哥哥地叫,在钱面前,叫亲爹都不成。

老话说,隔手的金子,不如在手的铜。老话还说,生意要成,妥协才行。

生意人魏仁玉,经常念生意经,对刚才生出的意气之争,心里做了检讨,告诫自己:和气生财。于是乎,他留下一半烟土作为酬劳。张满囤指挥几个黄皮持枪警戒,亲自现场监督。他叼着烟,看着表哥忙着装烟土,心里一直在嘀咕:再压低些,估计这老小子也会答应,这生意做的,有点亏。

正是:有情皆虚假,无利不江湖。

魏仁玉把陶瓷小罐小心翼翼地放好,一个一个陶瓷小罐用麦秸包裹,最外面还是原封不动以药材为遮掩物。他向表弟拱拱手,道声后会有期,便打道回府。魏仁玉回到家,跟谁都没说这事,连媳妇都瞒得死死的。准备这几日找当地的大烟贩子将这批货出手,趁着年前行情看涨,狠狠赚上一笔。从今往后,再不为钱忙活费神了。这笔横财,可以让自己盖上一院子青砖大屋,开年就动工;再娶上一房都不成问题。钱真是个好东西!

魏仁玉让媳妇到镇上弄了两个硬菜:一盘腊汁牛肉,一盘红油猪耳朵。烫壶西凤酒,就当犒劳犒劳自己。这是美好生活的开端,他仿佛听到幸福敲门的声音。

媳妇觉得男人去趟陕北回来,大不一样,平日把钱认得真,恨不得一个钱当两个花,恨不得把钱穿在肋条子上。多长时间不知肉味了,这腊汁牛肉的味道就是好,肉烂味香,还有嚼头。炕也暖和,夫妻两人围坐在炕桌旁,美滋滋、甜蜜蜜地你一口肉,我一口酒,好不惬意。

"掌柜的,你听见啥动静了吗?"

"啥动静,肉堵不住你的嘴?"魏仁玉半壶酒下肚,有点微醉,轻飘飘、晕乎乎的感觉真好。

煤油灯下,女人满脸遍布的麻子雀斑,好像变淡了,变浅了,甚至变没了。半月不见,竟生出几分妩媚来。

"早吃完,早点睡。"魏仁玉又端起一盅酒,仰头,酒入喉。

"我咋听见窑门有响动哩?"女人不放心,"我出去看看。"

打开窑洞门闩,腿刚迈出去一条,浑身像抖筛子似的退了回来。魏仁玉扭头,一把驳壳枪顶在媳妇的脑袋上。枪在一个小个子蒙面人手里攥着,他大摇大摆地踱进来,后面还紧跟三个蒙面壮汉,其中一人把窑门闭上。

"别吭气,乖乖的。"为首的小个子蒙面人低沉着嗓子。

第九章

"你想干啥?"魏仁玉意识到遭土匪了。小个子蒙面人放开女人,一步蹿到魏仁玉面前,挥起枪把子照头一下,鲜血顺着魏仁玉的脸流淌下来。

"你这人真是的,叫你说话了?咋听不懂人话哩。"小个子用枪一指魏仁玉,"狗日的,耳背啊,蹲好!"

两口子迅速靠墙角蹲下,小个子蒙面人斜靠着炕桌,另三个蒙面人环立,将夫妻两人围在中央。

"伙食不错。"小个子蒙面人拈了一块牛肉放进嘴里,"空里来的,到底不心疼哩。"魏仁玉一惊:聂振江这么快派人寻仇来了!

"好汉!"魏仁玉忙提出不同看法,"唉!帮忙还帮出麻烦了!"

"你给人帮啥忙了?"

"他贩大烟,过卡子被扣,正在风头上,还敢弄这事!"

"和你没关系?"

"和我一毛钱的关系都没有,他说让我帮忙,说是装的肉苁蓉。"

"你和执事的连长有关系啊?"

"关系归关系,也要守法不是?"魏仁玉的解释滴水不漏。

为首的小个子蒙面人有点吃不准魏仁玉的话几分真几分假,犹豫了一会儿。

"你说,你掌柜拉回的药材在哪里存放?"蒙面人用枪指向如惊弓之鸟的女人。

"隔壁窑洞。"女人怯生生地回话,生怕惹人生气。

"咱去瞅瞅,起来,走!"小个子蒙面人厉声低吼,"你们三个盯紧女人。"

魏仁玉心说,完了,顾着高兴,烟土还没来得及藏好。磨磨蹭蹭地不想出门,小个子蒙面人一脚踢在他腰眼上,魏仁玉哎哟一声。

"少磨蹭!"小个子蒙面人押着魏仁玉到隔壁窑洞。

在威逼恐吓下,魏仁玉颤抖着手将篷布拉开。一个个陶瓷小罐整整齐齐,安安静静地躺在苞谷壳里。

"好汉,东西归你,我替你经管哩!"

"心黑命穷,你配得上这四个字。"小个子蒙面人嘲弄地一笑,"回里屋再说。"

魏仁玉被押回来,血模糊了半张脸,看起来很是恐怖和狼狈。

"掌柜的。"女人惊叫道。

"谁叫你说话了?不长记性嘛,是不是欠收拾?"蒙面人扬起手枪,女人捂住眼睛,想哭不敢哭,偎紧炕边,身如筛糠。

远乡

"上炕,被子捂上。"蒙面人厉声喝道。两口子大气不敢出,连鞋都没脱,慌忙上炕。夫妻两人一床棉被,被面上绣的两只鸳鸯不停地抖动,跃跃欲游。

"你真不是个东西,黑人财,还要人命。你爷我这辈子最看不上就是你这号人了。"小个子蒙面人训斥道。

魏仁玉在被子下面,脑子急速地转动,咋能保自己一条性命。人的名,树的影。我哥是魏田玉,白蟒塬黑白两道都吃得开。估计,也许,应该唬得住,不妨一试。魏仁玉壮起胆子,高声说道:"魏田玉是我哥,有事好商量。"

为首的蒙面人沉默了一会儿。魏仁玉以为来人被镇住了,试着伸出脑袋,被窝里面憋得难受。

"唬人行,唬我,名头小了。"小个子蒙面人冷笑一声,"别人怕你哥,我幺狼认他是个垂子!"

一声闷闷的枪响后,被子里两人都倒下了。魏仁玉是当场死去,媳妇是被吓晕的。女人醒过来的时候,天色微白,公鸡打鸣,血已将身上染得暗红,男人早已僵硬。她吓得哭都不会哭了,连滚带爬出去找自家人。

魏田玉被打门声吵醒,老远就听见媳妇喊道:"出事了,仁玉家遭土匪了。"魏田玉连忙穿上棉袄,一脸铁青地来到魏仁玉家中。炕上一床被子凌乱,兄弟头上一个醒目的枪眼,血混着脑浆,洒满土炕。弟媳蜷靠在窑洞口,光一只脚,神情恍惚,眼光呆滞。魏田玉见到女人的样子,知道再问也没有什么结果,先放一边。当务之急先把人埋了再说,至于人咋被害的,再看能不能寻到些蛛丝马迹,谁吃了豹子胆,敢动我魏田玉的人?家里的东西没少,就是丢了一头骡子和一车刚收回来的药材。真是怪事,劫匪要一车药材干什么?让人百思不得其解。

自从魏仁玉家遭了土匪,天刚麻麻黑,魏寨已是家家关门早。尤其几个大户,生怕自己遭遇不测,步人后尘。魏仁玉该过头七了,晚上魏家的几个门中后辈开始叫魂。有叫叔的,有叫伯的,各叫各的,叫声很大,似有几丝几缕的悲声。

魏田玉将弟媳拉到僻静处,问当晚到底发生啥事了。这个惊魂未定的女人,还陷在深深的恐惧之中,魏仁玉被枪打时,自己差点就做了陪葬人。那一声闷闷的枪响,那一双冷冷的眼睛,那一个可怕的夜晚,可怜的女人又哭起来。在魏仁玉媳妇断断续续的口述中,魏田玉晓得闯进屋里的人绝对是个惯匪,而且心狠手辣,还隐隐约约地听到一个"狼"字。带个狼字,是骂人的话哩,还是叫狼哩?突然,魏田玉的脑袋好像被电击一样,一道闪光从天而降。

幺狼!

第九章

再问女人这个蒙面人长的啥样子,女人说,干瘦如猴,眼小如豆,但目露凶光,阴冷瘆人。狗日的幺狼!打狗还要看主人哩,况且还是我兄弟!

魏田玉脑海里浮现出幺狼不可一世的模样。幺狼曾给人说我魏田玉就是阔气人的一条走狗罢了,哪配和他幺狼平起平坐。人家欺负到门上来了,难道再让他骑到头上拉屎拉尿?

第二天一早,魏田玉就跑到县里,找到黄镇长。

正是:一轮红日三竿高,几声鸟叫催人早。

黄镇长夫妻二人,卿卿我我,闺房如春。

听到吴妈敲门,赛貂蝉连忙催促道:"好人哩,镇上来人找你有事。"

"就说本官身体有恙,不能升堂断案。"黄祁英有了唱一出的冲动。

"哎呀!人家不好意思说你,会笑话我的。"女人故作蹙眉,一声轻叹。

"咦?能说你啥哩?"黄祁英笑了。

"说我是妖精,害你不理政事。"

"你不就是一个狐狸精吗?"

"讨厌!"女人娇嗔道,抛出一缕媚光。

"不过小生喜欢得紧。"黄祁英抚摸着女人顺滑乌黑的长发,伸出中指,绕弄着一缕长长的秀发,绕起,滑落。来来回回,乐此不疲。

"起嘛。"赛貂蝉娇笑道。

"等会儿。"

"起嘛,正事要紧!"女人继续催促道。

"我今日的正事就是陪你。"黄祁英捏了捏女人红润的脸蛋。

"好一个伶牙俐齿的黄镇长!"

"好一个勾人魂魄的美娇娘!"黄祁英一笑。

"好人,起嘛!"女人声音里充满了快乐。

"草堂睡不足,真不想动弹。"

"官人,奴家替你更衣可好?"女人娇笑。

"温柔乡是英雄冢啊!"黄祁英叹道,然后极不耐烦地向屋外喊道,"想睡个懒觉都不成。哪个不长心的货找我,头被门夹了?"

吴妈回道:"镇长,魏田玉找你,说是急事。"

魏田玉造访,肯定有事;一大早来,肯定有大事。黄祁英只得起床洗漱,来到客厅,魏田玉早就坐在八仙桌前。

93

"哥哥,打扰你清梦了。"看见黄祁英一脸困倦,魏田玉忙起身道歉。

"你一大早来,准没好事。"黄祁英一根手指指向魏田玉,骂中带笑,"说,啥事?"

"还是哥哥眼光毒。幺狼把我兄弟魏仁玉给杀了。"

"哦,有这事?"黄祁英站起来,在客厅里来回走动。一山容不得二虎,魏田玉想联合自己,共同对付幺狼。这可是冒风险的事,白蟒塬怕要腥风血雨了。

"你有证据?"

"这个,暂时,好像没有。"魏田玉口里开始打弯,稳了稳情绪,"要找肯定能找到。"

"没有直接证据不好办,捉贼拿赃,捉奸在床。这个道理你懂。"黄祁英一个哈欠。

"听我弟媳描述,十有八九是幺狼干的。人命关天,她不敢胡说。"

"单凭妇人之言,恐难服众。再说幺狼也是白蟒塬的一号人物,不比寻常老百姓任你拿捏。"黄祁英说道。

"他收拾的是我兄弟,实际上是给我扣屎盆子。大仇不报,我没脸在白蟒塬地面上混。人咋看我哩?"魏田玉站起来,单膝下跪,双手作揖。

"快起来,折哥寿哩!"黄祁英忙把魏田玉拉起,按在太师椅上,摸出烟盒,抽出两根烟,一根自己叼在嘴上点着,一根递给魏田玉,"坐,坐,自家弟兄,你这是弄啥哩?"

"哥哥,幺狼控制白蟒塬的大烟生意多年了,他给你多少孝敬?"

黄祁英心中暗想,魏田玉仗义,自己交代的事情,从来不打折扣,那可都是见不得光的事。幺狼,面上尊重有加,可钱上,却是口惠而实不至。上回续弦,礼钱只随了五十块大洋,打发要饭的价。当年不是靠自己明里暗里的帮衬,能有他的今天?现在势大了,眼睛就朝上看了。真真的养只狼,一只白眼狼。魏田玉是只狗,幺狼是只狼。狗走千里吃屎,狼走千里吃肉。狗忠呢?狼忠呢?

"孝敬个屁!"黄祁英一个弹指将烟屁股弹到门口,"钻到钱眼里去了,认钱不认人的货!"

"我和幺狼不是一路人,我魏田玉最重情义。咱俩相交多年,我啥人,哥哥心里有数。"

"你为人,我知道。幺狼这货格局太小,难成大器!"黄祁英点点头,做了评价。

"幺狼眼闭了,今后白蟒塬的大烟生意,你拿七成,兄弟拿三成。"魏田玉猛吸口烟,扔掉烟蒂,"你是官家人,动刀动枪的事兄弟来,你在幕后当大拿。"

"自家兄弟,你说咋办就咋办。"黄祁英一笑。

一个江湖人,一个聪明人,讨价还价尽在不经意间。

"幺狼一把枪,二三十人近不了身,要动用保安团的力量。"魏田玉说道。

"保安团刚出县城,人家的钉子就通风报信了。"黄祁英摇摇头,"告诉你一件事,你知道孟豹子咋死的?"

"后沟的孟豹子?"

"嗯,就是他。这货是个二杆子,中秋上午,给他娘舅送八月节,舅甥两人不知为啥事闹起来了。孟豹子把他舅捆在门板上,打了个半死。"

"亲舅都打?畜生!"魏田玉气愤地骂道。

黄祁英呵呵一笑:"更绝的还在后面哩!他中午回到家,对老母说,娘啊!待会儿你跑快点到娘家看你兄弟。他娘忙问,咋回事?孟豹子轻描淡写地说了一句,把你兄弟打得有点重。"

孟豹子,这位后沟的保长被人一枪毙命,至今还是悬案。

"屁!幺狼干的。"

"怪了,俩人无冤无仇的。"

"中秋晚上,幺狼在县城耍美了,往回走的路上,发觉有人跟在后面。这货疑心重,怀疑有人跟踪,转身一枪,就把孟豹子打死了。幺狼有一次喝酒时亲口说的,应该不是大话。孟豹子晚上偶然和幺狼走一条道,把命给撂下了。你说孟豹子冤不冤?你说幺狼心眼多不多?"黄祁英问道。

"狗日的,贼哩。"魏田玉骂道。

"所以不能用蛮,得用智。"黄祁英笑道。随后对着魏田玉的耳朵,这般如此,如此这般。听完黄祁英的计谋,魏田玉竖起大拇指,只有点头称是的份。当官的动的就是脑子,要的就是手腕,和人相比,被甩了三条街都不止。

正是:安排天罗地网计,专候堕坑坠堑人。

幺狼有两大嗜好:鸦片和女人。人有爱好,就有弱点,而这些弱点往往致命。

日子过得真快,转眼间就到年关,太平镇热闹起来了。犒劳自己也罢,酬谢神仙也好。过年对老百姓来说是件大事,一年到头嘛。富人自不必说,一般人家也会给娃买上一挂旱鞭,割上几斤肉。一家人团团圆圆吃顿饭,喜庆喜庆,热闹热闹。

远乡

幺狼前几日收到黄祁英的口信,说是小年当天,请他到县里有要事相商。

这马上过年了,黄祁英找自己所为何事?幺狼本来不想去,可又一想,谁让人家是当地的父母官哩?谁让人家姐夫哥是泾阳县的大拿哩?谁让人家和自己有利益往来哩?于是,幺狼安排好手下,换身干净衣服,特意戴了一顶礼帽,从刘家沟出发,一路向北,向县城方向走去。他打算今晚住在县城,在"翠玉轩"过夜。

今天是小年,还有七天就大年三十。明年又是新的一年,年是传说中的一头猛兽,以吃人为生,人们发明了爆竹,用来驱赶年。

正是:暮云夕阳残,寒雀投林乱。渭水流旧岁,今日催新年。

幺狼被吴妈领着进了客厅,一进屋就闻见熟悉的大烟香味。不是"秦土",是上等的云烟。黄祁英躺在床上吞云吐雾,赛貂蝉在一边烧烟膏。

"镇长,来人了。"吴妈禀报道。

黄祁英眼睁开一条大缝:"兄弟来了!"忙下炕招呼。

"哥哥真会享受哩。"幺狼大咧咧地说道。

"哪里!你想抽还不是一句话的事情?吴妈,今天是小年,你回,这里不用你忙活了。"黄祁英和颜悦色地吩咐道。

吴妈乐得回家,连忙告辞。

"兄弟好不容易来一趟,你要好好招呼。"黄祁英给女人递个眼色。

"兄弟你先抽上两口。"赛貂蝉刚烧好一个金黄的烟膏,里面是神仙气,忘忧散。

幺狼一天不抽几回,就好像少了什么。美人相邀,岂能相拒?

"那我就不客气了。"幺狼脱了鞋,靠在枕头上,接过赛貂蝉递来的烟枪。

香甜细腻的气息顺着喉咙,轻柔地滑到五脏六腑。好像有个小美人藏匿其中,吐出丁香舌在轻轻地舔舐,麻酥酥、软乎乎、轻飘飘、香喷喷的,似乎身体的每一个毛孔都被打开了,散发出蚀骨一样的通透和舒坦。这种美妙的滋味,让人快乐似神仙。

看着幺狼一副欲仙欲死的享受模样,黄祁英窃喜。

幺狼微眯着眼睛,神态懒散:"哥哥,你找兄弟来,有啥事情?"

"不着急,小事!你先抽,我上个茅厕,待会儿咱弟兄再好好谝。"

说完,他又给女人递个眼色,下炕、穿鞋、抬脚、走人,淡定如常。赛貂蝉又烧好一个烟膏,递给幺狼。幺狼紧闭一只眼,微睁另一只眼。眼帘远处,黄祁英的身影渐渐消失。

第九章

幺狼在接过烟膏的瞬间,趁势摸了一把女人如葱白般的纤手。柔若无骨,腻滑温润。

赛貂蝉慌忙缩手,白了幺狼一眼,低下头:"烟膏好了。"

"我就喜欢你这样的风流人物。"幺狼调笑道,"你在崇文塔下唱戏的时候,我刚好在外地做买卖。如当时让我早点碰见你,哪有老黄的菜,你早就跟我享福了。"

"不敢胡说,祁英听见了会生气的。"

"听见怕啥?你在老黄这里过得不如意了,吭个声,我幺狼随叫随到,绝不含糊。"幺狼很硬气地说道。

"你没喝酒咋净说醉话哩!"

"我说的都是真心话,我心里绝对有你。"

"好兄弟哩,烟膏待会儿就不好了。"

女人秀眉微蹙,掌柜的再三交代要自己陪好这个瘦猴子。要不然,谁有闲心情听他胡说八道,满嘴喷粪。

上次黄祁英续弦,幺狼来凑热闹,带了一百块大洋作为随礼。可看到赛貂蝉,幺狼意识到,好白菜都让猪给拱了这句话是多么正确。心里不是滋味,稀里糊涂地随了个对折的礼钱。当天让"翠玉轩"的老鸨安排了头牌姑娘,在使劲忙活的过程中,脑子里全是赛貂蝉的俊俏模样。早知道这个女人长得和画中仙女一样,就不出去做买卖了,把人抢回去。唉!有钱难买早知道。

黄祁英推门进来,一进屋就不耐烦地喊道:"两个老鸹在院子里叫唤,吵得人烦。兄弟,借一下你的枪,把狗日的打下来。"枪在人活,这是幺狼的座右铭,哪有借人命的道理? 而此时此刻,幺狼的警惕性已完全不复存在,没有丝毫的思索和犹豫,几乎是下意识的动作,从怀里掏出一把乌亮的二十响,吭一声,撇在炕桌上:"哥!你行不行?"枪把上一缕红绒布,鲜艳醒目。

"这话说的,打不死,还吓不走了?"

"依我看,能吓走就不错了。"幺狼嘲弄道。

"你太小看哥喽!"黄祁英一笑,拿起枪,扭头便走。

砰的关门声像个晴天霹雳在脑中炸响,幺狼顿时清醒。他警觉地意识到:"大事不好!黄祁英也有枪,为啥偏偏要用我的?为啥急死忙活地出门?"

幺狼慌忙起身下炕,鞋也顾不得穿就向外跑:"哥啊!稍等,我帮你打下来。"推开房门,已不见黄祁英的身影。再看,四下无人,大门紧闭。狗日的黄祁英,这是个陷阱!

幺狼向前三步助跑,一个冲刺,左脚蹬地,右脚踹墙,呼一声,骑到墙上。黄祁英已从隔壁厢房冲出来,手里拎着幺狼的短枪,抬手就打。砰的一声响,子弹射在墙头,黄土四溅。说时迟,那时快,幺狼已经单手撑墙,准备向院外跳了。紧随黄祁英出来的魏田玉,抬枪,瞄准,扣动扳机。一声枪响,正中幺狼的腰部。幺狼一个倒栽葱摔下墙头,恍恍惚惚地看见黄祁英过来了,后面还跟着一个人——魏田玉。

魏田玉蹲下身,枪口抵住幺狼的脑袋:"幺狼,认得我不?"

"日!"幺狼一口鲜血喷向魏田玉,一个字代替了所有的想法,愤恨中充满了不甘心。一声枪响,鲜血混着脑浆溅得满地。

赛貂蝉站在屋里,透过窗户清清楚楚地完整看完这出戏:刚刚还兄弟长哥哥短的,一会儿工夫就刀枪相见;刚刚还好好的一个人,说死就死了。这太可怕了。

黄祁英把幺狼的二十响盒子枪塞进死人的右手,转身对魏田玉说:"从后门走!"魏田玉也不多问,挥起袖子擦了擦脸庞,连忙从后门溜走。

赛貂蝉吓得躲回卧室里,刚刚幺狼躺过的地方,看着就瘆得慌,鸡皮疙瘩也起来了。黄祁英走回屋里,看见坐在椅子上瑟瑟发抖的赛貂蝉,附耳说道:"把你刚看见的烂到肚子里,你啥都没看见,啥都不知道。"

她只剩下点头的份,由于恐惧,如花的面庞变得僵硬。

男人捏了捏女人的脸蛋:"多大个事!"

枪声引来巡逻的保安团,十几个穿黑制服的团丁端着枪冲进来。黄祁英指着幺狼的尸体说道:"就这货,刚才想杀我,多亏我命大,要不然躺在地上的就是我了。"

"黄镇长洪福齐天!"

"黄镇长受惊了!"

"黄镇长初一得上个香去,真是菩萨保佑哩!"

团丁们左一言,右一语,无不为黄镇长死里逃生而庆幸。随后县府派出保安团,直扑幺狼的巢穴。没有主心骨,土匪们只好投降。不费一枪一弹,幺狼匪帮土崩瓦解,倒是件大快人心的事。

整个白蟒塬传开了:幺狼死了!首级挂在县城东城门的城墙上。城门洞的告示说,幺狼意欲抢劫太平镇镇长黄祁英,被当场击毙。下面盖着泾阳县政府的大印。民间流传甚广的是另一个版本:幺狼和赛貂蝉有染,两人在小年之日偷情,被黄祁英发现。幺狼提了一半裤子,光着脚丫子向外跑。戴了绿帽子的黄镇长怒气冲天,连打八九枪,才将幺狼打死。如果不是幺狼裤子松了,以他一拍屁股就上墙的本领,早就逃之夭夭了。还是老话说得对,红颜祸水。

第十章

聂秀才做事总是超出人们的意料,聂庄的村民又一次对聂秀才刮目相看了。

聂秀才的媳妇,五十好几的聂冯氏怀孕了。在营救杨秉德的前一晚上,聂秀才聊发少年狂,春风一度。谁知道媳妇在一个月后,腰围发胖,腿脚变重;一碗面倒两勺子醋,还说味淡。几十年的茶饭习惯说变就变,变也就罢了,竟变得重口味了,让人莫名其妙,有时还呕吐不止。这可把聂秀才紧张坏了,赶忙把镇上的胡郎中请来,看看到底有啥病,可不敢耽误了。胡郎中手搭脉搏,一番望闻问切之后,向聂秀才道喜,说是喜脉。聂秀才初闻还不相信,但这胡郎中的医术在泾阳县都能排上号,何必要戏耍一个老汉哩?再次得到胡郎中肯定之后,可把聂秀才乐坏了。

正是:老树开花,老蚌生珠。

春种秋收,什么时候干什么事情,这是有讲究的。女人上了年龄怀孕,错过了最佳生育时段,就容易生病。

胡郎中开的保胎药吃完了,聂秀才只好套上骡子亲自到太平镇拿药。还没出村,就听见撕心裂肺的惨叫,像是小孩的声音。谁这么狠心,多大的仇啊?聂秀才远远地望见一个穿黑制服的团丁举着半截子竹竿,在抽打一个七八岁的小娃。娃连蹦带跳,转圈圈跑,像陀螺一样。旁边还围了四个团丁,保长聂振海冷眼观望。走近一看,被打的娃是陈爷家的老三——狗蛋。

"住手!"聂秀才厉声喝止。

"文智哥,我们教育娃哩。"聂振海笑着说。

"娃有错,也应该是陈爷亲自教育,你们插手,是不是有些名不正言不顺?"

"你问一下这碎尿我为啥教育他。"

聂秀才将骡子拴在一棵树上,走到狗蛋身边,蹲下身来,揉了揉他的小胳膊,摸了摸小脑袋,露出慈祥的笑容:"给伯说,咋回事?"

狗蛋满脸泪痕,瘦弱的身躯还在微微地发抖。他指一指围观的团丁们,喉咙里发出稚嫩的声音:"他们刚进村,大人们全跑了,我就喊了一句话,他们就开始打我。"

"别害怕,给伯说你说啥话了。"聂秀才温和地问道。狗蛋抹着眼泪,小眼睛恐惧地向周围望着。

"有伯哩,不怕。"聂秀才鼓励道。

"我喊了句,土匪来了。"陈狗蛋很是不甘,"那竹竿是我的马,赔我的马。"

"要不是看你是个碎尿,今儿把你腿打折了,赔个屁啊。"有个团丁狠狠地骂道。

"好了,好了,不哭了,回家去。"聂秀才劝慰道。

"我的马。"狗蛋念念不忘。

"娃,马惊了!"一个团丁高声吼道,把手里的半截竹竿扔得老远。

众团丁哄然大笑。

狗蛋慌忙跑过去,捡起竹竿,高兴起来,似乎忘记了身上的疼痛。狗蛋小小的瘦瘦的身影跑远了,聂秀才回过头,目光扫了一圈众人。这群黑皮或背或端着枪,互相说笑。聂振海站在骡子旁,手里摆弄着敲锣用的锣槌。

"你是读书人,你评评理。大人说,小娃学,毛病都是惯上来的!皇粮国税,哪朝哪代不缴?"聂保长大大咧咧地说道。

"哪朝哪代缴到三十年后了?从古到今,独一家哩。"聂秀才揶揄道。

聂振海很无辜地说道:"我们也是给政府当差下苦的,老百姓不理解,还糟蹋我们。有啥办法,王法无情嘛。"

"你们只要进村,男的女的,老的少的,全跑了。是人是鬼,各人心里有杆秤。"

"哟,你还真会说笑。"聂振海讪讪一笑。

"振海啊!借一步说话。"

两人站在塬畔边,麦田青青,点缀着苍茫大地。

"你干的是得罪人的差事,不出力也说不过去。少干缺德事情,多积阴德,留于后人。"

"阴德?我死之后,哪怕渭河水涨过白蟒塬哩,跟我有垂子关系!"

"天道人心,老天饶过谁?"聂秀才反问道。

"你是读书人,自有高论。我是俗人,干的俗事。站着说话就是不腰疼,今日

远乡

粮征不上来,上面也不寻你事。我忙去了。"

聂保长话语里透出一股子嘲弄,并不正眼看聂秀才一眼,转身而去。

聂瞎子的女儿出生了。

聂瞎子的长相在那里放着,瘸媳妇的模样,不提也罢,却生了个白白净净、玉雕粉琢似的小丫头。

正是:深山出俊鸟,飞涧有沉鱼。

小丫头出生正赶上除夕夜,聂瞎子急得如热锅上的蚂蚁。听老人说,女人生娃就是瓜熟蒂落、顺其自然的事情。可自己的女人疼得在炕上哭爹喊娘,咋这么大的动静哩?

"爹,你赶紧叫砖头娘,生娃娃这活咱俩都帮不上忙。"聂瞎子催促老丈人。

老丈人急急火火地走了。

杨秉德添柴拉风箱,杨陈氏刚蒸了一锅黑面馍馍。杨柱子带着砖头在外面放鞭炮,噼里啪啦的鞭炮声让人感觉到新年来了。杨柱子在纸扎店当了三年学徒,学到了不少手艺,泥塑、木雕、纸扎都在行,尤其画画,双手执笔,上下翻飞,转眼间就是一幅年画,这个手艺让他在十里八乡有点小名气。技不压身,他能半年拿回一块银圆,家里的日子慢慢有点起色。过年,最高兴最无忧的是孩子,难得吃顿饱饭,运气好的话,还有一挂旱鞭。也不知道石头这娃现在咋样了?想到石头生死不明,想到团圆之夜就缺石头一人,杨陈氏边忙活边啜泣。

"他娘,你咋哭了?"

"我想咱石头了。"

杨秉德长叹一声,默默无语,自己何尝不想啊。窑洞里只有菜刀剁在案板上的声音。

"砖头娘,救人呀。"窑门被推开,聂瞎子的老丈人满脸焦急。

杨家老两口被吓了一跳,思绪被拉了回来。

"生了,生了!我娃要生娃了。"

"不是说还有十来天吗?"杨陈氏说。

"生娃这事,哪来的准信?"老丈人急得直跺脚,"请稳婆怕来不及了,要不他嫂子过去帮忙接生一下?"

杨陈氏放下菜刀,慌忙向外跑。

这女人家生娃就是儿奔生,母奔死,可马虎不得。聂瞎子家里两个大老爷们儿,一个瞎,一个老,这要出个事,这日子咋过呀?杨陈氏进了聂瞎子的窑洞,见一盏煤油灯在桌子上发出微弱的光,聂瞎子蹲在炕边,唉声叹气。

听杨陈氏进门,聂瞎子忙安慰媳妇:"砖头娘来了,你别怕。她生了三回,有经验。"

老丈人也在安慰女子:"三个都是光蛋,能着哩。"

杨陈氏看见羊水都破了,女人捂着肚子喊疼。

"赶紧烧热水,准备剪子,你两个都出去。"杨陈氏说道。

老丈人赶忙在小窑洞里烧水。一会儿工夫,一盆热水、一把剪刀放到了桌子上。

老丈人搀着聂瞎子出去了,窑内就剩下两个女人。杨陈氏赶忙上炕把被褥铺平,摸摸炕上的温度,这瞎子炕倒烧得热。她搀着女人躺平,腰下再放个枕头。

"忍住疼,双腿分开,一呼一吸。"杨陈氏生了三个娃,除了生老大请了镇上的张稳婆,其他两个都是自己生的。

"我真不想生了。"女人满头细汗,疼得龇牙咧嘴。

"女人家第一次都是这个样子,没事。"杨陈氏安慰道。

"我感觉要死了。"女人连说话都带有颤音。

"可不敢胡说哩!跟着呼吸的节奏。"见女人不吭气,杨陈氏以为没听懂,不假思索,张口就来,"就像拉屎一样。"缓了缓,杨陈氏吓唬道:"越哭越疼,可不敢再喊叫哩。"

女人点点头,大口呼吸,每一次用力就好像耗尽全部的力气。杨陈氏唯一能做的就是这些,是福是祸,只有让老天爷来决定了。杨陈氏在旁边不停地给打气,以经验来看,没有大出血的征兆,应该不是难产,但咋还不出来呢?菩萨保佑!菩萨保佑!杨陈氏在心里一遍又一遍地祈祷。

聂瞎子蹲在窑洞门口长吁短叹,这种心情既紧张又高兴,既害怕又向往。他忍不住把耳朵贴住窗框,听听窑内的动静,除了媳妇撕心裂肺的喊叫声,就是杨陈氏急促紧张的说话声。一袋烟抽完还是老样子,这可把人急死了。

聂瞎子刚点上第二袋烟,窑内传出了娃娃的哭声。聂瞎子手一颤,烟袋锅掉在地上,摸索半天才捡起来。

"好了,生了个丫头。"杨陈氏用热水擦净血迹和羊水,把包裹严实的小生命交给女人。

杨陈氏彻底松口气,真替聂瞎子高兴,自己想要个丫头,谁知道三个都是光

103

葫芦。生儿生女都是菩萨说了算,岂能尽如人意?

女人斜靠在被子上,怀里抱着小小的生命,满脸的疲惫,掩饰不了失落。见老汉和老父亲进门,鬼门关转悠一圈,再次见到亲人真好,嘴巴一咧,带有哭腔:"我咋生了个丫头哩?"

聂瞎子一听不乐意了:"女儿也是传后人,我的娃我爱。"

老丈人见女婿并没有因为女儿生个丫头而甩脸子,说难听话,脸上紧锁的皱纹悄无声息地散开。

"来,爹抱。"聂瞎子伸出双手。

"小娃身子骨软,你笨手笨脚的。"女人自己都怕伤着孩子,何况一个瞎子。

"摸一下,总行吧?"

聂瞎子伸出手,摸索着,激动得双手颤抖,摸到一个软软的身体,接着摸到一个小脑袋。

"天可怜我瞎子有后了!这娃将来有福,你们看呀,天庭饱满,地阁方圆,是个福蛋蛋。"

小丫头哭得更起劲了,手脚乱舞。

"娃娃饿了,快给娃喂奶。"见聂瞎子收揽不住小丫头,女人急忙说。

"人小嗓门高,身弱力气大。将来肯定有一番大作为。"聂瞎子毫不吝啬赞美之词。

"记得到娘娘庙上个香。"杨陈氏叮嘱道。

"要谢就谢砖头娘,她可比泥塑的娘娘顶事多了。"女人说道。

"可不敢胡说,娘娘会生气的。"杨陈氏赶忙道。神仙哪敢不敬呢?要遭雷劈的!

聂瞎子很豪爽地说:"娘娘先搁一边,我做主,这闺女认你当干娘。不,以后还给砖头当媳妇!"

"到底是认干女儿还是认儿女亲家?"杨陈氏追问道。

"先是干的,等大了,就是亲的。"

这是个意外的喜悦,接生倒给砖头把媳妇早早号下来了,真值!

"砖头娘,我一千个一万个愿意,就怕你不愿意。"女人也说道。

"愿意,愿意!"杨陈氏乐得眉开眼笑。

聂瞎子视小丫头为掌上明珠,想了三天三夜,给娃起个名字叫聂夕。

秦人饭庄的王掌柜,见不得聂瞎子在他门前摆摊,影响生意。听闻聂瞎子媳妇生了个丫头,忍不住嘲弄聂瞎子:"你不是算你媳妇能生个男娃,咋生个丫头片子?不准,不准。"聂瞎子反讥道:"你知道个屁!医不自治,卦不自卜,这是大道。"

聂庄的社火在泾河两岸颇有些名气。之所以大名在外,是因为和其他地方的社火不一样。传统的民间社火无外乎踩高跷、扭秧歌、划旱船之类,聂庄的社火却是"血社火"。以《水浒传》里武松斗杀西门庆之类的故事为题材,用斧子、剪刀、铡刀、锥子等农村日常的生活用具插入恶人们的面部为噱头,借血腥刺激,尽显惩恶扬善。这是聂庄一年里唯一的娱乐方式,也是聂庄一年的头等大事。

腊月二十的中午,聂文智家里来了以聂犊娃三兄弟为首的七八个小伙子。有的娃聂文智看着面熟,但记不得是谁家的娃。春节没社火不热闹,年轻人耐不住寂寞。耍社火的家伙什缺个最重要的乐器:鼓。

"聂伯,你搭话把鼓借出去了?"

聂文智这个时候才想起,孟村张财主家的小儿子成亲,从保上借鼓,说是成亲完就还,可拖了一个多月了。

"哟,你们不说的话,我忘得死死的,过几天让人拿回来。谁告诉你,是我搭话借出去的?"

"保长嘛!"其中一个后生搭腔道。

"聂伯,我们还要提前练哩。今天拿回来最好不过了,眼瞅过年了,就咱聂庄清汤寡水的,没年味不是?"聂犊娃带着情绪,语气冷淡。

"对!一年到头,不耍一下,过甚年?"

"没鼓咋行哩?"

"过几天,黄花菜都凉了。"

聂文智自知理亏,被一群娃围起来,像审贼一样,很是恼火。可对一群娃发脾气,他又拉不下脸面。

"去,去,去。"聂秀才沉着脸,"老杨,套骡子。"

他亲自出马,将鼓取了回来,临走又狠狠地奚落了张财主一顿。

鼓是取回来了,铙和锣却渺无踪影。这两样家伙什被保长当在县城的典当行,换钱用了。

第二天早上,乡党们在皂角树上看到大红纸写的一纸文书:

"进门来我将尔等看上一眼,全都是欠火候半截青砖。为什么鼓要回铙锣不见,一个个嘴咬尿不敢言传。"

聂庄的乡党们算是开眼界了,大名鼎鼎的聂秀才,写出的诗竟是这样粗鄙。诗这样写?这也是诗?聂保长听说后,羞愧不已,忙借了钱,将家伙什赎回来。聂庄的社火总算没黄,但是在聂保长的心里却留下一道疤。这个聂文智,太把自己当回事了。

过完正月十五,才算把年过完,新的一年又开始了。

杨秉德从聂秀才家上完工,已经是夕阳西下、暮霭渐沉的时候了。在回家的路上,路过原来聂占奎的窑洞,看见有人站在窑洞外,一动不动,旁边放一个大包袱。自从聂占奎走后,这孔窑洞就废弃了,久而久之,有村民开始在里面拉屎撒尿,现在彻底变成了个茅厕。窑洞两旁蒿草没膝,要拉屎早就进去了,大冬天的谁杵在那里干啥?杨秉德走到窑洞口,慢慢接近那个人了,那个人还是没动。

"谁?"杨秉德大声问道。

那个人转过身,一愣神,脸上露出笑意:"秉德哥。"

能叫上名的,自然认识,咋想不起来是谁呢?"你是?"杨秉德有点迟疑,不好相认。

"你仔细认认。"那个人径直走到杨秉德眼前。

"占奎兄弟?"杨秉德很诧异。

那个人便是窑洞的主人,传闻跑到陕北谋生的聂占奎。

聂占奎点头道:"秉德哥,家里还好吧?"

"将就糊上几张嘴。"

"当年帮忙把屋里头的下葬了,这份恩情我一直记着呢。"

"说这些干啥哩,你啥时回来的?"杨秉德问道。

"刚到一会儿。"

"今晚到我家住,咱哥俩多年没见,好好谝谝。"杨秉德热情地邀请道。

"你家里也不宽展,太麻烦了。"

"你看看,咋住哩?"杨秉德边说边拉着聂占奎的胳膊。

聂占奎背着包袱跟杨秉德回家了,杨陈氏也吃了一惊,多年没有聂占奎的音信,没想到人还活着。水尽管喝,半碗炒苞谷豆作为招待,老哥俩絮絮叨叨半晚上。

第二天一早,杨秉德拿着铁锨、扫把,和聂占奎又回到窑洞,两个人花了大半个早上,将窑洞里里外外收拾干净。杨秉德又从家里抱了些苞谷秸,聂占奎算是将就住下了。聂占奎此时是一个走街串巷卖花布的,一大包袱装的都是花布。他还有一个隐蔽的身份,回到家乡是有其他事情。陕北是个神秘的地方,是共产党的天下,从陕北回来的聂占奎在杨家人眼里也自带神秘感。

聂秀才的媳妇生了个大胖小子,这可把聂秀才高兴坏了,给儿子起的学名叫聂天佑。聂秀才请整个聂庄的乡党们吃了百日宴。肥肉片子、甜饭丸子,整盘地上,白面热蒸馍随便吃。流水席从早上日出东方,一直吃到下午日落西山。聂庄的狗们也沾光了,在人们的脚底下吃到了骨头,舔到了油星。聂家大喜,全村同庆。

聂秀才的媳妇坐月子,奶水差得远。听说羊奶好,聂秀才特意买了只大奶羊。杨秉德上工时多了份差事——放羊。肥颤颤的两个羊奶垂下来,几乎拖到了地,极长极大,极胀极满,那是天佑的口粮袋子。聂秀才经常说,那是天佑的羊妈。

聂秀才寻思着招个做饭看娃的,媳妇身子骨本来就虚弱,再加上大龄生育,落下了病根,做顿饭虚汗直流。胡郎中说是动了元气,要静养调理,一两年也不好说。不雇个好女子都不行,塬上陈寡妇的女子就这样到了聂家。陈家女子干活利索,做的饭菜不错,聂秀才很满意。

春暖花开,燕子归来。陈家女子领娃在门口玩,蓝蓝的天空像水洗过一样干净,暖暖的阳光照在身上很舒服。

不知不觉,聂天佑过了周岁,刚学走路。陈家女子和聂家隔壁的小媳妇边晒太阳,边谝闲传。塬上的水又苦又涩,仅凭这一点,塬上的人要低人一等,被塬下的人下眼看。女人之间建立友谊很简单,闲话是友谊的催生剂。东家长,西家短,鸡毛蒜皮一河滩。没有留神,天佑摇摆着小身躯,走了三五步。谁知脚一拐,摔倒在门口青石狮子的爪子上,瞬间额头上一道血口子,娃娃哇的一声惨叫。陈家女子慌忙跑过来,把天佑抱起来,一看碰了道血口子,着实吓了一跳,连忙从怀里摸出手绢擦拭。

"天佑乖,不哭了。"陈家女子边哄边佯装举起手,拍打石狮,"臭狮子,谁让你挡我娃的路了,打死你。"

天佑还是哭,陈家女子低声吓唬道:"可不敢哭了,狮子最爱吃流尿水子的娃哩。"

杨秉德拉着奶羊走出门,正好看见这一幕,连忙近前,心疼天佑,说话口气重了:"你看,把少东家碰成啥了?"

陈家女子心想:你扛你的长工,我做一日三顿的饭,哪轮到你来训我?面露不悦,口气不善:"和你没牵扯,轮不到你管。"

"你经管不好少东家,就关我事。"

陈家女子本来脸上就挂不住,再被杨秉德教训,气顺不过来:"少东家?叫得欢实,谁知道是谁的种哩?"

"你这女子,嘴咋这么贱?"

"我就说了,野种!"

啪!一个响亮的耳光,陈家女子脸上立现五个手指印。女子哇的一嗓子,抱起天佑奔回屋去。杨秉德摇摇头,拉羊上工去了。

杨秉德从地里回来,聂秀才告诉他,陈家女子说挨打了,负气回家了。杨秉德一方面心疼天佑受伤,另一方面不容聂秀才受辱。可终归一个女娃,自己下手重了。

"老杨,陈家女子说你一个耳光把她脸都抽肿了,啥事呀?"

"怪我,下手没轻重。"

"咦?一辈子男人都没打过,今天还打女人,到底为啥?"

两人相交多年,聂秀才很清楚杨秉德的为人,能把一个老好人惹躁了,事必有因。

"凡事讲究因果,你咋不给旁人一个嘴巴?"

"既然文智哥发话了,我就实话实说。"

杨秉德一五一十,原原本本地把早上发生的事情说给聂秀才。

"天佑是个野种",估计有这想法的人不止一个陈家女子,白蟒塬上大有人在。老妇五十好几,老汉六十不到,黄土埋到胸口了,能开个花?能结出个果?人们看的是耍猴,看的是笑话。难怪,事出反常即为妖,妖风盛哩!

聂秀才回到里屋,媳妇正在炕上陪儿子玩,这小家伙睁着小眼睛,正被拨浪鼓的声音诱惑,一眨不眨。

见到聂秀才进来,兴奋起来,牙牙言语,谁也听不明白。

聂秀才双手啪啪一拍:"来,爹抱。"

儿子摇摇晃晃,抬起小脚丫,扭动小身板,一步三晃,眼看要摔倒。

聂秀才一脸慈爱,双手抱住:"臭蛋娃,小心!"

媳妇埋怨道:"娃额头上碰了一个血口子,这女子咋看娃的?"

第十章

"葫芦是吊大的,娃是绊大的,有啥奇怪的?"

"会不会留下个疤,长大影响娶媳妇?"

"哟,这心操得真长。包拯额头上的月牙印还不是碰的?照样当宰相。"

"你这人一辈子就是心大。"媳妇嘲弄道,"不来算了,咱重新找人。离了她,天佑还长不大了?"

聂秀才没有接话,边逗天佑,边漫不经心地说道:"哎!明天把张媒婆请到家,我有事相商。"

陈寡妇正在择野菜,看见女子气呼呼地回家,连忙问出啥事了。聂家一年一块银圆,还管吃管喝管住,这可是天价。放眼白蟒塬三县,哪有给这个价的。这是拾钱啊!陈寡妇很担心女子不懂事,惹主家生气,被辞退了。女儿在母亲面前没有隐瞒,连说带比画,一字不落。陈寡妇听完,气得从窑洞里找出一把笤帚,从窑洞撵到路上,狠狠地打在女子屁股上:"你咋能说这话呢?欠打!"陈家女子根本没有辩驳的机会,她娘暴风骤雨般的数落,笤帚一个劲地朝屁股上抡。

"你还嘴硬,让主家晓得了,不撕烂你嘴!给你说多少遍了,出门在外,眼放亮,手放勤,嘴闭紧,你咋不听话哩?你个瓜女子,你要把我气死啊?"陈寡妇打也打了,骂也骂了,还觉得没有发泄完心里的委屈,扔掉笤帚,坐在窑洞门口直哭得雷声大,雨点小。

第二天上午,陈寡妇忙着做饭,女子难得回家一趟,再生气也是自家亲生的,哪来隔夜的仇?准备吃了饭,亲自带上女子给聂家道歉去,戏文上讲的负荆请罪,实在不行就背上几根枣刺,粗点的也行。女子到塬畔挖荠菜去了,荠菜包子,今天中午的饭。

这时,张媒婆来了。张媒婆到陈寡妇家来的次数不是一回两回了,仅受聂保长之托,就来了两回,回回被陈寡妇拒绝,说是娃小。如今都十九岁了,眼看着成老姑娘了。陈家女子乍看之下,相貌端正,中人之姿,并无特别出彩之处。时间越长,越觉喜欢,属于耐看型的。

"陈大嫂在家不?"张媒婆在窑门外问。

陈寡妇在窑洞里听见叫声,有点熟悉,是那种又尖又脆的声音,似驴叫。窑洞外,张媒婆身段和面容都似霜打的茄子,她蔫蔫地站在空地上。一张柿饼脸,涂满了白粉,堆满了笑容。这不是张媒婆吗?人正愁得要死,还来了讨嫌的,真是霜打无根草,让人烦。

远乡

"你咋又来了?"陈寡妇平端着一张脸,不咸不淡地问了一句。

"塬下聂家让我来的。"

"女子还小,保长还是另寻好人家,我想让娃多在家几年哩。"

"这个聂家不是保长的那个聂家!"

"哦?"陈寡妇有点纳闷。

"是秀才公。"

"咦,咦? 快进。"陈寡妇一听高兴起来,热情地把张媒婆迎进门。

"到底是读书人,还亲自派人来请,真是太那啥了。"陈寡妇实在想不出用哪个词语来表现聂秀才的宽宏大量。

"我来是说媒的。"张媒婆开门见山。

"说媒?"陈寡妇有点诧异。

"对!"

"说给谁?"

"谁让我来的,就说给谁。"

"我的娘哩!"陈寡妇头大如笼,聂秀才有六十了吧,女子才虚岁十九,聂秀才比自己还大。

"走!走!往出走!"陈寡妇脸色一下子冷了。四乡八镇说媒的不少,张媒婆来了不知多少回,可是说的都是小伙子,糟老头子倒是头一遭。

"过了这个村,可没这个店呀。"

"谁稀罕你待在我这里。"陈寡妇推着张媒婆的后背往外搡。

"莫推,莫推,摔倒了我睡在你家炕上,你可要服侍我。"张媒婆笑道。

能受得话,能看得脸,这是一个好媒婆的首要条件。快出窑洞门的时候,张媒婆突然冒出句:"可惜,真可惜! 三十块大洋眼睁睁地送上门,有人就是没命花啊。"

陈寡妇在后面听得明明白白,脚步不由自主地慢下来,手也没了力气,心里有个戴着官帽的赵公明,在不停地摸着金元宝,笑脸盈盈。三十块现大洋,自从嫁到陈家,朝上数,三代往上,都是扛锄把的,人老几辈子都没见过那么多的银圆。

"这话,啥意思?"陈寡妇不由得释放出浓浓的好奇。

"照现在的行情,三十块现大洋能娶三个黄花大闺女。可人家秀才公,一门心思看上你家女子了。"世间有三张嘴厉害:和尚嘴,吃遍天下;秀才嘴,骂遍天

110

下;媒婆嘴,说遍天下。太平镇说媒牵线的圈子里张媒婆的名气算大的。

张媒婆转过身,叹口气说道:"还是你底子好,能生出个大美女。我家也有一个女子,长得走不到人面前,还能吃得要命。把我熬煎得整晚整晚睡不着觉,你看,多少白头发?"张媒婆伸出一张肥胖的手掌,拨拉了几下鬓角:"愁人啊!"

"是不少。"陈寡妇搭腔。

"人分上中下,货有三等价,绫罗绸缎,各有各的价。你女子值钱啊!"张媒婆感慨道。

陈寡妇心里充满了被奉承的满足和快乐,霎时间笑容挂满面,似向日葵花。

"一家有女百家求,按说你是有福之人,现在看呢,你还真是福薄啊!养儿防老,小门小户的,多一张嘴行,多两张嘴,你说人家女婿如是摆脸子,说难听话,你能受得?我替你不值。再说,大几岁而已,年纪大,知道疼人。聂家家大业大,说句不好听的,聂秀才能活多少年?过两年添个一男半女,百十亩良田,偌大一个院子,二一添作五。"

张媒婆伸出右手,五个指头夸张地在陈寡妇面前一晃。陈寡妇推着张媒婆的手不由自主地垂下来,又反过来向回拽。

"老姐姐,再坐会儿,来都来了,喝口水再走不迟。"陈寡妇客气道。

"不了,你塬上水有股腥气味,难喝;人牛,难打交道。"张媒婆欲擒故纵,假意推辞。

"我刚是说笑哩,你别往心里去啊。"陈寡妇忙回话。

"陈家大嫂,你是个明白事理的人。"回到窑洞,张媒婆盘着腿坐在炕上。炕桌一侧,陈寡妇竖起耳朵,静候下文。张媒婆口若悬河,说辞汹涌而来。

"两年前多少说媒的进出聂家,不敢说泾阳县吧,太平镇说媒的我都认识,轮番上阵。一个个被骂得狗血淋头,当然,对我还客气,只对我说了一个字:滚!金花配银花,西葫芦配南瓜,谁跟谁,是定数。"

"我怕人说闲话,说咱是卖女子。"陈寡妇犹豫道。

"谁没长嘴,谁不说人?哪个面前不说人,哪个背后不被人说?陈家大嫂,你受恓惶,你受饿,谁给你几斗面还是几升苞谷了?谁乱嚼舌头,你就当驴放屁。"张媒婆道。

陈寡妇觉得张媒婆句句说得有道理,脸上的笑意更加浓厚,比张媒婆脸上的白粉还要厚。

"这个事,我和女子商量一下。"

远乡

"你这娘当的,做不了女子的主,我说了一河滩话,不是白说吗?"张媒婆埋怨道。

陈寡妇亲昵地拉起张媒婆肥嘟嘟的手,用力在手背上按了一下,像在上面按了一个印章。

"好姐姐,你把心放在肚子里。"

"秀才公等信哩,这话咋回哩?"

"三天之内,我到你门上说事,不用你来回跑。"陈寡妇笑道。

陈寡妇和张媒婆在窑洞的炕桌旁把陈家女子的终身大事定了。陈家女子正在塬畔上挖荠菜,心里还在担忧聂家再不要自己了,这家里的粗活重活还要自己来干。娘是越来越干不动了,一个人把自己拉扯大,真的不容易。自己嘴真臭,真想给自己一个嘴巴,真是愁人的一天。陈家女子回到自家窑里后,陈寡妇把张媒婆对自己说的话,几乎照搬过来。要死要活,又哭又闹,女儿最终流着眼泪同意到聂家当妾。

聂秀才纳妾了,人是塬上陈寡妇的女子。聂保长听到这个消息,陷入深深的愤怒,真是近水楼台先得月,在聂家看了半年的娃娃,就被聂文智盯上了。对这个出三服的哥哥,聂振海心里充满了深深的恨意,仗着有钱有地,老牛吃嫩草,真不怕把牙崩了,衣冠禽兽!

杨秉德听到这个消息,觉得很不好意思。挨打的,突然变成女主人,虽说是个偏房。这个逆袭,今后真是不好见面。

杨秉德又想起聂占奎的话,边区是穷人的庇护所,吃饭不成问题。到北山去,这个念头开始在杨秉德脑海里激起旋涡。

聂秀才家的厢房被重新粉刷,这是原来陈家女子住的房子,现在被布置得喜气洋洋。大红喜字贴门,小红喜字贴窗;红被子铺炕,新柜子装衣。

媳妇在正房哄着天佑睡觉,小家伙不愿意睡,白天热闹的感染力还没消退,最爱的拨浪鼓撇在炕上,哭着喊着要找爹玩。百般威胁加上糖果哄骗,才将儿子哄睡着,女人却是睡意全无,一晚上净胡思乱想了。

洞房花烛夜,聂秀才又一次"小登科"。

陈家女子紧张地坐在炕上,手里拿着一块手绢,来回反复揉捏,脚也不知道该放在哪里。到现在为止,还觉得是个梦,一个不可思议的梦。陈寡妇前天晚上摸出压箱底的东西,给女子讲授男人和女人之间到底是咋回事,让女子面红耳赤。一个满头灰白的老头,虽然是个财东,虽然是个秀才公,但还是个老头。嫦娥爱少年,自古皆然。想到平日慈眉善目的主家今晚就要和自己躺在一个被窝里,做男人与女人之间的事,陈家女子觉得很不好意思,心里充满了无穷无尽的憋屈和难堪,还无处诉说。

陈家女子胡思乱想时,聂秀才踱进门来。

"还没睡哩?"聂秀才想打破尴尬。

"聂伯,回来了。"陈家女子红着脸,好像贼娃子刚伸出手就被逮住的样子。

"以后可不能一口一个聂伯地叫,把我叫老了。"聂秀才笑道,"从今往后,咱是一家人,不说两家话。天也不早了,咱早点休息。"聂秀才催促道。

"哦,哦。"陈家女子还是坐在炕上,扭扭捏捏地不安。

"这是你以前的房间,不诧生,不诧床,睡!"聂秀才上了炕,脱了外套,一身细白布做的内衣大褂,身上骨瘦如柴。陈家女子慌忙向正在冉冉燃烧的两根红色的蜡烛猛吹一口气。紧张之余,吹灭了一根,另一根似要灭了,却又顽强地旺起来,仍然滴着红色的眼泪。

房子里还是暗淡了。她慌里慌张钻进被窝,缎面上一只凤凰似等待百鸟来朝。心脏怦怦乱跳,被子捂得严实。

聂秀才伸出手,拽起枕边人的被角:"咦?咋还穿着衣裳?"

陈家女子不敢吭声,紧缩着僵硬的身体,像一只弯曲的虾,微微颤抖。

"唉!真是个生瓜女子。"聂秀才一声叹息,"我帮你。"

聂秀才动手能力不弱,可以说是手法娴熟。少时,女人已是赤裸裸,白条条。聂秀才望之苗条白皙,摸之丰满腻滑的肉体,感受到了温香暖玉,接下来定是窃玉偷香了。昏暗的烛光下,充满着青春气息的肉体,让人立刻有燥热和冲动。聂秀才为了不让自己颜面扫地,嘴和手在征服过程中立下汗马功劳。在最后一次的冲撞下,他自感身在白云间,自信得道成仙了。

陈家女子在疼痛和颤抖中完成少女到少妇的蜕变。打了胜仗的主帅意气风发,聂秀才双手揉捏着柔软挺拔的双乳:"我的手段如何?"

陈家女子羞涩不语,蜷缩一团,背向男人。聂秀才长出一口气,是满足后的清气上扬,浊气下沉,他开口道:"你不是说天佑是野种吗?"

"聂伯,我错了!"陈家女子忙回话。

"咦?还叫聂伯?该打。"聂秀才佯装发怒,伸出枯瘦的手掌,拍在枕边人肥白的屁股上。"天佑是我的种,假不了。和种庄稼一个道理,地不肥,种子再好,也打不出庄稼。塬上的地和塬下的地,都是地,就是把牛累死,一个一亩地打十斗,一个打十石,能一样吗?"

聂秀才顿了顿:"今晚哩,我定要深耕细作一回,非要给你留个种。一是显得我姓聂的有能耐;二呢,省得你背地里污我名誉。"

正是:鸟爱羽毛,人惜名声。

聂秀才很看重自己的名望,容不得有人指指点点,说三道四。其他的事情倒罢了,种的事绝对要用实力说话,结果是击败流言的最好方式。

手掌在女人的背上游走,一趟下来,又换成手背。来来回回,上上下下,手心手背,爱不释手。聂秀才以手为耙,丈量土地,嘴巴凑近田埂处:"多么好的一块田哩!"女人趴卧在炕上,终于晓得聂秀才为何非要把自己收入聂家。这张嘴呀,真该给缝上,真是一句话把自己一辈子交代了。"我说,陈寡妇,不对,我丈母娘没交给你压箱底?做人太那个啥了,你明天回门得说道说道。"

陈家女子听到聂秀才大言不惭地喊自己寡母为娘,不由得出言埋汰:"你这姑爷比丈母娘可老多了。"

"老是老点,身体底子好,一般小伙子没我壮实。"聂秀才自夸道。

"依我看,你是白蟒塬第一老来疯。"陈家女子低声嘟囔道。

"人生在世,就要率性而活。疯就疯上天,厌就厌到底。唉,白天太累了,歇一会儿,今晚上放他个连珠箭,碎碎个事。"聂秀才大言不惭地吹嘘一通。

过了一会儿,夸下海口的聂秀才已呼呼大睡。口里时不时地噗噗吐气,如同嘴伸出水面的鱼儿在吐泡。陈家女子胆子大起来,撑起身子,仔仔细细地瞅了几瞅裹在缎面被子里的身边人,这个白蟒塬赫赫有名的糟老头子。这就是自己一生的归宿?

第二天,聂秀才睡到日上不止三竿才起床。媳妇领着天佑在院子里做钩搭,准备钩槐花。槐花麦饭,是一种地道的关中美食。将槐花择洗干净,拌上面粉揉搓,放到锅里蒸,约莫半个小时即可出笼。槐花的清香已浸入其中,滴几滴香油,放一勺盐巴,清香扑鼻,松软可口,真是神仙也馋。

院子里的那棵槐树开满小白花,蜜蜂在花间忙碌,几只麻雀在树枝上叽喳打闹,绿叶白花,满院清香。陈家女子早早起来,在灶房进进出出,忙忙碌碌。做好饭了,却不见男主人出屋。秀才媳妇指了指屋里,意思送饭进去。她忸忸怩怩进入屋内,羞答答不看一眼,急匆匆放下小案,慌张张抬脚出门。

这个家充满了生活气息,这种生活气息让聂秀才很陶醉。媳妇很担心聂秀才的一把老骨头,苦口婆心地劝聂秀才注意身子,不要太劳累。聂秀才已沉沦在温柔乡里,乐不思蜀。经过数次的冷战、热战、拉锯战,自感力不从心的聂秀才终于体谅到媳妇的一片心意,好钢费炭啊!两口子达成一致意见:每月逢三在陈家女子那里过夜,平时还是一家三口住在正屋。

　　杨秉德提出不扛长工了,要到北山讨出路。聂秀才极力挽留,杨秉德一定要走,几个回合下来,天要下雨,人各有志。

远乡

第十一章

杨秉德躺在热炕上,隐隐约约地听见有人在窗外喊:"杨大哥,杨大哥!"听声音是个熟人,好像聂占奎那个摔死了的疯媳妇。这女人都死了好几年,而且还是自己帮忙下葬的,今晚上咋听见在外面叫唤哩?

杨秉德一个激灵,睁开眼睛,屋里漆黑一片,身上褂子已是湿透。

他摸索到了洋火,点亮了煤油灯,窑洞里有了微微的亮光。见儿子熟睡了,心慢慢平复下来。

打开窑门,一阵秋风吹来,顿感阴冷湿潮,好像刚从冰窟窿上来,他忙回去披上一件外套。

一弯残月挂山坡,满天繁星闹河汉。哪来半个人影?哪来一点动静?

赛虎卧在窑门边的小棚里,听见窑门开,刚汪一声,见是主人,摇头摆尾,哼哼唧唧地磨蹭到杨秉德腿旁,亲昵地抱住小腿。真是怪了!明明听见有人在喊,狗却不见叫唤,难道听差了?

"赛虎,睡去!"听到指令的黑狗不情愿地爬进窝,伸出半个脑袋望向主人。

有团巨大的棉花在杨秉德心里上下翻滚,左右旋转。伴随深陷其中的烦躁,脚开始变麻,似要沁入骨髓。关中道素有"男怕脚麻,女怕头晕"之说,都是不好的征兆。杨秉德有些心慌,伸出长满老茧的手来回胡乱地摩挲双脚。过了好一会儿,麻劲渐渐消失,杨秉德便趁着热炕的余温昏昏睡去。

不知道睡了多长时间,杨秉德被砖头叫醒。平日自己是张家坡起得最早的人,今儿咋睡得这么死呢?

"太阳晒屁股了!太阳晒屁股了!"杨砖头站在炕上双手叉腰,学着往日父亲的口气声调。

"你个瓜娃。"杨秉德亲昵地说,"叫爹摸一下牛,看牛还在不?"

杨砖头摸出小小的命根子:"还在哩,没跑。"

第十一章

"来！跟爹顶个犄角,看我娃最近长身体了没?"杨砖头把脖子抻得长长的,使着劲,脖子上细细的血管清晰可见。杨秉德抻长脖子,一大一小两个脑袋抵在一起。

杨秉德假装力气不支,踉踉跄跄,向后躺倒在炕上,一手抱过砖头,用胡子扎着他细嫩的脸蛋。

"我娃是个碎老虎,爹抵不过了,老了!"

"爹不老,是我长大了。"砖头叉着腰,像个大人似的,头仰得老高。

"真是个灵醒娃,长大肯定有出息。"杨秉德慈爱地夸奖道,"你看我咋睡得这样死呢,我给你做饭去。"

"吃啥?"砖头问。

"红薯苞谷糁子。"杨秉德故意说。

"昨晚刚吃过苞谷糁子,今儿还吃?"砖头不满。

"昨晚光是苞谷糁子,没红薯,不算!"

"我想吃黏面。"砖头嚷道。

杨秉德逗着砖头玩,看着娃一本正经吵架的样子,心里跟喝了糖水一样。

"石头剪子布,一局定输赢,愿赌服输,咋样?"

"行!"砖头喊道。

砖头的剪子碰见杨秉德的石头:"爹,你耍赖,手出慢了。"

杨秉德哈哈大笑:"算爹输,吃黏面。"

杨秉德很满意目前的日子,边区的这两年是这辈子最开心最快乐的时光。新箍了窑洞,靠前面是一盘火炕,靠后面是两个柳树条编的大囤,黄泥涂抹得光光滑滑,里面堆满粮食。大堆的红薯堆放在囤下面。另一孔窑洞养牲口,养了一头骡子。平日下地套上,人省不少力。生活发生了翻天覆地的变化,让人觉得心里不慌,对未来充满了憧憬。当初跑北山还是跑对了。真应该感谢占奎,要不是他指引,杨家怕是日子难熬。从前都是为糊口养家发愁,现在竟然为在台上唱《苟家滩》还是《铡美案》纠结半天。今年过年,要驮些粮食和肉回聂庄,过个肥年。

砖头听说要回聂庄过年,很是高兴。虽然这里过年有秧歌,但社火没有聂庄的好看,聂庄的社火刺激。更重要的是这里没有娘,没有娘的新年,再热闹也没有年味。杨秉德套上骡子,赶上大车。带回聂庄的年货很丰盛,一袋土豆,两袋面,杀了头猪,半扇子留在窑洞,烟熏起来当腊肉,半扇子带回。

润镇,是必经之路。这里是红白交界的第一道关卡,把守很严,来往的老百姓都要一一搜身检查。卡子墙上写着"严防严守"四个白底红色字,一面青天白日旗挂在炮楼上。两三百米筑一座碉堡,一座座碉堡连成一片,犬牙交错,气势汹汹。杨秉德老早就买了几盒纸烟,作为过卡子的过路费。

"老总!抽烟!"走到卡子口,杨秉德连忙摸出一盒纸烟。

当兵的接过,麻溜地装进口袋,开始盘查。

"在哪发财?"当兵的问道。

"老总说笑了,咱就一个种地的,想回泾阳走趟亲戚。"

"布袋子里面装的啥?"另一个当兵的问道。

"这不快到年关了,置办点年货。"

当兵的收了好处,例行检查一下,就打算让过去了。

"你,下来!"一个军官很威严地站在卡子里,指着杨砖头吼道。

"老总,一个碎娃,你看?"

"我倒要看看是个金娃娃还是蛤蟆娃?"

杨秉德无可奈何,把砖头抱下车。当官的一把把砖头拽过来,开始在砖头身上搜来搜去。突然,他手停下来,一脸欢喜,很威严地命令道:"交出来!"吓得砖头哇哇大哭。

"老总,你莫吓着娃。"

"娃怀里藏啥东西了?"

"娃身上能有啥?"

"你看起来一副老实模样,其实很狡猾。"当官的似相面先生,先声夺人,"你从北面过来,不会是共匪的探子吧?"一顶大帽子猛扣下来。

"长官可不敢说笑。"杨秉德忙回话。

"我怀疑娃身上藏有资匪的东西,你主动交哩?还是我亲手搜哩?"

在当官的恐吓下,杨秉德除了败下阵来,别无他法。

"我来!"杨秉德沮丧地说道。

杨秉德从砖头怀里摸出两块明晃晃的大洋,捧在手里。

"给我玩心眼,你以为我不搜娃,还藏了个鬼!"当官的嘲讽道。他欢喜了,得意了,快乐了,喜悦从眉眼处向外冒。

所有通往幸福的道路,金钱是最近的路。他一把抢过来,拿出一块大洋用手指夹着,吹口气,银圆发出嗡嗡的声音。这是人世间最美妙、最悦耳的声音。当然,也最动人心。

当官的有了收获,态度和蔼起来:"弟兄们,留下点年货,让过去算了,老乡也要过年嘛!"当官的故作大度。

三个黄皮冲过来,不管三七二十一,装红薯的装红薯,割肉的割肉,拉面的拉面。一阵秋风扫落叶,车里所剩无几。红薯还剩下小半袋,面还剩下一袋,半扇子猪肉被当兵的用刺刀割得只剩下一张皱皱巴巴的猪皮。

"到前面卡子,就说张满囤连长说了,让一路放行。"当官的在路条上龙飞凤舞地写了几个字,字如其人,一个天大的人情。

杨秉德心里真正的"官"是区长周万和。

第一次见到周万和的情景让杨秉德至今难以忘怀。

两年前,杨秉德带着聂占奎的信,一路打听,来到淳化县张家坡,找到周万和。

眼前的周万和和自己年纪差不多,一身老百姓的装束,还真看不出有啥过人之处。唯一能和老百姓区分的是头上戴一顶土黄的军帽,腰上扎条旧的军用皮带,别了一把盒子枪。

看完信,周万和连忙热情地握着杨秉德的手,用力摇了摇:"杨哥,欢迎你到边区。"杨秉德从来没见过哪个当官的对待草头老百姓是这样一个态度,有点不知所措,谦卑地露出笑容,连说话都有点结巴:"长官,给你添麻烦了。"

"杨哥,咱这里不兴叫长官,咱都是平等的,都是同志。"

"同志?"杨秉德的记忆里,根本就不知道有这样一个词,更不知道啥意思。杨秉德一脸疑惑地看着周万和,周万和一愣:"哎呀,我把你都说糊涂了!"接着哈哈大笑。

"杨哥,以后再给你说,反正你以后不能叫长官,再说你和占奎是乡党,让占奎知道你整天长官长长官短的,非见面给我个嘴捶不可。"周万和打趣道。

"那咱不是失礼数吗?"杨秉德一时半会儿还不开窍。周万和哭笑不得:"要不,你叫我老周,或者周区长,总能成吧。"杨秉德听称呼里有个长字,也就不再执拗。

周万和介绍道:"这里刚进行土改,许多山主被撵跑了,整座整座的山空下来了,正需要人来种地,你来正好跟上。"

"有地,大事解决了。"杨秉德很是高兴。

"公粮还是要征缴的。"周万和说道。

"那就是我租你的地,给你缴租子?"

"意思差不多。"周万和点点头。

"皇粮国税到哪都不能赖,这是本分。"杨秉德虽说有心理准备,但到底心虚,到底吃不准,犹犹豫豫地问了一句:"咋样一个征法?"

"和国统区相比,九牛一毛。"周万和笑了,"自家打粮食,自家报。"

"啊?"杨秉德彻底惊呆,"就不怕少报?"

"每季度都有征求会,互助组成员之间,各个互助组之间互相监督。你还有啥困难,尽管说,占奎信上说了,要我尽力帮你。"

"粮种咋办?"杨秉德不好意思地问。

"万事开头难,头年的两季粮种区上解决,以后的要靠你自力更生。"周万和爽快地说,"这里有许多废弃的窑洞,我待会儿领你去收拾一下!"

"好,好,好!"杨秉德除了一个劲地说好,再找不出其他字来表达自己的感情。

周万和领着几个人,拿来铁锨、扫把,忙前忙后,一孔窑洞很快就收拾干净了,窑洞里只有一盘火炕,空空如也。

周万和说:"这里条件艰苦些,弄些苞谷秸铺上。柴火多,炕烧热,能睡个好觉了。你先开荒,过段时间我把粮种送过来!"

杨秉德随身背了一条破棉被,等周万和他们走了,弄些苞谷秸,铺满土炕。炕洞里塞满苞谷秸,点着火,熊熊的火焰,满满的希望。

第二天早上,周万和派人送来锄头、砍刀、钉耙等农具。满山坡的酸枣树、野葡萄树、蒿草、野藤,盘根错节,深植土壤。杨秉德用砍刀砍,用锄头挖,一小块一小块地拾掇出来,再用钉耙一遍一遍地平整。他不觉得累,手上被枣刺扎得生疼,也不觉得苦。杨秉德干农活是一把好手,何况这是给自家干活,一天比一天有劲。

十来天后,周万和带着四个人牵了头骡子,驮着几个布袋子,来到杨秉德的窑洞前。

"杨哥,实在不好意思,区上的牛都让牵完了,我只能牵头骡子来。"

"都一样,都一样。"杨秉德已经乐得眉开眼笑。

"这是一百二十斤粮食种子,你先用,等你开荒多了,不够用了,再找我。区上五户一个互助组,你和这四个乡党分在一个互助组。今天他们就是过来给你帮忙种地的,互相认识一下!"周万和介绍道。

人们互相简单介绍后,便分工干活。人多到底力量大,周万和看在眼中,喜在心里。

"正愁人手不够哩,你们就来了。明后天要下雨了。"杨秉德说道。

"你还会看天?"周万和有些意外。

"靠天吃饭,总要晓得天的脾气不是?"

"哦?说说看!"周万和来了兴趣。

"你看西边的云。"杨秉德指向天。周万和顺着杨秉德的手望去,天边白云一片,太阳从云层里露出半个脑袋。

"白云嘛,有啥好看的?"周万和不解。

"仔细看。"

"仔细看也看不出门道。"周万和一笑。

"云,一层一层地向下弯曲,像狗尾巴一样。"

"听你一说,好像有点意思。"

"天上勾勾云,地下雨淋淋。"杨秉德卸下粮种,"你们来得及时,今天能种完。怕明后天雨大,下不了地,误了农时,今年就白忙活了。"

"没想到你还是个能人!"

"我算哪门子的能人,一家老小都养活不了。"杨秉德叹了口气。

"这不怪你,要怪蒋光头。国民政府从上到下,从里到外,以贪污腐化为荣,以横征暴敛为能。他的各级衙门净给富人添彩,谁给百姓办事,谁管老百姓死活?"周万和讥讽道。

"对着哩,他就是个昏头皇上。他坐在金銮殿里到底知道不知道下面胡整到啥地步了?田赋征收到民国六十年了,养三五只鸡,还要交税,红红绿绿的征税条把门贴实了,你有啥办法!"杨秉德说道。

"边区不一样,你尽管放心。"周万和安慰道。

这个世道,还从来没有一个官如此实打实地帮助杨秉德,他不禁热泪盈眶。

"咋还哭上了?好日子还在后头哩。"

"对,对!好日子还在后头哩。"杨秉德重复着周万和的话,已下定决心,一定要干出个样子来。

这一年,杨秉德在张家坡落了脚。一个村,二十六户人家,竟来自六省十三县。人们背井离乡,只为寻找一个希望。这一年还算风调雨顺,秋粮丰收。

远乡

秋后的一天,彤云沉沉起,燕子低低飞。半下午的时候,一场大雨如期而至。地里的苞谷,畅快淋漓地享受甘霖的恩泽。秋天的山区是宁静的,孤寂的,沉默的。杨秉德在忙碌整个夏天之后,有了一个短暂的休息期。

周区长简直就是个大善人,不,就是救苦救难的活菩萨。那么他口里的毛主席,就是大救星。

这场雨大半夜的时候才停,下不了地,能歇上几天。第二天上午,杨秉德特地到镇上打了一斤白酒,买了两斤猪肉。菜是现成的,他在窑洞旁开了半亩地,专门种菜,什么小葱、辣子、茄子、西红柿,时令蔬菜,样样种些。杨秉德要请客,不用说,请的客人就是杨秉德心里的贵人周万和了。周万和坚决不来,杨秉德也说不过他,弄得老脸无光,下不来台。

"周区长,我都不知道咋感谢你好呢,你给我帮了这么大的忙。"杨秉德道。

"杨哥,你的心意我心领了,但饭我不能吃。"

"一顿饭而已,我请得起。我现在可是有余粮的人。"杨秉德露出自豪的神情。

"手中有粮,心里不慌,是件喜事。"

"既然是喜事,总得喝个喜酒哩。"杨秉德继续说理由。

"我们边区有纪律,我可不敢违反啊。再说,你也给我帮了大忙,算是扯平了。"

"我能给你帮忙?"

"今年你本该交二石三斗的公粮,你实际交了三石,这就是给我帮忙啊。"

"这也叫帮忙?"杨秉德反驳道,"按实打的收成报是本分,要不你们咋征粮?"

"杨哥,你是个实诚人!"周万和紧紧地握住杨秉德满是老茧的手,用力晃了几晃,然后把一只手按在杨秉德的手背上,"明年你的任务就是多开荒,多打粮食,多缴公粮。"

"没问题!"杨秉德自豪地说,"其他我不敢说行,种地没得说。"

周万和拉着杨秉德的手:"咱学学王宝钏的三击掌,击掌为誓。"

杨秉德伸出那双粗糙、满是老茧的手掌,重重地击上周万和的手掌。周万和执意不去,加上找他办事的人一茬接一茬,杨秉德只好告辞。

虽然这是杨秉德平生第一次有酒有肉地请人,而客人却请不来,但这丝毫没有影响他的好心情。

第十二章

每逢忙罢,边区便组织老百姓开展各种文艺活动。砖头由于身体灵活,活泼开朗,记性好,会唱戏,会说"反话",在淳化山区成了家喻户晓的明星。杨秉德这时的工作就是专职背娃,哪个村有活动背到哪个村,区上发的奖品不是毛巾就是肥皂。

每汵桃花汛的时候,不知道什么原因,杨砖头满身出糜了粒大小的红痧子,吃药都不管用,郎中说是水土不服。杨秉德只得在桃花开时,将砖头送回聂庄,等桃花汛过去,再接回张家坡。

聂庄的聂猪娃,平日也没啥正经活路,靠打个零工维持生活。后来实在混不下去,也来到张家坡谋生。杨秉德平日对聂猪娃颇有照顾,都是聂庄出来的乡党,在外地彼此有个照应。聂猪娃经常到杨秉德的窑洞混吃混喝,占个小便宜。

杨秉德和聂猪娃发生了一次严重的争吵,那是在聂猪娃到张家坡的第二次秋粮收完后的一个晚上。聂猪娃惦记杨秉德腌的萝卜,酸辣脆香,下饭最美不过了。

"杨哥,借你腌菜来了。"聂猪娃端了一个大空碗,笑嘻嘻地进了门。

"那儿,自己捞。"杨秉德指向麦囤下方一口大缸。

"我就做不出你的味。"聂猪娃一笑,"今年,你又丰收了?"

"还不错,比去年多打一石。"杨秉德笑道。

聂猪娃把碗放到炕桌上,一把抓起烟袋锅,很自然地,很熟练地捏了烟丝,用手指轻轻地在烟袋锅里压实,一根洋火划拉出火,点上烟丝,美滋滋地吸了口。

"给你说实话,今年我打了两石。"

"才两石?你那块地叫我种,最少三石。"杨秉德觉得可笑,太糟蹋地了,"要想田里有,粪笼不离手。你的地里肥力不行。"

"能和你比?你是谁哩?区上的劳动模范。天不明,背粪笼拾粪;天黑得实腾腾地,还在地里忙活。能多打多少？结果呢,还多交了公粮,你亏不亏呀？种田的多了,缺你这几斗？"聂猪娃在炕边磕了磕烟袋锅,得意地一笑,"我给区上只报了一石半,省了五斗公粮。"

"地给你分的,头年种粮借的,做人做事还是厚道点好。"杨秉德有点生气。

"省下的就是赚下的,放在自家窑洞总比放到公家粮库踏实。咱种粮的恓惶谁见了？你这人就是太实诚了！"聂猪娃狡黠一笑。

"明儿赶紧到区上补齐,做人要有良心。"

"良心？良心最不顶事,能当饭吃？能当钱用？你不说,我不说,谁知道打多少粮食。"

"你啊！小心被互助组发现瞒报了,要挨挫的！再说了,周区长是个好人,咱不能亏人。"

"咦？就你姓杨的觉悟高。"聂猪娃嘲讽道,"区上能给你发个奖章。"聂猪娃在空中比画出一个大圆圈,"这么大？"

见杨秉德不吭声,聂猪娃更加来劲:"就拿去年来说,你说你当了区上的劳模,还不就奖了一条羊绒毛巾,加上一块肥皂,能值几个钱？"

"我倒不是图奖励,咱不能亏人不是？明天赶紧补缴。"杨秉德继续劝说道。

"不补,咬我哩？"

"你如果不补,我给周区长说去。"杨秉德很是恨铁不成钢。

"乡里乡党的,哪有你这样做事情的？"聂猪娃恨恨地扔掉烟袋锅,拿起碗,摔门而去。

聂猪娃第二天到区上主动补交了粮食,说是记性不好,记差了。从此可把这个仇记在心里了。

到了下半年,聂猪娃回聂庄有点事,说是有人给说了一门亲,急死忙活地离开了张家坡。

杨秉德托付把砖头领上来,自己图省事,就不亲自回去了。可聂猪娃回到聂庄才知道,女方打听到聂猪娃的品行,将原想见一面的愿望打消了。聂猪娃将媒人臭骂了一顿。

亲事吹了,聂猪娃打算回张家坡。杨陈氏也托聂猪娃把砖头带回去。杨陈氏专门烙了两大块锅盔让聂猪娃带上,两个人路上吃。社会底层的弱者,遇到更弱者,往往肆无忌惮地端起强者的架子,将平日自己受到的欺负,在更弱者身上重演,以此达到心理平衡和慰藉。

出了太平镇,聂猪娃鼻子不是鼻子,脸不是脸地催促砖头,弹嫌走得慢,耽误路程。到了山区,路更加不好走,崎岖的山路似乎永远走不到头,走过一道弯前面还有一道弯。

聂猪娃在前面走,砖头在后面哭着追,两人之间隔了二三里路。砖头一只鞋掉了,拿在手上,顾不上穿,连跑带跌地向前赶。锅盔在进山前吃了一个,毫无疑问,聂猪娃吃得多,给砖头留得少。沟深树茂,阳光从茂密的树叶间漏下,地上斑驳的树影走着散着。

有一个开荒的老汉在半山坡看见这一幕,气得高声骂道:"你个驴日的,光顾自己一个人走,娃在后头哭都不回头看一下,良心被狗吃了!"骂声在空旷的山沟传得老远,聂猪娃好似听不见。老汉一边骂,一边还居高临下地扔下几块窝头大小的石头,砸在路上,哐哐作响。

"再不停下来等娃,我下来拿锄砸死你这个坏种。"

聂猪娃丝毫没有停下来的意思。老汉更加气愤,顺着山路,一路小跑,赶在前面拦住聂猪娃,手里拎一把锄头:"站住!你是干啥的?娃和你啥关系?"

聂猪娃一愣,见老汉怒气冲冲,先自心怯:"我侄啊,跟我上北山找他爹,我们一起开荒哩。"

"你这个人咋回事吗?深山老林里狼啊、野猪啊,说来就来了,把娃伤了咋办?"老汉气愤道。

"还真有狼?"聂猪娃露出不可思议的神情。

"骗你干啥?狼不少哩。我得问一下娃。"老汉也斜了一眼聂猪娃,"你这人心太大了!"

两个人在说话,砖头紧赶慢赶才追上。

"娃,别害怕。这人和你啥关系,是不是欺负你?"老汉问。

砖头哪敢说实话,害怕后面路上遭更大的罪。

"咦?哑巴啊,问你话哩,你是不是我侄,我是不是领你到北山?"

砖头瞥见聂猪娃恶鬼似的眼神,只有点头的份。

"人在做,天在看,不要把良心丢了!"老汉说道。聂猪娃点点头,拉上砖头的小手,一路急奔向前。

过了山坡,开荒老汉的身影已是模糊不清。聂猪娃停下来,一个耳光把砖头扇倒在地:"你是鳖吗?跑快点,听那爱管闲事的老鬼说,这一带狼多。你不跟紧的话,狼来了,我不管。"真真的一个凶神恶煞。

砖头听说有狼,吓得又哭起来,狼真是要吃人的。

"哭垂子哭!一路上净听你哭了,你爹为了当模范,舔尻子,让爷多交粮食,心坏实了。杨秉德,舔尻子,当劳模,坑乡党。我说一句,你说一句。"

砖头低下头,不敢看聂猪娃恶魔般的模样。

"说不说?不说把你碎尻扔到山里喂狼!"

杨砖头还是不抬头,一声不吭。

"和你爹一个尿式子,犟驴!"聂猪娃走到砖头面前,狠狠地一个弹指。顿时,砖头额头上长出一个肿包,砖头疼得刚想张开嘴哭,聂猪娃眼睛一瞪:"咽回去!"砖头生生地将哭声压下来,摸摸额头,低声啜泣。

好不容易走出这条大山沟,砖头拼着劲跑到聂猪娃前面十来米,气喘吁吁地,坐在一棵大槐树下等聂猪娃。

"狗日的,你还说你跑不动。"聂猪娃在树下骂道,"你娘做的屁大点锅盔,不够塞牙缝。听说你'反话'说得好,给爷说上一段,解闷散心;说不好的话,你娃事大了。"聂猪娃扬了扬蒲扇大的手掌。

"还坐?起身!"他呵斥道。

砖头慌忙站起来,左脚向前,右脚挪后,仰头望青山,咽了咽唾沫:"说白话,道白话,犍牛下了个乳牛娃。牛娃卧在鸡架上,蚂蚱腿上生烂疮,不知道烂疮有多大,鲜血流了几大缸。"

聂猪娃高兴了:"不错啊!再来一段。"

砖头见这个人态度好点了,连忙又说了一段:"天也黑,地也黑,看不见犁地看掰虮。东西路,南北走,看见一伙人咬狗。提起狗,打砖头,又怕砖头咬了手。拎起扔进泾河里,溅了一脸的干黄土。"

聂猪娃哈哈大笑:"狗日的,还真是个灵醒娃。"

聂猪娃一路走走歇歇,砖头一路挨打受骂。晚上在一家大车店住了一宿,第二天一早又重新上路。快到张家坡的时候,聂猪娃停下脚步,等杨砖头走到身边,和气地说:"侄啊!叔一路催促还不是想让你快点走,紧走慢走,天还是黑了。"

他拉了拉砖头的手,换上一副和蔼可亲的面容:"来,给我小贤侄把鞋穿好。"聂猪娃把鞋给杨砖头穿好:"咦?我就说为啥老掉,你娘做大了嘛!"

聂猪娃又叮嘱一句:"可不敢在你爹面前乱说,知道不?"

杨砖头有气无力地点点头,只想回到父亲的身边。杨秉德估摸儿子快回来

126

了,这段时间每天晚上打着火把在村口守候。影影绰绰地看见两个身影,一前一后,一大一小。果不其然,是砖头,是娃,娃回来了。

聂猪娃看见杨秉德迎上来,连忙表功:"杨哥,总算把娃安全带到。碎崽娃子,一路上可把叔折腾够了。"说着亲昵地摸了一下砖头的头。

杨砖头把头一甩:"爹,我要回咱家。"到家后,砖头鞋都没脱,往炕上一躺,昏昏沉沉地睡过去了,吃饭也叫不醒。

"你费心了,到家里坐坐,你一个人窑里冷清。"杨秉德感激地说。

"累死了,我回去歇。"

"在我这里歇也一样,咸菜、红薯苞谷糁子,美得很!"杨秉德热情地邀请道。

聂猪娃一听有饭吃,就坡下驴:"既然那啥,我就不作假了。"混了顿香甜可口的红薯苞谷糁子,聂猪娃心满意足地回窑洞睡觉去了。

砖头一直睡到第二天傍晚,小嘴里时不时地发出啊啊的惊叫。杨秉德爱子心切,有点不知所措,忙找聂猪娃,问路上到底咋回事。聂猪娃一脸平静地说:"路上碰见狼了,幸亏我背着娃跑得快,会不会是惊到魂了?"

杨秉德决定给砖头叫魂。晚上,大山彻底沉默,寂静漆黑的山谷像睡着了。

黑夜里,灯笼一点红。杨秉德在厚重的雾里缓缓前行,潮湿的雾气打湿了发鬓,左肩头披着儿子白天穿的衣服。

"砖头娃,回来没?回来了!砖头娃,回来没?回来了!"

一遍一遍,自问自答,声音低沉急切。这就是关中道一种古老的压惊方式——叫魂。

回到窑洞,杨秉德将儿子的衣服盖在被子上,儿子还是睡得昏昏沉沉地,还是不时发出啊啊的惊叫声。杨秉德舐犊情深,守着儿子一夜未眠。

第三天半下午的光景,杨砖头才算清醒,喊饿。杨秉德欢天喜地在儿子额头上狠狠地亲了口,忙烧火做饭。杨砖头一边喝着香甜的糜子稀饭,一边断断续续地将路上的遭遇学给父亲。杨秉德气得浑身发抖,只当托付给个乡党,谁知道托付给个恶贼。这货平日里还人模狗样的,跟自己混吃混喝,可长可短,背后地里咋是一个人面兽心的家伙。

正是:画龙画虎难画骨,知人知面不知心。

杨秉德后悔死了,怪自己没有亲自到聂庄接娃。往年都是自己来回接送,山路上舍不得让娃多走路,走一段,就背上,背背停停,停停背背。一个几岁的娃娃,这一百多里路都不知道是咋走过来的。想起这些,他就难过。这狗日的恶贼,咋没个人性哩？聂猪娃又趿摸来混饭了,见杨秉德冷冷的眼神能吃人,吓得一溜烟跑回自己的窑洞,以后见到杨秉德,老远就躲了。

这几年家里日子过得不差了,杨秉德把砖头送进太平镇县立小学读书。他固执地认为,只有读书,才能改变门楣。他爹给他说过,三世不读书,养成一窝猪。他只要想起爹的这句话,心里就一紧,胃开始猖狂地抽搐。自己这一代人仅仅活着已经耗尽全部力气,哪敢有什么其他的奢望？儿子绝对不能走自己的老路,他应该有不一样的人生道路。身上寄托着自己的希望,父亲的希望,一个家族的希望,杨砖头在学堂里很是刻苦,尤其喜欢诗歌古文,一篇古文,看过两三遍,就能背过。先生们经常夸奖他是个读书的料。这让全家人高兴,杨秉德更是骄傲。

离春节还有十天,杨秉德背着一袋子白面和七八条腊肉回到了聂庄。回到家,只有杨陈氏一人,两个儿子都不见人影。大儿子在华州玉泉院干活,今年春节不一定能赶回来。小儿子在学堂,说是今天放年假。

天色沉沉,彤云密布。杨秉德找了把油伞,去接砖头,大半年没见了,不知道娃是长高了,还是长胖了。

杨陈氏嘲笑道:"除了你幺儿,你心里还装得下谁？"

杨秉德一笑:"财东家里稀罕骡子牲口,我稀罕我的猴娃。"

三声清脆的铃声响起,不一会儿,一群一群的娃大呼小叫,冲出校门,各回各家,各找各妈,放年假了。

"砖头!"杨秉德老远喊道。

"爹!"杨砖头高兴地小跑过来。

杨秉德一把抱住儿子,比画一下身高,亲昵地说道:"碎崽娃子,长高了。上次才到那,这次到这哩。"

接着他双手卡在儿子的腋下,向上一举:"咦？没重啊! 过年好好吃肉,补上一补。"

雪终于飘下来了,纷纷扬扬,似柳絮飞舞。这时从学校里出来一人,五十来岁,穿着布衣棉袍,一顶灰绒棉帽。老远闻到他身上一股子酒味,走路摇摇晃晃的。

"高先生。"杨砖头忙打招呼。

"哦! 杨志新啊,你还不回家？"杨志新是杨砖头的学名,专门请聂秀才起的。

"我爹接我回。"杨砖头骄傲地说道。

"高先生,我是杨志新的爹,您受累了。"杨秉德忙把伞放在地上,双手一揖。

"哦!"高先生见杨秉德一身黑布棉衣,戴着棉帽,穿着黑布棉鞋,左脚的鞋还破了一个洞。打眼一看,不用第二眼——下苦人,穷人,下苦的穷人!高先生已对杨秉德起了轻视之意。

"哎呀!忘记带烟了。"杨秉德摸向口袋,回来买的三盒烟,过卡子送给当兵两盒,明明记得还藏了一盒,难道全给了?

"不会。"高先生一脸冷淡。

"先生,雪下大了,要不我打伞送送您?"

"两步路,麻烦就算了,顺路不?"

"顺路,顺路。"杨秉德忙回声,毕恭毕敬地将伞举在高先生头顶。杨砖头挎着书包,走在杨秉德身后。

"老杨是吧,今天放假,教育专干代表镇上请先生们在秦人饭庄吃饭。吃的是一水的硬菜,喝的是上好的西凤。我多饮了几杯,有点话多,你莫见怪啊!"高先生走得晃晃悠悠,杨秉德一时搀胳膊,一时搂肩头,还要将油伞举过头顶,很是狼狈。

"前面快到了。老杨在哪里发财啊?"

"发啥财哩,一个长工而已。"

"哦!你赚的是下苦钱,真舍得砸在娃身上。不容易啊!送娃到这里上学的,我见得多了,不是当官的,就是经商的。你一个长工,还真不多见。多乎哉?不多也!"高先生这话让杨秉德很不痛快。

雪越下越大,风越刮越猛,路边挺拔的杨树,难挡风雪的侵袭,哆嗦着树干,摇晃着枝杈。一行三人,走在风雪中。

"娃不读书,成不了才啊!"杨秉德虽说心里不舒服,但还是恭维道。

"这话我爱听,大实话。人啊,要多读书,光知道用蛮力下苦,还是不行哩!以前皇帝有明诏,万般皆下品,唯有读书高,此言不谬也!你看今天谢师宴上,谁不高看咱一眼?伞收了,风大雪大,弄坏的话,还要花钱不是?"高先生说道。

漫天大雪,北风呼啸,白蟒塬如一幅美丽的水墨画。高先生突然站住,不由得心有所动,就想作诗一首。

"好酒!好景!对酒当歌,人生几何?高某赋诗一首,老杨,你点评一下。"

"您也太瞧得起我了,不怕您笑话,我一个大老粗,名字都不会写;必须要签

远乡

字,只好画个圆圈。您当先生,肚子里肯定有货。"

"也罢,也罢。杨志新,你来!我也检验一下,你上了两年的学堂,你爹的血汗钱是不是打水漂了?"高先生拍了拍杨秉德的肩头,喷出一嘴的酒气,"开玩笑,莫生气。"

杨砖头跟在后面,心里已经千万次地问候过高先生的娘了。

"那我就口占一绝,题目哩?对!就叫,谢师宴后遇雪。"高先生沉吟一会儿,笑道,"杨志新,你可要听好了!白蟒塬上雪茫茫,长工打伞送先生。谢师宴上分高下,尊卑贵贱各不同。"高先生醉眼望向杨秉德,呵呵一笑,"如何?"

将别人的尊严踏在脚下,借以抬高身价。即便这种自以为是的优越,实际上的差距只有瓦上瓦下,甚至一张纸的差距,但总有人乐于去干。杨秉德面色乌青,好心当成驴肝肺。他将伞夹在腋下,冷冷地瞥了一眼等着自己奉上廉价赞美的高先生,心里冒出一个念头:这货咋不在谢师宴上喝死?

杨砖头在旁边听得真真切切,哪有这样轻视人的,分明是糟蹋人!可恼,可恶!稍做思考,他向前几步,越过父亲,走到高先生面前,不害怕,不紧张,从容说道:"顺着先生的意思,我也口占一绝,如何?"高先生居高临下,一张傲气的脸,似笑非笑。

"行嘛!先生倒要洗耳恭听,瞅瞅长江后浪有没有本事把前浪拍在沙滩上?"

"先生,那我念了?"

"莫害怕,大声说。权当写作业,先生还要给你批改哩。"高先生虚伪地鼓励道。

"白蟒塬上雪茫茫,长工打伞送长工。谢师宴上分高下,一样奔波有何同?"杨砖头吟完,向高先生鞠了一躬,朗声问道:"先生,如何?"说完,拉了拉父亲的手,"爹,回家!"

杨秉德一把搂住给自己脸上增彩的儿子,脸上洋溢着浓浓的骄傲,说:"儿啊!今晚好好咥一顿肉。"

高先生望着父子两人手牵手,渐行渐远的背影,羞愧之色,在脸庞上不但生根发芽,而且开花结果了。

过完年回到张家坡,杨秉德的脚再一次发麻了。这一次,脚麻得特别厉害,让杨秉德几乎下不了炕,心里像有好多人搭伙弹棉花,嗡嗡声一波接着一波,棉絮满天乱飞,让人烦躁不安。杨秉德休息了大半天,到半下午的时候,感觉好点。

130

第十二章

他一个人,也懒得做饭了,昨天还剩了一个馍馍,在菜地里拔了一根葱,馍就葱,算是一顿饭。这几日,东边那块地出现了"羊胡子"草,像疯了似的,一片一片地蔓延,得抓紧时间除草了。过几天到镇上找个郎中瞧瞧去,上次周区长说,镇上开了一家西医馆,不知道医术咋样?

杨秉德扛了一把锄头,拎了罐水,出了窑洞。赛虎跟在身后,一路小跑。这嗅一下,那尿一下,在田野里快乐地撒欢。满眼望去,苞谷已吐穗,迎风招展,像一个个士兵,手持红缨枪,笔直挺拔,静等将军的检阅。杨秉德心里满是骄傲,秋料子成了。一连锄了两小畦地,赶着太阳落山,还剩下一畦,锄完这三畦地,今天算是任务完成了。山风徐来,苞谷叶子唰唰响,稍觉凉爽。杨秉德以锄为杖,略做休息,汗水一点一点滴在土地上。他扔掉锄头,弯下腰,拎起罐子,想喝上一口水。

突然,天旋地转。眼前随风起伏的苞米像黑色的波浪,呼啸而来,瞬间,淹没了自身。

赛虎狂躁的嚎叫声终于引起了同在一个互助组的人们的警觉。周万和听说杨秉德病了,赶紧过来,忙前忙后。周万和派人将还在窑洞里睡觉的聂猪娃拽起,逼他回聂庄送信。

杨柱子一路疾走,后半夜快天亮的时候赶到了张家坡。第二天一早,雇了大车回聂庄,车上躺着父亲。

两个放羊的老汉坐在塬畔谝闲,呜咽悲凉的唢呐声引起了他们的注意。

一个老汉问道:"聂庄谁不在了?"

另一个说:"杨秉德。"

老汉惊诧道:"哦?一个老好人哩!"

另一个老汉接话:"唉!一个老好人哩!"

一小队披麻戴孝的送葬者,抬着棺材,缓缓地向杨家的那片土地走去。太阳静静地照在白蟒塬,阳光明媚,一如既往。

第十三章

关中道的秋风是萧瑟的，塞北的秋风却是霸气十足，打着呼哨，呼啸而过。戈壁滩上松散的沙土吹起来，干枯的秋草随着风沙旋转，翻滚，随地飞奔或空中飞舞。空气里弥漫着腥臭刺鼻的土味，太阳慌里慌张地躲进云层里，隐隐的光芒，让人觉得十分恍惚。过了不久，太阳彻底躲得无影无踪，天地之间，狂风裹挟着沙砾征伐六合，横扫天地。到处是风在怒号，沙在厮杀。今年的第一场沙尘暴毫无征兆地偷袭而来。

杨石头裹紧衣服，背靠着一个沙堆，羊群也被赶到自己的身边，这倒霉天气，就像人的脸一样，说变就变。杨石头经历过几次扬沙天气，但沙尘暴还是第一次。只能先窝在沙堆边上，等风沙过去再说。

羊这鬼东西，不是所有的草都是它的下口饭，能吃的连根啃食，不吃的视而不见，草越来越难找。羊群已扩大到二十七只，附近的草都被啃食光了，现在放牧的战线越拉越长。

隐隐约约地，杨石头看见有个人影缓缓地飘过来。等到了跟前，才发觉是马燕，脸被红色的头巾包裹得严严实实，只露出黑葡萄似的眼睛。

"你咋来了？"杨石头大声喊道。

"还不是怕你遇到沙尘暴把人和羊都弄丢了！"

"我有那么笨吗？"

"还不算太笨，还知道躲在沙堆后面。沙尘暴来得快，去得也快，只要趴在背风地一会儿就过去了。"

在戈壁滩生存必须要知道如何和自然相处，这可是个大学问。

马燕蜷缩成一团，红色的头巾在风沙中猎猎作响。杨石头弓着腰，蜷着身，等待沙尘暴结束。两人同向而卧，他看到马燕蜷缩的孤独的背影，内心深处的那根弦被猛地拨响了。怜惜，就是这种感觉。

不知道过了多久,猖獗的风沙渐渐平息下来,天地之间恢复了平静。马燕首先爬起来抖抖身上的沙尘。

"沙尘暴都过去了,还不看看羊,想偷懒呀?"

杨石头听见马燕的声音,才揉着眼睛,慢吞吞地爬起来,眼睛里进了沙子,疼得他龇牙咧嘴。

"你个石头!知道沙尘暴来了,还不把眼睛闭上?"

杨石头自知理亏,也不敢说是自己偷看马燕惹的祸。

"我是一直盯着羊,怕丢了。"杨石头觉得自己的谎言很幼稚可笑,为什么不敢承认呢?

"看个鬼!羊都在我前面卧倒一片呢,只要老白在,羊群就在。"

杨石头眼见谎言被拆穿,脸上更挂不住。马燕抬起腿就踢过来,沙尘暴过后,地上都是浮沙,马燕一使劲,一只脚陷进沙里,一只脚踢出去,整个人一个趔趄。

马燕啊一声,整个人扑向杨石头。俩人同时摔倒在沙堆上。马燕在上面压着杨石头,杨石头根本不敢动弹,暖暖的,肉乎乎的。四目相对,看到的尽是惊讶、羞涩、慌乱。杨石头慌里慌张地想站起来,双手撑地,腰一挺,嘴唇正好贴在马燕的嘴上。

麻酥酥、软乎乎,滑润丰满、细腻香甜,还夹杂着一丝沙土味道。马燕没想到杨石头突然起身,在不经意的刹那,这个木头桩子竟然亲了自己。男人特有的温润气息,让她天旋地转,浑身颤抖。此时此刻,天地之间,一切已然凝固。是呀,如果真的凝固,该是多么美好的事情。马燕伸出手使劲推开杨石头,脸和脖子都羞得通红,心脏怦怦地跳个不停,好像有只调皮的小鹿蹦来蹦去。她慌里慌张地站起来,手脚放哪里都觉得别扭。杨石头则像个犯错的孩子,低着头,不敢看马燕,不敢说话。心里担心得要命,不知道马燕要咋收拾自己。

咩!咩!老白的叫唤声打破了宁静,也打破了尴尬。"杨石头,快过去看羊都在不?"马燕趁机扭过头。出乎意料,马燕竟然没发脾气,没动手。

杨石头连忙跑过去:"一、二、三……"他指一只羊,数一个数,口里念念有词。

"谢天谢地,二十七只羊,一只不少。"杨石头高兴地高声汇报。

"算你运气好,要是把羊丢了,跟你娃没完。"

"你咋知道会有沙尘暴呢?"杨石头有点讨好地问。

"我在戈壁滩生活十多年了,啥不知道!"马燕骄傲地昂着头,"阿爷说今天会有沙尘暴,让我来看看。"

"哦,阿爷说……"杨石头故意学着马燕的腔调。

马燕突然觉得自己说漏了嘴,想捂住嘴巴,可话已经飞出去了。

"杨石头,你还取笑人家。阿爷怕你走丢了,才让我来的。其实我并不想来,丢了就丢了,有啥大不了的。"马燕画蛇添足,给自己解围。

"哦,原来是这样。"杨石头略有点失望,其实自己也说不清失望什么,马老爹是个好人。

"那你以为还有别的原因?"马燕紧接着一问。

"我、我,我不知道。"杨石头有点结巴。

"我、我,我不知道啥?"马燕学着杨石头,算是对他刚才嘲笑自己的一个小小的反击。

杨石头一时半会儿被将在那里,不知道说啥。

"你真是块石头!"马燕白了杨石头一眼。

少女的心思如同戈壁滩的天气,说变就变。与杨石头朝夕相处的日子里,少女的心渐渐地有了微妙的变化,是种发自心灵深处朦胧的,不可言表的情感。虽然没有父母的疼爱,但是在阿爷的庇护下,过着安静的生活。杨石头的到来,在她心里泛起波澜。原来喜欢一个人是这样美好的一件事情。

在这茫茫的戈壁滩上,马燕都不知道给谁诉说自己的心事,以前呢,自己遇到事都给老白说,老白是一个忠实的听众,而且是一个会保守秘密的听众,高兴也罢,悲伤也罢,都给老白说。眼前这个人偏偏是根木头,不对,就是块石头,而且是戈壁滩上坚硬的石头。想起石头,马燕不由得弯腰捡起一块大小趁手的扁扁的石头,右脚蹬地,腰身一扭,石头飞快地在半空划出一个漂亮的弧线,飞向远处。这个人今天还亲了自己,虽说不经意,但温润的窒息的颤抖,却是真实的。想起来让人竟有点不由自主地回味。

呸,呸!呸!马燕暗骂自己。

"羊还没吃饱肚子,要不再放放?"杨石头征求马燕的意见。

杨石头的问话打断了马燕的胡思乱想。

"你是羊司令,你说了算!"

老白还悠闲地卧在沙堆上,东瞅一下,西望一下。

"老白,上路了。"杨石头走过去,把老白赶起来。

老白带着它的手下低着头,缓慢地前行。马燕和杨石头在后面跟着,一路无话,两个人各想各的心事。

马老爹是个精明的人,马燕刚回来,马老爹就觉察出蛛丝马迹的不对劲,以前叽叽喳喳的像只燕子的孙女,今天出奇地安静,和自己打了招呼,就直接上炕去了,说是困得很。马老爹怕孙女受了风寒,赶紧过来摸摸脑门,没有一点发烫的症状,孙女却是在炕上翻来覆去,眼睛睁得大大的,哪有半点要睡觉的样子。杨石头则是将羊赶进羊圈,拾掇完,一言不发钻进了自己的小屋。

躺在炕上,杨石头失眠了,白天的一幕幕在脑海里上下翻滚,沉积的又翻上来,漂浮的又沉下去。那丰满的嘴唇,温润的气息,让人回味无穷。

马老爹一个人坐在炕桌旁,咂着旱烟。他不让马燕去寻石头,马燕非得去,说是怕遇到沙尘暴把羊跑丢了。莫非路上出啥事了?明天趁着杨石头放羊的空当,得审一下马燕。

马老爹最放心不下的就是这个孙女,趁着自己这把老骨头还能撑几年,赶紧给马燕招个女婿,要不哪天自己死了,留下一个孤女在这乱世上,自己真是眼睛都闭不上呀。

第二天,杨石头喝了一碗热气腾腾的奶茶,早早就赶着羊群出去了。马老爹手上端着马燕递过来的奶茶,一会儿放在左手,一会儿挪在右手。热热的稠稠的液体顺着喉咙,一路润滑到胃里,暖暖的,舒服极了。一碗奶茶进肚,浑身上下觉得热乎。冬天眼看着要来了,自己毕竟是上了岁数的人,在冰天雪地里能折腾几回?石头这娃是从部队上逃出来的,万一哪天被抓回去,可不是闹着玩的。可这世道,又有谁能来戈壁滩抓什么逃兵呢?杨石头是个好帮手,也会是好女婿。就不知道马燕是啥心思,待会儿好好探一下娃的口风,莫要自己干着急又上火的,孙女压根没这想法,岂不是脸上挂不住。

"妮!你现在熬奶茶的手艺一天天地见长,都赶上你奶奶的了。"

"真的?那你就多喝点。"

"阿爷想给你说件事。"

"你说。"

"坐下来,等会儿再忙活。"

马燕停下手中的活计,今天阿爷咋了,说个话还郑重其事的。

"阿爷想过两天到集镇上给你舅家说说,帮你招个女婿。"

"阿爷,我还不想招。"

"瓜女子,哪有不嫁人的姑娘呢?"

"可我还是不想。"

"阿爷岁数越来越大了,万一哪天不在了,谁来照顾你?"

"阿爷,我的事情我做主。"

"放肆!哪能由你做主,真是从小把你惯坏了。"马老爹使劲一拍炕上的小桌子,喝完奶茶的碗,咣当一声震得滚下小桌,摔得七零八碎。

马老爹腾地从炕沿跳下来,怒气冲冲:"自古都是父母之命,媒妁之言,哪由得了你?"

马燕从来没见过声色俱厉的阿爷。虽说马老爹发了虎威,马燕却是心惊但不胆战,不服气地低下头,大口地喘着气,胸脯一起一伏,酝酿着狂风暴雨。

马老爹见孙女气得像鼓气的青蛙,心里不由得叹气,真是把这位惯得不成样子了。没能把孙女镇住,反而将她气得不行,自己也觉得有点演过了,忙换了一副和蔼可亲的面孔。孙女是自己从小一把屎一把尿拉扯大的,脾气秉性最清楚:典型的吃软不吃硬的主。

"妮!阿爷都是为你好,现在我的身子骨越来越差了。"马老爹说完,一阵剧咳,能把肺咳出来似的,震得屋子顶棚的尘土好像都纷纷落下。马燕顾不得委屈,连忙跑过来,轻轻地拍着马老爹的后背。

"阿爷,你莫生气。"马燕是个孝顺善良的姑娘,从小就是马老爹的眼药水兼开心果。

"刚才给你说的事,我娃再想想。"马老爹说。

马燕只好点点头。孙女的神情都落在马老爹的眼里,一览无余,尽是落寞。

"你成亲了,有女婿帮忙。我打算把杨石头辞了,不需要这么多人。"

马燕一听要赶杨石头走,脸唰地变了:"阿爷,你这不是逼人走吗?"

"那你说咋办,杨石头待在咱家算啥?"

"反正不能赶人家走。"

"这么说当初救这小子还救错了不成?"

"冬天要来了,杨石头会饿死冻死的。"

"你这妮子还挺关心他啊?"马老爹呵呵笑了。

"谁关心他了?他这个人就是块石头,傻得要命。"

"傻子咱家更不能要了。"

"阿爷,你咋要笑我哩?"马燕害羞地低下头,不敢争辩。

"我觉得杨石头这娃真不错。要不把他招进门,你觉得咋样?"马老爹收起笑容,郑重地问道。

"阿爷,你觉得好就好。"马燕的声音低得像蚊子叫,只有自己能听到。

"啥时我的话成了皇上的圣旨?"

"阿爷,你取笑我。"马燕说完,一跺脚,推开门,跑出去了。

"哈哈哈!"屋里传来马老爹得意的笑声,哪像刚才还半死不活的人。

冬天来了,呼呼的北风裹挟着寒气,席卷了整个戈壁滩。太阳被逼进云层,影影绰绰地有点光晕,没有温暖。杨石头放羊回来,刚把羊圈好,还没来得及钻回自己的小屋。马燕过来,说是马老爹找他,有事商量。杨石头走进正屋,却发觉马燕没有跟进来,这女子,不知道想啥呢?

"石头回来了。"炕桌上的煤油灯闪着微微的亮光,马老爹指着炕沿,"坐!"

杨石头顺从地坐下,紧张地望着马老爹,不晓得他葫芦里卖的什么药。

"你到咱横山也有小半年了,有啥打算?"马老爹炯炯的眼光,能把人看透。

杨石头低下头:"我的事,你都知道。"

"我啥都不知道。"马老爹矢口否认,"有些事情你想瞒也瞒不住,再说瞒也没有啥意思。"

杨石头听出马老爹的言外之意,该来的终究会来:"老爹,我是有苦衷的。"

"我理解,在这世道能活着,能讨口饭吃就很不容易了。但今天你必须讲出来,这对马燕也是个交代。妮,妮!进屋来。"马老爹喊道。

马燕轻轻推门进来。"坐,咱塞上的姑娘啥时候扭扭捏捏的?"马老爹一指炕沿。

马燕和杨石头相向而坐,隔着一张小炕桌,两个人互相看了一眼,又马上不约而同地低下头。杨石头忙将头别向一个角落,眼睛死死地盯住,好像能瞧出花来。马燕低着头,双手在和头巾作对,拧来揉去。马老爹则端坐在炕上,像是个坐堂断案的老爷。

"今晚,你两个人都在,我宣布一件事。"马老爹说完,不动声色。杨石头自己心里瞎琢磨,肯定是马燕告诉马老爹那天的事情了,马老爹要赶自己走。

马燕自从知道马老爹有意把杨石头招为上门女婿后,便有意识地躲避杨石头。这不,要不是阿爷唤自己,宁可躲,也不愿面对这个人。说不清是什么样的一种感情,明明喜欢一个人。可当这个人将成为自己丈夫时,又有点担心,有点害怕,唯恐自己大大咧咧、无拘无束的性情在婚后变得无所适从,变得让人讨厌。

远乡

马燕心里如同有一群五彩斑斓的蝴蝶在翩翩起舞，你飞我逐。

杨石头像个囚徒，等待堂上老爷的判决。

"我决定把马燕许配给你，招你做上门女婿，你觉得咋样？"马老爹对杨石头说。

"啊？"杨石头惊得叫出声来。

幸福来得太突然了，让人措手不及。这爷孙两人不仅救了自己，而且在朝夕相处间，杨石头深深地感受到家的温暖。他只希望远远地感受到久违的亲情，但他从未奢望过真真正正地成为这个家庭的一员，因为他只是个穷小子，一个逃兵，他不配。

"你不愿意？"马老爹一个反问。

"不是，我害怕。"

"怕啥呢？"马老爹紧逼一句。

"我怕连累你们。"

"你惹下啥祸事了？"

杨石头无处可逃，索性鼓起勇气："上回给你们讲拉壮丁的故事，里面那个当逃兵的人就是我。"

"啊，你就是那个可怜人？"马燕脱口而出，当时自己被这个人悲惨的身世深深地震撼，觉得异常沉重，让人呼吸不得，虽说是别人的遭遇，但仍觉得让人难过。没想到这个别人竟然是自己朝夕相处的人，没想到这个可怜人就坐在这里。

马老爹倒是一副任凭风浪起，稳坐钓鱼船的模样，咂着旱烟。看到马老爹波澜不惊，马燕觉得奇怪。

"阿爷，你早知道了？"

"你爷年纪是大点，但还不是傻子。"

"你为啥当的逃兵？"马燕转头问杨石头。

"我杀人了。"

"啊！"马燕惊呼道。

"你怕不？"杨石头问道。

"你杀的是谁？"

"我的班长，一头牲口。"

"我相信你不会无缘无故地杀个无辜的人。"马燕确定自己的眼光。杨石头是个好人，一个走投无路的好人。

"现在你还愿意不?"马老爹对着马燕问道。

"阿爷愿意,我就愿意。"

"你这妮子,我不愿意,你也不同意呀?"

"阿爷!"马燕撒娇道,"你就会耍笑我!"

"石头,人活着,就要活得有志气,有骨气。你放宽心,这里紧靠大沙漠,天高皇帝远。几年过去,这事早就不算个事了。你就安安心心地把这当成自己的家,和燕子好好过日子。明年开春,你俩成亲,我的任务就算完了。"马老爹一脸的释然。

第十四章

　　塞上春天来得迟,但还是悄无声息地来了。当陌上的残雪开始融化,当老鸹开始在树枝间打情骂俏,当人们开始将厚重的棉衣敞开来,春天迈着慢悠悠的脚步,终于来到这个似乎已经被遗忘的塞上小镇。最先嗅到春天气息的是杨柳,从鹅黄到嫩青,再到青绿。它们不羡慕桃花的艳丽,只期盼春风的浩荡。春天让人欣喜,给人希望。

　　杨石头经过大半年的磨炼,已经是个合格老练的羊倌了。

　　"阿爷,我今天想和杨石头一起到镇上逛逛。"马燕低着头,声音却很响亮。

　　"妮,想去就去呗,腿长在你身上。八九九九,陌上看柳。憋了一个冬天了,是应该出去看看了。"马老爹脸上露出一个会意的笑容,"年轻人嘛!"

　　"那个!"马燕仰起头,伸出一只手。

　　"哪个?"马老爹平端着一张脸,故意问道。

　　"就那个。"

　　"到底哪个?"马老爹笑问,皱纹像铁犁在脸上的左右前后划拉出一道道沟渠,里面却是怒放的花朵。

　　"你知道的!"马燕有点着急。

　　"我老汉今年六十三,眼花耳背的,真不知道你说什么。"

　　"阿爷,你老抠哩。"

　　"要钱还不张口,脸皮子也有薄的时候,不容易啊!真难为妮了。"马老爹哈哈大笑。

　　"阿爷,你又笑话我。"马燕拿出绝技,撒娇是对付马老爹的最强武器。

　　"给!"马老爹从怀里摸出一条折叠成四方的羊肚手巾,从里面摸出三张绿票子,"够不?"

　　马燕一把抓过来,娇笑道:"阿爷最好了。"

第十四章

马老爹望着像蝴蝶一样飞向杨石头屋里的孙女,既欣慰又有点失落地轻叹道:"女大心思多啊!"

东西南北四条街道在城隍庙接上了头,窝了一个冬天的人们早早地将摊位摆开,贩卖牲口的、卖唱的、卖小吃的,吆喝声此起彼伏,镇子迎来了今年第一次逢集。

"燕子,慢点走。"杨石头在人群里追逐呼喊着马燕,围着红色头巾的马燕,在这瞅一下,那瞄一下,像一只快乐的喜鹊,尽情地放飞着自己的青春年华。女为悦己者容,这是个千古不变的道理。在一处卖头饰的摊位前,马燕挪不开脚步。

"快来!"马燕向杨石头招手,"你看这个好看不?"马燕取下头巾,将长发盘起来,将一支银簪子插进乌黑茂密的发间,脸上满是期待。这是当地女人结婚后用的一种发饰。

"嗯。"杨石头说道。

"到底好看不?"马燕继续追问。

"嗯。"杨石头还是一个字。

"喂,早上没吃饭,饿得说不出话了?"马燕嗔道。

"嗯。"人来人往,杨石头实在不好意思说出赞美的话。他在心里强烈地认为,这支簪子戴在马燕头上真是好看。

老板看不过眼了,担心生意黄了,忙给杨石头说好话:"后生,你媳妇戴上真好看,价也不大,只要三块钱。你瞅瞅这做工,这成色,这样式,绝对配你媳妇。诚心要的话,再给你算便宜点。"

"谁是他媳妇,他是块石头,又硬又臭。"马燕扔下簪子,戴上头巾,气呼呼地走了。杨石头只好尴尬地向老板挤出一个笑脸,跟在后面走了。

人来人往的集市上,马燕闪转腾挪,等杨石头追上的时候,马燕已蹲在一个卖唱的地方,这是个空地,人们围成一圈。一个男的拉二胡,一个女的唱酸曲。有人叫好,有人鼓掌,杨石头没有完全听明白,浓重的方言,让他如同坠入云雾。

路过一处赌坊,杨石头听见有人喊马燕的名字。

"燕子,有人叫你。"杨石头觉得马燕没有听见,忙提醒道。

"走,别回头,别出声。"马燕焦急地给杨石头使了个眼色。

在他们两个人步履匆匆的身后,一个满脸横肉的老光头,用无名指挠了挠脑门,陷入沉思。马燕完全没有心情逛街了,两人来到一处小吃摊,马燕吃了碗羊杂汤,杨石头吃了一大碗羊肉饸饹。一前一后,走出了镇子,向村子走去。

"哥！"没人的地方，马燕喜欢这样称呼，"你知道我为啥不让你回头，我们赶紧走呢？"

"是你仇人？"杨石头很是诧异。

"我亲人，我亲舅！"马燕愤愤地说道，"他在镇上开了间赌坊，赚的都是妻离子散的钱。前年他给人下套，先赢后输，借给那人驴打滚的高利贷，后来那人房子和地都给他了，还顶不了账。那人后来用杀羊的刀子在赌坊门口抹了脖子，头几乎割掉了。这种人，太没有人性了，我们少招惹！"

这时，马燕想起试的那支簪子，眼光一黯："我试的簪子真就那么不入你眼吗？"

"好看！但是我实在开不了口，一是人多，二是没钱，只能是有看法，没办法。"杨石头懊恼地低下头。

"没出息的样子。我知道你口袋比脸白，今天当欠我一支簪子，等以后你有钱了，记得补。"

日头渐渐地转向西方去了，太阳似一个巨大的红彤彤的橙子，彩云似锦缎，铺满西方的天空。

正是：寂寂大漠中，落日红似橙。远望苍茫处，又思故人情。

"真美！"马燕说道，"真想一辈子就这样生活。你知道刚才那个女的唱的啥曲？"

"这个我听得不是很明白，都是土话，那女的嘴里是不是含了一块酸奶疙瘩？"

"唉！白浪费我的感情了。"马燕略有失望，语带嘲弄，"这是一个酸曲，我唱给你听，耳朵竖起来听：刚睡着，刚梦着，挖了一把空被窝。点着灯，灯看我，我看灯，灯下边差一个白相公。"

马燕哼完，黑葡萄般的眼睛里满是期望。杨石头却是眉毛紧锁："像是一个女人要找个能干活的长工？"

"我的你啊！"马燕笑弯了腰，捂着肚子继续笑。

"你笑啥？难道我想歪了？"

"可惜一首思念情郎的曲了，你脑袋被羊粪塞实了。"

"啊？"杨石头彻底无语，也不由得笑出声来。

"我只听到了白相公。在我们那里，称长工为相工，我爹出去扛长工，人家就叫杨相；如果是我哥，有手艺的人，尊称为杨师。你们这里的土话和关中道的官话区别大哩。"杨石头辩解道。

正是：一方水土养一方人，一方人儿说一方话。

"歇会儿再走，笑得我走不动路了。"马燕有点小小的撒娇。

前面是一片柳树林，已经是翠绿一片，在空旷荒凉的戈壁滩上张扬着生命的色彩。两人坐在路边的柳树下，柔弱柳条动，似招春风来。麻雀在夕阳下，更显得活泼调皮，在树枝上呼朋引伴，打情骂俏。马燕扯下头巾，拿在手里，伸手将乌黑的发丝捋顺。杨石头看得有些呆了。

"你看什么哩？"马燕故意问道。

"我想给你做个柳哨。"杨石头忙找借口，抬手找了一根笔直的没有节疤的树枝折了下来，双手用力揉搓，将树皮松动，然后拽着树皮，抽出一根白白的枝条，再用指甲在抽空的树皮上掐掉一小截青绿的树皮，一边掐，嘴里一边发出吱吱的叫声。

"你干甚？"马燕不解。

"叫哨。"杨石头说道。

"还有这个讲究？"

"当然。跟人一样，你不叫它，它不答应；你叫得勤，它应得快。"

杨石头嘴上叼着做好的柳哨，将肺里的气聚集起来，鼓起腮帮子。柳哨发出呜呜声，似清澈的小溪在山间流淌。

"我也试一下。"马燕一把抢过来。吹了一遍，柳哨不发一声；又吹了一遍，还是静悄悄的。马燕涨红了脸和脖子，人还是人，哨还是哨。

"唉！"杨石头故意叹口气，"你知道你为啥吹不响？气不足是一个重要原因，你太爱生气了，早早漏气了。"

"你这个坏蛋！"马燕佯装发怒，站起来飞起一脚。

杨石头慌忙起身避让，转过身想跑。马燕从后面搂住杨石头的脖子，双脚离地，命令道："背我！"

"这？那？"杨石头舌头打结，说不出一句完整的言语。

"谁让你欺负我。"马燕红着脸庞，不知是夕阳染红的还是羞红的。

那一刻，她就想让他背着，也许这就是一种肆无忌惮的喜欢。杨石头双手揽住马燕丰腴的大腿，少女的身体紧紧地贴在杨石头的脊背上，似乎还有一点僵硬。柔软丰满的躯体让杨石头心里如同擂响大敌当前的战鼓，长发如丝般散落在脖颈，麻痒清香，杨石头心里涌出滚滚热潮。

远乡

"让人看见了咋办?"杨石头还是有点担忧。

"凉拌!就说我脚崴了,找个不花钱的杨相公背人,这么荒的戈壁滩,哪来的人哩?你就是我的马。"马燕用手拽了拽杨石头的耳朵,"驾!"

杨石头背着马燕,缓缓前行,在他们身后是被夕阳拖得长长的影子。

马老爹近日可谓人逢喜事精神爽,孙女所托良人,终身有靠。杨石头对马燕好,对自己也很孝顺,这小伙子真是越看越顺眼,看着两个人慢慢有了居家过日子的样子,马老爹是冬天吃萝卜——心里美。

今年这群老羊也争气,生了十三只小羊,除了两只死掉外,其余十一只都健康成长,这都是杨石头的功劳。老马家注定要打个翻身仗,马老爹仿佛看见白花花的银圆在向自己招手笑。

今天是逢集的日子,马老爹起了个大早:"妮!阿爷想到镇上卖一批老羊去。"

马燕在拾掇屋里:"阿爷,让石头去,你歇着。"

"瓜女子,他人头不熟,讨价还价里面门道深。再说石头走了,你一个人我还不放心!"

"以前还不是你到镇上,我一个人在家。"

"你马上要成亲了,咋能乱跑哩?再说了,就十来里路,阿爷还能迷路了不成?石头,你挑些羊去。"杨石头一听,连忙跑进羊圈。

"记得给我买一块小镜子,镶边的那种。"

"跟小时候一样,就知道跟阿爷要这要那。"马老爹慈爱地说。

杨石头已经挑好三只羊在羊圈外等着,都是些年老体弱,毛色粗糙的老羊。

马老爹满意地点点头:"不错!不错!快出师了。"

"阿爷,要不我去?"杨石头问道。

"不了,你在家还要喂羊,活也不轻哩。"马老爹一甩鞭子,啪的一声,在空中甩出一个漂亮的鞭花。

"在家等我,买上瓶好酒,晚上咱爷俩乐和乐和。"马老爹舔了舔嘴唇,说罢,便牵羊去镇上了。

都是老主顾,马老爹没费啥劲就把这三只羊脱手了,装有银圆的小布袋里有了下坠的沉重感。老汉高兴地将银圆贴身藏好,到杂货店给马燕挑了面镶银边的小镜子,再打了瓶好酒,哼着小曲,朝回走去。

出镇子要路过一片柳林,林子已是枯树败叶,满目萧索。一股子旋风似平地波澜,卷起黄沙和落叶,盘旋向上,呼啸而去。

"呸!呸!"马老爹转过身连唾两口唾沫。

从柳林里大摇大摆地走出两个蒙面人,一个偏瘦,穿着一件破旧的翻羊毛夹袄,戴顶招风帽,手里拎着一把一尺来长的刀子;另一个微胖,光头,手里则拎着一把"白杨把",一前一后,将马老爹拦下。

"老头,给几个饭钱!"

"出来劫道就不怕家里人知道?"马老爹说。

两个人都蒙着面,想必是周围村子的混混。在这个饼大的地方,拉扯拉扯不是亲戚就是熟人。

"心还操得远!钱,我们只要钱!"

"我一个孤老头子,哪来的钱孝敬好汉呢?"马老爹赔笑道。

"卖羊的时候,我都亲眼见了,银圆就藏在怀里,青天白日的,睁眼说瞎话,要遭雷劈的!"瘦子嘲笑道。

马老爹这才晓得人家早就盯上自己了,可这是马燕的嫁妆,说啥也不能叫这两个货给糟蹋了。他假装从怀里掏银圆,顺势拎起酒瓶,对着正对面的瘦子砸过去。瓷瓶在肉和骨头之间猛烈地碰撞,碎片四散,空气里弥漫着酒香。

"啊!"一声惨叫,瘦子痛苦地扔下刀子,蹲在地上,扯下头巾,在脸上乱摸乱揉。

"黑蛋?"马老爹惊道,原来瘦子是马燕的表哥,亲亲的。

马老爹稍有迟疑,头上挨了一闷棍,摔倒在地。似被烧红的铁棍捅了一样,四肢僵硬难受,眼睁睁地看着两个家伙在自己怀里搜腾,但却无能为力,动弹不得。

"老小子还挺生猛的。"胖子嘀咕道。

两个劫匪手忙脚乱地在马老爹怀里摸索,先搜出一面镶银边的小镜子。瘦子拿起镜子一照,赫然出现一张猪头脸,狠狠地撇掉镜子;紧接着又搜出一个沉甸甸的小布袋,不由自主地咧开嘴,抽得腮帮子疼。

"老家伙!我本想咱们还是亲戚,跟你不一般见识了,你瞅瞅,把爷砸成啥了?"瘦子说完,抬起脚,踢在马老爹头上。两个劫匪二一添作五,分了马老爹的银圆。

天黑了,马老爹还没回来,杨石头和马燕着急了。杨石头让马燕在家守门,

远乡

马燕不肯，两个人点上火把，沿路寻找。快到镇上，经过柳林，杨石头发现了倒在地上奄奄一息的马老爹。

"阿爷！阿爷！"马燕抱着马老爹的头哭喊。

马老爹晕倒在地好长时间了，意识已模糊。唯有心里对孙女的那一丝执着，凭借着那一点点的信念，马老爹终于努力睁开眼睛。孙女焦急哭泣的脸庞，朦朦胧胧地浮现在眼前。

"妮！都是阿爷没用，钱被你舅家的碎小子给劫了。"马老爹慢慢地说道。

马燕脑海里翻腾出那个麻秆一样的家伙："阿爷，你不说话了，咱回家。"

杨石头见马老爹醒了，连忙准备把马老爹背起来。马老爹摇摇头，一把扯过杨石头的胳膊："照顾好燕子！"

马老爹用尽最后一点精气，拉着杨石头的手一松，瘫在马燕怀里。

"阿爷，阿爷！"马燕抱着马老爹一次次地哭喊，马老爹再也叫不醒了。杨石头想起这个善良的老人对自己的点点滴滴，情不自禁地流下眼泪。这是个啥世道，为什么好人总不长命？

杨石头背着马老爹，马燕在后面跟着一路哭。回到村子，马燕的哭声引来四邻，大家才知道马老爹死了。男人们忙着搭灵棚，女人们忙着烧热水，选一个上了年纪的女人趁着马老爹身体还没僵硬擦洗身体。马燕谢绝了大家的好意，坚持自己亲自擦洗，女人们都说这是过了门女人干的事，你一个黄花闺女咋能干呢？马燕还是固执坚持，第一次看见阿爷赤身裸体躺在炕上，除了瘦还是瘦，一把干骨头而已。马燕用热毛巾仔细地擦洗着，一边擦，一边哭，眼泪顺着脸庞滴落在马老爹的身体上。记得阿爷是最疼自己的，总能变戏法似的从口袋里拿出糖果；记得生病时，阿爷背着自己一路小跑到镇上看郎中，当听说不打紧时，阿爷的笑容是那样灿烂；记得阿爷出门放羊，把自己背在背篓里，一路放羊，一路讲故事。越想起阿爷的好，马燕越哭得伤心，哭着想着，想着哭着。

马燕不吃不喝守在灵前，任谁说也不管用。阿爷的死，对这个姑娘来讲，是个沉重的打击，原本水灵灵的眼睛，现在已然红肿，嘴唇干裂，能看见渗出的血迹，整个人行尸走肉一样。马燕把阿爷曾经用过的茶壶、烟袋、碗筷一一检查完毕，装进一个篮子里，让阿爷地下能用得惯。

第二天下午的时候，杨石头陪着马燕正在屋里守灵，突然听见门外一个女人凄惨的哭喊声："我的叔啊！"门外，一个瘦瘦的女人，跌跌绊绊。身后紧跟着一个老光头，走进院子。

帮忙的邻居们总算看见有亲戚来吊孝了,忙将两个人迎进里屋。女人跪在地上,面容戚戚,哭声惨惨,听闻雷声挺大,却是半星雨点未下,纯粹干号。男人神情肃穆,磕了三个头,鞠了一个躬,甚合礼数。

隔壁家婶子,一个年长的女人过来搀扶:"人不在了,伤心也没用啊。"

"叔啊,你咋就走了哩,燕子咋办啊?"

"人不在了,伤心也没用啊。"隔壁家婶子继续机械地劝道,双手稍微用力拽了拽女人的胳膊。

女人装出极不情愿的样子,见风跌屁,在她起身的那一刻,瞬时止住了哭声。一张瘦脸,敷满了白粉,颧骨高,眼睛大,眉毛稀,一张嘴,涂得像刚生吞活剥过小孩似的,像九子鬼母刚从地里爬出来。她紧紧拉住马燕的手,不无悲伤地说道:"可怜的娃啊。"

马燕用力抽出手,没有吭声。鬼母讪讪一笑,"舅妈见不得我娃受可怜。"眼光却在杨石头身上落脚,视线上下移动,掩饰不住的敌意从厚厚的白粉层里透出来。

帮忙的邻居们陆续散了,殓有马老爹的棺材静静地放在里屋正中央。炕桌上,一盏煤油灯,灯光微弱。剩下四个人,杨石头陪着马燕,跪在棺木旁守灵,老光头和鬼母舅妈隔着炕桌相向而对,盘腿而坐。

"燕子,人死不能复生,你有啥打算?"老舅说道。

"你家老碎呢?他劫了我爷。"

"好娃哩,你这话说的,我就不爱听,啥叫你家老碎?再不是人,还是你亲表哥,打断骨头连着筋不是?话又说回来,你那不成器的表哥虽说没有正经事情干,但他从小胆子小,还敢当土匪?"舅母忙护犊。

"对着哩,可不敢乱说,传出去惹人笑话呢。"老舅连忙帮腔。

"他人呢?"

"谁知道混到哪里了?好几天没见到人影了。"

"我要和他当面对质。"

"如果这货真做下伤天害理的事,我饶不了他。"老光头伸出无名指挠了挠脑门,做出了一个空头承诺。

"他再不是东西,也不可能害你爷,咱两家是啥关系嘛!"舅妈继续诉说亲情的重要性。

"你舅妈说得对着哩,啥关系嘛。"老光头对着媳妇露出一个讨好的笑脸。

"我亲耳听到的,马燕说的是实情。"杨石头实在看不惯两个人尽情地演双簧戏。

"你是个干甚的?这里轮不到你一个外人说话。"舅母厉声喝道。

"他不是外人,阿爷在世时亲自把他招给我当女婿了。"马燕急了。

"你阿爷不在世了,还有长辈在哩,由不得你一个女娃娃胡来。"

"一没下聘书,二没请媒人,根本不算数。"

夫妻两个你一言我一语,气得马燕立马翻脸:"都给我走!"

夫妻两个你看看我,我看看你,女人给男人使个眼色,转头对马燕说:"燕子,毕竟我们是你亲人,不是外人。"舅妈着重在外人两个字上加重语气,顿了顿:"都是为你好,你累了,先歇着,过几天我们再来看你。"

屋内只剩下杨石头和马燕两个人。

"身子要紧,多休息。"杨石头说完,准备推门出去。

马燕拉住杨石头的手:"哥,我怕!"

杨石头转过身,望着憔悴的马燕,心里满是疼惜:"燕子,你累成啥了,我心里难受。"

马燕露出一丝笑容:"哥,有你这句话,我不怕了。我舅说起来是亲戚,逢年过节走动一下,平日连个人影都看不见,阿爷不在了,假模假样地出头露面,没安好心。我现在只有你一个亲人了,我才不怕别人乱嚼舌根!"马燕此刻如同一条涸辙之鲋,急切地希望有人哪怕以一瓢之水来救助、保护她。而她希望这个人就是杨石头。

"哥!我想有一个家!"马燕突然转身抱住杨石头,泪流满面。

坐在大车上,媳妇对老光头骂道:"瞧你那尿样,你是她亲亲的娘舅哩,让晚辈把你怼得说不出话。下次过来端起架子,莫要让人小看你。"

"那你说咋办哩?"

"不把男娃逼走,咱俩白淘神了。"

"对!对!"老光头连连点头。

"临来在镇上吃了一个肉夹馍,喊得人肚子饿了。"女人将头巾包上,"还得垫点。"

"你想吃啥?"老光头笑问道。

"饸饹,羊血饸饹。"

第十四章

马老爹葬在村头的墓地里,村里的大人们都过来帮忙。大家都是自愿的,老人的善良为他挣得了死后的荣誉。老光头和媳妇,每天过来招呼大家,俨然一对合格的孝顺的无可挑剔的晚辈。一个隆起的土堆,证明这个好人曾经来到过这个世界。许多大大小小的坟包围绕左右,散落四周。人们生于斯,死于斯,一个个坟包下面是一个个曾经鲜活的生命。

又是一个大晴天,太阳照常升起,不因坏人的作恶而迟,不因好人的为善而早。马老爹头七,老光头领着一群混混借着吊唁的名义闯进屋里。杨石头正默默地跪在地上,在灵牌前一个瓦盆里烧着纸钱,马燕一身麻布孝服,清瘦了许多。

"一个外姓,烧哪门子的纸,磕哪门子的头呢?"来人口气不善,直指杨石头。

马燕没想到舅舅带了人过来寻事:"出去,我不想见你们。"

"燕子,我是你亲舅,他算啥东西?"

马燕冷冷地望着此时此刻打着亲戚旗号,大谈亲情的老光头,说:"从小到大,你当舅管过我?不是我阿爷,估计我早就死了。"

"那时候你才是个小妞,知道个啥,都是你爷,上蹿下跳,撺掇亲人变仇人。你爷不在了,我管你天经地义。这小伙子趁早滚蛋,你不怕人笑话,我还怕丢人。"老光头火药味十足地说道。

杨石头越听越生气,气得满脸涨红,噌地站起来,马燕连忙把他拉住,怕杨石头吃亏。

"哟,你看这野男人还厉害得不行。"其中一个混混高声喊道,其他人纷纷附和。

"你是不是还想打人哩?"

"你看这货还学会用眼睛瞪人,细眉细眼的,睁大点,看清了。"

这群混混说话难听,不堪入耳,只有一个很简单的目的:激怒杨石头,趁势而上。

"滚!"马燕又急又气,眼泪在眼眶里打转。

"你阿爷老糊涂了,再说人不在了,随你信口说不成?你把我这个唯一的长辈置于何地?由不得你胡来!"马燕老舅挥挥手,"弟兄们,把这货赶出去,从哪来滚回哪里去!"

杨石头抄起瓦盆砸在就近的一个混混的头上,在瓦盆碎裂的瞬间,纸灰带着未烧尽的星星火点飘散满屋。他又一脚踢在另一个混混的膝盖上,这个家伙惨叫一声,跪在地上。有一个混混溜到杨石头身后,抢起短棍,狠狠地砸在他的脊

远乡

背上,杨石头摔倒在地,挣扎着想站起来,被一个混混一脚踩在头上。

"哥!"马燕眼泪一下流出来,哭喊着想要扑过去。

马燕老舅一把抓住马燕的胳膊:"走,把人领回家。"两个人架住马燕往外拉。马燕哭喊着,挣扎着,无济于事。

"小伙子,告诉你,早点死心,赶紧滚远,信不信我把你抓到镇公所,看看你到底是哪路货色?"老光头威胁道,"不要以为我是睁眼瞎,你的来历我打听了,你是不是清白,你心里明得跟镜子一样。你,好自为之。"

杨石头被捏住了软肋,心里一惊,挣扎的劲如同退潮的潮水一般,身体瘫软在地上。邻居们听见马燕的哭喊声,忙走出家门。几个看面相就知道不是善类的家伙把马燕架到大车上,老光头最后出来:"看甚?家务事。散了,散了!"

杨石头从地上爬起,连忙冲出门,大车已绝尘而去。

"哥!哥!"马燕远远望见杨石头的身影,大声喊道。杨石头听见马燕声嘶力竭地一声一声叫着自己,心里像刀割一样,向前猛跑,想要把马燕抢回来。

马燕老舅带着人来,就是想把自己赶走。如是盲目再追下去,吃亏的是自己,连累的是马燕。

杨石头像散架了,停下脚步,望着大车远远地消失。他失魂落魄地回来了,邻居们不约而同地选择沉默,急忙各自关门,少管闲事为妙。

杨石头回到屋里,随手关上房门。孤零零地坐在屋里,满脑子都是马燕被抓的场景。瓦盆纸灰散落一地,马老爹的灵牌赫然映入眼帘,天彻底黑下来。头七,传说死去的人的回魂夜。死去人的灵魂回到自己的住所,最后望一望人世间,不再留恋,走向奈何桥,喝过孟婆汤,转世为人。老爹,你说该怎么办呢?杨石头陷入了沉思。

过了许久,天已经黑了。突然,一阵急促的敲门声,惊醒了杨石头,他跑到门口,大声问道:"谁?"

"哥!"是马燕的声音。杨石头忙打开门,马燕扑进他的怀里。

马燕哭道:"他们喝酒,我翻墙逃走的,你带我走吧。"

杨石头紧紧地抱住失而复得的姑娘,抚摸着这个可怜姑娘的头发:"咱收拾东西,赶紧走!"

马燕双眼红肿,嘴唇都是干裂的小口子,杨石头看在眼里,疼在心里。马燕到马老爹灵牌前跪下,重重地磕了三个头:"阿爷,我们走了,你要保佑我们。"

杨石头拉着马燕刚跑出村子,就被老光头带着人拦下了。明晃晃的火把下,老家伙的光头分外明亮："燕子,你还会翻墙揭瓦了,真是小瞧你了。"

"我的事你管不着。"马燕大声道。

"但你跟他就不行。"老光头闷声道。杨石头忙从地上捡起块石头,紧紧攥在手里,另一只手紧紧地拉着马燕,生怕一放手,就永失我爱。

"小伙子,你咋听不懂人话呢,非得要我把你捆了送到镇公所?"老光头威胁道。

"少吓唬我,我才不怕。"杨石头用余光扫了扫四周。

正前方,以光头为首有两个人,左右两侧各两人,一共六个混混,熟练地围起一个扇形。除了光头外,其他的人手里拿着刀子或棍子,凶神恶煞般,只等一声令下,随时动手。老光头习惯性地用无名指挠挠光秃秃的脑门,将对襟的长衫抖了又抖,故意露出插在腰间的短枪:"你是不怕,就算你们今晚跑了,万一你后来被抓,燕子一个人在这世道咋过?你为啥被抓,心里应该很清楚!"

马燕感到杨石头的手微微地颤抖,她焦急地说:"哥!你不要上他当。"

"她能走的只有两条路,要么被卖入妓院,要么当个乞丐婆,你于心何忍?"老光头继续说道。

老光头是镇上的风云人物,整天拨弄的就是算计人心的算盘,赌的就是胜负输赢。一个女娃家,找个人嫁出去,就算对得起死去的妹子了。趁着两个人还没有名分,自己又捏着杨石头的软肋,不把人撵走,马老爹的家产哪能轮到自己呢?

自从枪杀了白毛,杨石头就无路可逃,遇到马老爹一家后,还存几分侥幸,还想有个家。看来简直是痴人说梦,即便自己无所顾忌,可燕子呢?跟自己东奔西躲,担惊受怕,即便燕子心甘情愿,可自己呢?自己都不知道明天路在何方,何谈给燕子一个家呢?难道忍心看着燕子过着朝不保夕的日子?自己忍心吗?也许只有这世道变了,才有可能和燕子相守一生,可这世道能变吗?既然如此,何不放手呢?对燕子而言,嫁个好人家,何尝不是一个好的归宿呢?

见杨石头沉默不语,老光头再添添火:"你一个穷光蛋,有上顿没下顿,养活自己都困难,你靠啥养活燕子呢?你不为你打算,也应该为燕子打算。"老光头叹了一声,"娃!你还是太年轻了,掂不来轻重。人啊,不能太自私。"

最后一根稻草压在杨石头情感的天平上,似生命里不可承受之轻。杨石头手一松,刚刚还紧紧攥着的石头滑落在地。"哥,你不能这样对我!"马燕望着杨石头哭喊道。

"弟兄们,把人领回去!"老光头一声令下,两个家伙冲上前架上马燕就走。

老光头走过来,重重地拍了拍杨石头的肩膀:"我是燕子老舅,亲亲的,我只会保护她,不会害她,你安心走!"

杨石头低下头,不敢看马燕绝望的眼神。任马燕哭喊,杨石头像个雕塑,眼神空洞,可心却被凿子凿,刻刀剜,锤子打,一点一点地承受着万千痛苦。这种撕心裂肺的痛迅速地蔓延到身体每一根微小的神经,杨石头感觉心被彻底地掏空,只剩下一个空空荡荡的躯壳,好像一阵风就能把自己轻飘飘地吹到天边。马燕的哭喊声越来越远,杨石头木然地回过头,车走远了,人也走远了,连火把也远远地似在悄悄地熄灭。杨石头跪在戈壁滩上,双手抱头,像沙漠里受伤的野狼,发出一声长长的悲伤的号叫。

第十五章

　　第二天早上,杨石头简单收拾了随身衣物,将家里所有能吃的收集起来,打了个包袱。看着自己曾经视为家的地方,这里,注定自己只是个过客,不是归人。

　　那峰毛色斑黄,屁股上的毛已经掉完的骆驼拴在院子里的白杨树下。忙着马老爹的丧事,杨石头也没心情照看这家伙。小白杨被啃得只剩下一棵光秃秃的干棍子,倔强地立在风里。骆驼看见杨石头出屋,瞪大眼睛,发出一声低沉的声响,慢慢地靠过来,吐出长舌头,舔着杨石头的手。时间久了,畜生也有感情,更不要说人了。杨石头解开骆驼缰绳,牵出门,骑上骆驼,开始新的逃亡。老光头领着人在杨石头刚走一会儿就杀到马家堡,发现杨石头已走,更加得意:孙猴子七十二变,翻不出如来佛的手掌心。又专门从镇上雇了个羊倌,这三十来只羊从此就不姓马了。

　　杨石头骑着骆驼向南走了半个多月,也许尽快离开这个伤心之地,心里对马燕的愧疚才能减轻些。真的能减轻吗?马燕绝望的神情让杨石头的心一次次经受烈火焚烧,刀割斧斫。

　　有时杨石头问自己,这样做究竟是对或错?有时脑海里突然冒出一个念头,要回到马家堡,回到马燕的身边,即便被抓被杀,好歹也曾轰轰烈烈地爱过一回。那么马燕呢?她真的愿意吗?一次次的否定之否定,杨石头已走得很远了。

　　杨石头这天来到永寿县的大镇:监军镇。

　　杨石头想找个人家讨口水喝,把骆驼随便拴在一棵白杨树下,等杨石头从这户人家出来,发现两个小伙子牵着骆驼准备要走。

　　"大哥,你牵我骆驼干啥哩?"

　　"谁是你哥,拉扯亲戚也不顶用。"一个年纪偏轻,满脸痘的小伙子回头,眉毛上扬,冷眼相望。

　　"你的? 正好,你看把我家的树啃成啥了。"另一个矮胖,眉毛粗短的青年答道。

杨石头走到近前，拴骆驼的白杨树只剩下光树干，骆驼嘴里冒着热气，大快朵颐。

"畜生不懂事，两位大哥对不住啊！"

"畜生不懂事，人也不懂事？"

"两位大哥，你们说咋办哩？"

"赔！"满脸痘说。

"拿骆驼抵！"胖子高声喊道。

"骆驼瘦成猴了，说不定还是你在哪里偷的！"

"说得对着呢，苦笋瓜一样的脸。你说你不是贼，也有人相信啊？"

两个人你一言，我一句，淋漓尽致地嘲弄这个外乡人，高调地给杨石头下了判决书。

杨石头还想再说几句好话，看能否行个方便，毕竟三句好话还能当钱使。没等杨石头开口说话，胖子拉起骆驼就要走。骆驼见主人在此，仗着人势，赖着不走。蹄子蹬地，使劲向后退，发出一阵低沉的呼噜声，似在给主人打招呼，又似向主人求救。

胖子不耐烦了，走过去对着骆驼的肚子就是一脚，疼得骆驼又一阵呼噜声。

"一棵小树，要一峰骆驼赔，你们不是欺负人吗？"杨石头见骆驼挨打，有些火气上头。

胖子眼一瞪，像一头发怒的牤牛："我明白告诉你，就是欺负你。咋了，不服气？"两个人一前一后把杨石头夹在中间，"打！"两人不约而同，低声齐吼。杨石头此刻倒被激起年轻人的好斗之心，感觉心里有团烈火在燃烧。

正是：人善被人欺，马善被人骑。

胖子欺身近前，迎面一捶直冲杨石头面门。杨石头侧身虚晃，闪到胖子左肋，左脚蹬地，一个肩膀把胖子顶出去。紧接着向前一个垫步，朝胖子的左腿膝盖处一个侧踹。钻心的疼痛顺着膝盖侵入全身的每一个细胞，胖子跪在地上，就地打滚。

满脸痘此刻已转到杨石头身后，双手把杨石头腰搂住，想把杨石头摔倒。杨石头蹲裆下沉，一个穿心肘顶得满脸痘立马后退，捂着胸口，龇牙咧嘴。杨石头又反身一个直踢，在他肚子上留下一个脚印。满脸痘倒退数步，体力不支，坐在地上。

"好身手！"有人高声喝彩。

杨石头闻声望去，一个精瘦干练的中年人，双手背后，目光如炬。

"刘爷，你咋才来哩！他的骆驼把树皮啃光了，让赔不肯，动手打人，这不是欺负人吗？"满脸痘爬起来大倒苦水。

"不就是一棵树吗？大不了我出钱给赔了！"

"现在不是树的事。"胖子似个土人，灰头土脸，狼狈不堪。他掸掸身上的尘土，嘴角抽了抽，"这货差点要我命，不能轻易放了。"

"平日练拳，偷奸耍滑，给自己学本领，还下不了苦，今天挨打了吧？技不如人，还死不认输，丢人不？"

两个人你看我，我看你，羞愤之色顿时涌到脸上，拍拍身上尘土，还想动手。这个被称为刘爷的中年人，见两个人还要上前一斗，忙拦下劝道："好了，别逞能！赶紧回家吃饭，不要让家里等急了。"

两个家伙见状，狠狠地瞪了杨石头几眼，互相搀扶着走了。

"你会打拳？"来人问道。杨石头点点头，满脸警惕，双拳紧握，生怕这中年人突然袭击。中年人扬眉一笑："你还怕我偷袭不成？"

杨石头见对方识破自己的用心，自觉谨慎过头。人家如要报仇早就出手了，哪来的工夫说闲话。

"见笑了。"杨石头不觉讪讪一笑。

"偎身靠子，穿心肘，典型的红拳招式。你在哪学的？拜谁为师？"中年人探问道。

"自己瞎练的。"杨石头不愿讲得太多，不知道这个中年人居心何在。

中年人爽朗一笑："既然你不方便说，我不勉强，天下红拳一家亲。"接着叹口气，"唉！学拳的人越来越少了。后生贵姓？你准备到哪去？"

"我叫杨石头，一个人四海为家。"

"我姓刘，不嫌弃的话，我就自己托大，你叫我一声叔。"中年人继续说道，"咱们都是学红拳的，算是有缘。到家里吃顿饭，再赶路，你看？"

吃亏有时候是福，有时候是祸。人生经验多是用吃亏换来的，经验是生活的肥料，杨石头脑海里出现长延堡马老汉的伪善的面孔。但他已饿得前心贴后背，管他哩，先混个肚子圆再说。

杨石头牵着骆驼跟着刘叔来到一户青瓦门楼下。刘叔推门进去，杨石头暗惊道，好大的一个院子。院子中间有一棵大槐树，高大挺拔，树杈纵横。风来枝动,枯叶飘落,多了几分萧瑟。树下一根木人桩,溜光,一条胳膊残缺。树枝上挂有一个沙袋,孤零零的。旁边栏杆处插了一把刀、一杆枪、两根棍。棍子长的是白蜡木的,短的是枣木的。

杨石头一连吃了六个馍馍,刘叔又拿了一碟豆豉,算是菜。两大碗白开水进肚,才觉得五脏庙丰盈许多。

"我开了个拳馆,聊以为生。刚才那两个小伙子在我这学过红拳,有点师徒香火。"刘叔介绍道。

"你是拳师?"杨石头问道。

"将就能混个热饭罢了。"刘叔颔首轻笑。

"你底子不错,讨口饭吃不成问题。"刘叔生了爱才之心,"唐家大院正在招护院,我认识里面执事的。"

"哪个唐家?"

"三水唐家啊!以前有句顺口溜就是说唐家的:'出门都是车马轿,全堂执事开锣道。五五郎,十五娘,孙子替爷拜花堂。'虽说现在差远了,但是大海船拆了,还有三千个铁钉子哩。"

"给财东当狗,这事我不干!"杨石头一口回绝。

"好,有志气!那你的打算?"

"我想到处闯闯。"

"年轻人有想法这是好事,前提是要有容身之地,不能饿肚子啊。"杨石头吃饭的狼狈样让刘叔断定这小伙子几天没吃过饱饭了。"我有一个师弟在蒲城保安团任职,我可以推荐你。"见杨石头低头不吭气,刘叔继续说道。

"我想想。"杨石头不好驳人家的面子。

晚上,杨石头躺在炕上,这是多日来第一次躺在炕上,而不是窝蜷在哪个屋檐下。刘叔白天的话在杨石头心里掀起汹涌的巨浪,家回不去,还有个逃兵的身份,到哪都是招惹麻烦的贴身符。刘叔一语点醒梦中人:部队才是自己最好的托身之处。

在刘叔家的几日里,刘叔和杨石头在院里没事切磋一下打拳的技巧,杨石头发现刘叔的拳路与老侯不分伯仲,甚至有的招式还要胜出许多,自己要学的还很多。

过了几天,杨石头拿着刘叔的信,一路打听,奔向蒲城方向。想着今后也用不着骆驼了,索性做个人情,硬送给刘叔,弄得刘叔很不好意思,仿佛自己当初是看上人家骆驼似的。无奈杨石头态度坚决,却之不恭,只好收下。

　　杨石头记起老侯给自己讲过一个抓壮丁的故事,保长让一个小伙子到镇公所送封信。镇长打开信笺,里面写道:今送壮丁一名,请验收。送信的小伙子稀里糊涂地被抓了壮丁,真是被人卖了都不知道咋回事。于是他多了个心眼,走到前面的镇上,找到代写书信的地方,拿出刘叔的那封信,让人读一下。信上刘叔称杨石头为远房外甥,想去投军,请赵俊红兄弟给予关照。杨石头把信笺装回信封里,心里充满了感激,萍水相逢,刘叔却倾力相助。世道虽说不好,还是有好人的。

　　赌坊里灯火通明,人声鼎沸,作为镇上唯一的赌坊,每天的收入还是可观的。老光头给手下嘱咐几句,抬脚出门。塞上的夜晚还是冷,他裹了裹衣服。镇上唯一的两层小楼是自己温暖的窝,和赌坊隔了一条街。本想着马老爷的那群羊是块肥肉,看来是好吃难消化啊。今天到村子看了看生意,他很不满意,想和做,还是有区别的。尤其是养牲畜,这是张口的货,以前觉得它们吃饱喝足就行了,养膘长毛是顺其自然的事情。隔行如隔山,喂养牲畜是个技术活。找的羊倌,人倒踏实。可是眼看着长膘的时候,毛色糙不说,还有几只能卖的大羊拉稀。镇上没有专门的兽医,只有一个郎中,说是羊吃了不干净的草料,开了几服草药,硬灌下去,还是没有用。一天天地眼看羊瘦出肩胛骨了,老光头心急如焚:兽医这家伙以前在赌坊输过十几块大洋,不会故意的吧。

　　老光头胡思乱想,回到一楼的里屋,室内灯还亮着。媳妇早就铺好了被褥,好像已经睡着了。他轻手轻脚地爬上炕,脱了衣服,吹灭了灯。黑夜里,女人一只干瘦的手搭上他宽厚似案板的背,让他感到硌硬。

　　"回来了?"女人问。

　　"嗯!"不带任何感情。

　　"赌坊没啥事吧?"女人没话找话。

　　"睡!"黑夜里,老光头拨下女人的手臂,又加了一句,"困死了。"

　　"你哪天不困?白天你放羊了还是偷人了?"女人埋怨道,手臂又搭上来。

　　"你看你,说甚哩?真困了!"老光头打了一个沉沉的哈欠。

　　"狗日的,真能憋啊。"女人尖利的指甲在背上划下,"如我发现你在外面和哪个女的胡骚情,我把你那玩意割了。"

　　"看你说的,哪敢啊!"男人赶忙讨好。

"知道就好,没有我,你能当赌坊的掌柜的?估计还在沙漠里拉骆驼哩。"女人掖了掖被子角,很不情愿地将手放进被子里,"你说,我爹咋看上的你!"

"我年轻时长得好看呗。"男人自吹自擂道。

"是啊,中看不中用。"女人讥笑道,轻叹了口气,"睡!"

老光头心有愧疚,不敢回声,听到一个"睡"字,如获大赦,将腹中盘桓很久的一口气呼出,悄无声息。

"还有一件事,你给出出主意。"老光头小心翼翼地说道。

"有屁快放。"女人闷声说道。

"今天我到村子去了,羊全部掉膘了,还有两只拉稀的。"

"找郎中看了没?"

"不顶用啊。"

"还真是个事。"女人沉默了。

"有啥办法?"老光头忙在黑暗里转过身。

"点灯!"女人命令道。

"干甚?"

"点灯,麻溜的。"女人提高了声调,"我有办法了。"

老光头不敢怠慢,赶紧下炕穿鞋,点上大号油灯。女人将被子裹在身上,端坐在炕上,脸上满是得意之色。

"让燕子经管不就得了,她有经验不说,还熟悉这群羊的秉性。"女人说道。

"哎呀,这和给穷汉娃放贷一样,放出去容易,收回难。"老光头不同意。

"肥水不流外人田,如果亲上加亲,她成了你儿媳妇,还怕回不了?"

"可是。"老光头伸出无名指挠了挠脑门,嗫嚅道,"她太烈了。"

"再烈的马,套上缰绳,还能烈几天?你这个人就是算盘珠子,拨一下,动一下。女人嘛,只要有娃了,就知道老实过日子了,你见过哪个女人能舍得自己身上掉下的肉?黑蛋,该收心了。"女人打了一个哈欠。

"我总觉得哪里有点不对劲。"老光头望了望婆姨,撇了撇嘴角,欲言又止。

"咋那么多的废话?睡!"女人呵斥道。

过了几天,女人打开了紧锁的房门。

"滚!"马燕吐出一个字,眼里满是仇恨。马老爹离世了,杨石头离开了,两个可以依靠的人,一个死,一个走,这个可怜的女子身似囚徒,被人监管。她心中怒火在燃烧,却无法逃离这里。

"就几句话,说完我就走。"女人并不气馁。

"说!"马燕还是冷脸相对。

"唉!"女人沉沉的一个长叹,也是一个开场白,"我也是女人,做女人难啊!我当年也有一个相好的,是一个骆驼客,我爹嫌人家是穷下苦的,硬是将我许配给你老舅。"女人沉浸在对往事的回忆中,脸上的悲伤愈来愈浓。女人挤出几滴眼泪,更显得神情落寞。

"虽然你舅对我很好,可是我心里装着别人,这种人前笑脸,人后心酸的日子,我受得够够的,我不能让你走我的老路。"这个女人真的发了善心了吗?马燕心里有两个小人在争吵,一个苦着脸说,不相信;一个笑着脸说,试一下。

"你真放我走?"马燕问道。

"拿上盘缠。"女人将两块银圆塞进马燕的手里,催促道,"快走!"

如同一束耀眼的阳光刺穿天空的阴霾,马燕顿时觉得还有那么一点希望,那个人说了他的家在哪里,那个人还没有走远。

正是:满天乌云风吹散,一轮红日露笑脸。

"那我走了。"马燕心里一热。

"等一下。"女人喊道。

"你反悔了?"马燕的心开始七上八下。

"你要找的人向南走了,把干粮和水带上。"女人将一个放在门口的包袱递给马燕。马燕将银圆揣在怀里,背起包袱,奔向她的新生活。女人望着姑娘的背影,不由得笑了,是猫戏弄老鼠的那种自信、得意、满足的笑。

往南走,只有一条官道,马燕急匆匆地赶路。她没有注意到离她半里路的距离,有一辆带篷的大车尾随,不紧不慢。她走得又累又渴又饿,坐在路边,啃了半个饼子,喝了几口水。水有点苦味,和塞上吊的水的苦不一样,带点草药的味道。她突然觉得很困,是那种浑身上下每一个毛孔里都透出疲倦的困,甚至连抬起眼皮都觉得没有力气。大车近了,一个鬼母一样的女人下了车。鬼母身后紧跟着一个瘦鬼,一脸猥琐的笑。

当马燕醒来时,躺在此前被监管房子的炕上,赤身裸体。她那颗曾经幻想还有将来的心彻底死了。院子里,传来鬼母打骂儿子的嘈杂声。马燕默默地穿上衣服,她觉得再也没有脸去找那个人了。只有复仇的火焰才能净化肮脏的世间,哪怕玉石俱焚。

在一个月后,这个塞上的镇子发生了一件骇人听闻的事情:一个女人在新婚

远乡

之夜,用剪刀捅死了自己的丈夫,男人的惨叫声响彻夜空。

今晚的月亮又圆又大又亮,在农人的眼里是一个放在灶台上盛饭的瓷盘子,在文人的眼里是美人梳妆台上的瑶池镜。寒风像一把锋利的剥羊皮的小尖刀,在身上这里戳一下,那里割一下,让人怀疑棉袄是不是到处是洞。

刚下肚的一个荞面馍馍,根本不扛饿,肚子又开始乱叫了。杨石头把腰间的草绳再紧了紧,前面村子找个土地庙或房檐,就是今晚落脚之处。

影影绰绰地发现前面有个人影,默然静立,纹丝不动,杨石头纳闷:这大冷天的谁杵在那里,该不会是劫道的吧?自己穷得只剩下一身破棉衣了,谁劫谁还不一定哩。杨石头警觉地边走边四处张望,怕这劫道的还有同伙。这人影还是一动不动。真奇怪了!慢慢地走到近前,杨石头猛然发觉:一只狼!狼的后腿直立,两只前爪向外伸,远看真像个半大小伙子。霎时,这家伙迅速奔跑起来,跑向猎物。杨石头转身想跑,已经来不及了,只能一拼了。狼一个跳跃,从半空猛扑下来,狼嘴中腥臭的热气扑面而来。杨石头左脚向前蹬地,右脚向后收缩,脚尖踩地,腰身用力,飞起右脚,踢在狼的肚子上。狼嗷的一声,从半空摔下来,弓着腰溜了。杨石头还是有些后怕,经常听人提起过狼,但谁能晓得这家伙竟能直立。

褡裢里的最后一个馍馍吃完,杨石头不得不东家讨口馍馍西家讨口水,靠乞讨勉强维持生活。在饥饿面前,尊严就显得渺小了。主家看到上门乞讨的是个小伙子,即便有点恻隐之心也烟消云散,鼻子不是鼻子,脸不是脸的。嘴上不是嘟囔,哎呀,比我身体还好哩,非得乞讨过活;要不眼睛一瞪,大门一关,直接给个闭门羹。堂堂七尺男儿,尽受嗟来之食。杨石头经过半个月的风餐露宿,终于来到蒲城县城。

正是:九九八十一,穷汉靠墙立。

冬天的太阳比爹娘还亲,暖和的阳光照在人身上,舒服得让人想蹲在城墙根下打个盹。

杨石头看到一群人聚在城门旁看告示,旁边一张黑漆乌亮的长条桌子,五六个身着黑色制服的人在说笑,前面是三五个年轻人在咨询着什么。杨石头从旁经过,听人说,大概是因匪患猖獗,拟扩编保安团,正在招团丁。

杨石头转身走过来,真是来得早,不如来得巧,人家保安团正在扩编,正好打听打听刘叔的那位师弟。这师弟的名字,咋起得像个女人哩?

第十五章

杨石头径直走到长条桌子旁:"老总,请问这是蒲城县保安团?"

"对!"

"我想找保安团的赵俊红。"

"我们团里哪来的一个叫赵俊红的?走,走,没有,不要耽误我们办正事。"一个团丁推开杨石头。

杨石头一听,顿时如同掉进冰窟窿里,心里拔凉拔凉的。保安团里根本就没有这个人,刘叔不会骗自己吧?再一想,为自己刚才的念头暗暗羞愧,咋把人都想得那样坏哩?萍水相逢,刘叔帮自己一把已属不易,哪能信口雌黄骗自己?不会是刘叔把人记错了吧?不可能呀,哪有师兄记错师弟名字的?不会是这赵俊红离开保安团了吧?这可咋办哩?

来都来了,碰碰运气再说。

等到前面的人登记完了,杨石头重新来到条桌旁,对着坐在条凳上的一个斜眼说道:"老总,你看我咋样?"

"你?悬!大姑娘似的。"斜眼向上翻了翻眼皮。旁边几个说笑的团丁,见来了个模样俊俏的小伙子,顿时来了精神,消遣一二,权当消磨时光。

"老总,你们招人要啥条件哩?"杨石头不死心,这是个机会。

"身体要好。"

"模样要俊。"

"万春楼的唐长老可稀罕了。"

这几个家伙肆无忌惮地哈哈大笑。

旁边走近一个汉子,身材魁梧,眉毛浓密,右嘴角有一颗痣,络腮胡,国字脸,黑色制服像是量身定做的,笔挺干净,皮带上挎着一把盒子枪,很是威武。他说:"他娘的,胡说啥哩?来个报名的都被你们吓跑了。"

几个团丁见此人来到,像是老鼠见到猫,态度立马恭敬。

"队长,你坐。"斜眼团丁连忙拉过一条长凳,用袖子抹了抹。

"还是你孙猴子有心。"

"应该的,应该的。"被称为"孙猴子"的团丁一脸媚笑。

"我上会儿茅厕,你几个就大闹天宫了。"

"不敢,不敢。"团丁们连忙回话。

此时,杨石头转身已走了十来步,络腮胡忙喊道:"小兄弟,留步!"

杨石头停下脚步,回头望着络腮胡,不知道这人葫芦里卖的啥药。络腮胡见

远乡

这小伙子虽说穿得破破烂烂的,但人精神,腰板直挺,见兵不害怕,不像是扛锄把,没见过世面的。有点意思,不妨试试。

"别听这几个家伙瞎掰扯。"络腮胡顿了顿,"你有啥本事吃饷?"

出门看天,听话听音。杨石头觉得有点门,头一抬,迎着络腮胡探询的眼光,说:"我学过红拳。"

络腮胡一听,更添了兴趣:"看不出你一个俊俏后生还会拳脚功夫。"

"世道不好,防身罢了。"杨石头解释很合理。

"到中队去,你若能通过考核,我马上录用。"

"你说话顶用?"杨石头问道。

"这是我们的赵队长,一句话的事。"有一个保丁喊道。

"孙猴子,你带着人继续在这里守着。"络腮胡命令道,"再胡说浪诨,你们都回家扛锄把。"

"队长,你走好,这里交给我。"孙猴子连忙保证。

杨石头随赵队长走进西门口,大概一里路的样子。

"这就是队部。"顺着赵队长手指的方向,杨石头看见大门口两边各有一名士兵持枪站岗。左边挂着一块白底黑字的长条牌匾,上面有几个碗口大小的黑字,具体啥内容,杨石头不晓得。名为队部,其实就一个大院子。四排青砖瓦房,就是营房。院子四周,杨树在风里颤动着树枝,显得肃穆寂静。

来到一个单杠下,赵队长用手一指:"试试!"

杨石头双脚蹬地,纵身跃起,双手紧抓横木,一连十三个周身旋转翻腾,稳稳落地。

赵队长见状,一言不发,走到杨石头身边。他左手搭着肩膀:"小兄弟,好臂力。"紧接着一个卡脖子,把杨石头制住,"露馅了吧,没当过兵,哪来的这身手?"

杨石头心里一紧,糟了,人家试探哩,自己还显摆上了。

"长官,你说笑了,我哪在部队待过?"

"继续狡辩!这点道行哪能逃出我的法眼?还显嫩点!"赵队长边说边手上加紧力道。

杨石头被勒得满脸涨红,呼吸困难,忽地弯腰,提起左脚用力踩向赵队长的脚背,同时右肘弯曲狠狠地向他腹部顶去。赵队长根本就没想到这个看起来瘦瘦的小伙子爆发力这样厉害,左脚抬起,躲过一劫,紧缩慢缩肚子还是挨了一肘,连退数步,稳住身形。

第十五章

"你想要老子的命?"赵队长问道。

"到底是你要我命,还是我要你命?"杨石头摆了一个红拳架势。

"咦?还真会几招。老实交代,你到蒲城干甚来了?是不是尧山同拐子的暗探?"他盯着杨石头厉声问道。

"我不认识同拐子。"杨石头一口否认。

"你小子贼眉鼠眼的,看起来就不是好人。"赵队长当场看相,给杨石头下了定义。

"长官,莫要血口喷人,我大不了不当兵了。"杨石头边说边四处瞅瞅想溜。

离围墙只有十几米的距离,跑过去,翻墙就能逃走。赵队长右手搭在腰间的盒子枪上,警惕地盯着自己,杨石头没了主意。

"尖牙利嘴的家伙,不把你审清楚,别想出大院。"

杨石头心想,这下麻烦大了,弄不好自己就栽在蒲城了。他放下招式,满脸无奈:"我老实交代,我其实是到保安团来投亲的。"边说边掏出那封信。

"哦?你在保安团有亲戚?"当官的放缓了语气。

"我舅叫我来找他师弟,想托他在保安团谋个差事。"

"你找的人叫啥?"赵队长边问边接过信。

"赵俊红。"

"啊?你再说一遍。"

"赵俊红,像个娘儿们的名字。"杨石头紧接着跟了一句。

赵队长看完信突然哈哈大笑。刚刚还横眉冷对,剑拔弩张,现在却开怀大笑。唱的哪出戏呀?他指着杨石头骂道:"娘的,真是大水冲了龙王庙,差点还要了龙王的命。小子,我就是你找的人。"

正是:踏破铁鞋无觅处,得来全不费功夫。

"走,到我住处去。"杨石头顺从地跟着赵队长向营区走去。

走到一座房子前面,赵队长站住,在后腰摸出钥匙,打开房门,把杨石头让进来:"快给我说说你舅的近况。"

"他在永寿县开家拳馆。"

"哦,那他是行家?"

"小地方,学拳的人不多。"杨石头想起刘叔落魄的神情。

"可惜你舅的本领了,当年可是给西安市市长当过侍卫长的。"赵队长看了一眼杨石头,"脾气太直了,看不惯官场的乌烟瘴气。硬要回家,市长拦都拦不住!"

赵队长说:"我虽说和你舅师出同门,但我是关门弟子,年纪比你大不了几岁,以后就是一个锅里舀饭的弟兄了,咱们以后兄弟相称,在这里我叫赵天明。"

杨石头觉得这个人还真有意思:"明哥,让我好找啊,我都不抱希望了。"

赵天明听杨石头立马改了称呼,顿时对这个年轻人有了好感。

"一言难尽啊!主要我觉得那像个娘儿们的名字,真不知道我爹咋起这个名哩。改了个大气点的名字,这事你舅也不知道。咱俩的关系你别告诉任何人,也不要给任何人提起我改名的事。记住!"赵天明很严肃地说道。

杨石头点点头:"咱啥时开饭哩?"

赵天明一听就乐了:"你小子咋刚到就想着吃哩?"

第十六章

　　蒲城县是个半山区县,保安团属于乙类保安团,原来只有两个中队,一百八十人,这次扩编又招了六十二人,成立了三中队。

　　孙镇地处交通要道,商贾众多,是个富庶的大镇。每年商家上的税,交的捐,不是个小数目。谁看着都眼红,官家的不说,尧山的同拐子也视其为肥肉,隔十天半月就下山抢几个大户,绑几只肥羊。弄得范汉秋范副团长在县里乡绅面前灰头土脸的。范汉秋虽是副职,但是在保安团却是一把手。团长是由张县长兼的,这是惯例。

　　同拐子是蒲城最大的一股土匪,百十人,仗着山高地势险,把保安团不放在眼里。孙镇离尧山三十里的路程,同拐子自视为囊中物。原来由于保安团人手少,主要驻守县城,现在人手多了,派一个中队驻守孙镇就有了可行性。赵天明是范汉秋的心腹,这是全团上下众所周知的事情。于是赵天明受命驻守孙镇。范汉秋的意思一是威慑同拐子,不要太嚣张;二是这是个肥差,用自己人放心。

　　保安团操练强度和军队上相比,根本就不在一个档次。对杨石头而言,小菜一碟。杨石头跟着赵天明到了孙镇,他的差事就是在孙镇西门口站岗巡逻。杨石头很满意目前的生活,每个月三块钱的饷银,总算安稳下来了。

　　这天晚上轮到杨石头值夜班,和他一起值夜班的是斜眼孙圣,就是那个绰号"孙猴子"的。他的名字和孙大圣就差一个"大"字,不知谁起了这个绰号,叫着叫着就叫开了。

　　他还真是个猴子,贼精贼精的,是个爱占便宜不吃亏,只能占便宜不能吃亏的主。

　　"我咋肚子又疼了,你先去,我上个茅厕。"孙猴子又上左拳了。

　　杨石头心想,拉肚子了,天天如此,谁不知道是去耍钱摇骰子。老杨家从小家教严，坑蒙拐骗偷，吃喝嫖赌抽，三个儿子没有一样沾边的。

"猴哥，快走，莫要拉裤裆了！"杨石头不愿揭穿谎言，一个锅里吃饭的，说不定以后还要求着人家呢。

孙猴子很喜欢杨石头的脾气，说个事当个事。"辛苦兄弟了，哪天请你吃羊肉泡。"孙猴子许愿道。

"猴哥，这话听得耳朵起茧子了，还是我请你吧！"

"咦？这话说的，你猴哥是那种人吗？在你心目中我就是个卖嘴的？"孙猴子脸上显露出不悦，"我把话撂到这里，今晚赢了，万春楼四菜一汤地请你。"孙猴子一笑，拍拍杨石头的肩膀，脚底抹油溜了。

天很快黑下来了，街道上稀稀拉拉几个人，热闹了一天的孙镇渐渐安静下来了。杨石头背着枪站在城门口，站得无聊了，来回走几步。杨石头老远瞅见过来一个中年人，一会儿停，一会儿走，东张西望，鬼鬼祟祟。杨石头心想，等过来了要好好审一下。

来人走近，还没等杨石头问话，这个精明的中年男子忙从烟盒里掏出根香烟："老总抽烟。"

"不会！"杨石头挡了回去。

"你一个人值勤？"

"你打听这做甚？"

来人讨好地笑了笑："随便问问。"

"你到底做甚的？"杨石头提高了声调，"黑天半夜的，你褡裢里装的啥东西？"褡裢是特大号的，鼓鼓囊囊，压得整个人像矬了一大截似的。

"我做点小买卖，想请老总行个方便。"来人边说边从褡裢里拿出一个瓷罐子。

"啥？"杨石头眉毛一皱。

中年男子神秘一笑，压低声音："烟膏子！"

这个大烟贩子是个精明人，白天过卡子，人多眼杂，弄不好，货被收，人被扣；弄得好，狼多肉少，花钱多。晚上过卡子，夜静人稀，避人耳目，还花钱少。做生意，要会算账；不会算账，赚的是吆喝。现在政府正在禁烟，逮住烟贩子严惩不贷，但在巨大利益的驱动下，铤而走险的还是大有人在。

正是：人为财死，鸟为食亡。

孙猴子这帮家伙可没少从过往商贩身上勒索钱财，几个老兵痞分东西换酒

第十六章

喝从来不叫上杨石头。杨石头倒好,从来没有主动勒索过啥东西,当然也从来没有给老兵们上过什么供。老油条们很是恼火,这小子是擀面杖吹火——一窍不通。他们敲打过杨石头好几回,如果他还是执迷不悟,非把他弄走不可。不是一路人,容易坏事,这小伙子回去扛锄把更有出息。行贿者和受贿者,各有各的说辞。一个是用驴才给驴倒料,一个是有鳖不捉佛爷都见怪。无论行为多么无耻,但是理由必须高尚,总要让人心安理得才好。

杨石头平生第一次受贿,心里多少还是有点忐忑不安。见杨石头有点犹豫,来人想着这个粮子是不是嫌少,又忙从褡裢里拿出一个瓷罐,塞到杨石头手里。

"老总,受累了!"中年男子说完,匆匆忙忙走进西门。不等杨石头张口,已消失在夜色里。杨石头拿着两个瓷罐子,四处张望,除了呼啸的北风,悄无一人。

卖,没门路;还,不见人。不经意间手上紧紧攥了两个烫手的山芋,让人措手不及。

杨石头用刺刀在远处的一棵柳树下挖个坑,把烟膏罐子藏起来,特意压了一块石头在上面做记号,又觉得不够明显,折根柳条插在上面;又一想太明显了,干脆拔了。

这天晚上赵天明和一帮子人在孙镇的赌坊里输得急红了眼,啪一声将盒子枪扔在桌子上,非要当二十块大洋。赌坊的孙掌柜连忙跑出来,劝慰赵天明,好话说尽,颜面给足,就是不提枪换大洋的事。旁边参赌的都是镇上的大户子弟,都不说话,没人接茬,赌坊里彻底冷场。

金钱是个硬头货,对谁都一视同仁;金钱是个软骨头,对谁都奴颜婢膝。它散发着铜臭,它充满了诱惑,它让人们恨之欲死,它让人们爱之欲生。赌场无父子,更别说兄弟了。没有人愿意在赌场上借给一个混到用武力强迫他人的人,即便此人此前的赌风很正,赌品很好。

正是:祸从浮浪起,辱因赌博生。

扫了赌友们的兴,拂了自家的脸,赵天明骂骂咧咧,摔门而去。一肚子的邪火无处发泄,到小酒馆灌了半瓶西凤酒,来到西门卡子。与其说检查工作,还不如说是找碴,不骂勤,不打懒,专挑不长眼。

杨石头背着枪在岗亭前来回走动,其他人不知去向。杨石头扭头,看见赵天明摇摇晃晃走过来,连忙跑过来搀扶赵天明。

"石头,咋你一个人?孙猴子他们哩?"

"孙哥说他肚子疼,休息去了。"

赵天明本想找个出气筒,见是杨石头一个人,碍于有一层关系不好意思发火。

杨石头搀着赵天明坐到岗亭里:"队长,我给你倒杯热水去,醒醒酒。"

"你去把孙猴子他们喊过来。"

杨石头不敢迟疑,连忙跑出岗亭,来到西门里的一家民房,那里有一个换班室。房子里,灯火摇曳,人影晃动。孙猴子几个家伙正在摇骰子,热火朝天。

孙猴子看见推门而进的杨石头:"你咋来了?谁站岗?"

杨石头的脸色静得如同一汪湖水:"赵队长替咱值勤。"

"啥?"

"你没骗我?"

"队长来了?"几个家伙开始慌了。

"各位哥哥,队长有请!"杨石头右手一摊,做个请的姿势。

呼啦呼啦,几个家伙整理衣服,收拾鞋帽,麻溜地拎起枪,跑了出去。来到卡子就见赵天明斜靠在岗亭里,衣服领子解开,帽子扔在地上。赵天明见这几个人急匆匆的模样,似笑非笑地说:"哎呀!不好意思,打扰各位雅兴了。"

"队长,你咋来了?"孙猴子满脸堆笑。

"我不来,真要翻天了,三天不打上房揭瓦的家伙!"赵天明吼道。

孙猴子以为杨石头告的黑状,狠狠地瞪了杨石头一眼。赵天明一脚踢过去,直接把孙猴子踢倒在地:"跟杨石头没关系,是老子请你们这群爷!"

他随手解下皮带,狠狠地抽在孙猴子身上。

"站好!"赵天明一声吼,几个家伙赶紧站好队,生怕再把他惹毛了。赵天明挥舞着皮带一个挨着一个抽过去。

"孙猴子,别整天想着耍钱,再有下次不要怪我不讲兄弟情分。"赵天明警告道。

"再不敢了,请队长放心。"孙猴子说道。

"要是同拐子摸进孙镇,我非把你几个皮剥了,晒在城墙上当干挂面。"

"有队长坐镇,借同拐子个胆都要绕着走。"孙猴子嘴甜得跟抹了蜂蜜一样。

"净会给老子戴高帽子。"赵天明骂道。

赵天明收拾了这帮家伙,火消了,气顺了,酒劲也下去了,扬了扬手,打道回府了。孙猴子他们挨了顿打,也没有兴趣再搭摊子耍钱,背着枪和杨石头一起值勤。

168

第十六章

还是孙猴子消息灵通,很快在赌坊打听到确切消息:赵队长昨晚输惨了!赵天明是个铁头,回回赌,回回输。怪不得,拿咱当出气筒哩。孙猴子嘴碎,赵队长输钱的事全中队都知道了。

人们因为金钱的损失而伤心,因为金钱的增加而快乐,除此之外,影响人们心情的事情好像并不多。

杨石头心想,这烟膏放在手里,没门路出手,就是天上明晃晃的月亮,可望而不可即。还不如做个顺水人情,自己初来乍到,需要赵天明帮衬的地方还在后面。杨石头打定主意,出门右转,去找赵天明。敲开门,见赵天明闷闷不乐,坐在办公桌后喝茶。

"明哥,我有事要向你汇报。"

"哦?"

"我有笔意外之财,能给明哥解个紧。"

"嗯?"赵天明有些怀疑。

杨石头见赵天明不相信,就一五一十地把两罐子烟膏的事说出。他边说边观察赵天明,赵天明一副波澜不惊的模样。

赵天明突然站起来,茶杯一放:"好你个杨石头!"杨石头心里一惊,拍马屁拍到马蹄子上了?

"好兄弟!"赵天明后面的一句话,让杨石头长出一口气,"和你接触时间短,兄弟是个仗义人啊!"

刚想着瞌睡,就有人送枕头,赵天明顿时愁云消散,满面春风。以前只当是个关系户,照顾一二就对得起师兄了,没想到这个杨石头还是个有心人。

"明哥,我现在给你拿过来。"

"白天人多眼杂,"赵天明摆了摆手,"天黑了,我在这里等你。"

杨石头走后,赵天明已经按捺不住内心的激动,在屋子里来回走动,嘴里一个劲地说道:"柳暗花明,柳暗花明啊!"

拿到烟膏子后,赵天明转手卖给当地的烟贩子,不但还完赌债,还盈余十块大洋。

一天早上,杨石头正在站岗,孙猴子神神秘秘地过来,说是赵天明有请。

来到赵天明办公室,赵天明正在用细布擦拭盒子枪:"门关上。"

杨石头把门关上,笔直地站在桌子前,像根标枪。"哎呀,客气啥哩,坐下说话。"赵天明笑着说道。

远乡

赵天明把枪装进枪匣里,站起来走到杨石头跟前:"兄弟,你帮了哥哥,哥哥心里有数。"赵天明顿了顿:"准备一下,你和我公干一趟,半个来月。"

见杨石头满脸疑惑,赵天明伸出右手捋捋胡子,笑了:"便装,拿上家伙,待会儿中队大院集合。"

杨石头换好衣服,来到院子,才发现不是赵天明一个人,而是一群人。孙猴子也在场,见杨石头来了,撇撇嘴,眨眨眼,算是打个招呼。

赵天明也是一身便装,盒子枪藏在裤腰里,眼睛扫了众人一圈。

"人都到齐了,走!"

赵天明带领着这群人来到镇子外面,八辆大车装得鼓鼓囊囊的,用细麻绳捆绑得结结实实的,瞧不出装的啥东西。

"路上多加小心,谁他娘在路上耍钱嫖妓耽误了正事,老子认你,老子的枪不认你!"赵天明发起威来,天神都要让他三分。

"枪都藏在最后面的大车上了?"赵天明问道。

"队长,老规矩!你把心放进肚里。"孙猴子忙搭腔。

赵天明满意地点点头,大手一挥,队伍押运着八辆大车,浩浩荡荡直奔西北方向。杨石头不敢多问,跟在队伍后面。路上好吃好喝不用说,遇上卡子,自然是赵天明上前理论。赵天明揣着特别通行证,没人敢给自己找麻烦。走了六七天,渐渐进入山区,山坡上尽是初春的残雪,这面山坡上厚点,那面山坡上薄点。一个弯过去,又是一个弯,似乎这山路永远走不完。

只有车队行进的声音,偶尔一声鸟叫,在寂静空荡的山谷里觉得很是瘆人。

"都精神点,翻过大山就到了。"赵天明喊道。众人将枪端在手上,警惕地望着四周。

"这是到哪里了,猴哥?"杨石头小声问孙猴子。

"刚进淳化山区。"

"我们咋跑这么远?"

"生意都在路上嘛。"见杨石头很惊讶的模样,孙猴子笑了,像一个老把式带徒弟似的,把里面的道道说给杨石头。

"咱每个月拿紧俏物资和他们换烟膏子,回来转手就是这个价。"孙猴子伸出三根手指,"咱来回一趟,管吃管住,每人得五块钱。不是谁都能来的,你小子走狗屎运了。"杨石头这才晓得赵天明是投桃报李。

"他们是谁?"杨石头睁大眼睛疑惑地问。

170

第十六章

"闹红的!"孙猴子低声说道。

"这一路上顺风顺水,也没有啥危险啊!"杨石头不以为然。

"不怕一万,就怕万一。去年刚进山区碰上土匪劫道,咱还折了三个弟兄。"

"杨石头,等一下。"赵天明在后面喊道。孙猴子加快脚步,拉下杨石头。

"石头,你现在知道你最缺啥?"

"缺钱。"

赵天明弹了杨石头脑门一下:"贫嘴。"

"你小子,拳脚还行,但是枪法太烂。"赵天明边走边说,"你还没近身,人家一枪就把你放翻了。这出来一趟,上面给足了子弹,我教你打枪。三分武艺,七分家伙,最后保命还得靠这个。"说罢,赵天明拍了拍腰间的盒子枪。

"多谢明哥,我不会让你失望的。"杨石头说道。

经过半天的行程,队伍终于过了大山。半下午的光景,一行人终于到了目的地——淳化县城十里铺的一个大车店。大车赶进院子,赵天明命令持枪警戒。大车店很简陋,四下厢房都是普通的民房,冷冷清清的没几个住店的。一个中年人迎上来,浓眉短发,鬓角见白,脸上露着笑意:"一路辛苦!一路辛苦!"

赵天明熟识来人,拱手相谢:"程老哥,咱俩又见面了。"

"晚上住一宿,明日再走不迟。"听口音不像陕北的,带着浓重的关中道口音。属于不起眼的那种人,在人群里就是一个普普通通种地的。

赵天明见天色已晚,笑道:"兄弟打扰了。"

"都是自家兄弟,你就别假客气了。"说着,中年人亲热地拉着赵天明的手进了里屋。

过了好一会儿,中年人出来吩咐伙计准备伙食,自己则带着人亲自清点货物,共计食盐一千斤,布匹五百尺。

这个大车店是延安设的一个交通点,主要任务是掩护交接从国统区运输过来的各类物资,有时转接从西安投奔延安的青年学生。

"老赵,下次过来,弄些枪和子弹,这里土匪多得要命。"中年人说。

"这事得想辙。你老兄老主顾了,你的事我放在心上。"赵天明豪爽地说。

"弟兄们一路奔波,早吃饭早休息。东西我让人都准备好了,就等装车。"

"还是程老哥想得周到。"赵天明很清楚这个中年人的真实身份,一张窗户纸,捅破就没意思了。

生意就是生意,和谁做不是做?再说这是别人的生意,自己充其量就是个看

远乡

场子的。只管把货安安全全送到,顺顺当当折回,其他事和自己无关,天塌下来,自有大个子撑着。晚上程老板作陪,赵天明他们大碗喝酒,大块吃肉,折腾到深夜。

第二天一早,骡子套好缰绳,大车上又装得满满的,捆绑结实。回来的路上天气放晴,太阳照在人身上暖洋洋的。走路多了,身上的棉衣觉得穿不住,大家解开纽子,敞开胸怀。初春的山风微微吹来,让人心情舒畅。

赵天明兴致很高:"弟兄们,一路无聊,我给大家唱一段,权当解闷。"

"好!好!"

"一段《三娘教子》,弟兄们将就听啊!"

赵天明声音一转,娓娓唱来,竟是青衣唱腔:"王春娥坐机房自思自叹……"赵天明一段唱完,大家纷纷捧场。

"没想到咱队长还藏有这手。"

"唱得真好!"

"得亏你从军了,要不成名角了。"孙猴子喊得最凶。

赵天明笑道:"净他娘的瞎起哄。"

"哎呀,队长,你刚刚还是一个青春美妇人,这一声咋就变回成黑脸张飞了?"孙猴子打趣道。

天空湛蓝,干净中透出宁静。大山被褐色的枯树覆盖,青绿的松柏点缀其间。

"到前面树下,歇歇脚。"赵天明命令道。

前面是一条沟,两旁古槐参天。溪水缓缓流淌,叮咚作响。众人席地而坐,喝水休息。车把式停车卸套,让牲口在地上打打滚。支好牲口槽,用瓢舀上溪水,拌上草料。路远费力,草料里夹杂了硬料——豌豆。

正是:前路何惧风尘仆,战袍洗净新如初。杨柳藏春何处寻?满河清水破冰出。

"你们谁还想练练枪法?"赵天明问道。

众人要么摇头,要么摆手,要么低头不语,要么忙打哈哈。

赵天明见状,不由得叹气:"石头,走!一群不长进的货。"赵天明带着杨石头来到沟边,"我不吹牛,百米之内,打人左眼,不会伤你右眼。"

"猴哥他们咋不拜师学艺呢?"

"丑人多作怪,以为披上黑皮就没人敢惹,遇上硬茬子就是活靶子。你不要向他们学,艺多不压身哩!"

"我老家有一个叫幺狼的,枪法很牛,传说黑夜里用枪打香火,一枪一个。"杨石头羡慕地夸了一句。

"幺狼是干啥的?名字响亮,狼嘛!"

"一个土匪!在我们那里方圆百里没人敢惹。娃们不听话,爹娘经常用他的名号吓唬。"

"土匪而已。"赵天明很是不屑一顾,"看见树上老鸹没?"

百十米远的沟边,一棵古槐,枯枝纵横。树颠之上,一只老鸹正在卖弄唱功。赵天明拔出短枪,未做瞄准,抬手一枪,啪的一声,黑羽散飞,老鸹摔下树梢。

"牛!"杨石头伸出大拇指,彻底服了。

"要练好枪法说起来也简单,八个字:心别乱想,手别胡颤。"

杨石头本来就在部队待过两年,有比较扎实的基本功,这让赵天明很满意。

"枪要的就是一个熟字,你是个好苗子,不可偷懒啊!"赵天明谆谆教导。

大山深处,杨石头尽情地享受射击带来的畅快。

晚上,赵天明约了几个心腹到万春楼吃饭。介绍自己人给杨石头认识,新兄弟加入,让大家以后多加关照。

赵天明每月往返淳化和蒲城一次,不用说,杨石头每次必定同行。一进山区,杨石头心痒难搔,手痒难忍。老鸹、麻雀、野兔、山鸡,都是他的目标。好枪法都是子弹堆出来的,这话不假。在浪费大量的子弹之后,杨石头的枪法越来越好。确定目标,稍做瞄准,基本上十枪八九中。赵天明很高兴,很欣慰,在保安团多年,终于教出第一个徒弟了。

清明很快到了,赵天明告了假,说是回潼关给老父亲上坟。杨石头闲着无事,被赵天明喊上一起回家。赵天明特意让杨石头换上便装,将短枪藏在裤腰里,自己扮成一个做生意的商贩,杨石头是他雇的伙计。到城里买上桃酥、蓼花糖、腊牛肉,装得褡裢鼓鼓囊囊。两个人先搭车到渭南,再从渭南向东,一路风餐露宿。两天后,天色将黑,他们来到一个村庄。

在一户青砖门楼前,赵天明停下脚步:"到了!"

杨石头走上前,刚要抬手敲门,"石头,慢着!"赵天明说罢,从怀里掏出一套家伙,杨石头定睛一看:飞虎爪。

赵天明拿着绳子,甩了甩,使劲一扔,爪子攀上房檐。赵天明拉了拉,估摸着抓牢了,便左脚蹬地,双手用力,魁梧的身体丝毫不影响他攀爬的速度,像只肥硕

远乡

的大壁虎噌噌几下就站上了墙头。他收起绳索,别在腰上,纵身跳进院内。

杨石头看得目瞪口呆,心想,真是个高手。

门悄然无息地打开,赵天明招手示意杨石头进院。屋里煤油灯亮着,寂静无声。赵天明关上大门,两人蹑手蹑脚来到窗前,贴耳细听,赵天明用手指捅开窗户纸仔细观察,然后推门进屋。

"你咋回来了?"一个白发苍苍,满脸皱纹的老妇人正坐在炕上打盹,见到赵天明,惊喜地问道。

"娘,我回来看看你。这是我兄弟,杨石头。"赵天明忙引见。杨石头忙打招呼,赵天明招呼杨石头落座。

"回来就好,我给你两人弄吃的去。"老妇人抹着眼泪,准备下炕。

"不了,娘,我们吃过饭了。"赵天明拉住老妇人的手。

"我这次回来主要给我爹上坟,你看我给你买啥了。"赵天明从褡裢里掏出一堆吃货,把炕桌堆满。

"净花冤枉钱,娘这啥都好着哩。"老妇人很是埋怨儿子花钱。

"你娃现在赚钱哩,还缺你一口吃的?"赵天明一笑,撕了块牛肉塞进老妇人嘴里,"娘,尝这个。"

杨石头望着赵天明娘俩拉家常,不由得想起自己的爹娘来,一时间眼睛发热,心里难受。天下父母一条心,可怜天下父母心。

"娘,我明天想到我爹坟上看看去。"赵天明说道。

"儿呀,你别乱来,让外人看见了,咋办呀?"

"怕啥呢?多少年过去了。"

"案子没销,镇公所逢年过节明里暗里打探你的消息。你如果出事,娘咋活?"老妇人说着,眼泪流下来。

"好,我明一早就走。"老妇人见儿子听进去自己的话,慢慢止住眼泪。

娘俩说了一晚上话,老人家到底精力不济,眯着说着,斜靠被子睡着了。赵天明见状,连忙把老娘搀扶躺好,盖上被子,熄灯出门。

来到厢房,杨石头已经鼾声如雷,赵天明推醒他。

"天快亮了,再不走就迟了。"赵天明笑道。

繁星灿烂,苍穹低垂,微风徐来,天地寂寂。大概两个小时后,天色发白,东方慢慢露出一片猩红,太阳缓缓伸出个头,渐渐地路上有了行人,又是新的一天。此刻赵天明和杨石头已身在十几里地之外了。

第十六章

回到孙镇,赵天明拉上杨石头喝酒,真是大碗喝酒,大块吃肉。酒喝得畅快,赵天明心里便藏不住话,憋得时间长了也该向外倒倒,要不就真把人憋疯了。

"兄弟,估计你满肚子的疑惑,回趟家咋跟做贼似的?"

杨石头张张嘴,又把到嘴边的话咽回去了,哪像呢?根本就是。杨石头点点头,默不作声,把伸向猪头肉的筷子放下,静等赵天明后话。

赵天明一声长叹:"哥哥是人在江湖,身不由己,有家难归,有老娘难尽孝!人人看到我在保安团当中队长,算个人物。"赵天明端起酒盅,一饮而尽,"我知道,我啥货。我是驴粪蛋蛋外面光,里面尽是恓惶啊!"

赵天明边喝边说,到后来哭着说,最后只剩下哭了。赵天明本来有一门未过门的媳妇,两人青梅竹马。结果,未婚妻被镇长的二流子儿子糟蹋了,这女子也是个刚烈性子,投井自尽了。赵天明当时还在三原给一个大户人家做护院。他得到消息,痛不欲生,手持利刃潜回镇上,找到机会一刀刺死镇长儿子。从此他浪迹天涯。在流浪期间,遇到了范汉秋。当时范汉秋刚到蒲城上任,正是旗子刚打起之际。两人一见如故,相谈甚欢,结为异姓兄弟。自此赵红俊以赵天明的身份加入保安团。随着范汉秋在蒲城县站稳脚跟,赵天明也渐渐混出名堂。

杨石头曾经认为自己苦,没想到赵天明也是一肚子的苦水,这个看起来顶天立地的汉子,竟然也有不堪回首的往事。但赵天明更让自己敬重的是,他为心爱的女人能豁出命去,自己却是辜负了马燕的感情,做了逃兵。不知道马燕现在过得如何?想到马燕,杨石头心里又像针扎刀割一样难受,当初还不如奋力一搏,即便输了,也不枉爱过一回。

杨石头跟着赵天明回了趟家,两人的关系更亲近了。

转眼已到深秋九月,赵天明带着杨石头,又一次押送物资。山区里一连几天秋雨,山洪暴发,冲毁了此前必经的道路。

无奈之下,赵天明只得另寻他路。向当地山民打听到转过另一个山谷,从一个叫张家坡的地方斜插过去,向北再走大概三十里才能到十里铺。以前走的是弓弦,这次要走弓背,绕了一个大圈。

赵天明直骂晦气,耽误一天的工夫,还要住一宿。一道爷台山,分割出两个世界。这次要穿插到共产党的地盘,赵天明还是有点心虚,特别通行证不顶用。

山路泥泞不堪,大水坑套着小水坑。赶大车的伙计拿着鞭子狠狠地抽在骡子背上,在鞭子的威力下,骡子不得不艰难地迈开蹄子。

汉子们一脚泥一脚水在后面跟着。时不时大车打滑,推车搬轱辘,溅得满身

远乡

泥水。

半下午他们才到淳化张家坡,借宿在一山民家里。给了房东两块大洋,换些馒头和咸萝卜干,又让煮了一大锅红薯。骡子解套,嚼着豌豆,其他人累得不愿出门,真是人困马乏。

"石头,出去转转。"赵天明喊道。

"我不去,人累成马了。"

"走,还端上了!"赵天明说道。

杨石头拗不过赵天明,两人站在塬畔。近看,沟壑纵横,满眼苍绿;远望,苍山如海,残阳如血。

"这里属于共党的地盘,我是第一次从这里经过。"

"我老家的保长说共党是赤发红眼,共产共妻。"

"还有更玄乎的,说是红鬼下凡,以吃人肉为生。"赵天明和杨石头相互一望,不觉笑出声。

"和咱一样,一个脑袋两个肩膀。"赵天明顿了顿,"政府胡尿宣传,老百姓以讹传讹。蒋委员长的百万大军都消灭不了,自有他生存之道啊。我听说,共党把地主的财物和土地都分给穷苦老百姓了。有两把刷子,把穷人的心拢到一块去了。"

"我觉得这里的人日子过得蛮好的。"杨石头说道。

"你这话有啥根据?"

"咱借宿的那户人家,窑洞里堆满了粮食。"

赵天明一指杨石头:"你呀,还真是个吃货。"

杨石头不好意思地挠挠头:"从小就感觉没吃饱过,我最想过的日子就是能吃饱,不挨饿,一家人能有个好日子。"

"就这点出息,一辈子面朝黄土背朝天?"赵天明顿了顿,"哪有咱弟兄们大块吃肉,大秤分金来得快活,过得洒脱?"

"有地,有盼头,心里踏实。"杨石头摇摇头。

"兄弟,你叫我说啥好哩?"赵天明很有点恨铁不成钢。

"这是个念想,眼下除了扛枪,其他行当还真不知道能干啥。"

"这话还有点屁臭味。咱这身皮,穿上容易,脱下来难。"

"白天吃上三餐,夜里睡上一觉,说起来也不难。"杨石头笑道。

"我看你真是狗皮袜子,里外都能翻,话让你说完了。"赵天明大笑。

张家坡正是杨秉德在边区落脚的地方。赵天明投宿的那户人家距离杨秉德的窑洞隔了一条沟。杨石头做梦都不敢想自己曾与父亲相隔这么近。命运总是擅长在人生道路的分岔处耍流氓，让人们惧怕它神秘莫测的心，让人们仰视它阴晴不定的脸，让人们臣服于它翻云覆雨的手。

父子两人到底还是没有缘分相见，错过了。

第十七章

　　杨石头出去一趟，赚五块钱的外快，来来回回几趟，共赚三十块钱。其间赵天明赌钱输了，向杨石头借了二十块钱，杨石头身上还存下十块钱。赵天明对兄弟那是没得说，就是好赌。

　　正是：今朝有酒今朝醉，哪怕明日喝凉水。

　　过去的人生经历，在赵天明心里刻下了万千沟壑，让他早已和柴米油盐的平常生活决裂了。在一次次的摇骰子中，享受那稍纵即逝的感官刺激。每一次手里的骰子摇出，跌落，晃动，识点，都是一个希望，而希望往往落空。一次失望之后，又升起另一个希望，周而复始，深陷其中，不能自拔。人生如果能像打牌一样，那有多好啊！输了，大不了推倒重来。

　　以前，孙镇是同拐子嘴边的一块肉，啥时想解馋了，啥时就能动手。现在倒好，保安团驻守一个中队。同拐子手底下顿顿咸萝卜馍馍，怨气很大，守着金山，却天天遭罪，再不弄点动静，这队伍可就要散伙了。

　　同拐子在孙镇的钉子送来一封密信。信上说，赵天明昨晚押送回一批物资，停放在镇上泰和车店后院的空房里。两名保安把守，后天押运到外地。同拐子晚上下山，带人抢了这批物资。

　　当时赵天明领着孙猴子几个在赌坊里正玩得天昏地暗，不亦乐乎。等到换班时才发现，两名保安团士兵已经死得直挺挺了。

　　手下赶忙通知赵天明，赵天明哎呀一声，赶忙带人跑到现场。仓库门大开，里面七辆大车的盐、布匹，不见踪影。仓库大门贴着一张黄麻纸，上面大书"同某暂借，他日奉还"八个歪歪扭扭的黑字。赵天明仿佛看见同拐子得意的嘴脸，满脸的麻子闪烁着傲气。他一把撕下来，扔到地上，狠狠踩踏。

　　范汉秋得到消息，连忙骑马从县城赶到孙镇，敢劫保安团的货，这还了得，这是明目张胆的挑衅。他查看完现场,得知是同拐子所为,心倒放下来,土匪劫去,剿匪就是。他当着众军汉的面指着赵天明的鼻子骂道,再发现到赌坊去,非崩了你不可。他给赵天明下了死命令:"货从孙镇丢的,你赵天明必须追回。春节前这批物资不能到位,你在保安团也就混到头了。"

下完命令,范汉秋和赵天明来到队部,将其他人支开,范汉秋大咧咧地坐在圈椅上:"说半天工夫了,嗓子跟冒烟似的,你老小子好歹赏杯热茶嘛!"

"没好茶叶,白开水行不?"刚挨过骂的赵天明,心情很不舒畅。

"哪天到家里,让你嫂子装上一罐好茶叶。堂堂保安团的中队长,连招待茶都没有,让人笑话。月月饷银我可没有欠,回回你转身送给孙掌柜,你还是和他走得近。"

赵天明坐在床上,将被褥揉成一堆,斜靠在上面。范汉秋环顾四周,冷冷清清一个房子,孤孤单单一个男人。

"哎!你今年应该平三十二了。成家立业,家在前,有家了,心里就安下来了,只剩下一门心思干正事了。白天有人经管茶饭,总比你吃大锅饭好多了;晚上有人暖被窝,总比你孤身冷褥子强多了。"

范汉秋觉得赵天明好像听进去了一言半语,继续说道:"上次你嫂子介绍的盐税局周副局长的侄女,你见一回没下文了。人长得帅,到哪里都有姑娘喜欢,人家女子可问你几回了。内部消息,周副局长开春要扶正,你可要抓住机会。"

"我一辈子和女人无缘,一个人浪野了,习惯了,一个人好着哩。"

"皇上不急太监急,说的就是我这样胡骚情的人。你啊,早晚要后悔的。"范团长右手虚晃一下,心有不甘。

"大哥!咱说正事,同拐子敢劫咱保安团的货,这事你咋看?"赵天明忙打岔,转移话题。

"我不是给你下命令了吗?人家劫咱的,咱抢回来就是了。文话叫,来而不往非礼也。"范汉秋倒不是很在意。

"都怪我,太大意了,没想到同拐子胆子肥,敢上门打劫。"赵天明一脸惆怅。

"人面前,你不检讨,你过不了关。背后地里,你再装,哥的脸朝哪里搁哩?不是每一个人都值得把心窝子掏出来的。"范汉秋猛喝了一口水,"你可是给我挡过黑枪的兄弟啊!"

"大哥!"赵天明站起来,眼睛一热。

"同拐子我从来不在眼里放,他不过是脸上的麻疹病,看起来可怕,其实不是要紧的病。我怕有人背后下套,这才是心腹大患。"

"同拐子劫了咱的货,不管了?"赵天明急了。

"这回趁势把同拐子拿下,也是好事一件。这货不知道天高地厚,欠收拾!听郑副司令说,上个月底有人举报我走私物资,涉嫌通匪,这个月初同拐子劫货,时间上有点巧合。"范汉秋哈哈一笑,"我坐这个位子太久了,一天到晚,没屁事,瞎琢磨,快成精神病了。兄弟,你看哥的头发。"他摘下帽子,两鬓斑白。

"你看,都成灰了!"范汉秋自嘲道,"人红遭忌,树大招风,我们就是上面的狗,还好,目前看来还能用得上。人人羡慕狗吃肉,谁看到狗挨打?"范汉秋又猛喝了一大口水,长叹一声:"人皮难披啊!"

范汉秋走后,赵天明集合队伍,下令不得议论传播此事,违者军法处置,绝不留情。同时加强巡逻,特意安排几个便衣在酒馆、赌坊转悠,查看有无可疑人物。中队的弟兄们都晓得这次赵天明闯祸了,生怕赵天明拿他们开刀,都不约而同地保持沉默。整个孙镇外松内紧,在外人看来,孙镇迎来的又是一个平常的日子。

有一天,赵天明带着杨石头出了孙镇,朝北边山区的方向走去。赵天明身着便衣,戴顶棉帽,脚上穿着黑色棉鞋,腰里别着两把短枪。杨石头也是一身普通百姓的打扮,上着黑棉袄,下穿黑棉裤,脚上是黑棉鞋,一身黑。兵不在多而在精,在赵天明看来,杨石头是个好帮手。

出了孙镇,赵天明摸出一把短枪,递给杨石头。

"老大,到哪里去?"

"尧山,找同拐子去!"

"啊?"杨石头一惊。

"害怕了?"

"咱俩?"

"对!"赵天明不露声色。

"咋不带猴哥、龙哥他们呢?"杨石头不解。

"他们是好弟兄,但不是好帮手。"赵天明说道。

"一定要去的话,我没得说。"杨石头拍了拍胸膛。

"你还当真了,保安团人枪二百都奈何不了人家,咱俩最多把人看上两眼。"赵天明呵呵一笑。

"那咱干啥去?"杨石头很惊奇。

"夜探敌营。"

杨石头和赵天明一路走一路聊,走了半天时间,慢慢地进入山区。

"哥哥,前面便进山了。"杨石头看着眼前灰蒙蒙的一片山说道。

"早哩,望山跑死马,少说得十里路。"

"同拐子这次玩大了,敢骑在他老舅爷头上玩耍,不灭了他,我赵天明跟他姓同!"望着前面的大山,赵天明狠狠地说。

"那就是尧山!"赵天明伸手遥指。

一座巍峨雄伟的大山横现在眼前,四周都是连绵起伏的小山包,似群星拱月。如果说周围的小山包都是低眉顺眼的长工,那么这座山绝对是财大气粗的地主。两个人顺着崎岖的山道,走了不知道多少个弯,走近了同拐子的老窝。山沟里到处都是野生的槐树,一棵一棵连成一片。藏身于此,很难被发觉,只有寒风呼呼地吼叫。

最前面是一道长长的石墙,一直延伸到两旁陡峭的山崖处。石墙后面,东西两边迎面立着两间房屋,最后面半山腰的十来孔窑洞,就是同拐子的巢穴。小溪绕山而走,此时已有结冰的迹象,一道吊桥高高拉起。

"难怪同拐子张狂,这是个天然的城池。"赵天明低声嘀咕道。

两个土匪从东边的房子出来,背着枪,顺石墙巡逻一圈,然后又返回房子。大约半小时光景,从另一处房子又出来两个人,转悠一圈,原路返回。

"防守倒严密,同拐子很鸡贼啊!"

"他抢了咱的货,胆真肥。"杨石头说道。

"这事不简单。没有内鬼,他能劫成?"

"咱队里有内贼?"

赵天明点点头,又摇摇头:"不一定是咱中队的,但敢肯定是保安团的。我一直怀疑一个人,没有证据罢了。"

"谁?"

"一中队队长孙强。"

"是吗?"杨石头问道。

"有次我无意间发现孙强看老范的眼光,阴冷狠毒。"

"不会吧,这都是你自己琢磨的,靠谱不?搞得你跟看相的一样。"

"哥今天给你上一课,反正也无聊。再不是看你还算机灵,我独门绝技不外传的。"

"改行看相,新鲜!"杨石头笑道。

远乡

"你看孙强这货,眼小而眉浓,眼皮宽且厚,眼珠白多黑少,眼白混浊,常带黄色,这在相书上称之为猪眼。猪眼的男人,大多嫉妒心强,心术不正;猪眼的女人,大多水性杨花,放荡不羁,常给老汉戴绿帽子。"

"我的娘啊,高人!"杨石头脑海里出现孙强的模样,还真有几分相像。

"屁!我是热蒸现卖,皮毛而已。在三原给人当护院的时候,主家有个世交,是个老道士,经常到三原来,教我些相人之术,如还在世,估计有七十好几了。要我说,老范的位子,来钱太容易了!"

"那范团长把钱赚美了。"杨石头一脸羡慕。

"他和我一样,都是给人下苦干活的,大头是留给省保安司令部长官的。"

"怪不得,紧俏的物资咱从来不缺。"杨石头终于解开心里的谜团了。

"这年头,都是个人给个人弄事,千里为官,为啥?钱嘛!咱们和老范是瓜不离蔓,秤不离砣。如果像孙强之流的小人得志的话,保安团咱也混到头了。"

杨石头心里一惊,好不容易有个安稳的营生,攒了几块银圆,难道要付诸东流?

见杨石头脸上露出担忧之色,赵天明安慰道:"老范人很强势,一手遮天,孙强这老小子翻不起大浪。咱当下任务,就是先灭了同拐子。"

"明哥,同拐子不好搞,是个颇烦事。"

"人家居高临下,有险可守,咱如强攻,必是损兵折将。有人巴不得你老哥栽跟头,这险咱不能冒。"后山悬崖峭壁,高不可攀,更是枉然,赵天明倒生出老虎吃天,无处下口的感觉来,气得大骂:"同拐子,老子日你妈!"

杨石头赶忙抬头四处瞧瞧:"明哥,小声点!等等……"杨石头在抬头的瞬间,突然有了主意。对了,就是这里,这是个突破口。杨石头拉拉赵天明的袖子:"这!"

赵天明顺着杨石头的手指方向看去,只见东边石墙内的一棵大榆树,树枝纵横伸向四面八方,其中一根粗壮的树枝伸出石墙。

"还是你小子眼睛贼。"赵天明笑了,"从这里攀上去,里应外合,定能一鼓作气收拾了同拐子。"

"神不知鬼不觉地溜进去,放眼蒲城县就你一个人。"杨石头想起赵天明攀墙时肥硕身影的模样,就不由得想笑。

"石头,算你一个。咱弟兄们弄个大活,就看你有没有胆量!"

"你说咋弄就咋弄!"杨石头满口答应。

第十七章

第二天,赵天明吃过早饭就来到县城,向范团长汇报侦察的情况。时间定在除夕之夜,要出其不意,攻其不备。在同拐子根本想不到的时节下手,打他个措手不及。

范汉秋觉得事情重大,倒想让孙强带着一中队撑个场面,烘烘人气。赵天明坚决反对,说是自己的黑锅自己背,哪能让别人代劳。赵天明有种直觉,同拐子和孙强有猫腻。范汉秋知道赵天明是个要脸面的人,不把面子找回来,比活剐他还难受。赵天明口口声声宣称已找到同拐子的命门,就差指天发誓了。范汉秋打消了此前的想法,亲自坐镇团部,命令赵天明的第二中队独立执行。

除夕这天,雪从早上开始下,似空中撒盐。地上存不住雪,湿漉漉的。越向北走雪越大,似柳絮随风飞舞。保安团穿过村庄,路上几乎没有行人。六十二名保安团士兵,排成两列,身穿黑色制服,肩扛汉阳造,步履匆匆,默默北去。时不时有人脱下帽子,掸掸雪花。

正是:疑是玉龙干戈舞,漫天鳞甲落五湖。谁人提笔点乾坤,万里江山水墨图。

杨石头走在队伍中间,想起聂瞎子说的林冲雪夜上梁山的故事,今晚的情形还真有点像。不同的是,林冲是一个人,现在是一群人;林冲是奔梁山,他们是剿匪。

天方见黑,部队已进入尧山,埋伏在密林里。漫天大雪,遍地北风。这是个寒冷的漫长的夜晚,赢或输,就在今晚,赵天明赌的就是天时。

士兵们趴在雪地上,时间稍长,冻得浑身哆嗦。混口饭吃而已,竟要面对面地和一群悍匪拼命,真倒了血霉。此前都是大白天来剿匪,仗着人多胆气足,胡乱放上几枪就算交差。现在真刀真枪,紧张得要死。赵天明下了死命令,谁也不准随意走动。即便拉屎尿尿,也在裤裆里解决。违者割耳!

突然,枪声大作,噼啪乱响。只见半山腰火把通明,人影晃动,大呼小叫,向天空开枪。过了一会儿,众土匪进窑洞,开始海吃胡喝。辛苦了一年,现在可以迎接新年了。

赵天明把作战意图告诉两个小队长,由他们正面强攻。自己带领杨石头攀树进去,里应外合,以放下吊桥为信号。

北风呼啸,树枝摇晃得厉害,赵天明扔了三次才把飞虎爪搭在树杈上。赵天明拉了拉绳索,说:"石头,我先上。"杨石头点点头,端枪警戒。赵天明手抓绳索,整个身体悬空,手臂用力,双腿夹着绳子,一寸一寸向上,越往上攀,树枝越摇晃得厉害。打眼一瞧，似悬了一只黑猩猩。赵天明双手紧抓树枝，腰部用力，双脚夹着树枝，向石墙挪去。到石墙处，赵天明双手抱住胳膊粗的树枝，身子下滑，双脚踩上石墙。猫下身体，迅速趴在白雪覆盖的石墙上。

赵天明向杨石头招招手，杨石头斜背步枪，拽拽绳索，再用力拉扯拉扯，抓紧绳索，像爬树一样，噌噌向上，抓住树枝，手脚并用，攀到石墙处。

门吱呀一声，一个土匪斜背着枪，手笼在袖筒里，骂骂咧咧地出来巡逻。

杨石头连忙双脚向上夹住树枝，双手抱紧，全身紧贴树干，心跳骤然加剧。只要巡逻的土匪向上一抬头，杨石头肯定被发现。赵天明吓了一跳，摸出短枪，准备迎敌。

而巡逻的土匪呢，一肚子怨气没处发，他娘的，大年三十来巡山，亏能想出来，风大雪大，哪来的人，连个鬼都没有。溜达一圈，交差算数。大窑洞里的大鱼大肉大碗酒，还能不能剩下点残渣剩骨头？到现在还没人给换班。他双手笼在棉袖里，斜挎着枪走远了。

赵天明迅速攀着石墙下来，杨石头紧随其后。赵天明一指哨所，他在前，杨石头殿后，轻手轻脚摸向哨所。赵天明顺着门缝看见里面架着火盆，一个土匪斜靠在桌边一边烤火，一边抽着旱烟，一杆长枪靠在手边，再无其他同伙。赵天明推门而入，寒风裹着雪花瞬间扑进房子，紧跟着杨石头闪身进入，随手关上房门。

"刚出门，咋……"话还没说完，土匪愣住，一把短枪指着脑门，两个满身雪花的人冷眼望着他。

土匪的手刚碰到枪，赵天明一个箭步冲到眼前，抢起手枪，狠狠地砸在土匪的头上。土匪头上顿时一个血窟窿，软瘫倒地。

"把这货扶起来，背靠火盆。咱俩躲在房门后。"赵天明吩咐道。

过了不久，脚步声传来，随后房门推开。人刚踏进来，嘴巴被一只大手死死捂住，正在挣扎之际，一把短刃割断喉咙，热血直喷。赵天明轻轻把土匪的尸体放倒在地，用土匪的衣服擦拭干净刀子上的血迹，再把刀子插回腰间。杨石头在旁边看得心惊肉跳，杀个人跟宰只鸡一样。

"跟同拐子混的，有几个手上没沾过血的。"赵天明冷冷说道，"权当替天行道，这可是玩命啊！"

杨石头羞愧地点点头，刚才自己有点妇人之仁，这帮土匪杀人绑票，糟蹋妇女，罪该万死。

两个人一前一后出了哨所，顺着石墙，猫腰直奔吊桥。两条粗粗的绳索盘在石墙上的卡锁里,一时半会儿难以解开。赵天明拔出刀子,开始割绳。

"谁?在那里干甚?"西边哨所的土匪发觉有人在吊桥处,厉声喊道。

杨石头急忙端起枪,瞄准急速奔来的身影,砰一声,来人应声倒地。听到动静,另一个土匪从哨所跑出来,边开枪边跑向吊桥,扯着嗓子喊道:"有人进山了!"

杨石头迅速躲到石墙旁,以墙为掩体,单腿跪在雪地上,双手托枪,在雪光的映照下,视线清晰,准星里一个黑影急急而来。他轻轻扣动扳机,一声惨叫,这人毕咧。赵天明终于割断绳索,轰一声,吊桥落下。偷袭已变成强攻,没必要偷偷摸摸了,明刀明枪地干他一仗,队伍向吊桥拥来。窑洞里的土匪已冲出来,纷纷寻找有利地形,向吊桥处射击。

陆续有几个士兵中枪,甚至有两个士兵中枪从吊桥上掉下去。赵天明命令道:"一小队,从东边石墙包抄。"一小队队长穆朝安领命,立刻带着小队向东边石墙跑去。"二小队,从西边包抄。"二小队队长胡育龙大手一挥,领人飞奔而去。"给我冲!"赵天明吼道。枪声大作,人声嘈杂,山谷里弥漫着硝烟的味道。

东西两边石墙上人影晃动,最终汇成一点,攻上半山腰。土匪尸首横七竖八倒在地上;受伤的捂着伤口,呻吟不止;没伤的,跪在雪地上,高举双手,浑身颤抖,嘴里不知道念叨什么,总之不离饶命二字。

"同拐子哩?"赵天明指着一个受伤的土匪。这个倒霉蛋低下头,不敢说话。

"崩了!"赵天明下令。

"饶命啊,我真不知道。"一声枪响,再无乞命之声。

"你说!"赵天明指着另一个土匪喝道。一言不对,就地没命。土匪的老舅爷来了。

"我出来的时候,瞅见同掌柜的朝最东边的窑洞跑了。"这个土匪低下头,颤抖着说道。

"把这群货十人一组,分开审问,同拐子心腹分一组,手上有人命的分一组,剩下的分一组,由胡育龙负责审问。其他人以小队为单位,全力搜索!"赵天明吩咐道。

偶尔零星的几声枪声,有负隅顽抗的土匪,还想最后一搏。同拐子和一个土匪躲在后山的一块大石头后。谁能想到除夕之夜出事呢?固如金汤也敌不过暗箭难防,真是刁钻狠毒,防不胜防。孙镇安插的钉子也没有传来任何消息,这回真是赔了夫人又折兵,赔个底朝天。自己撕票杀人时根本就没觉得害怕,感觉杀个人跟杀个鸡娃子似的。轮到自己头上,才知道千古艰难唯一死,死亡的恐惧铺天盖地袭来,无处可躲。

"同拐子,出来投降。"

"再不出来,就冲进来了。"

"还张狂啥哩?"

窑洞外人声鼎沸,窑洞内冷枪射出。

"强攻!"赵天明喊道。

一队士兵埋伏在窑洞两边,探出脑袋,一齐密集射击。有人摸出手榴弹,扔进窑洞。轰一声,平地雷鸣。伴随着烟雾和窑洞落下的尘土,众人闯进窑洞里。一人已命丧当场,趴在炕边,身上满是尘土,棉帽滚在一边,手里握着一把短枪。有人翻过尸体,肥嘟嘟的脸上满是血迹。赵天明命人带来一个土匪指认。

"这是二掌柜。"

"尿大个匪窝还分个老大老二?"

"还有三掌柜。"土匪小声回话。

"操!庙小王八头还不少。"赵天明挖苦道。

不见同拐子人影,活要见人,死要见尸。赵天明出了窑洞,站在雪地上,大声命令道:"都给我喊,活捉同拐子,赏大洋一百。把平日使在女人身上的劲给老子使上,扯起嗓子一齐喊!"

喊声震天撼地,惊人心魄。同拐子藏在大石头后,听得清清楚楚。现在是爹死娘嫁人,老三关键时刻不会起黑心吧?同拐子忙回头,老三已举起短枪,顶住同拐子的腰眼。

"老三,你干啥?"同拐子惊恐地压低嗓子。

"哥,对不住了。"老三声音低沉。

"我待你不薄,和亲兄弟没两样。你咋能起黑心?"

"别怪兄弟,当下只能各顾各。"

"咱是兄弟啊!"同拐子还幻想着兄弟之情。

"兄弟是兄弟,命是命,两码事。"

"我在孙镇藏了许多银圆,咱们逃出去,二一添作五,不,全归你。"

"说这些有尿用?转身,抱头!"三掌柜用短枪捅了捅同拐子的腰眼,低声吼道。

同拐子按照三掌柜指令,完成了所有动作,老三忙伸手去抓同拐子搭在脑后的手枪。同拐子瞬间鹞子翻身,举起手枪,扣动扳机。地上厚厚的一层雪,同拐子动作太过急躁,脚下打滑,仰倒在石崖上。

砰!

子弹飞向雪花纷飞的天空,一道弹影。同拐子的脑袋碰到坚硬冰冷的石头上,眼前顿时金星四起,脑子嗡的一声,如被利剑刺穿。与此同时,老三枪声响起,同拐子的胸口出现一个小眼,鲜血似泉水,汩汩而出。

枪声引来保安团士兵,呼啦啦跑来十几人,带队的是一小队队长穆朝安。松油火把高照,顿时亮堂起来,枪口一致,指向大石头后。

"谁?"

"开枪了!"

"投降!"

众士兵胡乱叫嚷着。

"老总,别开枪。"崖畔的大石头后,露出一个笑脸。

"举起手!扔掉枪!下来!"穆朝安向上举起左手,示意众人安静,同时大声命令道。

三掌柜把枪扔到雪地上,从大石头后颤巍巍地滑下来。他双手举过头,献宝似的谄笑道:"同拐子死了!"

"你没说谎?"穆朝安厉声问道。

"千真万确,我亲手打死的。"三掌柜伸手指向崖下,"尸首在那!"

山腰最西边窑洞里还发现四名肉票,已经被折磨得不成样子。两个手腕子因为长时间的捆绑,已经发炎,黄脓直流。棉衣破旧,面带菜色,看到保安团士兵,急呼救命。为了赎金,这帮土匪把折磨人的方法用遍了。只要给足钱,立马放人;没钱,先熬着。老虎凳,辣椒水,夹脚烫手,这是寻常手段。他们还独创一法,阴毒胜蛇蝎。先给肉票灌十几老碗凉水,然后把肉票的双手双脚用麻绳固定在条凳上,肚子鼓得像小山丘。上面放一根木杠子,两个土匪人手一端,来回压。水从嘴巴和肛门涌出,疼得人哭爹喊娘,生不如死。一天两回,早晚一次,三天出去,肉票非死不可。地上的一具尸体,就是被这样折磨死的。保安团士兵听到肉票们的哭诉,无不气愤,痛骂这伙土匪禽兽不如。

赵天明命令把同拐子的五名心腹和八名手上有人命的土匪就地枪毙。排在第一个的是枪杀同拐子的三掌柜。十三名土匪一字排开,跪在山坡,面朝山沟。三掌柜挣扎着不肯跪下,破口大骂:"谁阴我,我日谁他妈!算啥好汉?爷不服!"

三掌柜用最恶毒的咒骂声,发泄着心中的愤怒悔恨。赵天明听到叫骂声,走到跟前,一脚踢在他脸上。三掌柜直接口吐鲜血,血顺着嘴巴滴在雪地上,血红雪白。

"死到临头,还有啥想不通的?看在你收拾了同拐子的分上,我赵天明给你个说法。"

"你承诺,只惩首恶,不问胁从。你说话放屁哩,你不够人!"三掌柜挣扎道。

"同拐子老大,你老三,算哪门子胁从?"

"你承诺,杀了同拐子,赏一百个大洋。"三掌柜不服。

"谁收拾了同拐子,都能将功补过,大洋双手奉上,唯独你不行。"

望着三掌柜愤恨的眼神,赵天明阴沉着脸骂道:"我最恨像你这样卖友求荣的货,还有脸说屈?你是死有余辜!"

"赵哥!赵叔!赵爷!我错了,饶我一命啊!"赵天明的辈分层层加码,水涨船高。三掌柜泪花滴落,苦苦哀求:"我不想死啊,我不想死啊。"三掌柜徒劳地念叨,眼睛已然灰败无神。

"好了,安心上路,下辈子当个好人。"赵天明面无表情地说道。

松油火把,风高焰长,亮如白昼。士兵环立,杀气腾腾。有的土匪跟着三掌柜一起高声求饶,有的沉默不语,其中有一个竟然吓得尿了裤子。赵天明缓缓举起枪,对着三掌柜的后脑勺扣动扳机。枪声就是信号,顿时枪声大作,十三名土匪全部倒地。还有五名土匪没死透,挣扎着,抽搐着,呻吟着。

"集合!"赵天明下令。

望着围过来的士兵,赵天明从腰里拔出把刀子:"一人捅一刀,咱扛枪的总不能连血都没见过,传出去惹人笑话。"

赵天明的脸庞在火把的映照下显得冷酷狰狞。赵天明一直认为沾有血腥味的兵,才真正算是一个兵。这样的兵才是好兵,好兵好带。搂草打兔子,正好练练胆。士兵们一阵骚动,三三两两,低声嘀咕。

"弟兄们也看到了,这群货,害了多少人,多少人家破人亡。这点胆量和血性都没有的话,滚回家去!"赵天明吼道。

士兵们没人敢嘟囔了,默默地排成一列,机械地从前面人手中接过刀子,一刀刺出。等五十名士兵挨个刺完,五个土匪身上已找不到一块完整的地方,血肉模糊,惨不忍睹。有几个士兵蹲在雪地上大口呕吐。

赵天明一脚踹倒就近的一个扯着喉咙,狂吐酸水的士兵:"就这点出息,羞你先人去。脑袋割了,尸体扔进沟里,喂狼!"赵天明指着横七竖八的尸体命令道。

有人找来斧头,挨个砍下头颅。两人一组,拉胳膊拖腿,扔进沟里,似滚木礌石而下。此前还有士兵觉得中队长就是个大大咧咧的主,一个爱赌如命的赌徒。今晚上,真正见识到猛人了。

正是:真人不露相,露相非真人。

剩下胁迫入伙的二十名土匪吓得面如土色,睁着惊恐的眼睛,瑟瑟发抖。

赵天明派人把活着的土匪全部关进一孔窑洞,严加把守,接着召集弟兄们进窑洞,摆正桌子、椅子,收拾收拾同拐子还没吃喝完的酒肉,庆祝剿灭同拐子。赵天明跳上桌子,兴奋地大声说道:"咱们借花献佛,年三十吃好喝好。"

这次剿匪共收缴布匹三大车,食盐四大车,粮食两大车以及若干银圆,各类枪支四十六支,其他物资一大车。赵天明一不做,二不休,命令纵火,把四孔窑洞及两个哨所一并烧毁,押着俘虏及物资,把砍下的脑袋装进一个大笼,塞进大车,浩浩荡荡,下山而去。

第十八章

县上各位长官大喜过望,以张县长为首在县城西门特意搞了个欢迎仪式。

大红喜报不仅贴在城墙四门,张县长还派专人到各镇公所进行宣传,并要求将保安团风雪夜袭尧山写入县志。蒲城县最大一伙土匪灰飞烟灭,老百姓高兴,当官的更高兴。张县长还在欢迎仪式上公开宣称,保安团是英雄,要为英雄请功。范汉秋自然把这个好消息用公文形式上报给陕西省保安司令部。省保安司令部的嘉奖令六天后送达。

整个蒲城县境内传开了:尧山同拐子完蛋了!

保安团共计死亡五人,挂彩十一人。张县长特意嘱咐范汉秋,对死去的士兵家属和挂彩的士兵进行抚恤慰问。杨石头因为赵天明力荐官升一级,从小兵一个升为班长。杨石头被任命为班长的当天晚上,孙猴子几个死缠硬拽,非要杨石头请客。理由千奇百怪,总之一条:不出血不行。杨石头去请赵天明,哪知县上的各级长官早就有约在先,赵天明笑呵呵地拍拍杨石头的肩膀,让他好好乐乐。这群家伙一进酒楼就招呼伙计啥贵上啥,啥好吃上啥,一副财东人家败家子的做派。伙计报的菜名,一水的荤菜。杨石头直听得头皮发麻,心内叫苦。真是见不得穷人端大碗,都是些什么人啊!杨石头几杯酒下来,趴在桌子上假装醉了,后来还是孙猴子架着回去的。杨石头清楚地计算出:攒的钱全没了!

第二天晚上,赵天明领着杨石头去了趟团部。赵天明让杨石头买了三斤酱牛肉和两瓶西凤酒,特意叮嘱买一盒琼锅糖。团部在县城西街,范汉秋一家三口住在里面。

"来就来了,还自带干粮?"看到杨石头手里的东西,范汉秋一笑。

"大哥,这是我兄弟,杨石头。这次灭同拐子,他是首功。"赵天明把杨石头往前推。

"范团长好。"杨石头忙放下手里的东西,举手敬礼。

第十八章

"团长的头衔是吓唬别人的,到家了,我们都是自家兄弟。"

范汉秋把两人让进屋里,媳妇将酱牛肉切了,炒了一个蒜苗炒肉,一个酸辣土豆丝。女人说了一句你们吃好,就回里屋了。

赵天明瞅了瞅里屋:"娃哩?多长时间没见了,挺想的,带了盒糖。"

"刚挨了顿打,罚站哩。"范汉秋轻描淡写一笑。

"还执行家法?娃嘛!"赵天明劝解道。

"今天上午,娘儿俩上街,他非要个不倒翁。撒泼打滚,号得伤心啊,他爹死估计都没有这么多尿水子,依我的想法,不管!娘心疼娃,花了两块钱买了。唉!得到的太容易了,就不知道爱惜。回来还没有玩几下,新鲜劲过了,就撇到院子,说是一个糟老头,不好看。这年头两块钱多难赚。"范汉秋一脸无奈,"慈母多败儿啊!"

"大哥!娃小,长大就能体谅父母苦心了。我俩今天来,主要是感谢大哥的提拔。"赵天明说。

"吃菜!"范汉秋用筷子指了指盘子,"咱弟兄们少说场面话,我不爱听。"范汉秋望着杨石头说道:"你是天明的兄弟,天明能把你单独领到我家里,就没有把你当外人。从另一个角度来讲,你在他心目中有分量。"他端起了酒杯:"咱弟兄三个走一个。"

放下酒杯,范团长继续说道:"从今天起,你杨石头也是我范汉秋的兄弟。别拘束,喝!"范团长接连喝了三杯酒,脸色通红,话也多起来。三个人边吃边喝,一瓶子西凤酒马上见底了,三个菜除了土豆丝还剩半盘,两个荤菜也见底了。

"兄弟还是要提醒你,提防孙强,这货很贼。"赵天明趁着酒意,忍不住说出自己的想法。

"你啊,就是心思重!我防他?他快五十了,再混几年,就该退休了。我敢断言,此人胸无大志。"范汉秋在酒精的刺激下,眼睛有点发直。

"本来想捉了同拐子,审审有没有受人指使,谁知道他们窝里斗,同拐子被打死了。"赵天明满脸懊恼。

"我心里有数,老孙这几日一直絮叨,要和我定娃娃亲哩。女子我见过,挺俊,千万不要半路上长残了,跟她爹就日塌咧。"

"你同意了?"赵天明问道,一盅酒入喉。

"好事嘛!孙强是蒲城当地人,根在这里十几年,是名副其实的地头蛇,我们则是过江龙。老话说得好,强龙不压地头蛇。我的想法,不要斗,要和。和则两

191

利,斗则两伤。这个'和'字有意思,一个禾,一个口,意思就是有粮可以吃。一团和气,和气生财。有当地实力派的支持,老哥的工作要顺利得多。"范汉秋说。

"人心隔肚皮,做事两不知,你还是要防哩……"赵天明说。

范汉秋摆摆手:"好了,好了,我知道了,不提这些颇烦事了。咱弟兄们难得相聚一回,喝!"范汉秋亲自拿起酒瓶,给三人倒满酒:"这回兄弟们给我长脸了,郑副司令很欣慰。我们的美好生活才刚开始,弟兄们,好好干!我保证以后大家都有一个远大前程。"

虽说杨石头年纪不大,但为人实在慷慨,很快大家都喜欢上这个新的班长。杨石头每日带着一个班在卡子上值勤,当官和为民就是不一样,哪怕是个不入流的官,孙猴子他们勒索来的财物无一例外上供一份给杨石头。不拿白不拿,白拿谁不拿。杨石头初次尝到当官的甜头,怪不得人人想当官,这里面有油水可捞。杨石头又有了一个初步计划:一年内给家里寄钱,前半年先寄十二块钱。金钱和希望一样,不是你努力了就有结果。希望容易让人想入非非,而现实往往给人一顿冷棍。

春天来了,沉睡了一个冬天的麦苗开始活动筋骨,伸腰踢腿,田地里青绿的色彩更加浓烈。去年的一场大雪给干渴的渭北旱塬带来勃勃生机。

正是:冬天麦盖三层被,来年枕着馒头睡。

一天早上,杨石头被赵天明叫到中队。赵天明阴沉着脸告诉杨石头,范汉秋死了。如同一个惊雷,在杨石头心里,团长是顶大的官了,咋说殁就殁了。晚上,赵天明带着杨石头进了县城,直奔范汉秋的住处。刚进县城西街口,依稀听见凄凉悲伤的唢呐声。范汉秋老家在汉中,千里为官,这一死就留下媳妇带着一个男娃。

两个纸糊的灯笼挂在大门口,一边一个团丁站岗,臂膊上缠着一圈白布。灵棚顶上挂了几盏"气死驴",照得院子里亮如白昼。几个乐人在吹唢呐、打鼓、唱秦腔。

赵天明一进院,里面的人要么打招呼,要么点头示意,赵天明一一点头回应。剿灭同拐子这件事让他名声大振。灵堂设在正堂,范汉秋直挺挺地躺在临时搭的床上,一块白布盖住脸。赵天明走近灵床,揭开白布,范汉秋曾经干练精神的脸庞变得灰暗难看,往事开始在赵天明脑海里翻滚。杨石头识趣地问执事头要了两条孝布,自己缠上一条,又给赵天明缠上一条。赵天明默默地从祭桌旁拿起三根香,点燃插上,又深深地鞠了三个躬。

范汉秋的媳妇站在灵堂旁,抹着眼泪回了礼,对这个平日只知道收拾房子、转悠在灶台旁的女人来讲,家里的顶梁柱折了。一个男娃,五六岁的样子,似和范汉秋一个模子刻出来的,穿着一身不合身的孝服跪在地上。他还不知道没爸爸了,时不时扭头望望来来往往的大人,一个劲地问妈,家里咋来这么多人?咋这么热闹哩?母亲难受烦躁,一个巴掌狠狠地打在他屁股上,孩子哇哇大哭。

"嫂子,节哀顺变啊!"赵天明轻抚娃的头,"娃小,不懂事。嫂子,团长待我如同亲兄弟,凡事有兄弟在,有事吭气。"

女人抹着泪点头,即便男人已成为冰冷僵硬的尸体,她还是不能接受这个现实。不时有人来祭奠,女人忙着回礼答谢。赵天明不便多说,和杨石头找张桌子坐下。

"老赵,你道远还来得早啊!"只闻这破锣声,就知道是谁,蒲城县保安团一中队队长孙强。

"我也刚到。"赵天明略一点头。

"我先上香,待会儿见。"

孙强祭奠完,挪把椅子坐到赵天明身边,一脸的悲伤。

"谁能想到范团长出这事哩,天妒英才啊。"

"孙队长,到底咋回事?"

"唉,范团长约我,加上王文书,一共三个人在唐老板那里吃了晚饭,回来的路上被人打了黑枪。"

"凶手抓到了没?"

"黑灯瞎火的,跑了。"

"有线索没?"

"唐老板说,隐隐约约地听到为同老大报仇的话。"孙强说话的时候,有意无意地在赵天明脸上扫了一眼。

"你没听见啥?"

"家里还有老娘,我早走了一会儿。都怪我,应该把范团长送回家的,你也知道咱团长爱酒。唉,后悔啊!"

"哦!"赵天明应了一声,不带任何表情地接着说,"同拐子,我亲自剿的,肯定一个不剩。"

赵天明强压着一肚子的怒火,脸平如镜,心里暗骂:想把脏水给爷泼,爷就不接你招。孙强原觉得,以赵天明的性格,早就日娘谳老子地骂起来了。看来还是小瞧人家了,这个人粗中有细,不好糊弄。

孙强忙打个哈哈:"也许听岔了,也许是同拐子的其他关系,现在都不好说。团长出这档子事,弟兄们都是万分难过。你离得远,不方便;我在县城,离得最近。团长的后事我一定办得体体面面、风风光光的。让你老赵安心,弟兄们放心。"

"有老哥操心,还有啥不放心的?"赵天明一笑。

"事处理完了,咱弟兄们再好好聊。"孙强邀请道。

"行!"赵天明满口答应。

三日之后下葬。在这三天里,赵天明没闲,明里暗里地打听范汉秋遇害的事情。先找唐老板,后见王文书,甚至临街商铺的主家,都没有获得有价值的线索。赵天明不死心,同拐子的人被一网打尽,哪来漏网的?如果要报仇的话,找他这个正主才是正道,咋能找范团长?这里面有名堂。范汉秋对自己有知遇之恩,不能白死。

张县长亲自主持葬礼仪式,孙强尽心尽力,丧事办得很隆重。丧事办完,赵天明和杨石头回到孙镇。孤儿寡母待在伤心之地,不是长久之计,范汉秋的媳妇决定百日之后回汉中老家。

国不可一日无主,保安团也一样。送葬者在送葬的路上还在感慨生命的无常,回来便开始你争我夺,一把手的争夺主要在孙强和赵天明之间。

赵天明是外来户,亲自带队剿灭蒲城县最大的一伙土匪,让他的声望很高。以前唯范团长马首是瞻,靠本事吃饭,人事方面很单一。虽然赵天明善于御下,和下面普通士兵打成一片,但不长于媚上,除了范汉秋,他对其他的政府长官都是敬而远之。范汉秋死后,由他暂行代理副团长职责。赵天明不是傻子,只是不屑走上层路线而已,从心里过不去自己这关。但是这次可真的不一样了,靠山没有了,再不把脑袋夹在裤裆里寻情钻眼,黄花菜真要凉了。

这天晚上,赵天明特意在孙镇买上当地的土特产,装成四个礼盒,拜访张县长来了。这还是赵天明第一次单独到县长的家里,以前和范汉秋去过三次。赵天明走到县府大院,四处瞅瞅没人,在心里把要说的话来回反复练习。走到大院附近,又折回来,心似潮水,时涨时落,这让人咋看自己哩?张县长吃完晚饭,媳妇缠着出去溜达。女人最近不打麻将了,胃痛胸闷。郎中开了几服药,嘱咐要少坐多动。张县长挺着肚皮,在前面大步流星。媳妇紧跟其后,一前一后,走出县府大院。

一抬头,见赵天明手里拎着一大包东西,踌躇不前。

赵天明也瞅见张县长,心里一紧。还没见人哩,自己先打上退堂鼓了,这叫啥事嘛!赵天明将心里的另一个自己打了一巴掌,三步并作两步,走到张县长面前。

"张县长,晚上好。"

"天明,你等人?"

"唉!怪我脸皮薄,寻思登门拜访,又不好意思。"

"你呀!"张县长用手指点点赵天明,露出笑意。

"走,回家。"张县长转身对媳妇说道。

"刚出门,真扫兴,我一个人在院子转转。"女人瞥了赵天明一眼,撇下一句话,转身走了。

"你看,这人。"张县长尴尬地摇摇头。张县长在前,赵天明拎着礼物跟在后面。

蒲城县县长府第紧挨着县府,是一个大院子,里面套着几个单独的小院子,张县长的住处在最东边,显得很幽静。客厅里,赵天明把礼物放在茶几上,说:"带点孙镇的土特产,不成敬意。"

"来就来了,带啥礼?"张县长倒了两杯热茶,"你赵天明从不单独来我这里,颇有古人夜不私谒的风度哩。"

赵天明脸色一红,不知道张县长用意何在:"脸皮薄,怕人说闲话嘛!"

"一句玩笑话而已,你还上心不成?你这个人啊。"张县长爽朗大笑,"有啥事直说,不要拘束。"

"这,这咋说好嘛。"

"你什么时候变得瞻前顾后了,直说。"

赵天明把来意向张县长说明一番,其实从见到赵天明的那一刻起,张县长就明白赵天明此行目的,和咋晚孙强来是一回事。

权力是块磨刀石,再硬的钢刀也会卷刃。

"你老弟剿灭同拐子可是拿个头彩,前两任都拿同拐子没辙,在我任上灭了,也是一大政绩。"张县长顿了顿,"我还是沾你的光哩。"

这是张县长的真心话,同拐子覆灭让张县长在上峰面前也是大有光彩,坐在面前的赵天明,是个干将。

"不敢当啊！县长领导有方。"赵天明说着言不由衷的话，突然觉得自己都看不起自己。

"哪里,哪里,我做得更多的是宣传工作。"张县长很谦虚地说,"主要汉秋指挥得力,你有胆有识,才有风雪夜剿灭同拐子的美谈。可惜汉秋了,真让人想不通。"

"唉！世事无常。"赵天明回道。

"你的事,我心中有数,我可以向上面举荐你。"

"感谢您的栽培。"赵天明起身表示敬意。

"坐。你也知道,现行的保安团体制下,我虽是县长,最终拍板在省保安司令部,你还是要活动一下。"张县长提点道。

"我知道了,还请县长多费心。"赵天明的语气很诚恳。

"传言说,汉秋是被同拐子的人害的?"张县长似不经意地问道。

"人人都长一张嘴,啥话都能说。我可以拍着胸脯保证,一派胡言。"赵天明看了看张县长,心里摸不准他那句话是什么意思。"我是当事者,最有发言权,绝不可能有漏网之鱼。"赵天明肯定地说。

"蒲城县的大好局面来之不易啊！"张县长抿了口茶,"你代理副团长这段时间,能力有目共睹。"

"谢谢您的夸奖。"赵天明语气更加谦卑了。

"来,喝茶。光顾说话,茶凉了。"

端茶送客,自古就是官场礼节,赵天明还是懂的。他端起茶杯,抿了抿,站起来说道:"耽误您陪夫人散步了,真对不住。我先走了。"

赵天明起身向张县长道别,张县长拿起茶几上的礼盒让把礼物带回去。赵天明忙推辞,逃也似的离开县府大院。

张县长靠在椅子上,拿起一把痒痒挠,顺着衣领来回上下挥动。身上真痒,明天好好泡个澡去。他挠完痒,端起茶杯,一口一口品起来。这盒茶叶还是昨晚孙强带来的,说是安康的毛尖。在翠绿清香的茶叶里面还有两根小黄鱼,鱼游千里,钱动人心。论能力,论带兵,首推赵天明;论会做人,拉关系,孙强擅长。张县长思来想去,两边都不得罪,都给他们指明方向,最终决定权在省保安司令部。自己这一票只会投给胜出者,顺水人情,人也领情。张县长想通了,思想包袱也就放下了,喝了口热茶,出门陪媳妇去了。

赵天明第二天就上了一趟西安城,到省保安司令部找到郑副司令。郑副司

第十八章

令态度明确,全力支持。

过了不久,省保安司令部派员下来考察蒲城县保安团团长的候选人员。王特派员郑重其事地询问了包括张县长在内的官员,当然还询问了保安团的普通士兵。他随身携带一个蓝皮小本,上面记录着被询问人的谈话笔录。

又过了十来天,上次考察的王特派员又回到蒲城县,在张县长等政府官员的陪同下出席委任状颁发仪式。

会场设在保安团团部的操场上,操场上满是穿着灰褐色军装的士兵。精神抖擞地排成十几列纵队,高呼口号,颇有气势。杨石头清楚地记得,那天天空碧蓝,太阳暖洋洋、红彤彤的样子,但很冷,干冷干冷的。王特派员是省保安司令部政工处的处长,浓重的陕北口音让人感觉在听天书。但读到孙强的名字还是让人们一激灵:赵天明黄了。县上头头脑脑在主席台上站成一排,热烈鼓掌。孙强接过委任状,行礼致敬,尽管压抑着内心的激动,但是眉眼间还是春意盎然。杨石头看见同样站在主席台上的赵天明,面容僵硬,一脸落魄。权力的争夺,赵天明完败。

孙强的三根金条在王特派员那里发挥了作用。灶王爷的职责是上天言好事,下界降吉祥。但是谁给好处说谁好,神仙如此,凡人也一样。王特派员坚定地支持了孙强,把赵天明剿灭同拐子时枪杀俘虏的事,加些作料,尤其是添了普通士兵的现身说法,炖了一锅浓浓的胡辣汤,让省保安司令部的长官们仔细品尝。在各位长官的眼里,赵天明也许是一个英雄,但是锋芒太露,容易捅娄子。站在道德制高点看人,人的缺点很容易被放大。郑副司令有心支持,但孤掌难鸣,只好妥协。晚上的饭局,赵天明推说身体不适,没有参加。世人喜欢锦上添花,谁肯雪中送炭?除了张县长嘱咐多休息,其他的政府官员忙着祝贺孙团长。

孙强和赵天明的第一次会面地点在原范团长的办公室,只不过重新装修后显得焕然一新。范汉秋喜清静,养了盆文竹,碧绿挺拔。孙强爱热闹,栽了两盆金橘,一盆放在办公桌上,一盆放在茶几上。刚挂上果,果红叶绿,煞是好看。办公桌换了个方向,以前范汉秋在时面朝东,现在是面南背北。

旧似明日黄花,新如今朝旭日。古时,皇帝登基,总要更换一个新的年号,彰显新气象。古时和现今一样,大和小一回事。

嘭嘭嘭,门外传来敲门声。过了一会儿,孙强很威严地说道:"进!"一副上位者的口吻。

"孙团长,你找我?"赵天明进门问道。

远乡

"你是要折煞哥哥哩！人面前,我是团长,你是中队长,在人后面,咱们是弟兄。"

孙强话说得漂亮,屁股坐在竹椅上,似座上佛像,纹丝不动,一指茶几旁的椅子:"坐！"

赵天明不卑不亢,随意坐下:"话是这个理,上下尊卑,我懂。"

"你这个人啊！太看重这些繁文缛节了。随你！"孙强爽朗地笑了,"有一要事,想同兄弟商量。"

"你说！"赵天明淡然一笑。

"我跟老范做人做事风格截然不同,老范用人用得扎实。恨不得一个人干两个人的活,鞭打快牛嘛！我觉得专人专干,把一件事办好,胜似啥都干,啥都干不好。"孙强一天到晚茶杯子不离手,有时还放几颗枸杞、红枣,说是人到中年,要学会养生。他端起杯子,晃了晃茶杯,吹散青绿的茶叶和艳红的枸杞,吱一声,一口养生茶入口:"咦？兄弟,忘给你倒茶了。"他起身准备给赵天明沏茶。

"不了,我渴了才喝。而且是牛饮,品不来好赖。"

"人活一世,草木一秋。还是年轻好哩。哥活到这个岁数,才真正意识到,啥都是假的,只有身体是真的。人是旱虫虫,不喝水咋行哩？"

"孙团长,你找我不会只是谝养生之道吧？"赵天明懒得听他磨牙。

"你啊,总是性急。《庄子》里记载有种老鼠,会五种技能。会浮水,游不过数米；会爬高,攀不过三尺；会打洞,埋不住身体……还会个啥,时间长了,我也记不清了。总之,啥都能弄,啥都不精。你擅长带兵,人所共知。我想让兄弟统管整个保安团的练兵工作。团里新增一个大队长的名额,由你挂帅。孙镇你就不用蹲点了,让穆朝安顶上二中队长。算是人尽其才,物尽其用,你看如何？"孙强的破锣声一阵阵的,敲击着赵天明的心脏。

"穆朝安,你的老部下,能力为人都不差。"孙强说完,脸平如水,端起水杯,吱一声,茶又入口中,眼望赵天明,静等回音。

赵天明强压怒火,直了直身子:"你是执事的,你咋说,我咋弄。"

"好！兄弟是一个懂时务、识大体的人。有你的支持,保安团将会有一个翻天覆地的变化。"孙强满意地说道。

"孙团长,没其他事,我先回了。"赵天明说完,起身,径直关门而去。

孙强放下水杯,心里一阵得意:赵天明啊！你是我手里的泥人,捏圆搓扁,扯长揉短,全凭个人喜好,张狂屁哩！

198

新官上任三把火,一看谁支持,二看谁反对,三看谁能争取。赵天明和他的团团伙伙,吃果果,靠边站。

赵天明从办公室出来,想起当私塾先生的父亲在读《红楼梦》时的一句话:子系中山狼,得志便猖狂。古人真能行,把世事看透了,将话说完了。面对一只狼,该咋办?窝窝囊囊,浑浑噩噩,低眉顺眼,卑躬屈膝?为妾侍夫之道,非大丈夫所为!赵天明想了一路,快到县城的住处,他才理顺思路,先查范汉秋遇害的事情。孙强,先稳住,明面还要过得去。

第二天,赵天明回到孙镇,收拾了铺盖和家具,找个大车拉回县城,以实际行动传递一个信息:我赵天明服输了。

第十九章

  过了几日，赵天明把亲信弟兄召集在一起，告知自己专职练兵，孙镇的事自有人管，让大家不要生事，静等消息。除了杨石头，孙圣他们跟着赵天明好多年，也是赵天明的铁杆心腹。

  万春楼，蒲城县最好的酒楼。老板姓唐，肥头大耳，一脸富态，并且颇懂经营之道，通奉迎之术，生意那是相地好，人称"唐长老"。

  万春楼有四个雅间，以梅兰竹菊命名。唐老板见赵天明进门，连忙递烟招呼，安排赵天明在"竹"字雅间，亲自倒茶。

  "这是泾盛祥的茯茶，暖胃。赵大队长今晚想吃点啥？兄弟请客，听说你现在调到团部，离得近，以后多走动。"

  "啥大队长，挂名而已。"赵天明客气道。

  "再挂名，也是一人之下，万人之上。"

  "怪不得唐老板生意兴隆，真会说话。我上次来得匆忙，也没顾上细问，范团长出事那天，唐老板听到啥动静？"

  "时间有点长，这几天事情又多，容我想一下。"唐老板的脑子飞速地转动，赵天明二进宫到底想干甚？"听到一声枪响。"唐老板试探地说道。

  "还有啥？"

  "还听到为同老大报仇的言语。"

  "亲耳听到？"

  "这个，我隐约听到了。"

  "到底听到没？"赵天明问道。

  "当时我在柜上，应该是听到了。"赵天明从唐老板的眼神看到的是如湖水般的平静。

  这个唐老板要么句句属实，要么就是个演戏的出身。

"我上次剿灭同拐子时,问一个土匪同拐子在哪里,这家伙说不知道,我一枪就放倒了,脑袋现在还挂在西城门楼,隔天我领唐老板瞻仰一下。"

"您的虎威蒲城县哪个不知,哪个不晓。"唐老板赶忙拍马屁。

"实话实说,不要胡说!假的真不了,真的也假不了。"

"您讲得真好,做人也一样,身正不怕影子歪。"

"你忙,我走了。"赵天明和唐老板打了招呼,走出万春楼。

第二天万春楼打烊的时候,赵天明又一次来了。

"唐老板,借一步说两句话。"

"赵大队长有事吩咐,快进屋。"

"走,到外面说。"赵天明没有给唐老板回绝的机会,拽着他的胳膊出了万春楼。

初春的夜晚还是有点凉意,街道上没有几个行人。

"屋里暖和,咱进屋说。"唐老板想朝后缩。

"外面透风,边走边说。"赵天明拉着唐老板来到西门里的城隍庙。

这座建于明成化年间的城隍庙,庄严肃穆,壮观大气。缺月挂古槐,乌鸦栖枯枝。偶尔几声惨叫,感觉瘆得慌。

"大晚上的,来这里做甚?"唐老板不安地问。

"不算晚,刚掌灯。"赵天明一笑,"本想着咱哥儿俩晚上观赏观赏同拐子这群货的脑袋,城门关了。"

"白天看一样。我想起还有事没处理,先回去了。"唐老板猛打退堂鼓。

"不忙,听说城隍老爷感应最灵,今晚咱也拜一拜神!"

"白天拜,也一样。"唐老板心里有些发慌了。

"城隍老爷干的是夜巡的差事,晚上求更灵。"赵天明根本不给唐老板溜的机会,"城隍老爷,我赵天明有一事相求,我义兄被奸人所害,望指点迷津。"

"赵大队长,不,明哥,我想回家。"

"当着城隍老爷的面,我问一句,你说一句。如有半句假话,我替城隍老爷把这惩恶除奸的事办了!"赵天明说完,从腰里拔出一把短枪,对着唐老板。

"跪下,给城隍老爷说。"

"城隍老爷,你要相信我,范团长遇害,真和我无关啊!"唐老板带着哭腔,跪在地上。

"还真是南山的核桃!"赵天明一个正踢,直接踢在唐老板嘴巴上。血,在月光下模糊一片。

"我问你,满街道就你一人听到为同拐子报仇,其他人咋没听到?"

唐老板用袖子抹了抹嘴角,含糊地说道:"我是隐约听到的。"他的门牙被踢断了,勉强连在牙床上,一会儿抽痛,一会儿钝痛。

"我昨晚特意路过范团长遇害的地方,用脚丈量了一下,离你酒楼足足有两百多米,你有顺风耳吗?真是不见棺材不落泪哩!"赵天明说完,把驳壳枪的保险打开,枪口像个小老虎的嘴,张口吃人。

"明哥,我错了。"唐老板害怕赵天明耍二杆子,自己再抗下去,估计要出事。

"孙团长,不,孙强让我说的,其他的我真不知道啊。借我十个胆,我也不敢对保安团团长打黑枪,我一个买卖人,不敢得罪人家。孙强说,说一句话而已,事后保安团所有的迎来送往都由万春楼包了。"

唐老板往日的气定神闲早已烟消云散,取而代之的是恐惧,深深的恐惧让他不由得想起城隍老爷身后的那尊塑像:捉鬼的钟馗,手持利剑,面目狰狞。

"我悔过,我有罪,我眼睛小,我贪小利。孙强在蒲城县势大,我不顺他的心,生意做不下去啊。明哥,我真是和尚的脑袋——没法!"唐老板哀求道。

"我放你一马,跑快点给姓孙的告状去。你是生意人,要想清楚其中的利害关系哩。"

"明哥啊!你饶了兄弟,已经开了天恩,我今生今世感激不尽。范团长是个好人,吃饭从不赊账。本来我就深感愧疚,再告黑状,我还是人吗?"唐老板揉了揉下颌。

"今晚的事敢透露一个字,我一把火烧了万春楼,家中老小一个不剩。你觉得我有没有胆量干下这个活路?"

"有,当然有。"唐老板点头又哈腰。

"滚!"

唐老板如获赦令,连忙爬起来,拱拱手,匆匆走了。三步走,一回头,生怕赵天明临时起意,背后下黑手。回到万春楼,方大出一口浊气。生死存亡,一念之间啊!保安团即将迎来内斗,狗咬狗,一嘴毛。赚钱是王道,干我何事?

唐老板选择了沉默,就像从来没有发生任何事情。

赵天明总算从唐老板嘴里知道,根本就没有所谓的枪手大喊报仇的事。这是个坑,深坑。搞死范团长,搞臭赵天明。狗日的耍的是大手笔,摊的是大本钱。仇恨瞬间被点燃,似荒原野火,伴随野风,熊熊地燃烧起来。豁出一身剐,敢把皇上拉下马。豁出去了,非把孙强收拾了不可。

第二天上午,赵天明给孙强请了假,借口家里老母身体不好,想回去看看。态度端正不说,言辞谦卑多了。孙强很高兴,立马批准。赵天明坐冷板凳坐灵醒了,懂得低头了,知道认怂了,这是个好开头。孙强特地派人买了许多土特产,包了六个盒子,塞给赵天明。说是孝敬赵天明老娘的,有机会的话,亲自登门看望老太太。两人打了会儿哈哈,说说天气,聊聊县上的趣闻逸事,办公室里一团和气。

赵天明出了县城,回头瞅瞅,没有人跟踪,顺手把礼盒丢给在城门口晒太阳的几个叫花子。然后径直回到孙镇,召集那帮弟兄在赌坊一会。孙掌柜和赵天明是老相识了,赵天明说要和弟兄们商量事,借地一用。孙掌柜是个玲珑人,忙说,一大早还没吃早饭,饿得心慌。像老鼠回洞一样,匆匆去了。赌坊,隐蔽,不惹人眼。六个人围坐在赌桌旁,一个白瓷老碗孤零零地立在桌子正中央,骰子在碗里,似乎在等待众人。赵大明让众人静等消息多日了,不知今天带来的是福音还是祸声。

"明哥,穆朝安说到中队有事,不来了。"杨石头轻声说道。

穆朝安,在二中队里和赵天明走得最近的一个人。赵天明说太阳从西边升起,穆朝安绝对说对着哩,是赵天明的一个铁杆心腹。以前是一小队的队长,孙强上台后提拔当了二中队队长,顶替赵天明的位子。改换门庭后,刻意和赵天明保持距离,是保安团当下的红人。

"人各有志,算了。"赵天明倒想得开。

"无非看哥哥吃不开了,想找个大树乘凉,墙头草一个,啥货色!"骂人的是绰号"聋子"的曹永胜,澄城县冯家沟人,耳朵不灵光,说话要大声才能勉强听见。前几年中央到地方都要读《伟大的蒋介石》一书,省保安司令部要求进行系统内宣讲,蒲城县保安团也不例外。孙强在台上讲得口干舌燥,茶杯子续了好几回水。几天后偶问正在城门外值勤的曹永胜,前几日讲的啥?能不能听得懂?这个似麻秆的士兵摇摇头说,我耳朵背,只听到"讲结实",对着呢,讲话就要讲"结实话"。孙强差点吐血而亡,曹永胜也成了保安团的名人。

"穆朝安还欠俺五块大洋呢,俺现在就去要。"这是王大洋,和穆朝安一个地方的老乡,河南三门峡人,一口一个俺的,听起来有点别扭。

"能要回来个垂子,人家现在躲你都来不及哩,生怕被人视为和咱一伙。"

"胡子,你说得有道理,在人家新团长的眼里,你们和我赵天明是属于团团伙伙,身世不清白。"赵天明说道。

被赵天明称为"胡子"的人,真名叫胡育龙,是范团长的一个姨表兄弟,范团长在位时,他在保安团混得风生水起。

自古官场,人事即政治。人事调整,就是政治斗争。孙强烧了三把火,有威胁的,明升暗降;能拉拢的,委以重任;不听话的,靠边站。大火连烧三月,保安团大变校。

"谁让你们和我走得近,谁让我和范团长走得近。一朝天子一朝臣,新朝不用旧朝臣,国家和组织,一个屁式子。"赵天明不无惆怅地说道,"千里搭棚,没有不散的宴席。"

"为啥?"

"出啥事了?"

"明哥,你走哪儿,兄弟到哪儿。"

众人纷纷嚷着,比摇骰子、推牌九还要情绪激动。赵天明手一摆:"本想着和弟兄们在蒲城,大块吃肉,大碗喝酒,逍遥快活。谁晓得范团长遇害,我也被晾到渭河滩。"

赵天明摸出烟盒,给大家散了一圈,一会儿,屋内烟气缭绕,如同烧炕时炕门没关好,冒出的浓烟。

"我刚查到的,范团长是孙强害的。范团长待我如手足,在我走投无路的时候拉我一把,人不能忘本啊。我想今晚找姓孙的寻仇去,和弟兄们道个别。"赵天明道。

"你这话见外了,你讲义气,为义兄出头,难道我们都不是你弟兄们了?"孙圣忽地从凳子上站起来。

"人和人相好,是因为脾气对路,我还真看不惯他新官上任,一副正人君子的嘴脸。"胡育龙说道。

"再能,再有本事,他能把尿咬了?"曹永胜讲了一句。

"刚上台几天,制定条例,要讲纪律,讲规矩。俺交岗后耍钱,还被纠察队逮住罚了五块钱,俺一个月才赚多少,亏大了。"王大洋也是满腹牢骚。

"明哥,我跟你虽说时间短,但你在兄弟心里顶天立地,兄弟敬佩你,你走到哪里,我跟到哪里。"杨石头说的都是真心话。

众人七嘴八舌,赌坊变成了批斗孙强的主会场。赵天明心里很激动,这群兄弟没白交;同时也很高兴,众人拾柴火焰高,报仇有望。

"可惜大家的差事了。"赵天明叹口气。

"可惜垂子,哪里黄土不埋人。"孙圣道。

"就孙强那一副猪相,爷还不稀罕伺候。"这是胡育龙在发表自己的观点。

"逼急了,俺们当土匪去,俺们老家那里土匪可有钱了。"王大洋很羡慕那种让别人哭自己乐的生活。

赵天明觉得时机成熟了,已经充分调动了众军汉同仇敌忾的情绪,对付孙强有了十足把握。

"既然大家看得起我赵天明,现在世道乱,咱要抱团取暖。我有个想法,成立个组织,名字就叫'义社'。义社,义字当先,六人一心,有福同享,有难同当。咱们烧黄纸,拜把子,歃血为盟,结为异姓兄弟,你们看如何?"众人纷纷表示赞同。

于是,赵天明派杨石头到镇上买来香烛、酒等东西。三炷香代表天地人,插在小香炉里,香烟袅袅,赌桌当作香台,白瓷老碗盛满白酒,骰子被撒到地上。一个大铜盆里多半盆的清水,由赵天明领头,大家纷纷洗了手。

金盆洗手,和过去再无瓜葛。众人一一割破右手食指,鲜血滴滴,混着白酒,一人一口,轮流喝过。雁无头不飞,赵天明是老大。其他的按照年龄大小排,杨石头年纪最小,排行老六。杨石头心里充满了热血豪情,想起了聂瞎子,想起了聂瞎子讲的梁山好汉。赵天明把报仇计划告诉了众兄弟,今晚夜袭孙家,要取姓孙的项上人头。他特别强调,不能拿长枪,目标太大,容易暴露,他一把短枪,再让孙圣偷出一把,以防万一。

孙强,新任蒲城县保安团团长正是春风得意时。范汉秋死了,赵天明服了,再把生意接过来,真是前程远大。

孙强家在县城东街,和保安团团部隔了一条街道。除了晚上有应酬,孙强定会准时回家。他是个顾家孝顺的男人,每晚到老娘那里说会儿话,端盆热水给老娘洗脚。烫脚解乏,这对老人很好。然后他和媳妇躺在床上,说会儿体己话,偶尔的"公粮"要交外,一人一个被窝,互不相扰。女儿和老娘睡在厢房。对中年男人来说,权力,是唯一的春药,最具诱惑力。

一弯新月挂在天边,微黄带晕,恬静安然。热闹了一天的县城寂静下来了,偶尔一两声猫叫,那是打架落败而逃的叫声,凄凉惨痛。

赵天明一行六人,来到孙强家门外。孙圣摸出一把刀子,顺门缝向上抵住门闩,来回拨了几拨,没有动静。

"肯定插了!"赵天明判断道,"看你的。"他低声说罢,从怀里摸出飞虎爪递

远乡

给杨石头。

杨石头点点头,将飞虎爪的绳子捋顺,一手盘好绳子,一手拎着飞虎爪,手一抖,嗖的一声,搭在墙上,用手抻抻,绷紧绳子,双脚离地,来回换手,几下便上了高墙。

院里,三间平房一溜排开。月光下,树影斑驳,随风晃动。

杨石头顺着墙壁溜下来,静悄悄的没有弄出一点声响。他靠着院墙,摸到大门,门闩被一根粗铁钉挡住,难怪拨不开门。拔出铁钉,拉开门闩,大门吱呀一声闪出一条缝,难听,刺耳。

赵天明领人蹑手蹑脚,鱼贯而入。赵天明指了指大门,杨石头会意,连忙关上大门,又是吱呀一声。厢房的灯亮了,孙强的娘隐约听到开关门的声音。

爱钱、怕死、没瞌睡,老年人的毛病,孙强的娘占全了。老太太颠着小脚,鞋子没穿上,当拖鞋,急急忙忙地打开房门。刚迈出房间,嘴巴被一只强壮的手掌捂住,被几个蒙面人拖着进入房间。房间除了炕上睡了个女娃娃,再无一人。老太太惊恐万分,腿肚子不由得打战,恐惧加上着急上火,徒劳地挣扎几下,晕了过去。两个壮汉,一人拎胳膊,一人抬腿,轻轻地把老太太放在炕上。娃四仰八叉平躺着,发出均匀的呼吸声,睡得正熟。

孙强在正房里也听到声音,点了"气死驴",屋子里顿时照得通亮。

"娘,咋了?"没有回音,孙强忙打开门,准备看看咋回事。

赵天明和杨石头埋伏在门口,门露出一条缝,赵天明一脚踹开。

"不好意思啊,打扰你清梦了?"

"赵天明,你不是回家了吗?"孙强脸色大变。

"想回,舍不得你啊。"赵天明嘲弄道。赵天明平端着一把盒子枪,杨石头紧随其后,迈步进了屋。孙强一步一步退回来,跌坐在八仙桌旁的圈椅上。

"啊,啊!"媳妇也被惊醒,裹紧被子,惊恐万状。

赵天明把食指放在嘴边,嘘一声:"吵醒娃就不好办了。"

"你把娃咋了?"孙强中年得女,很是疼爱女儿。他强作镇静,嗓子里却像涂了一层干胶,下意识地咽了口唾沫,心里万马奔腾。

"别紧张!娃和老人都好,你再喊叫,就难说了。"赵天明对着女人露出一个友善的笑脸,"多么稀罕的一个娃娃。"

在女人听来,却是阎王爷正在签发催命符,脸色陡然变得苍白如纸,恐惧在脸上弥漫,嘴角抽动,像要张嘴哭出声,又用手捂住嘴巴,惊恐地望向孙强。

第十九章

"你带嫂子到娃那里去,我和咱团长单独说会儿话。"赵天明向杨石头点点头。

媳妇牵挂娃的安全,慌里慌张地穿上衣服,跟着杨石头到了厢房。

"你不要乱来,有话好说。"

"范团长咋死的?"

"同拐子的人打的黑枪。"

"你骗鬼啊,当我是二百五?唐老板都招了。"

"你晚上带人踏进门,到底做甚?造反吗?"

"别拿大话吓唬我,你也明白吓唬不了。我敢来,早把退路绝了。老实说,是不是你干的?"

"能不能饶我一命?"

赵天明摇摇头,盯着孙强一双恐惧的猪眼:"杀人偿命,你懂的。"

"能不能放过我的妻儿老母?"

"按说,祸不及妻儿,看你表现了。"

孙强摸了摸下巴,手指在剃过的胡子上面划过,发出唰唰的声音。他咬了咬嘴唇,似下了很大的决心:"说白了,就是我干的!我再告诉你一件事情,老范刚到蒲城上任,就被人打了一次黑枪,算他命大,让你给挡了,那次也是我干的。只要姓范的当团长一天,我就没好日子,永远压我一头。只要他在,我上班和上坟一样难受。我哪点不如他?短短三个月,你也看到了,保安团一改老范在位时的暮气沉沉。他哩,光知道弄钱。我今年四十六了,已经是下坡轱辘,这个位子我等待的时间太久了,再说本来就是我的,一次又一次地被人夺去,我还要等多少年?我等不住了,我不甘心啊!老范不死,我就是五行山下的孙悟空,永无出头之日!"

孙强脸上的恐惧在消退,取而代之的是死猪不怕开水烫的痞样,倒让赵天明刮目相看。

"姓孙的,也许你说的都是事实。千不该,万不该,你不该杀了团长,他是我大哥!"赵天明逼近孙强,用枪抵住孙强硕大的秃瓢,"你货死一百次也换不回我大哥的命!"

"我唯一失策的地方,就是低估了你,没想到你是个二杆子,两败俱伤对你有啥好处?"孙强不甘心。

"你永远不知道啥叫兄弟!还有遗言吗?"

"我就这个样子了,一命抵一命,我认了。其他人和这事没有一点关联,我只求你放过他们。"

赵天明点点头,叹了一口气:"早知今日,何必当初。"

有了赵天明的承诺,孙强端坐在八仙桌旁,不再说话,闭上眼睛,静等命运最后的那一刻。赵天明从炕上拿了一个枕头,抵在孙强头上,抬起枪,很沉闷的一声,子弹穿过枕头,孙强瘫倒在椅子上。赵天明扔掉沾满鲜血的枕头,反身回到厢房,指挥孙圣他们找了根绳子,把孙强媳妇和老娘捆好,迅速撤离。

赵天明一行六人连夜急行军,第二天半下午的时候已经快到韩城,走了百十里路。

麦田青青苗吐穗,群山苍苍绿连绵。众人只顾逃离蒲城,早已饥肠辘辘,筋疲力尽。

"弟兄们,前面有个堡子,吃点东西再赶路。"赵天明有气无力地说道。

"饿死哩,饿死哩。"孙猴子一听吃饭,急不可耐地喊道。

"人是铁,饭是钢,扛不住啊。"胡育龙紧跟着添了句。

"后有追兵,还是赶路要紧。"杨石头年龄最小,还是有点担心。

"怕啥?凭咱弟兄俩的枪法,来多少,撂多少。"赵天明给杨石头打气。

"依我说,应该把姓孙的灭门,留下媳妇娃,给自己找麻烦。"胡育龙说道。

"大哥还是太心善。"孙圣接着说。

"一人做事一人当,欺负女人和娃的事我做不来。"赵天明厉声说道。

"说说而已。"胡育龙讪讪一笑。

堡子不算大,半条街而已,围墙低矮残破,似要随时坍塌的门楼上,"白家堡"三个大字斑驳陈旧。这里不要说酒楼,连个卖饭的小摊都没有,与其说是个堡子,还不如说是个村子,只不过官道横穿其中罢了。众人从东走到西,从西走到东,还是没有找到一家能吃饭的地方。

"找个人家,做顿饭,大不了给个伙食钱。"赵天明吩咐道,"眼睛放亮,小心为上。"

"大哥,饭钱谁出?"孙圣懒洋洋地问道。

"你们的钱呢?"

"你清楚俺,钱借穆朝安了。"王大洋说道。

"你了解我,家里等米下锅,钱月月寄回家。"胡育龙委屈道。

"我赌输了。"孙圣不好意思地挠挠头。

第十九章

"你懂得我,狗窝里存不住剩食。"曹永胜笑道。

"唉!"赵天明一声长叹,"一帮穷鬼。"

众人一一道来,愁眉苦脸的样子,眼睛齐溜溜盯着杨石头,上下打量。

"我们了解你,不抽烟,不喝酒,不打牌,钱应该存下来了。"

"钱存下来不假,都借给老大了。"杨石头双手一摊,小声辩白。

"这个是事实。六弟啊,大哥欠你多少钱,记好,我有钱了第一个还你。"赵天明此话说过不下百遍,杨石头只当是风,左耳朵进,右耳朵出。

"大哥,有钱大家花。给!"杨石头翻遍全身,翻出一张纸币。一张表面干净,四角平整的纸币,面值一块。

"唉!我们都不是过日子的料。"赵天明顿了顿,继续说道,"以后义社的钱财统一上交到老六这里,收入支出由石头一人负责。"

堡子最东边有户人家,两间土坯房,树枝做的院墙,院子中央两个石凳、一张石桌。两只芦花鸡在院子里追逐嬉闹,一只大黄狗拴在门口。汪汪汪,黄狗狂吠,提醒主人,履行它的义务。

"就这家了。"胡育龙手指柴门。

"为啥?"王大洋问道。

"笨啊,仔细闻。"胡育龙说,"蒸馍的味道,而且还是苞谷面掺和荞麦面。"胡育龙咽了咽唾沫。

"比狗鼻子还灵。"赵天明笑赞道。

黄狗奋力蹦跳,想挣脱绳子,露出獠牙,狂吠不止。曹永胜急迈数步,走在最前,走到狗的跟前,双目圆睁,伸手一指,厉声大喝:"死啊,再叫唤,剥你的皮哩!"

如施魔法,黄狗顿时耷拉着毛茸茸的脑袋,尾巴下垂,四肢战栗,不敢一吠。曹永胜解开绳子,拉起黄狗,人在前,狗在后,拉到房子旁边的树林,随手拴在一棵树上,缓缓而回。其他人看得目瞪口呆,曹永胜满脸傲色:"我以前屠狗为生,一般狗见了都害怕。"

曹永胜闪身进门,众人鱼贯而入。屋里老汉给灶膛里添了一根粗树枝,起身出厨房门,刚刚明明听见狗跟得了羊痫风似的叫唤,咋又不叫唤了?刚出来,与曹永胜迎面相对。

"你们做甚?"老汉大惊。

院子里的石凳上坐了两个壮汉,桌子上还坐了三个。

赵天明从石凳上站起来,很威严地说道:"我们是队伍上的。"

远乡

"老总,有事?"

"弟兄们饿了,弄点吃的。"

老汉听是一群粮子,好似躲债多年,猛然遇到债主一样,心里先自紧张。这年头,当兵的是众所周知的无赖毒瘤,谁招惹谁倒霉。

"蒸馍馍哩?"赵天明笑着问道。

"哦!"

"有菜没?"赵天明问道。

"咸萝卜。"

"素菜没吃头,把鸡宰了。"赵天明命令道。

"老总,鸡还小,养着下蛋啊!"

"宰!"赵天明提高声调。

见老汉犹豫,赵天明特意补了句:"我们不会白吃的。"老汉还想解释,赵天明眼睛瞪得似铜铃,怒火在脸上燃烧。

蒸馍、咸萝卜、一大盆鸡肉,真是丰盛。人多碗筷少,除了赵天明用筷子,其他人以指为筷,没人说话,只闻咀嚼声和喝汤声。少时,石桌上鸡骨狼藉,残汤乱流。吃饱喝足,大家起身,准备离开。

"老总,老总。"老汉忙拦住赵天明的去路。

"啥事?"赵天明平端着一张脸。

"钱!"老汉笑容可掬。

"啥钱?"赵天明明知故问。

"饭钱!"

"老子走南闯北,吃饭哪给过钱?"

"说过给钱的啊。"老汉有点心急火燎。

"毛病都是惯上的,要钱没有!"赵天明一边伸出无名指,以指甲为牙签,剔牙缝里塞住的肉丝,一边含含糊糊地骂道。这帮家伙急死忙活地叫嚷着吃肉,吃肉。鸡肉煮的时间短,太硬,太容易塞牙了。

老汉觉得受到前所未有的欺骗委屈,怨气冲天,怒气撼地。可怜两只还没长大的芦花鸡,可恼连口鸡汤都没喝上,可惜一大锅的荞面馍馍。

"挨千刀的!"老汉低声骂道,口口声声说是队伍上的,没穿制服,没挎长枪,骗鬼啊!

老汉跑出门,站在街道上,扯着嗓子喊道:"抓土匪,抓土匪啊!"一连高喊几声,中气十足,声震苍穹。

等赵天明他们回过神,白家堡的村民们已经手持铁锹、钉耙,包围了院子。人声鼎沸,气势汹汹。

保长听闻围住了土匪,带领三个保丁匆匆而来。"敢在白家堡撒野,活腻歪了。"保长边走边骂。

"保长,这几个家伙假冒队伍上的,骗吃骗喝,不能轻饶啊。"苦主上前一步,张口告状。三个保丁端起长枪,架在院墙上,身后,堡民严阵以待。

"不是大事,别急。"赵天明低声说道。众人环立,神情紧张。一顿饭引来一堆人,没想到事情演变到如此地步。

"举起手,一个一个出来。"保长喊道,"别磨蹭,老实点。"

赵天明对众位弟兄眨眨眼,低声说道:"看哥的,见机行事。"

赵天明向门口走过来,一副波澜不惊的模样:"这里谁执事?"

"我!"保长闻声而动,向前走了三步,隔着院墙,冷眼相望。

赵天明迈步出门,从容不迫。

"这人是土匪头。"老汉在人群中指认。

"走近点。"赵天明对着保长说道。

"你是谁?听你的?"

"你娃不敢啊?"赵天明激道。

"尿!"保长骂了一声,走近赵天明,脸上露出得意的笑容。赵天明突然发力,举起手掌,狠狠扇了他一个耳光。保长的脸上顿时出现五个指印,半边脸肿胀,火辣辣地疼。

一声惨叫,保长回不过神。

"你娃事弄大了。"赵天明嘲弄道。

"找死啊!"保长声嘶力竭,大手一挥,保丁上前,堡民随后,呼啦啦将赵天明围在中央。

"我寻绳子去。"老汉忙表殷勤,"该死的土匪。"

杨石头他们看见赵天明被围,纷纷向前,准备和村民干一场。

"住手!"赵天明似张飞长坂坡前一声吼。

"你看这是什么?"赵天明从口袋掏出个红蓝相间的证件,扔给保长。保长慌忙双手去接,还是掉在地上。他捡起来翻开证件,陕西省保安司令部的特别通行证。

照片上的人和这个神情自若的土匪头有几分相像,仔细看,认真比,哪里是像,是一个人啊。

保长悲哀地在心里骂道,日!

"长官,瞧我这眼睛,鸡屎糊了。"保长双手奉上证件,人如面条,立马软了。

赵天明从容地接过证件,装进口袋,伸出手,拍拍保长厚实的脸颊:"保长,是不?胆真肥啊。"

说着,他转过身对着杨石头他们挥挥手,命令道:"把这群不长眼的货枪下了。"

如猛虎下山,三下五除二,几个人从愣神的保丁们手里抢过来三杆长枪。枪栓拉上,王大洋、胡育龙、曹永胜,人手一枪,枪口转向围观的堡民。孙猴子迟了一步,没弄到枪,急得搓手。保长张着大嘴,却吐不出一个字。堡民们哪见过这个阵势,手里拎的钉耙,肩上扛的锄头,纷纷落地,人如潮水般退去,和赵天明他们拉开一段距离,泾渭分明。

"长官,大人不记小人过,饶我一回。"

"先让人散了,我们的事,待会儿私下说。"

"明白,明白。"保长忙拱手致谢,面露喜色。听话听音,保长觉得有回转余地,"乡党们,误会,都是误会,这几位老总的确是队伍上的。散了,散了啊。"

堡民们知道保长惹下祸了,谁都不愿意跟着遭连坐,惹晦气。事不关己,高高挂起。终于一个人扛着锄头走了,其他人看样学样,渐渐地开始各回各家。保丁们相互望着,不知所措;老汉想回家,踌躇着。

"老叔!一顿饭而已,你咋能诬告我们是土匪哩?"

"长官,我眼拙,我有罪,我认罪。"老汉慌忙承认错误,双手作揖。

"都是嘴惹的祸,没给你钱,我们很不好意思哩。"赵天明向老汉走过去。老汉害怕挨打,身子向后退了三步,两人始终隔了数米距离。

"你们高兴就好,钱算个屁!"老汉惶惶不安,小声回话。

"一把年纪了,脾气还不小,这对身体不好。"

"长官说得对,我一定改!您老没吃饱的话,我再做去?"老汉忙回话。

"芦花鸡不错,多放点辣椒会更好吃。"赵天明嘲弄道。

老汉低着头发花白的脑袋:"好吃就好,好吃就好。"头也不回,慌里慌张地回屋去了。咣当一声,将房门关起,躲在屋里,紧贴门缝望向院子。

"剩下我们的事,咋说?"赵天明转身,冷眼看着保长。

"长官,给个面子,让兄弟给你赔个不是。"保长很豪气地说道。

"既然保长开口,不能拂你面子,赔礼钱。"赵天明想了想,"就三十块大洋吧!"

"娘啊!"保长脱口而出,耳膜胀痛,这是割肉啊,"您老也看到,小堡子,穷乡僻壤,真没钱啊!"

赵天明心里很明白,这是个穷地方,榨不出多少油水,敲竹杠,能弄多少算多少。

"二十块大洋。"

"长官,您还是把我当鸡炖了。"

"十块大洋。"

"长官,您还是把我当鸡炖了。"

"五块大洋,不能再少了,我的面子难道不值这个价?"

"您老面子大去了,可钱真的是拿不出啊!"保长双手一摊,很无辜的模样。

可大可小的事情,非要讹人钱财。粮了,从来就是这副德行,刮风就要下雨。

"你以为骡马市啊,还能讨价还价的。搜!"赵天明哭笑不得。

杨石头飞奔过来,从保长的胳肢窝搜起,从上到下,从里到外,翻个底朝天,只搜出三块大洋。

"多少是个心意,长官实在觉得少,我亲自到镇公所借。"保长舌头里藏把刀,惹躁了,叫人去,功过是非,自有人断。

"呵呵,你是个实诚人,这话也在理,多少是个心意。"赵天明爽朗一笑。

"弟兄们,枪还给人家,一场误会啊。"赵天明一声令下。保丁们拿到了枪,眼巴巴望着保长。

"我们还有任务在身,不叨扰了。"赵天明走到保长身旁,举起右手重重地拍在保长肩头。保长吓了一跳,双手作揖,算是回了一个礼。赵天明大手一挥,阔步向前,众弟兄紧跟其后。

第二十章

经过三天的跋涉,前面就是韩城了。

"大哥,咱只剩下一块大洋了。"杨石头提醒赵天明。

"花这么快的?"

"一天三顿,顿顿要吃肉,吃惯了肉,谁还能吃得惯酸萝卜哩?"

"唉!有钱的孙子好当,没钱的爷难当。人靠钱生胆,这话不假。"赵天明招呼大家在路边的柳树林里开会,商讨出路。

柳絮如花,随风而落,时不时钻进鼻孔里,让人不由自主地打喷嚏。

"弟兄们,咱快断顿了,谁有啥好办法?"

"大哥,你问我跟没问一样,你说咋弄就咋弄。"孙猴子第一个发言。

"对着哩,关羽从来不问刘备咋办?"胡育龙说道。

"对,张、张飞,也、也不问。"王大洋接着说。

"你们这群家伙,指屁吹灯,想吃舍饭,还不想端碗,都是不想费神的大爷。"赵天明笑骂道。

"我们现在和当年的秦琼一样一样的,还不如人,好歹秦琼还有黄骠马,我们卖个毛啊?撑死胆大的,饿死胆小的,我们弟兄六个目前可干的只剩下无本买卖了,你们觉得咋样?"赵天明提出一个生存方向。

"无本买卖?是干甚?能赚钱不?"杨石头插嘴问道。

"老六,你个笨种。"孙猴子神秘一笑,"就是同拐子生前干的活!"

"猴子的话也对,也不对。我们都是本分人,要对得起义社的'义'字,不义之财,不义手段取之,是为义。"

"大哥,你说咋弄就咋弄,文绉绉的酸倒牙了,更觉得饿。"杨石头揉着肚子。

"你啊,猪吗?一年到头,啥时候不饿?"赵天明弹了杨石头脑门一下,笑了。

"专挑为富不仁的老财们下手,这帮货来钱轻松。"赵天明郑重其事地说道。

第二十章

　　大家伙商议,为保险起见,过黄河到山西去。一条黄河,两个省份,陕西的通缉令在山西没几个人当真,后顾无忧。再者,山西的土财主更多,更有钱。

　　韩城的芝川镇是黄河的一个渡口,正是春汛之际,河面风急浪高。一行六人雇了一条小木船,船工四个人,两班划船,小木船在滚滚的浊浪中上下漂移,时而翻到浪尖,时而从浪花中钻出。

　　"俺的娘啊,船要翻了!"王大洋脸色乌青。

　　"客官,尽管把心放进肚里,我祖上八代都是弄这事的!"船老大见怪不怪。

　　除了杨石头,其他人的脸色和王大洋一个样子,胡育龙憋着气,想吐又吐不出。

　　"老六,你没事?"孙猴子惊奇地问道。

　　"从小光尻子在河里浮水,风浪见惯了。"

　　"俺今天才知道牛皮咋大的了?老六!你、你!用嘴吹大的!"王大洋结结巴巴地说,还没说完,一口酸水吐了出来。

　　杨石头一只手抓着船帮,一只手五指张开,浊水从指缝里划过,激起小小的浪花。太阳从乌云里射出几道光,浪花顿如银波涌,又似鲤鱼翻,很是壮观。

　　正是:泥涌沙滚浪拍岸,野鸟哀鸣水漫漫。数道金光贯天地,万条鲤鱼银河乱。

　　"客官,你们这时候是到山西经商还是……"船老大问道。

　　"我们兄弟们准备到山西做点小买卖。"赵天明忙搭腔。

　　"日本人从娘子关进山西了,乱世难经商啊。"

　　"此言差矣,别人的不好说,我们的买卖准赚钱,就和黄河里捕鱼一样,浑水好摸鱼。"

　　"如此最好,预祝各位掌柜的天天发财,发大财,大发财!"船老大忙奉上吉祥话,这群人哪像生意人,咋看都不像是善茬。

　　黄河流水鸣溅溅,一叶轻舟风波里。渡口向东十余里,隐约地能看到荣河县城的城垣了。在白家堡勒索的三块大洋,三天吃喝住花掉两块,雇船过河花了一块。

　　杨石头只好找赵天明想办法:"大哥,前面有个城隍庙,住上一晚?"

　　"人生要有高追求,咱们今晚住店吃肉!"赵天明扔掉一直嚼在嘴里的半截翠绿的麦秆。他们当天晚上抢了一个粮行,吃住都在荣河县最好的酒楼解决了。

　　荣河县城的南边有个村子叫庙前村,村里有个名叫张登科的地主,是个恶

远乡

霸。五十好几,快六十的光景,身材肥胖,皮肤黝黑,当地贫苦百姓暗地里称他为"老黑猪"。这家伙曾当过几任乡长,靠搜刮民脂民膏建起一座大宅,称为"张家大院"。雇用了二十来个流氓地痞,购置了一批枪支弹药,拉起了一支护院队。还扬言,大小土匪听到张家大院这四个字,借个胆都要绕着走。赵天明听说这件事后,火冒三丈,义愤填膺。见过势大的土财主,还没见过这么嚣张的。他召集弟兄们开会,商定了一个中秋夜活捉"老黑猪"的妙计,准备宰了这头黑猪过个肥节。

中秋节终于到了。

正是:梧桐黄叶伴清风,屋外处处闻虫声。推开窗户向天望,高高秋月挂碧空。

赵天明率领弟兄们,扮作一群落魄的赌徒,身穿破裈,肩背褡裢,一个个吊儿郎当,天不怕地不怕,看谁都觉得欠钱的浪荡样子。赵天明再次提醒众兄弟说:"虎口夺食,本属不易,尽量不要开枪。总共两把枪,石头,你拿一把,负责殿后,我拿一把,走在前面,其他的在中间。我让你们练枪的时候,推三阻四的,现在倒好,还得要人保护你们,打脸哩。"

赵天明还是忍不住嘲笑以孙猴子为首的几个兄弟。孙猴子他们四人挤眉弄眼,似在说别人。

庙前村村东的一座大宅,门楼高耸,两层小楼在最后面,显得巍峨大气。栏杆后隐隐约约有人影在晃动。

刚走到紧靠大院的一条土路上,忽然跳出一个黑衣人,大喊一声:"站住!干甚?"

赵天明见黑衣人握着手枪,嘿嘿一笑:"怎么着,大过节的也不准赌一把?"

黑衣人恶狠狠地说道:"不管你干什么的,老子都要查!"

赵天明把手里一个破包递过去:"尽管查,这包里全是金银财宝!"

黑衣人没有接包袱,唾了一口唾沫:"有货的话,你能舍得给我?一帮穷鬼。快点给爷滚!"

赵天明故意让手里捏着的一块银圆滚在地上。银圆撞击着地面,发出动人悦耳的声音。黑衣人忙弯腰去捡,赵天明一个扫堂腿,黑衣人摔倒在地。刚想举枪射击,枪已被王大洋一把夺去,众人把黑衣人团团围起来。

黑衣人情知不妙,吓得面色惨白,连连告饶:"不要杀我,我是下苦的。"赵天明喝问:"主家哩?"

黑衣人以头撞地似捣蒜,结结巴巴地说:"都、都回去吃中秋饭了!"

赵天明说道:"不说实话,敲断你的狗牙,打折你的狗腿。"

黑衣人说:"我是领月、月钱的,没有必要骗人啊!我说的全、全是实话,老爷请全体护院吃团圆饭,让我一个倒霉蛋在这里把守。"

赵天明说:"不想死的话,赶紧前面带路,你来喊门!"

黑衣人踌躇起来,瞅见众人要收拾他的样子,忙爬起来谄媚地笑道:"各位好汉,你们咋说,我咋办。"

两个青石狮子,雄踞大门两边,张牙舞爪,威风凛凛。黑衣人在铁门上敲了三下:"三哥,开门咧。"

里面有人喝问:"虎娃,咋不去望风?"

黑衣人应道:"老大派人换我吃饭哩。"

铁门吱的一响,闪出一条缝来。赵天明迅速带着弟兄们挤进门去,直奔大厅。只见桌上杯盘狼藉,一个又黑又胖的中年男子脚踩在椅子上正舒服地剔牙,此人正是张登科。突然发现一群不速之客冲进来,张登科马上意识到大事不好,当即脸色苍白,虚汗直流。毕竟老奸巨猾,他眼珠一转,故作镇静地说:"有话好商量,好商量嘛!好汉们辛苦了。大过节的,吃点喝点。"

说话之间,张登科掀翻饭桌,盘子碟子碗,一股脑地摔在青砖地面上,哗啦啦响声不断。随即他健步如飞,直奔后门。

赵天明飞步抢出,赶到张登科身后,用手枪顶住他的头说:"敢动就打死你!"

"爷,有话好说,有话好说。"似泄气的猪尿脬,张登科立刻厌了。

"肥头大耳的,跑得动吗?绑了!"赵天明大声吼道。

孙猴子连忙出去找绳子,一会儿不知道在哪里找了根沾满泥浆的麻绳子,气冲冲进来:"大户人家,连个像样绳子都没有,在牲口棚从骡子身上解下的,差点被踢了。"

拢双臂,捆在后背,孙猴子等人将张登科绑个结结实实,如同端午节的粽子。杨石头带着王大洋、曹永胜、胡育龙三人,已经把二十几名护院的枪缴了,并用各自的裤腰带将这群醉汉绑了。这些护院一个个像待宰的猪猡一样或躺或卧在厢房地上,不敢吭一声。

张登科的大小两个媳妇闻声而出,一人一边,拉住老黑猪的衣袖,小声啜泣。

"别害怕,我们来求财的,不想伤人,但是谁不听话,胡喊乱叫,我们只负责杀,可不管埋啊。"赵天明现场给这群人上了一课。

赵天明命令弟兄们,把张登科的财物都搜出来。可是找了大半天却一无所获。这么大的一个庄院,二十几号护院,光工钱的话,一般财东家出不起,肯定藏在哪里了。可是到底藏在哪了,难道掘地三尺?肯定不可行,时间拖得太久,镇上的保安团会出动的。

赵天明眉头紧锁,盯着已经瘫在青石地板上的众人,不动声色。他发现张登科的小老婆很慌乱地用眼角瞥了几眼紧挨大厅的一间小屋。这不经意的小动作引起了赵天明的警觉,他一把拉住小老婆的胳膊,向小屋走去。这个小屋竟是一个臭气熏天的茅厕。

"说,钱藏在哪里?"

这个女人回头想看张登科,一道门帘遮挡,只是徒劳罢了。她脸色苍白,腿脚打战,有随时跌倒在地的架势。

"多么漂亮的女人啊,我手下的弟兄们几个月没碰女人了,还有几年没碰的。"

女人的脸庞变得僵硬,眼神里满是恐惧。她咬了咬嘴唇,低下头小声说:"他会扒我皮的。"

"一日夫妻百日恩嘛,他不会的。我的弟兄们难说,他们会排队轮流找你的。"赵天明一声冷笑。

"求你了。"女人哀求道,眼泪不由自主地掉落,用手一指,"那!"

小屋中央并排两个臊烘烘的大尿桶。赵天明挪开尿桶,发现下面有块木板,掀开木板,下面有个石坑,果真别有洞天。一个黑色的木头匣子,静静地躺在里面。打开匣子,是一摞一摞用红纸包着的银圆。

赵天明笑骂道:"狗日的,真贼!"

第二十一章

中条山位于秦晋豫三省交界处,西起永济与陕西相望,东到济源与太行相连,北靠运城,南依黄河,境内沟壑纵横,重峦叠嶂,像一条玉带横空出世。土山上的树木茂盛,沙石山却只生有低矮的灌木。黄河在这里拐了一个大弯,蒲津渡、茅津渡、风陵渡,这三个黄河上的重要渡口,都在这个弯曲的弧度上,而中条山恰恰扼守着这三个渡口。

中条山地理位置独特而重要,在日本军队的高层将领眼里,不占据中条山就像得了"盲肠炎",非割不可。日军华北派遣军司令官多田骏亲自制定作战计划,部署四个师团,挥兵南下。占领中条山,相当于占据了南进北侵的桥头堡,既可渡河南下,控制陇海线,兵锋直指中原;又可打通在山西占领的主要城市连接线,同时又可俯视陕西、觊觎西安。

陕军统一改编为三十一军团,孙蔚如任军团长,大军东渡,进驻中条山,扼守黄河岸。蒋介石下的死命令:保卫黄河,任何情况下不得撤回黄河彼岸。三十一军团原是杨虎城西北军的旧部,被边缘化是无可避免的宿命。由于军队里有许多军官和士兵是共产党员,老百姓戏称这支部队为"七路半"。

陕军开始在关中道大量募兵,许多年轻人投军报国。

赵天明他们从"老黑猪"那里抢来的一百块大洋,存进韩城的一家钱庄。

整个陕西弥漫着日本人要打过河的恐怖气氛,在这种气氛的侵袭下,最想跑的是有钱人,他们想办法向更后方的重庆撤。钱庄老板是其中一个,他在一个清早卷钱跑路了。

当赵天明他们听到风声,马不停蹄地赶到南大街时,只剩下钱庄的招牌还在。钱庄里除了墙皮没被人刮走之外,一无所剩。

赵天明一行漫无目的,在县城里寻找新的猎物。刚走到城门口,看见部队在招兵。写有"募兵处"三个大字的黑色旗帜,迎风飘扬,一列队伍排得扭扭歪歪,队伍尽头,有一张桌子,有人在负责体检,登记。

带着弟兄们从蒲城县出来,也没给弟兄们找个好出路,土匪有几个好下场的?落草不是长久之计。赵天明心里最清楚,觉得对不起这帮弟兄。日本鬼子马上就要打到家门口了,除了当兵是正道,真想不出还有别的什么出路。

赵天明把想法一说,大家都愿意投军。他们在渭南集训三个月后,开始奔赴中条山前线。就这样,赵天明成了陕军独立四十六旅的一名上士班长,弟兄六人,都在一个排里。独立四十六旅在解县、永济一带进行游击作战。

第三十一军团下辖三个军,赵寿山三十八军守平陆,李家钰的四十七军守垣曲,李兴中的九十六军守芮城,三个军守三个县域。

一七七师布防在二十里岭,扼守着中条山唯一的南北通道——张茅大道。这是个重要的隘口,日军利用卡车装满树枝,在二十里岭地区来回开动,扬起漫天灰尘,让陕军无法侦察。

白天日军大张旗鼓地用火车将大量军用物资拉到风陵渡,而晚上又悄无声息地拉回运城,做出一副即将强渡黄河的架势。孙蔚如根据前线汇报,断定日军近期将有大动作。

日本人惯用声东击西的策略,集中优势兵力,先挑弱的打。日军佯攻四十七军,实则兵分九路,像狼一样,向一七七师下黑手。孙蔚如命令赵寿山率三个团沿张茅大道策应九十六军李兴中部,以陌南镇为中心,向平陆靠拢。独立四十六旅和赵寿山的三个团兵分两路向陌南镇支援,反被截援,陷入重围。

赵天明他们所在的二连,驻守在一个叫张家村的小村,正挡着日本鬼子。苟连长蹲在一挺轻机枪旁,指挥射击。

"朝左打,左边,哎!你个瓜子,左右不分哩。"

"瓷锤一个!"

"滚!我来!"

苟连长一把推开机枪手,自己亲自持枪射击。

"来呀!狗日的。"苟连长嗜血地狂吼。

士兵们纷纷拿起各式家伙,向日本鬼子招呼。"趴下,趴下!"苟连长狂吼道,躲进战壕。

一连串的迫击炮、榴弹炮,呼啸着飞到阵地上,声似雷响,黄土飞溅,人仰马翻,不知道多少人丧命。

杨石头脱下帽子,斜靠战壕,把身上的黄土掸了掸,满脸都是硝烟散尽留下的印迹,只有一双眼睛黑白分明,满身泥土混着烟熏火燎的味道。

太阳刚刚露出半个脑袋,空气里似乎还有潮湿的雾气。寂静的山村上空,传来枪炮声,日本鬼子又开始新一轮冲锋。

杨石头在战壕里小心翼翼地露出半个脑袋,将汉阳造抵在肩膀。瞄准一个拿着指挥刀,督促士兵向前的日本军官。

"近点!近点!再近点!"杨石头调好标尺,估摸着进入射击范围。

隆隆炮声,阵阵喊声,如同轻轻而过的风声。杨石头屏住呼吸,轻轻扣动扳机,子弹飞出。

日本军官大腿上挨了一枪,卧倒在地,咬牙切齿地怪叫,双手支撑着指挥刀站了起来。

日本鬼子三八大盖的射程比中正式远得多,汉阳造更不能比了,而陕军能人手一杆汉阳造就很不错了。三八大盖杀伤力相当强,挨上一枪,一块子肉就没了,非死即残。

"石头,今天干了几个?"孙猴子躲在潮湿的战壕里,偶尔猫腰卡上一枪。

"今天没成果,打死一个,打伤一个当官的。"

"人生在世,要知足哩。"

"垂子!啥尿枪。"杨石头懊恼地骂道,"如果给我一支三八大盖,已经送他回东洋老家一家老小团聚了。"

"那你可就是做了一件积德行善的事。"孙猴子一笑。

"可惜啊!"

"婆娘不生娃,弹嫌炕边高。你技术到底行不行?"

"屁,等着!"

杨石头趴在战壕边,端起枪开始寻找新的目标。

坦克开路,火炮轰鸣,黑压压的日本鬼子号叫着蜂拥而来,无形的压力让人恐惧,继而窒息。武器不如人,只有靠人夯了。杨石头亲眼看到一个年轻的士兵抱着炸药包,钻进坦克下面,喊着"爸妈",拉响炸药包,与敌人同归于尽。

晚上,如同退潮,日本鬼子撤回休息。陕军士兵们缩在战壕里,露水打湿了衣服,泥土混着露水。双手一搓,黏湿肮脏的土条粒子顺着手心滚落。脖子上,脸上,身体的每一个地方都是一层一层的垢圹,潮湿难受。烤火,有堆火烤烤,该是多么舒服。这是一个多么奢侈的念头,日本鬼子的狙击手在晚上也不消停,烤个火,把命送了不划算。

远乡

大地漆黑一片,天上繁星闪烁。

断断续续的惨叫声,那是还没断气的,夜晚过去,重伤员基本上就没几个活的了。侥幸活着的如同卑微肮脏的、令人讨厌的老鼠,哼哼唧唧证明今晚还活着。

赵天明抿了抿嘴,闷声说道:"弟兄们,我今天碰见穆朝安了。"

"真的?"王大洋问道。

"我还以为眼花了,他不叫我,我还真认不出来。"

"俺的钱!"王大洋兴奋起来。

"听他说,保安团被编入中条山作战序列,第二梯队上来的。整个保安团二百来号人,一场战下来,没剩下多少人了。穆朝安也恓惶,一条胳膊没了,胡子拉碴,跟个鬼似的。"

王大洋张了张嘴,低下头,沉默了许久,再抬起头时,眼眶里满是泪水。战壕里一片沉默,兔死狐悲,物伤其类。谁不是爹生娘养的?谁的心肠不曾柔软?

过了几天,整个连队断粮了,饥饿、绝望,弥漫在战壕的每一个角落。野菜,此前践踏在脚下,熟视无睹,而这时候也觉得亲切了。那一点绿,竟如此鲜活,引人注目。

"石头,拾些柴火。"

"猴子,你和弟兄们挖野菜,都小心点。"

赵天明嘱咐完,到战壕的另一处找苟连长。苟连长的脸五麻六道的,疲惫地斜靠在战壕里。

"老赵,你排里情况咋样?"排长前几日死了,赵天明火线被任命为排长。

"喘气的,五个。"

"再这样耗下去,估计咱全要交待在中条山了。"苟连长烦闷地转动着左手无名指上的金戒指,一圈又一圈。

"连长,你怕死不?"赵天明盯着苟连长问道。

"要说不怕,那是假的。不过人活百年,总有一死,迟早而已,想开了就没有那么恐惧了。"苟连长说道。

"如果我死了的话,抚恤金能不能全额发下来?"

"这话说的,肯定能。"苟连长大声说道,"咱们把命卖给国家了,蒋委员长还能亏人?"

"咱们扛枪的,能卖的就是一条贱命。人们常说,东西越贱,越不值钱。"赵天明叹道,"我家里还有一个老娘,有抚恤金,日子能好过点。我让弟兄们熬点野菜汤,你待会儿过来喝汤。"赵天明邀请道。

"好!"苟连长满口答应。

"日军晚上破喇叭喊的缴枪不杀,是不是真的?"

"老赵,你?"苟连长一愣,脸上已露出怀疑的表情。

"我姓赵的,好歹陕西愣娃一个,投降,丢不起人。"赵天明愤愤地整了整肮脏潮湿的半截腰军衣,"就是感觉奇怪,喊话的是哪里的人,声音怪怪的,好像嘴里衔块骨头。"

"听说是朝鲜人,脊梁杆子被打断的狗。"苟连长讥笑道,"比日本人还可憎,狗仗人势的货,迟早被剥皮吃肉的下场。"

"要不咱向对岸逃?"赵天明平静地望向苟连长,试探一下口气。

"兄弟,老哥劝你打消这个念头,你心思我懂。"苟连长轻轻叹息道。

"唉!一同出来的生死弟兄们,两个死了,一个伤了,都是我这个当大哥的害的。"赵天明陷入深深的自责。

"督战队在后面防着我们哩,和猫在洞口盯老鼠一样。这帮货,心黑手硬,说杀就动手,绝对不会可怜咱们的。人家就是执这事,咱们被当作逃兵杀了,太不值了。"苟连长望了赵天明一眼,"战场上死了,好歹有点脸面。"

"唉!该丢寻不着,该死不得活,赌把大的。"赵天明叹道。

吃了几天野菜,胃里没有半点粮食,饥饿已将士兵们最后一点信念击溃。赵天明带着杨石头在这个叫张家村的小山村四处搜索,还是找不到一星半点能填肚子的。

老百姓把能吃的,能带的,都拾掇了,全都逃了。村子东头民房里,赵天明他们只好又炖了一锅汤,从死尸上抽出的皮带,经过长时间的熬煮,用刺刀割成细条当干粮。皮带太硬,嚼得腮帮子疼,吃进肚子,又撑得胃痛。再弄点野菜根子,一股子烂稀泥的腥臭味,荤素搭配,算是胃里进了些东西,好歹不那么饿了。

杨石头趴在战壕边,小心地望去,左侧方窜出一只野兔,毛色枯黄,貌似肥硕。他欣喜地端起枪,准星里的野兔走一会儿,停一会儿,东瞅西瞧,很是警惕。他叹了口气,将枪收起来,放了这只兔子。

晚上,大家胡乱瘫坐在地上,每个人都是疲惫不堪,惶恐不安。赵天明摸出皱巴巴的烟盒,拿出最后一根烟,用手使劲将烟盒揉成一团,扔在地上。他点了烟,猛咂一口,眯着眼,缓缓吐出。

远乡

"唉！"赵天明一声叹气，像是开场白，"人死了有没有灵魂？"赵天明抛出了一个宿命的问题。

"当然有了，我小时候差点给狼当了肉夹馍，我爹叫了一晚上的魂，才把我救活的。我不吃不喝，三天没醒，这是后来我娘说的。"孙猴子回忆道。

"别说肉夹馍了，要流口水了。"

"黑白无常，牛头马面，听老人们说的。"

"屁！人死如灯灭，哪来的来世今生。"胡育龙反驳道。

"还是在保安团舒服。"杨石头提了个话头。

"有钱有女人，日子赛神仙。"孙猴子想起了这辈子最逍遥的那段时光。

"我是值了，吃喝嫖赌都经过，不枉此生了。"

"可惜石头兄弟了。"孙圣戏谑道。

"我可惜啥？"

"长这么大，连个女人都没睡过，太亏了。"

"只要活着回去，我请老六，天天不重样的黄花大姑娘。"

"吹牛不犯法，你认识的不是窑姐就是私娼，有好的早就上了，能轮到老六？"胡育龙讥讽道。

"也不亏，能和哥哥们相交一场，即便死，也值了。"杨石头说道。他饥肠辘辘，似大车在肚里奔跑。

赵天明恋恋不舍地扔掉烟屁股，最后一点微红在黑暗里慢慢消失。

"王大洋、聋子死了，胡子伤了，战场上，咱们是提不上线的炮灰，在爹娘的眼里全部是宝贝疙瘩。弟兄们！活下去，活着就能翻盘。"赵天明做了今晚谈话的总结。

战壕里陷入深渊般的沉默，死神在战壕里和活人捉迷藏，捉住谁，谁死。

陌南镇的上空，一只"铁鸟"呼啸着俯冲而来，嗡嗡的声音像是死神拼命吹响的号角。机枪的射击线似两把巨大的锋利的镰刀，人群似庄稼，呼啦啦割倒一大片。

士兵们一窝蜂地寻找有利地形，寻个庇护所。他们弓着腰，低着头，像一个个虾米缩在战壕里，心里一遍一遍地祈祷，有向爹娘祖先祈祷的，更多的则是向无所不能的神佛祈祷，保佑自己躲过连天炮火，躲过天降炸弹。

战场变成了死神的名利场，它挥动着镰刀，让人们谈其色变，让人们记住它的威名。它每时每刻在不辞辛劳地收割生命，并以此为荣。谁也不知道下一个会不会是自己,恐惧像传染病一样在传播,而饥饿非常有眼力,趁火打劫是它最擅长干的事情。

正是:人间事如何,老天俱不管。

照样的白天阳光灿烂,晚上月朗星稀。

六月六日,日军对陌南镇的中国阵地发起攻击。

陌南镇的麦田,已经是青中泛黄,麦粒渐渐饱满,收获的希望却是落空了。

孔从洲、李硕儒、赵寿山三位将领在麦地里开会,决定突围。

一枚炮弹怪叫着在杨石头躲藏的战壕里炸开,瞬时天崩地裂,七八具残缺的身躯被抛向四周。杨石头被巨大的冲击波掀起,又重重地摔在战壕里,像秋风里的一片枯叶。死神打了个哈欠,杨石头幸运地漏网了。不知道过了多久,他苏醒过来,劫后余生的喜悦迅速传遍周身。

"我还活着!"杨石头很庆幸自己命大。

杨石头的耳朵里好像藏了一个马蜂窝,马蜂们互相打架斗殴,嗡嗡作响。同时他发现自己被重重叠叠的尸体压得死死的,刚才还鲜活的生命现在变成血肉模糊的尸体。几百斤的重量压得杨石头喘不过气,杨石头探出脑袋,贪婪地呼吸混杂硝烟和血腥的空气。

正面压着杨石头的是孙猴子,一块弹片斜穿孙猴子的左脸,眼珠子掉下来,黑血已经凝固。杨石头一阵恶心,胃液在翻滚,顺着喉咙向上涌。炮声全无,枪声时有时无,那是三八大盖的声音,尖锐而短促。

杨石头心里被恐惧充斥得满满的,身体僵硬,不敢动弹。阵阵厚重皮靴踏在地上的声音像野马奔腾,惊人心魄。杨石头的心脏怦怦地乱跳,似有人在胸腔里擂鼓一样。他屏住呼吸,强忍着把酸水吞进肚里,将孙圣脸上的黑血给自己脸上抹了几把,闭上眼睛,等待命运的裁决。

日本鬼子哇啦哇啦的说话声真像老鸹在叫,难听,可怕,这是死亡的叫声。此刻,在杨石头藏身的上方,三个日本兵正围着一个断掉双腿的中国士兵。他们决定在这个可怜的人死掉之前戏耍一番,就像猫戏弄老鼠一样。

一把刺刀狠狠地捅进伤兵的肚子,"啊!"伤兵一声痛叫,"日你妈,有种把爷一枪打死。"

老大,是老大!在那一瞬间,杨石头有拼死一搏的冲动。但顷刻之间,恐惧让杨石头的思维接近僵硬。现在不要说冲出去,就是稍微弄出点响动,自己也是难脱厄运。能救赵天明吗?杨石头再次否决了自己的想法。

"哈哈哈。"日本鬼子看到痛苦扭曲的身躯,激发出嗜血的兴奋。紧接着另一把刺刀捅进肚子。

"啊,啊,啊!"断断续续、若有若无的呻吟声传到杨石头的耳朵里,他周身的神经恐惧得像弓弦一样紧绷。身体僵硬得如同一具死尸,仿佛刺刀捅进了自己的身体里。杨石头藏在死人堆里,上面发生的一切听得真真切切,心像在油锅里煎熬。

"咋还不断气啊?咋还不断气啊?"杨石头心里突然冒出这个念头。一念之间,杨石头为自己冒出的这个念头感到羞耻,但这个念头一遍一遍像过筛子似的在大脑里来回闪现。

一个日本兵大喊一声,刺刀捅进赵天明的胸膛,呻吟声骤然停下。杨石头突然感觉轻松了,不必再强忍着听惨叫,再听下去,这声音能让自己崩溃。日本兵嬉笑着走开了,另一队日本兵又走过来了,偶尔三两声的枪响,不用说又是哪个伤兵倒了血霉。

经过漫长的等待,四周一片寂静,杨石头只能听到自己压抑的心跳声。他慢慢地把身上压住的尸体搬动,一具,两具,三具。

杨石头小心翼翼地起来,跪在战壕里,伸出半个脑袋向前后左右扫了一圈,确定安全之后,他爬出战壕。漫山遍野的尸体,像被收割倒地,捆成一捆捆的麦子,东倒西歪,散落在大地上。残肢断臂抛撒在雨后的泥地上,分外诡异。这个叫张家村的小山村,硝烟弥漫,断壁残垣。

赵天明斜靠在一个半截子树桩前,大腿之下的部分不知道丢哪里去了,肚子流着黑血,脸因为痛苦严重扭曲,眼睛睁得大大的,旁边是胡育龙的尸首。

多么好的大哥,自己却只能悄无声息地躲在旁边,无耻地盼着他早点断气,杨石头觉得自己辜负了兄弟情,心里充满了愧疚,憋得难受心慌。他不敢看赵天明空洞的圆睁的双眼,慌忙给他合上。

苟连长硕大的脑袋耷拉着斜躺在机枪旁,两只手臂无力地垂在战壕上,保持着射击的姿势,捷克式手枪丢在旁边。那枚苟连长整天摸得金光发亮的戒指连同左手无名指不知去向。

死者长已矣,活人还要依赖生不带来的身外之物而活着,这就是现实。

日本鬼子实施了简单粗暴的搜刮,他们更看重真实的有价值的东西,国统区红红绿绿的钞票就是一团废纸。但这些废纸,对杨石头来讲,却是实实在在、真真切切的钱。杨石头首先翻动苟连长的尸体,接着又翻动了附近的几具尸体,将所有的口袋翻了个底朝天,多多少少有点收获。

从死人身上搜刮出一沓钞票后,杨石头解开绑腿,将这些浮财放进去,重新紧紧地围扎一圈。接着将子弹顺着肩膀打个十字缠好,提起轻机枪,开始向河边跑。

山腰到山下,根本没有路。去年荒草似未死,今岁青草又长成,青黄一片,已没脚踝。许多不知名的野花,彰显着生命的顽强,静静地开放,静静地飘落。酸枣树随处可见,枣花点点微黄,枣刺小而多,嫩而尖。杨石头一路疾跑,腿上胳膊上划出一道道口子。

"我要活下去,我一定要活下去。"强烈的求生欲让杨石头忘记了饥饿,忘记了恐惧。黄河东岸肯定已经全部被日军占领,要想活命只能过河,再晚的话,估计就要死在这里了。杨石头扛着枪,连走带跑,五脏六腑颠得似要蹦出身体。不知道过了多久,总算到黄河边,距渡口不远了。

黄河,浑浊的黄河,奔流的黄河,一排浪推着一排浪冲向东方。这是它愤怒的呐喊,这是它激荡的长啸。河风吹来,杨石头全身的肌肉松弛了,骨头轻松了,真想睡上一觉,哪怕在湿滑泥泞的地上。

杨石头一屁股坐在地上,大口喘气。将轻机枪撒在旁边,双手掬了一捧黄汤水,洗了把脸,腥臭的气味让人忍不住咳嗽。

河边齐人高的芦苇丛,河风吹过,杨石头隐隐约约地发现有人藏在里面。

"谁？开枪了!"杨石头慌忙抓起枪,站起来,哗哗两下,拉上枪栓。

"别开枪,别开枪。"听到是中国人,杨石头放下心来。

"出来！你把我的魂都收了。"杨石头说道。

一个半大小子从芦苇深处深一脚浅一脚地蹚水出来。他穿着宽大的军装,帽子不知道撇哪里了,腰间别把刺刀,一脸的娃娃气,惊魂未定。

"叔,你也把我的魂收了。"这娃娃兵一口地道的陕西腔。

杨石头心想,我长得有那么老成吗？他伸出手,把这个娃娃兵拉上岸,还是个二等兵。杨石头注意到这个娃娃兵的右腿在流血。

"你是那个部分的?"

"我是一七七师九十六团团部的一名号手。"

"前面就到渡口了,你赶紧走。"杨石头准备上路。

"好叔哩,你把我带上。"娃娃兵一听杨石头要把他撇下,连忙央求。

"你腿受伤了,日本鬼子追来,咱俩都走不了。"杨石头急了。

"不碍事,你看我能跑。"娃娃兵挣扎着向前跑了几步,哎哟一声,摔倒在地。转过身,看到杨石头冷冷的脸,娃娃兵慌了,流下眼泪,双手作揖:"老叔,求你了!部队打散了,我们十几个人被日本鬼子逼到河边,没办法,扑通扑通都跳河了,日本鬼子在岸上拿枪打,有淹死的,有打死的,我躲进芦苇丛里,腿上挨了一枪。我想活着,不想死啊!"娃娃兵哭喊道。

看着这个小兵,杨石头内心深处一个地方动了一下,杨石头想起了当年的自己。

"你起来,跟紧点,日本鬼子来了,我可不管你。"杨石头恐吓道。

一听这个老兵愿意带上自己,娃娃兵高兴了:"叔,你放心,不拖累你。"

娃娃兵在前,杨石头在后,走着走着;杨石头在前,娃娃兵在后。两个人之间的距离越来越远。杨石头真急了,回头吼道:"快走,过不了河,咱俩都得死在这里!"

娃娃兵见杨石头发怒了,眼里露出怯意,连忙一瘸一拐跑过来。

杨石头等娃娃兵近身了,一把拽起来,背在背上:"真想把你扔到黄河里喂鱼哩。"

娃娃兵心里明白,这个老兵吓唬自己:"叔,你是个大善人。"

"少给我戴高帽子,形势紧了,我照撇你不误!"

娃娃兵趴在杨石头背上,舒服多了,话多起来:"叔,你看我胳膊上刻着字哩,一个刘字,文刀刘。我叫刘满仓,潼关人。"

"好名字,你爹想让你一辈子有吃有喝,衣食无忧哩。"

"唉!"刘满仓叹口气,"这是让团部伙夫张老汉用刺刀刻的,本来想把刘满仓三个字刻全了,生疼生疼的,刻个刘字,剩下满仓两个字,硬是狠不下心来。大伙说如是死了,好歹让收尸的知道是谁死了。"

"刘满仓,过了河,你还当兵不?"

"我爹在潼关西关开了一家乾元合商号,如果能活着回去,我就规规矩矩、老老实实地给他打下手。征兵队说日本鬼子要渡河入陕西了,号召入伍,我从小爱听《说岳全传》,精忠报国嘛。凭一股子热血,偷偷报名参军了。上了战场,才知道要死人哩,从来没有想到过死亡离自己那么近。"

他低下头,抹了抹眼泪,继续说:"当独自面对死亡时,才发觉自己根本不是当英雄的料,胆吓没了。我要是死了,就再也看不见爹娘了,越想越害怕,越害怕越想。"杨石头心里翻江倒海,他望着刘满仓,仿佛看到自己同样面临的恐惧和懦弱。

所幸,雨虽然下得小了,但黄河河面上雾气腾腾,如进秘境。正是这场雨,日本鬼子没有追上来。

前面的渡口露出模糊的轮廓,却没见一条船。在生命的倒计时下,没有人不是自私的,只能各人顾各人了。杨石头向刘满仓摇摇手,向前面村子走去。

"等一下我!"刘满仓喊道,杨石头根本不想听。刘满仓一瘸一拐跟上来,拽住杨石头的袖子。

"你咋还跟着我?"杨石头不耐烦地问。

"叔,要不向深山里钻,听说有八路军的游击队。"

"游击队打一枪换个地方,哪那么容易寻见。"

"万一能寻见哩?"

"宝押偏了,咱可就吹灯拔蜡了。"

"那你说咋办?"

"我到前面转转,走一步,看一步。"

"你把我带上吧。"刘满仓央求道,一眼望去,雾满天地,更让人觉得未来不可预见。

"你随便,死活我不管。"杨石头在前,刘满仓瘸着腿,紧随其后。

云层慢慢地薄了,天渐渐地晴了,太阳终于出来了。雾气也散了,前面出现一个村子。村子南边是一片开阔的、荒凉的滩地。硝烟弥漫,枪炮如雷。一队日本鬼子像狗撵兔一样,正在追杀溃兵和老百姓。

惨叫声不绝于耳,重现人间炼狱。

"叔,咋办哩?"刘满仓惊恐地问道。

"找地方藏起来。"杨石头提着机枪的手在发抖。

两个人顺着沟道,紧张地寻找庇护所,隐身在一孔破窑洞里。

兽兵在杀戮,魔鬼在狂笑。一直等到晚上,夜色如墨。等待是如此漫长,好像过了几天,不,几年。日本鬼子在烧杀抢掠之后,终于撤了。

这个叫沙口村的村子,劫难过后,幸存的村民和士兵们陆续回到村里。

"你们是孙司令队伍上的?"一个山西口音的老汉发现了杨石头他们,老汉白发苍苍,拄着拐棍。

"我是独立四十六旅的。"杨石头回答道。

"我是一七七师九十团的。"刘满仓抢着说。

"孙司令的队伍好哩,不抢粮,不拉丁,买东西给钱,还公道。"老汉赞道,"我还藏了几个馍馍,你们将就吃点。"

老汉走进屋子,出来的时候,手里拿了四个馍馍:"你们从陕西过来打鬼子,我还要谢谢你们。"

"你咋不跑哩?"杨石头嘴里嚼着馍馍。

"唉!"老汉一声长叹,老泪纵横,"我一个孤老汉,世事看够了,可死人这么多的,这么惨的,还是头一遭见。狗日的日本鬼子,算人吗?"

"老叔,能不能弄点盐巴。"杨石头央求道。

"好!"老汉走了。

待一会儿,老汉从灶房出来,手里端了一个黑瓷罐子。他把罐子竖直,才从里面倒出半把盐。

"只剩下这些了。"老汉有点不好意思。

杨石头将水倒进罐子,又添了些水,使劲晃荡几下。解下绑腿,蘸湿一头,抓住刘满仓受伤的腿,解下绑腿,挽起裤腿,一个小洞赫然入目,已经溃脓。

"子弹打穿了。"杨石头说。

刘满仓望着这个老兵,哭了。

"尿水子还多,哭屁哩。"杨石头骂道。

"我就想哭!"

"骚情!"

杨石头用绑腿蘸着盐水,擦拭了伤口,缠好绑腿。

杨石头还给了老汉一个馍馍:"你也吃!"

"你们吃,吃饱有力气打仗,我不饿。"

缸里有水,杨石头用瓢舀水猛灌一通,顺便洗把脸。刘满仓站在门口,对着杨石头狡黠地笑:"我真亏哩。"刘满仓发觉这个满脸血污的老兵竟比自己大不了多少,顿时贫嘴。

"我叫了你一路的叔,叔长叔短地叫,你说我亏不?"刘满仓故意摆出一副后悔的样子。

"拉你一把,叫声叔,你多划算。"

"你就比我大牙长点,叫哥抬举你了。"

杨石头走过来,弹了刘满仓脑门一下:"真该把你扔到黄河喂鱼去,就怕鱼不吃,嫌你臭!"

第二十一章

"你俩吃饱的话,把门板拆了,房上还有檩条子,我们一起做条木船,连夜渡河。"老汉插话道。

"那不是把你家拆了?"刘满仓惊问。

"没有国了,哪来的什么家?"老汉悲哀地叹道,"这里本来有个渡口,七八条木船,日本鬼子撵过来时,被征用过河了,载了不少人哩。听村里人说,一群陕西娃娃兵,被日本鬼子追着尻子撵,一边跑,一边把子弹带、枪,撇进黄河。最后一个当官的喊一声跳,扑通、扑通,全从崖畔上跳河了,有的当场摔死,有的跳到河里,一个个旱鸭子嘛,淹死了,恓惶啊!"

刘满仓哭出声:"说不定是我们团的人哩。"

"惨啊!不能让你俩跳黄河,谁不是爹娘生的?"老汉悲哀地说道。

一个小时后,一条"木舟"做成。一块门板绑在四根檩条子中间,与其说是木舟,还不如说是筏子。

求生的力量是惊人的。杨石头在前,刘满仓和老汉在后,走了大概半个小时的光景,终于看到黄河了。稀软泥泞的河滩,走一步滑三步。对面的篝火,看起来是那么亲切,却是那么遥远。

"你俩小心,我回了。"老汉说道。

"一起渡河吧。"杨石头和刘满仓异口同声劝道。

"我院子里有个藏红薯的地窖,可以藏身。人老了,离死不远了。"老汉叹了口气,黑夜里,尽显落寞,"我腿脚不利索,眼睛也看不清了,不费神了。你俩还年轻,赶紧渡河,走!"

老汉说完,头也不回,原路返回。杨石头望着老人蹒跚的背影,心似被石压。机枪这时就是个累赘,杨石头拽着枪管,使劲扔到黄河里。

"刘满仓,你害怕不?"

"留下死路一条,日本鬼子狠着哩。"刘满仓瘦弱的身体微微发抖,自己给自己打气。

"看!"杨石头用手一指,"有那么多人陪咱渡河哩,怕屎!"

不远处的河面上,有许多村民和士兵抱着门板、檩条子、木桶在渡河逃生。

"哥,我想尿尿。"

"看你这点出息,吓得尿到裤子了吧。"杨石头放下木舟。

"哥,我尿不出来。"刘满仓忙活半天,一滴尿都没尿出来。

"你到底尿不?搞得我都想尿了。"杨石头说道。

"我还是尿不出来。"刘满仓沮丧地说。

"算了,咱给爹妈磕个头,求他们保佑我们吧。"

刘满仓勒好裤腰带,两个人跪在稀泥地上,向着河对岸,刘满仓口中念念有词,杨石头眼睛紧闭,默默祈祷。杨石头虽说嘲笑刘满仓,自己何尝不紧张恐惧得尿脬发胀。

木舟推进河里,随即浮起,似要漂走。杨石头连忙跳进水里把木舟按住。试一下河水深浅,还好,浑浊的河水快到胸前了。杨石头在后奋力蹬水推着木舟,一步,一步。他使出浑身的力气,用腿当篙一撑,木舟缓缓漂入河中。

在河边长大的娃娃不会游泳是件说不出口的事情,每到夏天,泾河就是庄稼汉们天然的游乐场。如是遇到发洪水,更是发"洋财"的时候。上游野生的鱼、果,家养的鸡、鹅,甚至像猪羊这类的大牲畜,被暴涨的河水冲刷裹挟而来。活的死的,夹在枯枝败叶之间,在浑浊肮脏的河水里顺流而下。

聂庄处在泾河下游,这可是难得机会,人们手持捞耙,各自占据岸边。一耙一耙地将能够着的杂物收入网中,撇到岸上,不多久,捞的杂物一个一个似小坟头排列。一眼望去,岸边满是人,蔚为壮观。水性好的光着尻子,在河里捞鸡抓鱼;更甚者游到河中间,骑在巨大的木头桩上,漂了四五里远,方推到岸边。

杨石头从小就在河边长大,练就一身游泳本领。小时候,他经常领着一群娃娃到河里游泳,为这事经常挨杨陈氏的骂,怕别人家的娃娃出啥闪失,更担心杨石头。杨秉德倒不以为然,男娃嘛,就要皮。可这是黄河,泾河不能望其项背。

黄河水流湍急,猛浪如奔。一个巨大的漩涡套着几个小漩涡,一个个的大漩涡连成一片。不时有尸体顺流而下,时浮时沉,从身边漂走。刘满仓吓得哇哇乱叫,浊浪冲得人头昏眼花。

"可不敢喊,日本鬼子听到了,咱可就是活靶子。"杨石头恐吓道。

刘满仓不再高声喊叫,身边只有让人害怕的黄河水。

"抱紧!"杨石头在后面蹬水。

转眼之间,已在黄河中央。水流速变得更快了,木舟顺水而下,像脱缰野马,颠簸,狂奔,嘶叫。浑浊腥臭的浪头凶狠地拍打在简易的木舟上,撕扯拽拉,木舟像要散架了。真的要葬身黄河了?杨石头好想闭上眼睛,却又不敢。眼睁睁地看着一个浪连着一个浪劈头盖脸地砸过来,刘满仓瘦弱的背影在上下晃动,左右摇摆。

坚持,坚持,再坚持!终于逃离了惊涛骇浪,渐渐地漂到平缓水面。杨石头奋力在后面蹬水,刘满仓双手抱紧檩条子。依稀望见河岸了,渐渐地看见芦苇丛了。

杨石头和刘满仓满身泥水,精疲力竭,并排躺在岸边。刘满仓猛地站起来,兴奋地喊道:"哥!咱还活着!"

"咱俩都还活着!"杨石头觉得很幸运,在鬼门关转悠一圈,捡了条命。

第二十二章

　　陆续有人浮水上岸，一堆堆的篝火是活着的人们的明证。不是每个人都如此幸运，许多士兵要么死了，要么在对岸，等待他们的也许还是死亡。

　　河风似刀，横扫过来，杨石头两人不由自主地浑身哆嗦。篝火，无疑是此时此刻最好的去处了。两个人互相搀扶着，向远处走去。走近了，杨石头发现一堆堆篝火旁边，挤满了劫后余生的士兵，还有一些平民百姓。他们或躺或坐，有人默默无语，有人低头说话，有人在咒骂，有人在痛哭。

　　两人挤到一堆篝火旁，活着真好！熊熊的篝火让人暖和。偶尔几声枪响，一堆人站起来，抻长脖子，谁也不知道发生什么事情。

　　"哥，尿去不？"刘满仓伸伸腰。

　　杨石头摇摇头，烤着篝火，浑身上下酸痛，不想动弹，懒懒地说道："都憋回去了。"刘满仓站起来，河风真大，弄不好就尿自己一身。有道是，顺风撒尿，逆风拉屎。

　　隐隐看到二十来米的岸边有凹进去的一块，是个天然的避风处。刘满仓掏出命根，痛快淋漓地划出一道弧线。

　　"狗日的，眼睛瞎了，朝哪里尿哩。"

　　刘满仓慌忙定睛一看，一个人躲在凹处，不仔细看看不出还有一个人蹲在那里。

　　"对不起，没想到有人。"刘满仓赶忙道歉。一个人从地上站起来，瘦高个子，偏戴着一顶军帽，隐约地发现右嘴角下方有一颗痣，怒气冲天。

　　"尿爷一头，咋说？"一个巴掌斜扫过来。刘满仓向后退了数步，无奈右腿有伤，速度慢了。一记重重的耳光落在刘满仓脸上，顿时脸颊火辣肿痛。

　　"咦？狗日的还敢躲？立定，站好，让爷打爽了，也许能饶你一命。"那人上前一步，拉住刘满仓的衣领，挥拳就打。

旁边一只手向上架住,顺势推开。瘦高个扭头,来人站在面前,冷脸相对。

"和你没关系,滚!"瘦高个不耐烦地说道。

"他是我弟,你说有没有关系?"来人正是杨石头。

"找死啊。"瘦高个抬脚就踢,杨石头看准时机,侧身闪过,左脚蹬地,右脚踢向瘦高个支撑的那条腿。

"我的腿啊。"凄厉的一声惨叫,瘦高个跪在地上,双手搓揉。

"敢惹我?你娃等着。"瘦高个伸出一指,在空中戳向杨石头,爬起来,转身跑了。

"货色!"杨石头高声骂道。

"哥,你咋来了?"刘满仓捂着脸,痛苦地问道。

"半天没见你回来,不放心。疼不?"杨石头关切地问道。

两人顺着原路返回,轰的一声响,是手榴弹爆炸的声音。听声音是从刚才烤火的方向传来的。周边的人们吓得连忙趴下,等了好一会儿,发觉平安无事,才小心翼翼地爬起,乱糟糟地围过去。

杨石头三步并作两步,挤到爆炸地点。还真是自己刚才烤火的地方,杨石头的心陡然猛跳起来。火堆炸得四散,七八个人倒在地上。人们远远地围成一圈,交头接耳,谁狗日的下的黑手,多大的仇恨?

"哥,要不你和我回潼关吧?"刘满仓望向杨石头。

"听说有人向火堆里扔手榴弹,就是因为有的人渡河时,将别人的兄弟挤下船,结了私仇。"刘满仓心有余悸地说,"我差一点当冤死鬼了。"

"回去乖乖的,别逞能了。"杨石头很是庆幸。

"日本人对中国人狠,中国人对中国人咋也这么狠?人咋都成这个样子了?"刘满仓满脸戚戚。

第二天,当地政府组织民夫送来衣服、馍馍和水,大家才吃了渡河后的第一顿饭。逃过黄河的士兵们,经过一番休整后,陆续有军官过来喊番号,开始召集溃兵。

杨石头坐在荒滩上,听到喊独立四十六旅的番号,杨石头忙循着声音望过去:一群士兵站在河滩的稀泥地上,每个人脸上都无一例外地流露出呆滞、迟钝、疲惫。有人拿着本子开始记录在场士兵的姓名、军衔、兵种等信息。

"杨石头?"身后传来一声低沉的喊声。

杨石头回过头,一个瘦高个,脸黄似梨,眼光阴鸷,右嘴角下方一颗豌豆大的黑痣很是醒目。

"咦？我们还新编到一个连队了,真有缘分,你的名字记下了。"

"老哥,真是对不住啊,你大人不记小人过。"杨石头想着以后低头不见抬头见,服个软,认个怂。

"还是那句话,你娃等着。"瘦高个狠狠地说道。杨石头后来才知道瘦高个叫陈鹏里,四十六旅的一名副连长,手下有一帮子人。

"哥,记得找我,我走了。"刘满仓在远处大喊一声,杨石头循声望去,刘满仓一瘸一拐走向简易医疗站。刘满仓在后方医院得到了治疗,一个月后回到潼关。

中条山一战,陕军虽说赢得了胜利,却是惨胜。三万大军东渡黄河,后续轮换补充兵员数次,中条山保卫战结束,还有三万余人。近三万人死伤,陕军也是八成疲弊,难以后续了。

老天像被戳了一个窟窿,一连十多天的连阴雨,让人感觉已经发霉。

终于晴了,太阳露出了笑脸。天空湛蓝,万里无云;天地之间,清新洁净。树木庄稼,青翠水绿,珠烁晶莹,一尘不染。整个韩城好像笼罩在金色阳光之中。

大通铺上,士兵们三五谝闲,这是一天训练后最舒服的时光。房门被一脚踹开,"集合,集合!"领头的就是陈鹏里,"连里出现逃兵了,幸好被逮住了,还供出同伙。"大家你看看我,我看着你,面面相觑。

陈鹏里阴冷地指向杨石头:"你,出列!"

杨石头此前还天真地认为,道歉可以解决问题,他还是低估了人性的丑陋。

"冤枉啊,冤枉啊。"杨石头大声喊叫。

"陈连长。"有一个年龄大点的老兵还算有点正义感,"小杨整天都在班里,没有丝毫当逃兵的迹象啊。"

陈鹏里近前一步,冲到老兵面前:"你会看相吗？人心隔肚皮,你知道不？没有证据,我会平白无故地找他？我为啥不找你？"

老兵张开口想说话,又咽回去。陈鹏里瞪了一眼老兵:"带他到连部核实情况,弄错了也有可能。"

其他的士兵有的低下头,有的眼望别处,无人说话。不容杨石头反抗,已被人拉出屋子。

出了屋子,陈鹏里上前,甩手给杨石头一个耳光:"你还有胆打我？"

旁边跟着的一个粮子见陈鹏里动手,邀功似的,冲上来对杨石头拳打脚踢。

"把事办了,离远点。"陈鹏里阴森地一笑,交代给旁边的老兵后,双手背后,似没事人一样走了。

连部驻扎在韩城东关,远处就是万里倾泻的黄河了。大约半个小时的路程,一处塬畔前,那老兵停下脚步:"到了。"

眼前是一条大沟,野树茂盛,杂草丛生,没有半个人影。杨石头一路走,一路想,如何能逃过一劫。他想到了从死人身上搜刮到的那十张钞票。能不能免祸,全靠这些红红绿绿的纸了。

老兵阴沉着脸:"小伙子,我也是下苦的,不要怪我。要我说,还是怪你,谁让你招惹他哩。"

"我身上有钱,愿意双手奉上,求大哥放我一条生路。"

"哦?"老兵有点犹豫,脸上露出不可捉摸的神情。

"真的!我现在就给你。"杨石头急切地说道。

"敢耍花招,我当场毙了你。"老兵从怀里摸出一把短枪。杨石头解开绑腿,掏出一沓钞票:"哥,全给你!"

这个老兵左手在下巴来回摩挲着短短的青色胡子,突然停下:"罢了,罢了,也不是杀老子、抢媳妇的仇,至于要人一命吗?姓陈的做事过了。"他接过钞票,迅速装进怀里,枪也插进腰间,"小伙子,听哥一句话,跑远远的,再别当粮子了。"

杨石头道过谢,顺着坡道,奔跑起来。他长了一个心眼,奔跑过程中,一时向左,一时向右,迅速移动身躯。回头望时,那老兵已不见身影,杨石头这才放下心来,缓步前行。他又开始新的逃亡,他想起多年前从榆林逃出时给老侯说的话,天下之大,不相信没有一条出路。

正是:暮色苍茫鸟雀归,树头檐下闹纷纷。万里青天秋风紧,却见一雁云中飞。

他脑海里浮现出刘满仓的身影,风餐露宿,几天过后,杨石头来到潼关。潼关,南依秦岭,北临黄渭,是陕西的东大门,自古为兵家必争之地。

乾元合是一家磨坊,在西关。刘满仓端着簸箕,在给牲口倒料,还剩下最后一头驴了。

"仓娃,有人找你哩。"刘掌柜在前屋喊道,"一个当兵的,姓杨。"

刘满仓撇下簸箕,奔跑出院,身后的驴"昂昂昂"地叫起来。屋外,杨石头一身疲惫,满脸笑容。"哥,你可来了!"刘满仓欣喜若狂。

晋南会战开始,十五万国军一月之内,死伤殆尽,溃不成军,中条山失守了。

远乡

日军趁热打铁,迅速出动数百人,乘坐抢来的各种船只,强渡黄河,试图一鼓作气,占领潼关,但被中国军队击溃。此后,潼关成了西北的抗日前线,日军隔河架着重炮,炮击潼关,时不时有飞机轰炸。

杨石头在潼关有了安身之所,算是安稳下来了。他每天和刘满仓割草,照看牲口,帮忙磨面。日子一天一天过去,每天忙忙碌碌,却也安安稳稳,他以为人生就这样了。

但是,某天一架飞机扔下炸弹,呼啸而去,西关的几间铺面被夷为平地,磨坊也在其中。刘掌柜的半世心血,化为灰烬。他消沉了。每天攥着酒瓶子,喝得东倒西歪,在一次醉酒后,刚开始骂日本人,后来骂儿子,再后指桑骂槐地针对杨石头,说家里来了毛鬼神,带来灾难。他顽固地认为,是杨石头带来了霉运,刘满仓劝不住,父子两人闹得不可开交。

梁园虽好,终非久留之地。杨石头明白,他该走了。在一个清晨,杨石头不告而别,他不知道如何面对刘满仓。

靠啥谋生?

杨石头蹲在城墙根下,他悲哀地发现:当粮子是他唯一可行的出路。

第二十三章

黄祁英最近的日子不好过,前一段时间,包德春,泾阳县县长、他的姐夫哥,因为贪污救济款被撤职查办。朝中有人好做官,没人靠边站。黄祁英的靠山倒了,这让他很害怕拔出萝卜带出泥,乌纱帽难保。他一天到晚,浓霜染面,心情异常沉重,比当年父母去世还要难受。

黄祁英带上礼物拜会了几次贺特派员,贺特派员都是不咸不淡地闲聊几句,就把黄祁英打发了,礼物一件不收。最后一次,贺特派员态度很严厉地告诫黄祁英,不要胡乱打听消息,上峰会秉公办案,一副公事公办的架势,更让黄祁英心里发怵。

正是:别人求我三春雨,我求别人六月霜。

黄祁英出了镇公所,在经常去的那家秦人饭庄要了碗羊肉泡馍。筷子在碗里拨来拨去,没有一点食欲,他捡了几根粉丝,放入口中,味同嚼蜡。

秦人饭庄的门口,正是聂瞎子的定点摊位。这个瞎子在太平镇摆摊多年了,不知道有没有两把刷子?

"王掌柜,把这碗羊肉泡端给门口的瞎子。"

"镇长,不合您口味?"王掌柜忙笑脸相迎,"重新做上一碗,味道重些?您看多点醋,还是多点辣子?"

"说得我跟害口一样,多啥都不顶用。今天没胃口,倒了又可惜。"

"您真是菩萨心肠。"王掌柜巴结道。

王掌柜把羊肉泡端出去:"神嘴,你有口福了,有人请你吃羊肉泡。"他咋咋呼呼地大声说道,仿佛聂瞎子凭空得到天大的便宜似的。

"有这好事?"聂瞎子以为王掌柜耍笑他。

"天上飞来一只鸟,鸟拉了一粒屎,屎砸在你头上,掐尺等寸的,你说你多好的命?"王掌柜继续埋汰聂瞎子。

远乡

整天摆个摊在门口,影响生意,王掌柜说了多少回,聂瞎子就是不听,不挪窝,太平镇是你家的?

"端好了!碗打碎了你要赔的。手倒接得快,能看见啊?一天到晚戴墨镜,不但骗人,还骗鬼。"王掌柜尽情地嘲笑。

聂瞎子接过碗,一双筷子左右上下飞舞,腮帮子来回使劲,肉汤浓,酱辣子辣,馍硬而有嚼劲,羊肉烂而不柴。

"掌柜的,给几头糖蒜嘛。"

"干吃枣,还嫌核大,没有!"王掌柜一口回绝。

"开这么大的门面,竟然蒜头大个心。"聂瞎子边吃边说,味蕾畅快淋漓地享受着美食的滋味。

少顷,一碗羊肉泡只剩下一个空碗,秦人饭庄的羊肉泡名不虚传,一个字:美!看得黄祁英不由得咂巴一下嘴巴,人家吃个饭咋这么香哩?

"你把人请进来,我有事商量。"

"镇长啊,这人没啥真本事,是不是个瞎子都两说,我觉得是个冒牌货!嘴皮子特能翻,里外地翻,您可不能相信他的话。"

"叫你请,你就请,咋那么多废话?你忙你的,我去请,不劳大驾。"黄祁英很不满意王掌柜不长眼色,佯装起身。

"咦?哪能让您去!我去,我去。"王掌柜忙点头赔笑,讪讪而出。

聂瞎子拎着家伙进了饭庄,左手一杆小旗子,长时间的风吹日晒,"铁口神断"四个字已模糊斑驳。这四个老碗大小的字,是聂文智的大作。右手一个小竹凳子,中间有一个竹板还掉了。

"拿这些干甚?谁稀罕你的破烂。"王掌柜埋怨道,"黄镇长舍你的饭,还不感谢?"

"舍?你真把我当要饭的叫花子?某不受嗟来之食!"聂瞎子很硬气地梗起脖子怒斥王掌柜,"平日在你大门口摆个摊,今天弹嫌这个,明天埋怨那个,太平镇是你家的?"

"说得好!"黄祁英赞道,用手在聂瞎子眼前晃了晃。

聂瞎子说:"咦?我只瞎了一只眼,另一只还是将就能瞅见的。"

"戴副墨镜,扮鬼哩?"黄祁英笑问。

"一副墨镜不过一个道具而已,何必耿耿于怀?人生一世,前路都是黑的,又何必看清?"聂瞎子被人道破玄机,倒也落落大方。

240

黄祁英哈哈大笑:"别的不说,你这一张嘴,可称得上'铁口'二字了,'神断'就不知道咋样了。你测得到底灵不灵?"黄祁英提出疑问,戴墨镜的不一定是瞎子,这个人有意思。

"唉!"聂瞎子叹了口气,说道,"我本想着黄镇长是为官之人,见过世面,经过风浪,不比寻常百姓,不会有此一问!"

"为啥?"黄祁英兴趣陡增。

"测字占卜,靠的是一个信字,人言为信,信则灵,不信则不灵。如是不信的话,岂不是瞎子老汉拉二胡——瞎扯嘛!打个比方,就像唱秦腔,我以二六板为调,你偏以为是双锤带板,不在一个板路上嘛!"

"真是一口好说辞。"黄祁英呵呵一笑,"我信你一回。"

"你贵姓?"黄祁英随口一问。

"不敢称贵,我姓聂。"

"哪的?"

"太平镇东南十里,聂庄。"

"哦?聂振海认识不?"黄祁英一问。

"保长嘛,和我一个老爷,他是我门中兄弟。"聂瞎子中气十足。

"咦?净认识姓聂的了。"黄祁英笑道,心里一动,"要不就测个聂字。"

"黄镇长请写!"

黄祁英在八仙桌前,以手为笔,蘸水为墨,在桌子上写出一个大大的"聂"字。

聂瞎子沉吟片刻,朗声开口:"老话说得好,字如其人。黄镇长这个字,写得不赖。疾行如蛇,暗藏慷慨。尤其最后一捺,末后之笔,一身之原,似意犹未尽。再说这个字意:上耳下双,为双手执牛耳之象,有临渊之意,志在官位。"接着又来一句:"好似春秋时的晋重耳。"

"如何讲?"黄祁英问道。

"历尽沧桑,终成霸业。"聂瞎子捋了下山羊胡。

"当真?"黄祁英露出一丝笑容。

"话又说回来,重耳不借秦国的势,还不是条丧家之犬,半辈子到处瞎跑?"

"如何讲?"黄祁英问道。

"借势!他媳妇是秦王的女儿,有时候,女人比男人能行。"

"女人?"黄祁英沉默了。

黄祁英约了几次,贺特派员的秘书每次都是推托有事,好容易等到天黑,笑

远乡

脸堆满,好话说尽,贺特派员的秘书算是给个面子。

两人在翠玉轩酒楼吃了饭,喝了酒,黄祁英上供了五块大洋,秘书醉醺醺地说了一个信息:贺特派员是个铁杆戏迷,尤喜花旦。男唱女声,很有功力。聂瞎子的话在黄祁英的心里泛起大浪:有时候夫人路线也是一条终南捷径。

晚上,黄祁英带上赛貂蝉拜会贺特派员,剑走偏锋,成败在此一举。

"妹子,好好捯饬捯饬,哥带你见一个大人物。"

"黑天半夜的,也不说明天去。"

"晚上才避人耳目!"

"你们男人的事,我一个女人也插不上嘴。"

"这个人也是一个戏迷,你的任务是唱好戏,让人家高兴。哥能不能保住镇长的位子,咱能不能长相厮守,这人一句话的事。"

女人沉默不语,男人有点着急。

"妹子,这关键时候,你可要帮哥啊。"

"有段时间没唱了,也不知道能行不?"

"没问题,你是角哩。"黄祁英讨好地笑道。

"你说若唱得不好,人家不爱听咋办?"

"能听你唱一段,都是上辈子积德行善来的。"

"你这张嘴啊!"女人娇嗔道,"你看我收拾得咋样?"

灯下的女人,身着一件米黄色小缎袄,显得腰身匀称,淡扫蛾眉,双眼含春。

"好看,真好看!"黄祁英赞道。

想到这个自己主动献上的娇娘,今晚将要在别的男人胯下承欢,黄祁英强颜欢笑。

黄祁英心里突然很难受,涌出一股酸意,很浓,很稠。他有点迷茫,这样值不值得?

人活一张脸,树活一张皮,脸面是自己挣的,不是别人给的。人巴结你,奉承你,归根结底人家看重的还是你头上的乌纱帽。官丢了,下台了,从太平镇东街走到西街,南头走到北头,正眼看你的有几个?

正是:宁可少活十年,不可一日无权。

女人莞尔一笑:"我一辈子只给你一个人看,直到你烦了,厌了。"

"妹子!"黄祁英一把搂过,紧紧抱住熟悉的温软的身体,像是一个庄重的仪式,"我这辈子没看够,下辈子接着看。"

242

"真的?"赛貂蝉满脸欣喜。

"骗你不得好死。"黄祁英举起右手,伸出三指,郑重其事地发誓。

"哎呀!我随口一说,谁让你发毒誓了。"女人慌忙用手堵住黄祁英的嘴巴,"呸,呸,乌鸦嘴!"说着唾口唾沫,"老人说,唾唾沫话就不算了。"

"妹子,你对我太好了。"黄祁英说道。

"唱段戏而已,搞得似上刑场。你咋了?"

"没事,没事。"黄祁英忙掩饰道。

"好了,再不走,你约的人等急了。"女人有点小撒娇,噘噘嘴。

黄祁英和赛貂蝉在泾阳县城灯火阑珊的街道上并肩缓行。

贺特派员下榻在大通旅馆。现在,他正一条腿搭在圈椅上,一只脚踩在地上,一杯热茶放在桌子上,一本书捧在手上。北宋名相赵普半部《论语》治天下,这是本教人安身立命的书。贺特派员很喜欢,清闲时,总摘读一段,今晚读的是《子张》篇。

嘭嘭嘭,敲门声响起。

"谁?"贺特派员问道。

"特派员,太平镇黄祁英求见。"

"我睡了,有事明天到县府。"

拒人千里之外的语气,冷淡至极。

"我内人听说特派员喜欢唱戏,想来请教一二,她以前可是秦腔名角!"

赛貂蝉一拉黄祁英的胳膊:"可不敢胡说,我算啥角?"

屋里沉默片刻,等了一会儿,房门开了。

一个秃头出现在他俩面前,其实也不算全秃,一缕头发斜梳着搭在头顶。贺特派员身材矮胖,像个早熟的歪冬瓜。他黑着脸,戴着黑框眼镜,眼神闪烁着不耐烦,很威严的样子。

他的目光穿过厚重的眼镜片,越过黄祁英,落在赛貂蝉身上,眼睛顿时一亮,眼光轻柔起来。

"这是贺特派员。"黄祁英忙引荐。

"特派员晚上好。"女人的声音清脆轻柔,如黄莺出谷。

"好!好!黄镇长是金屋藏娇啊!请!进屋说。"贺特派员邀请道。

三人落座。"特派员,你这是戏耍属下,她听说特派员很有唱功,硬缠我过来拜访,想来切磋学习。"黄祁英说道。

243

"贺某,易俗社的一票友而已。爱好,爱好罢了。"贺特派员感觉黄祁英在美人面前赞扬自己,让他很有成就感,很有面子,"黄镇长很能干啊,省府通令嘉奖的模范镇长,有前途!"

黄祁英在官场浸染这么多年,贺特派员此前对他爱理不理,没正眼瞧过他,现在表现出的赞赏,这是给女人的面子。

察言观色是当官的一个绝技,没这个能耐,混仕途等于自寻死路。

黄祁英心里一阵暗喜:聂瞎子有两把刷子,宝押对了。他赶忙站起来:"多谢特派员赏识,属下定会多加努力。"

"我先回,你们探讨唱功,这个我不在行。"黄祁英给女人递个眼色,转身出门。贺特派员将黄祁英送到门口,点点头,态度和蔼,面露微笑,随即把房门锁死。

屋里,只剩下贺特派员和赛貂蝉两人,气氛尴尬而暧昧。

贺特派员清清嗓子,用手拨拉头上仅存的几根硕果,似有翩翩风度。

赛貂蝉有点局促,忐忑不安地坐在圈椅上。

"不要害怕,我不是老虎,吃不了你。"贺特派员满面笑容,"你会唱啥段子?"

"《桃园借水》《三娘教子》《五典坡》……"

"唱段蛮多嘛。"

"自小就学,有段时间没练了。"

"你以前登过台?"

"我以前在一个戏班唱花旦。"

"你还真是个角?"贺特派员很惊喜。

"后来遇见祁英,就很少登台了。"

"黄镇长好福气,让人羡慕啊!"

"别听祁英瞎说,您点我唱,好不好,权当过耳音。"

"好,好,你人美,腔当然美。"

"特派员,您说笑了。"赛貂蝉微微一笑。

"那就来段《桃园借水》,才子佳人嘛。"贺特派员笑道。

这可是自己的拿手好戏,赛貂蝉心中窃喜。女人站起来,整理了一下小袄,刚要清嗓张口,贺特派员的笑容突然变得不可捉摸起来。

"哦,脱了衣服唱。"

"特派员,您?"

"我喜欢坦诚相见。"

赛貂蝉眼里充满了委屈羞辱的泪水。

"咋还哭上了?"贺特派员说着走近女人,"我这人心软,见不得女人掉泪,尤其是漂亮的女人。"

贺特派员突然抱住了赛貂蝉,伴随而来的是一股子浓厚的生蒜味道,似一团黑黢黢、臭烘烘的云笼罩赛貂蝉全身。

赛貂蝉用力推开矮冬瓜:"您不听戏?"

"这能怪我?你自己矫情,不愿意唱啊!"

她感到恐慌、害怕、无助,跑向房门,用力去扭门锁,早就从里面锁死。贺特派员一个箭步奔过来,抡起手掌,一个巴掌将女人扇倒在地。

"姓黄的把你深夜送来,就是让我玩的,你还端上了。还真把自己当成圣女了,一个戏子而已。"

赛貂蝉这才明白黄祁英把自己卖了,唱戏是假,卖身是真。她的心像突然被猛刺了一下,很痛,很难受。她趴在地上,思绪纷乱,似陷入散发着肮脏腥臭的巨大旋涡里。

"好了,不哭了,姓黄的不知道爱惜你,我爱惜!"贺特派员抱起赛貂蝉。眼前这个美貌女子,梨花带雨,让人爱怜。

贺特派员把赛貂蝉扔到床上,少时将女人剥光。女人像个僵尸,一动不动。

如花似玉的肉体,让他彻底癫狂了。他嘴咬手拧,哼哼唧唧,女人全身遍布青一块、紫一块的印迹。

"快!快叫,你叫了,我就更爽了!"贺特派员低吼着,把女人翻了个身,趴在后背,将两只手紧按在床帮上。

肥硕的身体压下来,像一块粗糙的磨面石,不停地来回滚压。舌头和牙齿在赛貂蝉白皙娇嫩的肌肤上交替划过,阵阵快意让贺特派员亢奋不已。赛貂蝉忍受着身体上的痛和心里的酸楚屈辱,咬紧牙关,一声不吭。她想哭,已经没有眼泪了。贺特派员患有严重的阳痿,命根子软蔫似死蛇,根本不能勃起,吃了多少名医的方子,还是不能提枪上马,列阵征伐。男女之间的欢乐,只能靠其他方式实现。

第二天早上,赛貂蝉默默穿上衣服,感觉整个人散架了,虚脱了。这个老狗折腾了一晚上,现在他兀自四仰八叉,酣然入睡。

下了楼梯,看见黄祁英坐在一张桌子前,手捧着茶杯,来回换手,眼巴巴地望着楼梯口。

女人出现了,黄祁英忙起身迎上来:"妹子,委屈你了!"

她突然看不清眼前这个男人,信誓旦旦地说保护自己一辈子的男人,不让自己受半点委屈的男人,一顶乌纱帽让他原形毕露。她面无表情,不愿意多说一个字,她在前面走,黄祁英亦步亦趋,紧跟其后。

贺特派员回到省府不久,泾阳县的官场刮起一场狂风,这是个窝案,除了包德春,还有六名乡镇长被撤职查办。太平镇的镇长黄祁英安然无恙,而且受到上峰嘉奖,难得的出淤泥而不染,有节操,有担当。甚或有传言,泾阳县县长要从内部提拔,太平镇镇长黄祁英呼声很高。

黄祁英的位子稳了,心情也为之大好,总算雨过天晴。吴妈准备了一桌酒菜后,就被黄祁英打发回家了。赛貂蝉自从那晚后变得对他不冷不热,爱理不理的,一天到晚绷着脸。是该好好哄哄了,多亏她呀!

"妹子,哥知道委屈你了。"黄祁英端起酒杯。女人低头不语,眼含泪水。

"我知道你还怪我。"黄祁英一饮而尽,满脸惆怅,"我姐夫哥,泾阳县县长倒台了,六名乡镇长跟着倒霉了,泾阳县才多少个乡镇?我是人在官场,身不由己。得势的猫儿强似虎,落架的凤凰不如鸡。那些倒台的官,哪一个不是妻离子散?唉!我真是没办法,束手无策啊!"黄祁英一声长长的叹息,伸出左手,大拇指和中指在两个眼睛使劲揉了揉,似强压住要喷涌而出的眼泪。

这些话在赛貂蝉听来充满了深深的无可奈何。

"好了,过去的事,我不记得了,我饿了。"女人抬头看了一眼黄祁英,拿出手绢擦了擦眼泪。拈起一块腊汁牛肉,放进嘴里。

"你原谅我了?"黄祁英高兴地提高声调。

"唉!"女人叹了口气,"只要能平平安安的,我做啥都值了。"

"咱以后和和美美过日子。"黄祁英笑了。

"只要你心里有我,我做啥都值了。"赛貂蝉说道。

"你是我的贵人啊!我们以后还要白头到老,还要生三五个碎崽哩。"

"谁跟你生?生下来个个瘦得跟猴子似的。"女人嗔道。

男人和女人的和解,最终要落实到上床这件事情上。黄祁英喝了一杯酒,含在嘴里,嘴对嘴,喂进女人嘴里。女人反手紧搂住黄祁英的脖子,一口酒下肚,在酒精的刺激下,贴着男人的耳朵,轻声耳语:"唉!我这辈子算栽到你身上了。"

"哥今晚好好补偿你。"

"一切都过去了吗?"女人问道。

黄祁英望着女人忧伤的面庞,坚定地点点头:"一切都过去了。"

黄祁英把女人轻放在雕花床上,脱掉鞋子,两人并排躺在床上。男人熟练地解开女人大襟纽扣,手在内衣里摸索,探寻,揉搓。

女人的衣服像洋葱一样,一层一层地被剥掉。两个肉体纠缠在一起,似野藤缠绕山树,如蒲草紧贴岩石。女人紧紧依偎在男人的身旁,媚眼如丝,乖巧似猫。看似并不宽厚的胸膛,那是坚实可靠的避风港。

昏暗的灯光下,女人白皙光滑的皮肤上满是瘀青,似金钱斑,一坨一坨的,赫然入眼。这是贺特派员的变态杰作,这些印迹似乎还沾有这个矮冬瓜的腥臭口水,像公狗一样在哪个树根抬着屁股撒泡尿,圈领土,占地盘,宣示自己的主权。

黄祁英顿时没有了激情,好似刚吃了一口优质羊肉泡,突然发现肉不是牛的后腿腱子肉,而是死老鼠的腐肉。恶心啊,真恶心啊,恶心到天昏地暗。

黄祁英猛地用力推开女人,抓起衣服坐起来,迅速穿好:"我想起镇上还有事,你早点歇息。"丢下这句话,也不看女人一眼,径直推门而出。

赛貂蝉裹紧被子,低声呜咽,继而号啕大哭。

黄祁英从烟盒里摸出一根烟点上,嘴边的点点微红,在黑夜里透出无穷的落寞伤感。天上寒星数点半弦月,地上伤心烦闷一个人。

"哟,这不是黄镇长吗?"一个声音从巷子外传来。

"谁?出来!"黄祁英警惕起来。

"鄙人张国权,咱俩在包县长那里见过好几次面。"黑暗里,走出一人,长发披肩,留着短胡,像只立秋后的蚂蚱,干瘦,有几分仙风道骨的感觉。

"哦,原来是张大师。"

这个张国权,是一贯道在白蟒塬的点传师。张国权本是泾阳县安吴堡人,在上海给人当账房先生,受一贯道的影响,入了道,两年前回泾阳传教。当年的账房先生摇身一变,成了口吐莲花的点传师。一贯道在关中道的势力非同一般,入道的多是穷苦老百姓,也吸纳了不少地主乡绅,更有少数政府官员加入。

"刚会了几个道亲,回来的路上见巷子里立个人,看着像你,过来打个招呼。黄镇长这么晚了还没休息,有啥心事?"

"媳妇弹嫌烟味重,出来透透气。"

"没想到你还惧内。"张国权笑道。

"女人嘛,就是多事。"黄祁英呵呵一笑,"张大师这么晚了也没休息,还真是辛苦呀。"

"一贯道,真善美,这是世间真理,可世人总是认假不认真,哪能分白天晚上?"

"张大师博古通今,奇才;辛苦度人,更是让人敬佩。"

"药医不死病,道度有缘人,主要还是要看缘分哩。"

"有缘人？你看我有没有缘?"

"黄镇长不但有缘,还有格。"

"格?"黄祁英兴趣大增。

"格者,通感也。格于皇天,比之缘更高一层。通俗地讲,贵人贵命。黄镇长风云际会之时,便是龙腾四海之日。"

"张大师说笑了,黄某哪有这个运气?"二尺五的高帽子,人人都知道是假的,但是人人爱戴。

"您官运不差,财运更好。哪天到府上亲自拜会,不知意下如何?"

"随时恭候张大师光临。"

张国权道声早点休息,便隐身黑夜之中。

民国二十六年(1937年),最高领袖已经明确提出"两年禁毒,六年禁烟",禁烟条例已经颁布。靠大烟发财将是日薄西山,这条路是断头路。一贯道敛财的手段的确高明,人是心甘情愿地奉献,来钱更容易。这是一条弄钱的捷径,张大师值得交。

黄祁英无聊地在外面抽了几根烟,心里还是闷气弥漫,气贺特派员无耻变态,气赛貂蝉红颜祸水,脑海里翻滚着赛貂蝉在那个秃瓢矮冬瓜胯下承欢的模样。他突然举起手掌,狠狠地给了自己一个巴掌,转身向翠玉轩走去。

翠玉轩酒楼,泾阳县最好的消遣之地。酒好,菜香,姑娘美,一般人消费不起。

黄祁英喝了大半瓶西凤酒,酒好心愁,一会儿就面红耳赤,酒劲上头。突然,黄祁英将桌子掀翻在地,听着瓶子盘子破碎的声音,他感觉到一丝破坏后的安慰。黄祁英让老鸨安排一个俊俏姑娘,所有贺特派员在赛貂蝉身上做过的,今晚要发泄到别人身上。

赛貂蝉哭了很久,等了很久,黄祁英没回来。到底是女人,黑灯瞎火一个人住在家里,还是害怕。她披上袄,下了炕,关紧门。一个人的夜晚是那样恐惧,赛貂蝉觉得屋里每个角落都隐约传来老鼠的啮咬声。

第二十三章

"气死驴"亮了一夜,她躲在被子里,胡思乱想了一夜。七天过去了,黄祁英仍没回来,赛貂蝉心情已由最初的恨变成担心了,不会出啥事吧?吴妈做的饭她也不觉得可口了,也懒得对镜打扮了,随便吃上几口,浑身没劲,睡,却睡不着。

又是一个晴日,朝阳万里,碧空如洗,麻雀在院子的一棵石榴树上呼朋引伴,打情骂俏。吴妈端了一碗白粥,一碟咸萝卜丝,一个煮鸡蛋。以前恨不得胶在一起,现在男的不见踪迹,女的愁眉苦脸,不会是干仗了吧?这几日,主家不在,女主人说是没胃口,不会是害口了吧。这么好的饭都吃不下去,真不知道脑袋瓜想啥,她如不吃,我吃,鸡蛋拿回家给娃们吃。吴妈生出一种幸灾乐祸的喜悦,却不敢表露丝毫。

"我不想吃。"赛貂蝉轻捧俏脸,呆坐桌前。

"粥凉了,就不好吃了。"吴妈脸上挂满了关心,"黄镇长肯定有事缠住了,要不早就回来了。"

"不饿,给你说过几回了,你烦不烦啊?"她焦躁起来,"倒了!"吴妈乐得就坡下驴,将饭菜端回厨房。

"你听!是不是有人敲门?"赛貂蝉问。

吴妈侧耳细听,摇摇头:"没有啊。"

"我可没见过黄镇长这样疼媳妇的,真心疼哩。"吴妈继续说。

"真的吗?"女人问道。

"东街醉八仙的掌柜的,天天和媳妇干仗,摊在你头上,还不气死?听我劝,夫妻之间,床头打架床尾和,哪有隔夜仇的?"吴妈继续说道。

"隔夜仇?"女人自言自语,陷入沉思。

两个人有一句没一句地聊,门被一脚踹开,黄祁英闯了进来,怀里抱着一个大木箱。赛貂蝉忙站起来,眼里满是惊喜。

"快来帮忙,累成骡子哩。"

赛貂蝉似望夫石一动不动。

黄祁英尴尬地一笑,自嘲道:"想把我累死,你好另找一个年轻的哩。"

吴妈忙过来帮忙,两个人把木箱放下来。"轻放,弄坏了,把你卖了不一定赔得起。"黄祁英说道。

"啥东西,这么金贵的?"吴妈问。

黄祁英没有接话,打开木箱,里面棉布包裹着一个物件。他小心翼翼地把棉布解开,一个四四方方的红色木头匣子而已。

远乡

"不就是个匣子嘛。"吴妈很不屑地说道。心想：我一个女人，咋就不值一个木头匣子的钱了？该死的黄扒皮，有眼无珠的货。

黄祁英伸出右手，在一个按钮上来回扭动，一阵嘶嘶声过后，突然从里面传出一个老生苍凉的吼叫声。

"吓死我了。"吴妈一声惊呼。

赛貂蝉也好奇地望着黄祁英。

"这是收音机，能听秦腔、新闻，还有曲儿哩。"黄祁英得意地说道，"我送你的，这几天一直在西安，今天才到货。"

赛貂蝉心里一股暖流汹涌而出，这个男人还是在意自己的。

"以后听听秦腔，养养花，过几天再养个鸟，我不在家时，有人给你解个闷。狗啊，猫啊，想养也成，只要你喜欢，多大个事！"

日子还是要过，一天一天地。一切好似回到从前，两个人和好如初。

赛貂蝉敏感地意识到，黄祁英变了。对自己好是好，就是没有以前那种亲密无间的感觉了。黄祁英以前晚上和自己一个被窝，办起那个事来，如狼似虎，如胶似漆。如今倒好，各睡各的，一人一个被窝。

即便有时成两人之好，也是匆匆忙忙的。完事后，黄祁英照旧睡自己的被窝。黄祁英也不爱听戏了，确切地讲，不爱听人唱了，对收音机上的倒兴趣大增，躺在炕上，声音调到最大，沉浸其中。

转眼到了冬至，崇文塔下一年一度的塔会来临了。

赛貂蝉好长时间没有出门了，秦腔听腻了，鸟声听腻了，趁吴妈在厨房忙碌，溜出大门。

塔会上人来人往，川流不息，小摊小贩围绕着崇文塔遍地开花。吆喝声、叫卖声，此起彼伏，甚是热闹。会上还来了个小戏班，一花脸手持马鞭，老声唱腔激昂慷慨，两个小兵挥舞着木刀。想当年崇文塔下，高台之上，自己彩袖翩翩，唱腔款款。赛貂蝉忆起前尘往事，犹在昨日。今日竟似一只笼中之鸟，让人触景伤情。

过了一会儿，一个俊俏的后生开始向围观看戏的收钱，有人拂袖而去，有人两手一摊，给钱的还是少数。爱占便宜是人们的通性，难得一遇的便宜更让人们沾沾自喜。

后生走到赛貂蝉面前时，本想着又是一个冷面，没想到这个长得很好看的女人，竟然给了一块银圆。

咣当,银圆撞击在铜盘里,发出清脆的响声。人美,心更美!难得,难得。后生俊朗的脸上露出感激的微笑:"多谢大姐!"

"不容易啊!这是个看人脸的行当,世上最难看的就是人脸。"赛貂蝉想起以前在戏班时,风餐露宿倒还好说,仰人鼻息就难许多。赛貂蝉心里涌起想找一个人倾诉的强烈愿望。

"可不是,如不是大姐发善心,唱一天不一定能混口热饭。"后生也不由得想多说几句话。

"你们从哪里来的?"

"甘肃庆阳。"

"还挺远的。台上的花脸,声腔有点软,底气不足。"

"你是行家啊!"后生很是惊讶,"老汉前几日受了风寒,还吃药呢。"

"啥行家,以前登过台,多少知道点。"

"没想到,你还是个角!"俊俏后生顿时对赛貂蝉刮目相看,脸上露出惊喜的笑容。赛貂蝉莞尔一笑,心里有点小小的得意。

赛貂蝉还想多说两句,突然从身后蹿出一人,一脚踹在后生的肚子上,后生仰面倒地,呻吟不止。接着他又被人抓住领口拎起来,脸上是暴风骤雨般的耳光。赛貂蝉惊呆了,抬头看向那人。迎接女人的是黄祁英似狼的目光,让人不寒而栗。原本看戏的纷纷转身,现实版的打架更有看点。

"回!"黄祁英吐出一个字,不带任何感情。

黄祁英在后,赛貂蝉在前,两人始终隔着十来米的距离。

吴妈在院子来回走动,心急火燎。主家吩咐过几次,不让女主人随便出门,除非两人一起外出,这回惹祸了。听到推门声,忙抬头,赛貂蝉走进门,一声不吭,径直进屋。

"太太,你咋不吭气就出去了。"吴妈焦急地说。黄祁英一声不吭地尾随而进,瞪了吴妈一眼。

"老爷,你也回来了。"吴妈讪讪地谄笑道。

"吴妈,你来我家多久了?"黄祁英冷眼相对。

"两年,不,两年多快三年了。"

"算起来也不短了。收拾铺盖,走人。"黄祁英冷声说道。

"不要啊!我老汉有痨病,干不成气力活,家里几张口要吃饭,求你不要赶我走。"

主家的工钱从来不拖欠,逢年过节还多给几块。年关已近,如果自己被辞退的话,那家里就没有生活来源了。

"吴妈,你人不错,饭也做得好,可是你不听话,我的话全当耳边风了。"

"我听话,我保证从今往后只听你的。"吴妈头似捣蒜。

"我怕你难改哩。"黄祁英平端一张脸。

"能,肯定能!"吴妈连忙保证。

黄祁英沉吟片刻:"好!我相信你一回,仅此一回。给你一个教训,这个月的工钱扣一块钱,你没有意见吧?"

"没有,没有!谢谢镇长。"吴妈起身,有一种劫后余生的感觉。

"开饭!"黄祁英吩咐道。赛貂蝉前头进了客厅,站在窗户旁,这一幕看得清清楚楚。

杀鸡儆猴,所有的气都是给自己发的,这个人,真是太狠了。两个人坐在炕桌旁,炕烧得热,坐在上面,很是暖和。

红辣子、绿葱花、肉臊子、豆腐丁,面条细长筋道,在筷子的搅动下上下浮动,看着就让人有食欲。

"别说,吴妈的酸汤臊子面,毫不夸张,泾阳县一绝,美得太。"黄祁英赞道。

赛貂蝉用筷子搅了搅,觉得黄祁英打后生不对,训吴妈也不对。发邪火,撒邪气,还不是因为自己单独出去逛塔会,还不是因为自己和一个陌生的男人说话。赛貂蝉感到世界末日般的压抑,抬头四望,这个屋子似一个小小的牢笼,这个家是个大大的牢笼。

黄祁英一口喝完剩下的臊子汤,酸辣味在舌头的味蕾丛里呼啸而过,咕噜一声,冲到胃里,真是有滋有味。

"我给你说,男人都不是好东西,那后生看你的眼神就不对,啥货色嘛!打是轻的,没拆他戏台子算不错了。"黄祁英依然铁青着脸,"这个世界上,只有我黄祁英真心对你。"

自始至终,黄祁英拉着脸,没正眼看赛貂蝉,似在向空气说话,又似自言自语。

赛貂蝉还是没有吃一口饭,筷子拿在手上,一直在轻轻地搅着,搅着。她没有说话,也不知道说什么,也不想说什么,微微点头,算是应承。

"吴妈,面坨了,给太太重新下一碗。"黄祁英吩咐完,从口袋里摸出手绢,擦擦嘴巴,望了一眼赛貂蝉,呵呵一笑,"镇上有事,我先走了。"

第二十四章

　　杨柱子现在成了聂占奎家里的常客,两个人经常一起谝闲,有时候杨柱子干脆就睡在聂家,两个人成了无话不谈的忘年交。在聂占奎的发展下,杨柱子加入了中共地下党。

　　有一天,聂占奎安排杨柱子进一趟西安城,去北大街一家裁缝店取一封信。到了北城门口,他被扣下了,没有理由,只说要审查。杨柱子心急如焚,问咋回事?当兵的很不耐烦地说,待会儿慢慢说。

　　瓮城里的一间房子里关了二十来个人,等待进一步审查。中午的时候,来了个当官的。

　　看到关了一屋子人,他不由得皱起眉头。

　　"咋关了这么多人?"

　　"连长,你不是说进城的都要好好审审吗?"一个当兵的说道。

　　"我说过吗?我咋没印象哩。"

　　"快当新郎官了,心没搁在队伍上,想得通。"

　　"通个屁,好像说过这话,好好审审,说不定能捞几条鱼也不好说。"

　　"汪连长,你说得真好。"当兵的恭维道。

　　"好个屁!连个新房都拾掇不好,还有四天就成亲了。"汪连长骂道。

　　"要不雇个匠人?"当兵的给出一个建议。

　　"三个月没发饷了,说得轻巧,喝风屙屁啊!"杨柱子在屋子里听得一清二楚,他觉得机会来了。

　　"长官!这有个好匠人。"杨柱子大声喊道。

　　当兵的拎着枪过来,抡起枪托就向杨柱子砸过来:"皮是不是紧了?"

　　"住手!"汪连长一嗓子。

　　"你是匠人?"汪连长问道。

253

"嗯!"杨柱子忙点头。

"要是骗我的话,你娃可惹事了。"汪连长用手指指了一下杨柱子。

汪连长在前,杨柱子在后。后面还有一个士兵,挎着枪紧随。顺着城墙根,一路向东,拐了一个弯,来到了汪连长的住处。

汪连长打开房门,杨柱子一看,笑了。

顶棚搭得南高北低不说,还没撑起来,四面墙壁糊的白纸,两面掉了,剩下的虽说没掉,用手一摸,坑坑洼洼。一地的糨糊点、纸片子、木楔子,找个下脚地都不容易。

"长官,你还真不是弄这事的。"

"谁说不是呢?差点把人累死了,我进门也嫌碍眼。"汪连长尴尬一笑。

"包我身上!你再弄三张红纸。"

"得多长时间?咋都用两天吧。"

"最多半天。"

跟着杨柱子的士兵被留下来,当个下手,扶个梯子,端个糨糊。汪连长在外面抽烟,隔一会儿进来看一看,很是满意。

"长官,我再给你剪几个喜字,顶棚弄一朵大红牡丹,你看好不?"

汪连长的脸上只剩下笑了。半天过去了,新房彻底完工了。

顶棚一朵大红牡丹,四周用一指宽的红纸条围了一圈。墙壁四面光洁,窗户双喜张贴,整个房间焕然一新,有了新房的感觉。

汪连长大喜,递了根烟给杨柱子:"兄弟啊!多亏你了,如不是三个月没发饷,就你这技术,咋都要给钱的。"

"咱是个手艺人,刚好碰上你,也算缘分不是?"

"对,缘分!艺如其人,兄弟肯定是个好人!"

"地上还脏哩,我拾掇拾掇。"杨柱子说道。

"剩下的是零碎活,不用管。以后进出北城门,报我汪保存的名字,看谁敢找你事?"

一贯道的泾阳分坛成立了,就在关帝庙的隔壁。

在太平镇镇长黄祁英的大力支持下,一座庙宇拔地而起。正殿里供奉的不是三清,不是佛祖,而是"无极老母"。

钱掌柜因为入教的缘故,揽下这个活路。杨柱子的手艺在圈里有些名声,师父专门跑了趟聂庄,将塑像的活分包给当年的徒弟。

杨柱子连皮带毛,花了十天的时间。塑形,上浆,着彩,将"无极老母"塑得宝相庄严,彩衣当风。"师尊"和"师母",慈眉善目,宛如真人,分列"无极老母"两旁。

庙宇是神仙在人间的居住地,无论多么细致精美的装修都无法表达世人的崇敬之情。杨柱子将大殿和厢房雕梁画栋一番,刷墙补漆一通,费了不少周折,让钱掌柜很是长脸。

正式开坛的日子来了,是冬至那一天。杨柱子也来了,他是来要账的。活干完了,钱没拿到手,一天拖一天,眼看要拖过春节了。

院子里人来人往,有说有笑。香炉里香烛遍布,殿外烟雾缭绕。点传师张国权站在正殿之下、香炉之前,长发披肩,满面春风,迎接众道亲。

来来往往的道亲里,有财东,也有贫苦的百姓。入道交的献心费、齐家费、功德费、忏悔费等费用,不比政府的赋税少。打着"来生富贵,不堕地狱"的旗号,交钱,心甘情愿。这让幕后的坛主黄祁英和前台的张国权狠捞了一笔。

愚蠢的人苦苦地追寻幸福,狡黠的人孜孜地骗取钱财。任何崇高的信仰,幕后都是利益纠缠。

黄祁英身在公门,不便现身,魏田玉是挂名的副坛主。

"狗日的一贯道,还我女子的命。"一个瘦瘦的老汉哭喊着进了院子,吸引了所有人的眼光。

"你弄啥的?"有道亲问道。

"开坛的重要时刻,捣啥乱?"有人骂道。

"我娃吃了点传师开的神药,昨晚上就殁了,你还我娃!"老汉过来一把扯住张国权。

张国权忙向人群后面退,大声喊道:"各位道亲,各位道亲,莫听他信口雌黄,颠倒黑白!"

"你给我娃吃的啥药?你今天说明白。"

其他道亲有劝的,有拉的,将两个当事人拉开,隔了一段距离。

"你咋不讲道理呢?命不该绝,三服草药能治好;命该绝,大罗仙丹不顶用。治得了病,治不了命啊!药医不死人就是这样一个道理。你娃尘缘已了,总不能结在世上。"张国权站在台阶上。

"你抓的药,还烧了一道什么符,说是给华佗通融一下。"

"你给娃咋吃的药？是不是按照我的嘱咐？"张国权灵机一动，高声问道。

"一天三次，药一天吃完了。"老汉想了想，站在台阶下面，气势上已落在下风。

"咦？怪不得啊，你当爹的糊涂啊！"张国权大声叱道。

"我说的是，三天一次，量太大，娃太小，能不伤人吗？"点传师露出一副哀其不幸，怒其不争的表情，狠跺右脚，连连叹气。

"我记得是一天三次，不会错的。谁胡说谁是牲口，谁胡说谁下地狱！"老汉忙指天发誓。

"各位道亲，你们是旁观者，所谓旁观者清，你们评评理。作为一个传播真善美的点传师能犯这样低级的错误吗？人命关天，人命关天啊！"

"真是冤死了，我苦命的儿啊！你姓张的，今天不给我说法，我死在这里。"老汉哭喊着，向门廊下的柱子撞去，被其他道亲紧紧拉住。

张国权向天才递个眼色，天才是一个乖巧灵醒的男娃。

天才心领神会，猛然大喊一声："哎呀！"突然倒地，翻身打滚，起身之时，已变女声，张口一段词："我本南海观世音，尔是座下一茶童；失手打碎琉璃盏，罚到人间走一程；而今业满回仙界，众人莫要放悲声；只要诚心多施财，来年何愁无子孙。"

周围的道亲们听了，纷纷点头称是，劝解的、埋怨的，围着老汉你一言我一语。这个时候，只听天才已变成男声："言到此处无多讲，收声辞母归上苍。哈！哈！哈！"

三声"哈"后，一声"退"起，事情的发展方向已经改变，信教者对老汉的同情分减了不少。

老汉瘫坐在地上，号啕大哭。以他为中心，围成一圈，人们交头接耳，议论纷纷。开坛的吉时马上就到了，人们的注意力却没在点传师身上，张国权急了。

张国权拉着魏田玉来到僻静的东厢房，关上门，焦急地说道："老魏，你想办法把人弄走，大庭广众之下，胡说乱喊，影响实在太坏。"

"张大师啊，人之所以今天来闹事，摆明了热闹处卖母猪，目的很明确，你不给人一个满意的说法，你就得给人满意的这个。"魏田玉大拇指和食指来回摩擦几下。

"话又说回来，想得公道，打个颠倒，如是你摊上这事，你咋办？人财两空，搁在谁身上，谁能受得了？就是树上的老鸹，崽死了，也要叫唤几声，更何况人哩？"

魏田玉说道。

"唉！就你道理多。你怕个扛锄把的？"张国权瞥了一眼魏田玉。

"怕？我在白蟒塬怕谁？有时候人情世故比打打杀杀更能让人信服。"

"你说咋办？总不能让一粒老鼠屎坏了一锅高汤。"

"给人十块大洋，我居中说和，调解这事。"

"屁！讹人啊，一条人命也不值这个数。"

"人命不值，你张大师的名声值，一贯道的名声更值。多收几个道亲，不就回来了？今天可是大日子，账要看咋算哩。"魏田玉呵呵一笑。

"给！给！赶紧把事了了。"张国权很不耐烦地从口袋里摸出一把大洋，数了数，"身上只有八个银圆了。"

"真是颇烦事！"魏田玉一把抓过银圆。

老汉还坐在地上，一把鼻涕一把泪。魏田玉穿过人群，蹲在老汉身边，附耳说道："我叫魏田玉，你不一定认识我，但有可能听说过我，有事和你说。"

魏田玉说完，兀自起身，径直出门而去。老汉收住眼泪，犹豫了一会儿，爬起来，出了院子。

魏田玉双手笼在棉衣袖口里，斜靠着关帝庙的门柱："听我一句劝，一贯道势大，你搞不过人家。再说，人死不能复生，回家先把娃葬了。"魏田玉从怀里摸出一块大洋。

"我要到省府告他张国权！是他害死我娃。"老汉愤愤地说道。

"听人劝，吃饱饭。打官司讲究人证物证，你有啥证？我怕你还没出泾阳县就人间消失了。"魏田玉冷冷地望着老汉，突然他上前一步，靠近老汉，拉起老汉粗糙的满是口子的右手，将一块大洋塞到他手里，"而且是悄无声息地消失了。"

"你说这话啥意思？"老汉看向魏田玉的眼神露出一丝怯意，"你吓唬我？"

"和我有个毛关系？我这人心善，爱揽闲事。乡里乡党的，好心提醒你一下，啥意思都没有。如果你不识相，继续胡搅蛮缠的话，啥意思就都有了。"

魏田玉拍了拍老汉的胳膊，冷哼一声："我在白蟒塬也有点人缘，觍着脸问人家要的丧葬费，你不会嫌少吧？"

老汉最终拿着钱走了。

一直等到晚上，杨柱子才见到张国权。张国权对杨柱子的手艺赞不绝口。

当杨柱子说明来意时，张国权满口答应，今天是开坛盛会，等过了今天，哪天都行。后来，杨柱子来得越来越勤，张国权的面是越见越稀。一个月后，杨柱子

远乡

最终拿到了一块大洋,是原来工钱的五分之一。

第二十五章

杨石头见惯了国民党军队的腐败,其中胡宗南的军队尤甚。

胡宗南统兵数十万,号称"西北王"。其志洁,其行廉,对上忠,对下爱,不敛私财,生活节俭。受中国儒家思想的影响,个人品质几无瑕疵。

但是部队里的中下级军官,裙带关系严重,近亲繁殖,蜘蛛罗网一房顶。兵痞无赖、三教九流,多充其中。当官的以敛财为能,吃一段空饷,见纸包不住火,快要穿帮了,就会到处抓壮丁顶数。

在与西北野战军的交火中,杨石头所在的五三〇团连续吃了几回败仗。士兵伤亡较大,加上被俘、逃跑的,部队缺员比较多。团长命令每个连在一天内必须抓够壮丁,抵逃兵的数量,完不成的军法处置。

杨石头所在排的排长叫尹国治,宝鸡岐山人。他带领杨石头的班出发了,任务是抓十五个壮丁。经过多年的沟沟坎坎,杨石头已经是国军的一名上士班长了。

他们的目的地是一个偏僻的山村,这个地区是陕甘宁边区与国统区的拉锯地区。村里清一色土坯房,灰蒙蒙地掩于大片的槐林之间,风来树动,落败萧条。排长尹国治命令四个士兵持枪守住村子的东西南北四个村口,找了一个村民,顺藤摸瓜地寻到保长家。保长是个老汉,没见过世面,见到当兵的,先自怯场。

"我们是队伍上的,弄点吃的。"尹国治吩咐道。

"前几日刚走一批,今天又来一批。唉!过路神仙咋这么稠哩。"保长低下头,轻声嘀咕道,"作孽啊,我咋还不死哩!"

"怪话还多得不行,快弄饭去,耽误了事,你老汉没好果子吃。"尹国治训斥道。

不一会儿,保长端出一筐煮熟的红薯,还有半锅苞谷稀饭。众人全饿坏了,有人到灶房找碗寻瓢。尹国治瞅见墙角有一个铜盆子,一把抢过来说:"谁都别和我抢!"

保长一见,忙上前:"尿盆子,尿盆子。"

尹国治怒火中烧,指着保长骂道:"要盆子,要盆子,老子还没吃一口饭,要垂子哩。"保长见当官的发怒,不敢言语。

尹国治一手端了半盆子苞谷稀饭,一手抓了一个大块的红薯,蹲在地上,只管往嘴里塞。填饱肚子了,尹国治摸了摸肚皮,松了松皮带,喊来保长:"把全村的青壮劳力,都叫来集中,准备给国军搬运物资。"

保长低头领命,提着铜锣出去了。时隔不久,一阵锣声后,二十来个青年集中在空地上。尹国治心中暗喜,没想到今天运气这么好,有饭吃,有丁抓,回去还有赏领。当即吆喝一声:"都绑起来!"

绑了三四个人后,有一个年轻后生一直躲,不让绑,嘴里还大声嚷嚷:"你们干什么?你们干什么?"

尹国治骂道:"抓你去当粮子。"说完马上意识到说漏嘴了,忙改口说:"帮忙运送物资,送完就能回。"

那个后生听出了端倪,挣扎得更厉害,大声喊道:"他们是抓丁的,他们是抓丁的!"

保长忙上前:"不是说搬运物资吗?你们不能说话不算话。乡里乡党的,你们拉壮丁了,我一把年纪了,以后咋在村里活人哩。"

"滚远点,少说话!别妨碍我们干正事。"

保长急了,抓住尹国治的胳膊,梗着脖子与尹国治争辩,不让他离开。这下惹躁了尹国治,抡起枪托,将老汉砸倒在地。

人群开始骚动,有人喊了一句:"国民党伤人啦!跟他们拼了!"

杨石头一见势头不对,赶紧对尹国治说:"排长,撤吧,再不撤就来不及了。"

尹国治两眼圆瞪:"抓不了丁,你去顶罪吗?"

话音刚落,已有几个青年与当兵的谩骂推搡起来。穷山恶水,民风剽悍。只见从村子里冲出一群老百姓,拿着种庄稼的各种各样的农具,叫嚷着,咒骂着,似围捕野兽一样形成了一个稀疏的包围圈。

尹国治见风使舵,见占不上便宜,大喊一声:"跑!"似领头雁,慌慌张张地飞了。

大家跟在他后面,拼命地跑,跑得满头大汗,腿脚酸软,后面是追赶的老百姓。他们一口气跑出六七里地,老百姓才收住阵脚,慢慢向回走了。

第二十五章

回到临时的连部,还没有来得及喘口气,就有几个当兵的荷枪实弹,拿着绳子来捆杨石头。

杨石头一边挣扎一边问:"为啥抓我,我没有犯罪啊?"

一个当兵的悄悄地说:"你排长把你告了,说你把壮丁放跑了。"

恶人先告状,尹国治要找替罪羊啊。就这样窝窝囊囊地死了?就这样不明不白地死了?杨石头不甘心像狗一样死去,他扯着嗓子,高声叫骂,要让所有人知道尹国治的无耻行径。

"狗日的尹国治,你打人家保长,惹毛了村民。你拉的屎,让我吃,天底下哪有你这样的坏种哩!"

"要不是我提醒你早点撤退,我们几个人早被打死在村子里了。"

"狗日的忘恩负义的东西,我诅咒你,不得好死。"

杨石头的叫骂声响彻在临时连部的上空,刚好营长来各连队检查抓壮丁、兵员补充情况,他听到骂声,人不平则鸣,觉得事有蹊跷,便命人把杨石头提过来。问明情况之后,就让人把当时去村子里一起抓壮丁的粮子们都喊来做证。

三堂会审,尹国治虚伪的画皮面具被摘了下来。营长将尹国治痛骂了一顿,随后让人把杨石头放了。但是,这件事之后,尹国治恨上了杨石头,欲除之而后快。以下犯上,军中大忌,杨石头怕尹国治背地里下黑手,更加敬而远之。

当官的怕死,似乎今日就是今生最后一天,稍有空闲,就疯狂地吃喝嫖赌抽,近乎变态。军饷,挥霍一空;军粮,投机倒把。部队连续数月未发饷,当官的根本不管不顾当兵的死活,更不去想办法弥补亏空、筹措粮食,他们想到的唯一可行的办法:纵兵抢掠。

在上个镇子,营长命令抢了一个地主老财家的粮食,只有二十来石,杯水车薪,难以为继,坐吃山空更加惶惶不可终日。老百姓更遭殃,当兵的暗偷或明抢,与匪无二。杨石头的部队驻扎在一条河的南岸,解放军在北岸,两军隔着一条河。营部派了一名哨兵在河边放哨,营长到村子里的一个甲长家里抽大烟去了。

突然,听到几声枪声,哨兵拎着枪,边跑边喊:"共军过河了!共军过河了!"

原来,一队解放军在当地老百姓的帮助下,从下游一处浅滩渡过河,等哨兵打枪鸣警,已是大势去矣。营长听到喊声,意识到大事不妙,从炕上爬起来就跑,墨镜撤了,皮鞋也不要了,赤脚向东。

排里弄了村民的一头猪,伙夫炖了一大锅的肉,猪肉的香味在村子里弥漫,村民们敢怒不敢言。听到事紧了,可是多少天没有吃过饱饭,更何况肉哩?再说

远乡

肉刚煮熟,肉香勾魂啊。尹国治吼道:"跑啊!命要紧还是肉要紧?"

可是,下面的人实在是太舍不得这顿肉了,几个人扛起行军锅,起身就跑,前面有一个缓坡,一个粮子不留神,脚滑了一下,一锅的肉混合着汤,流得到处都是。后面的枪声更近了,大伙像被狗撵的兔子一样,除了逃,好像再没有什么事情干了。

杨石头从尘土里捡了一个猪肘子,烫得他手掌起泡,还是舍不得扔掉。晚上宿营,杨石头拿出肘子,和班里的弟兄们悄悄地分吃了,这是他们三个月来第一次尝到了肉味。人在饥饿的时候,什么道德、尊严、军纪,统统抛之脑后,一顿具体的饭比抽象的道理更加实惠。

当兵的三五成群,傍晚跑到老百姓的苞谷地里掰苞谷。嫩即生吃,老就带回,点一堆柴火烤熟了吃。一天,杨石头带领弟兄们一起去掰了一堆苞谷,正在营房旁边烤苞谷充饥,听到营房外传来几声清脆短暂的枪响。

他们几个人急忙赶过去,看见副连长秦胜利倒在房屋西侧火堆旁边的血泊中。有几个人影匆匆奔去,秦胜利胳膊上挨了一枪,气急败坏地骂个不停。

旁边有人说,他们排里的五六个人在烤苞谷时,秦胜利带着几个人来查房,发现他们在烤苞谷,就要没收。那几个人不依,双方从争吵、争夺,发展到拔枪对峙,互相警告。对方的人平日堆积的仇恨在那一刻如同火山爆发,对准秦胜利开了一枪,然后结伙携枪逃了。

有人立即将此事报告给营长,营长大怒。不说秦胜利是他的同乡,就事论事,几个逃兵不算个啥事,怕就怕出现连锁反应。不把这股妖风镇住,队伍真是没法带了,非常时期,不用重典不行,于是上面命令杨石头带人追捕,杨石头很是同情这几个人的遭遇,带领班里的弟兄,敷衍了事地在村子周围转了几圈。到后半夜才回营房,报告说没有找到逃兵。

第二天一大早,天色微白,雾气渐消,紧急集合号响彻寂静的村庄。营部临时设在村里的祠堂里,三间瓦房,算是村里最好的建筑了。全营人集中在祠堂前,人们交头接耳询问着,不知道所为何事。营长神情严肃冷漠,寒霜满面。秦胜利的几个亲信,荷枪实弹,站在周围,似凶神恶煞。营长干咳了一声,全场立刻鸦雀无声,气氛顿时紧张起来。

"把人带上来!"

原来昨晚上的逃兵被秦胜利的亲信连夜抓住了四个,跑了两个。

"对党国不忠、谋害上司、临阵脱逃,反正罪名多了,我不一条一条地念了,浪费时间,判处此四人死刑,立即执行。"营长宣布命令。执法队从队伍里冲出,两个人架住一个,将四个人拖了出去。秋风萧萧,旷野寂寂,四个鲜活的生命就这样消失了。

当官的是杀鸡儆猴,当兵的是兔死狐悲。杨石头和班里几个兄弟商量后,一致同意,每逢打仗时,朝天开上几枪,当一天和尚撞一天钟,权当应付差事。

解放军采取文攻武打的策略:军事上攻身,负隅顽抗,死路一条,坚决歼灭;宣传上攻心,欢迎投诚,优待俘虏,瓦解军心,松懈士气。两军对阵,只要战斗一停,有的解放军战士便拿着大喇叭不停地喊话;有的战士用细绳子把宣传单绑在石头上,扔到对方阵地;有的战士拿着大白馒头,往空中抛起,接住,再抛起,更令人眼馋。

五三〇团又吃了败仗,一路向东逃去,急急忙忙跑了七八十里路才停下来,已是暮染天地,月上枝头。这是韩城郊区一个村庄,村民们因为打仗,早就躲了。村里杂草丛生,垃圾成堆,有精气神的就只剩下老鼠了。大小老鼠,横行无忌,晚上更是它们的世界,吱吱乱叫,嗖嗖乱跑,根本不怕人。杨石头和班里的几名弟兄住在一户人家的东厢房。

杨石头撒完尿,准备回房睡觉,刚进了院子。猛然觉得窗户处有人端着枪,他慌忙就地一滚,嗖的一声,子弹从头顶掠过,在地上打出一个洞。

厢房里的人听到枪声,呼啦啦跑出来,看到尹国治拎着枪,满不在乎地说:"枪走火了。"

他来到杨石头身边,阴森一笑:"咦?还真卟着你了,没事吧?"同时伸出右手:"来,兄弟,哥哥拉你一把。"

杨石头没有理睬他,爬起来进屋。这件事促使杨石头尽快做出抉择,生死存亡之际,不能再犹豫了。

杨石头和班里几个兄弟商量:"在这早晚是个死,不如我们跑往对面。"

班里其他人也七嘴八舌地说:"看人家宣传的,就是跟国军不一样。"

"班长,听你的。"

"要投早点,夜长梦多啊。"

在一次停战的空隙,杨石头扯断内衣白袖子,蘸着旁边尸体上的鲜血,写下"我们要投共"五个字。趁当官的不注意,瞅准机会,包着石头块扔向了对面阵地。过了不久,对面阵地上,有名解放军战士竖起大拇指,拍了拍胸口。

远乡

傍晚，天色渐暗，阵地上寂静一片。

趁着吃饭的时候，杨石头带领七个人携带枪支弹药，连滚带爬跑到对方阵地。身后，一阵枪声。

一个身材魁梧的络腮胡带着十多个人埋伏在战壕里，前来接应。

"欢迎你们加入解放军，辛苦！辛苦！"络腮胡态度和蔼。

"长官，给你们添麻烦了。"杨石头说道。

"哪里，哪里，有需求尽管说。"

没有人过来缴械，更没有人搜腰包，这让杨石头彻底放下心来。

"能不能给我们一些吃的？"杨石头不好意思地说。

络腮胡很大气地一笑："先吃饱肚子。"

两大洗脸盆的粉条烩白菜和两筐白馒头，少时端到他们面前，杨石头他们吃了一个月来第一顿正经饭。

加入解放军后，杨石头产生了一个心愿，盼望在战场上遇到尹国治，那时绝对不会想太多，一枪要他的命。

没过几天，队伍里开展了一场"三查"运动。"三查"运动是一场复杂的阶级斗争和思想斗争，所谓"三查"就是查阶级、查思想、查工作。通过"三查"运动，树立阶级意识，坚定阶级信念，充分调动普通士兵的革命热情，认识到只有消灭蒋家王朝，劳苦大众才能翻身做主人。诉苦会上，曾经的国军士兵，每一个人的背后都有一段惨不忍闻的往事。

杨石头想起了那个几乎要将他欺负到死的白毛，想起逼他离开马燕的那个光头，想起几乎让他挨了黑枪的尹国治，苦难深重的往事在心里翻江倒海。杨石头想起老侯说过，这个世道就是一口倒扣的黑锅。只有砸了，才能重见天日。

许多牛高马大的七尺之躯，在讲述保长的凶恶，国军军官的残暴，自己亲身所受的欺压时，竟然号啕大哭，甚至倒地打滚，整个会场变成哭喊的海洋。"打倒蒋介石，解放全中国"的口号声响彻天地。

接下来就是大练兵运动，提高士兵们的军事技能。杨石头枪打得准，被连长多次表扬。连队成立了"三查委员会"，因为贫农出身，杨石头被推举为委员。为谁扛枪，为谁打仗，这不仅是思想认识上的差别，也是国共军队本质的差别。经过灵魂的改造，许多国军士兵变成了坚强的解放军战士，杨石头便是其中一个。

杨石头隐藏在战壕里，当冲锋号响起时，他冲出了战壕。

前面，有人倒下；旁边，有人倒下。他没有犹豫，战场上，要么死，要么活。他迅速移动身躯,尽量弯腰,向进攻的方向奔去,终于跑到城墙下豁口处,一架竹梯搭在城头。

在杨石头身后还有两名战士,他们抓住竹梯奋力向上攀爬,一步、两步,终于爬上了城头。

不远处的箭楼里,一挺机枪在咆哮。杨石头匍匐前进数米,从前胸处摸出一颗手榴弹,扔了出去。紧接着他猛地站起来,端起冲锋枪突突突打出一梭子弹。轰一声,手榴弹在箭楼里响了。箭楼里冲出一个穿着黄色军装的家伙,戴着令人厌恶的大檐帽,已经端起枪。杨石头冲到近前,抡起枪,砸在那个家伙的头上,那个家伙顿时瘫软在地。杨石头回过头,一群解放军战士在他后面奔来。他想起了聂瞎子讲的《薛仁贵征东》,想起第一个登上高句丽城的薛仁贵。而今天,他就是宜君城头的白袍将军。

突然,不知道从哪里飞过来的一颗炮弹在他身边爆炸,冲击波将他推出去。他很幸运,昏死过去,伤得严重,却捡了条命。腹部、腿部被弹片击中,血流不止,他被简单包扎后送往后方医院,休养两个月后,慢慢地可以拄杖行走了。

西北野战军第十六师野战医院三所留守处在宜君城外,这里有一百二十名重伤病员,杨石头就是其中一个。

这天,鲁院长检查完伤病员,向警卫员王国新命令道:"把树上的斑鸠打下来,一天到晚叫唤的,影响伤员心情。"

王国新挠了挠脑袋,问道:"活的?"

"啥意思?"

"能吓走。"王国新不好意思地说。

"吓走了,明天又来,烦不?再说,好歹二两肉哩。"

"这个,这个。"王国新满脸通红,掏出短枪,还是有点力不从心的感觉,关键是心里没谱。

"枪给我。"杨石头望向鲁院长。

"你行不行?"王国新不满地说道。

"不试试,咋能知道哩?"

王国新望向鲁院长,鲁院长一笑,说:"给他。再晚一会儿,白费唾沫星子了。"

杨石头接过短枪,稍微瞄了一下,抬手便是一枪,啪一声,正在卖弄唱功的斑鸠,跌下树枝。

"神枪手啊。"鲁院长睁大眼睛,有点不可思议。

"听口音,关中道的?"鲁院长关切地问道。

"泾阳的。"

"乡党啊,我三原柏尧的。"鲁院长顿时来了精神,"你们那有一座崇文塔,知道吗?"

"你去过崇文塔?"杨石头将枪还给了王国新,"枪要打好,就是八个字:心别胡想,手别乱颤。"

这是赵天明的经验之谈,很有道理,杨石头多年没有忘记。

"我还逛过塔会,上过塔顶哩。"鲁院长继续崇文塔的话题。

"我也上过塔,和我爹,很多年前的事情了。"

"咦?越说越近了,碰见个乡党,不容易哩,十六师早向兰州进军了。"

"那可咋办哩?"杨石头焦急地问道。

"前方后方都是为革命。"两鬓斑白的鲁院长话中有话。

过了一个月,鲁院长向部队申请,将杨石头的关系调到了十六师野战医院,他正式成为医院的保卫人员。

杨石头在野战医院里,既是警卫排长,又兼着通讯排长的活。

这一天,鲁院长让杨石头派人到总院送信。三天前,王国新去送信,到今天还没有回来,不会有事吧?杨石头挎上冲锋枪,拉出队里的军马"黑风",向总院所在地奔去。

前面是一道梁,枯草丛生,树木凋零,秋风吹过,哗哗作响。

前面突然出现两个人,鬼鬼祟祟,不像过路的。杨石头顿时警觉,后面的树林里传来斑鸠咕咕的鸣叫,他扭头一看,数只斑鸠从树林里飞出。

杨石头心里一沉,后面林子还藏有人。他忙从肩上取下冲锋枪,趴卧在马背上,拉开枪栓,夹了夹黑风的肚子,缓缓向前。

"喂!当兵的,钱和马留下。"前面两个家伙已经端起长枪。

杨石头用枪管拨拉一下黑风的耳朵,黑风停下脚步,突然,杨石头扣动了扳机。

"我的婆哩。"一个家伙号了一嗓子,扔下枪,扔下同伴,滚倒在地,慌忙钻进林子。另一个家伙没那么幸运,倒地身亡。

杨石头一拉缰绳,转过马头,用腿一夹马肚,黑风向后面的树林跑了过去。杨石头绕着林子骑马一圈,没有人影,估计那些人跑了。杨石头骑着马走到已经死了的土匪尸体旁,一个戴着国军军帽的家伙,趴在地上,一动不动。

到了总院,送了信,杨石头才知道王国新受伤住院了。原来他遇到伏击,背上挨了一枪。王国新说,就是这伙国民党的溃兵,打了他一枪。

西北野战军以摧枯拉朽之势,一路凯歌,席卷整个大西北。

1949年10月1日,中华人民共和国成立。

第二十六章

泾阳县一贯道分坛根据总坛的"最高圣谕",朝鲜战争爆发后,第三次世界大战即将来临,各地一贯道要进行武装暴动,以配合国军反攻大陆。

张国权到处组织串联,教唆笼络,让道徒们宣传"妖魔出山",为起事造势。泾阳县的大小坛主们秘密集会,决定在九九重阳节晚上起事。这个日子寓意深长,是由"扶乩"而成,很灵验的。

黄祁英对"扶乩"不感兴趣,主要是不信,聂瞎子的模样开始在脑海里浮现。

聂振海在太平镇开了家杂货店,主要是卖他嫂娘家的干货,像粉条、挂面、干菜等。他天生是做生意的料,太平镇三家杂货店,就他的生意红火,大有后来者居上的架势。

平日不逢集的话,太平镇显得有些冷清、萧条,街道上稀稀拉拉几个行人,坐贾行商,门还得开着。聂振海手里端着一个茶壶,直接嘴对嘴地喝。店门大开,过堂风时来,悠然自得。

"聂掌柜日子舒坦啊!"听见有人说话,聂振海抬头一看,一个老主顾。

"小门小店,混饭罢了!"聂振海口里虽谦虚,脸上却露出被人奉承而带来的笑容。称了三两茶叶,二斤粉条,聂振海心里已经计算出价钱,脱口报出,又在心里默默算了下利润,能赚一毛钱。

送走了老主顾,聂振海依旧端着茶壶,坐于柜前,不时抿口茶,清香入口。

"兄弟好日子啊!"黄祁英已站在门前。

"哥哥,快进里屋。"

"你嫂子嘴馋了,想吃空心挂面。"

"你吩咐一声,我送货上门,劳你跑来一趟,真是太见外了。"

"哪能让你关门送哩。你这离镇上也就二十里路,游游荡荡,不算很累。"两人一前一后,进了里屋。

"我还有一事想请你帮忙。"黄祁英说。

"你尽管吭声。"聂振海重新换了壶新茶,倒了一杯,双手递给黄祁英,"润润嗓子。"

黄祁英颔首微笑,很满意聂振海的态度。虽然变天了,但这个人还是对自己很敬重,没有白交一场。

"你到聂庄请一下聂瞎子。"

"请他干甚?"

"我哩,昨晚做了个梦,怪得很,想让人解一下。"黄祁英的表情显得很凝重,"你知道哥哥现在的身份,不合适出面。"

"明白!"聂振海点点头,随即出门。

黄祁英百无聊赖地在屋里走来走去,其间还有一个老妇来买粉条,黄祁英说,人不在,让等会儿再来。

终于,聂振海回来了,后面跟着聂瞎子。聂瞎子拎了根竹竿,权当拐棍。

一年前聂明堂另一只眼彻底瞎了。那副值五块钱的门面货现在静静地躺在柜子里。舞台没有了,道具便失去它的价值。

"振海,一路紧得好像狼在屁股后面撵,到底谁要见我?先给口水喝,要渴死了。"

黄祁英倒了一杯茶,有点余温,递给聂瞎子,聂瞎子一口气喝了一杯,将杯子递给黄祁英:"再来一杯。"聂瞎子一连三杯温茶下肚,满足地舒了口气。

"老哥。"黄祁英很热情地称呼道。

"你是哪个?听着生啊!"

"两年前在秦人饭庄,你给我测过一个字,一个'聂'字。"

"啊!我知道你是哪尊神了。"聂瞎子转身对着黄祁英的方向。

自从上次给黄镇长算了一回,聂瞎子在太平镇摆摊就没有上过一分钱的税,一直到解放,这是黄祁英特意交代的,聂瞎子很是感动。

三人进入里屋,黄祁英和聂瞎子坐在一张小八仙桌旁。聂振海则坐在床边,床上被褥、衣服胡乱卷成一堆,抵在墙角。黄祁英见聂振海不识相,不悦渐渐从干瘦白净的脸庞露出来。

"振海,我听见有人在喊你,是不是要买啥?"

"我咋没听见哩?"

"咦?人还没老,耳却背了!你再听,肯定有!"黄祁英提高声调,瞪了聂振海一眼。

聂振海这才明白,原来黄祁英嫌自己在场碍眼,忙讪讪一笑:"我到外屋看看去。"说完,门帘一揭,闪身而出。

"老哥,别来无恙啊?"见聂振海离开,黄祁英转头对聂瞎子笑道。

"眼瞎完了,不挣钱了,饭量不行了,更加讨人嫌了。除此之外,风调雨顺,国泰民安。"

"还是一口好说辞,很幽默哩。"黄祁英又是一笑。

"我还想请你测一回字。"黄祁英开门见山。

"成!你这一回测啥字?"

"王侯将相的'王'字。"

"我再也没有机会看见你写字了,一手好字啊!"聂瞎子赞叹中包含了一丝惆怅。他伸出右手的食指,干枯瘦长,皱似树皮,在半空中,写了一个"王"字,似鬼画符。

"黄镇长意气风发,不减当年啊。"聂瞎子似在恭维,却是话中有话。

"哪还有什么镇长?可不敢胡乱喊。在新政府感召下黄某再世为人,以前的事如过眼云烟,不堪回首,也记不得哩。"

"哦?如此甚好,真是一件大幸事。"

"这字如何?"黄祁英催问道。

聂瞎子捋了捋山羊胡子,从容不迫:"王差一点为主,归根到底就是这一点,可遇不可求,一点主乾坤,王字难出头!"

黄祁英脸色变得难看起来,似黑云压城:"老哥,那如何解?"

"少折腾,别骚情,安安稳稳过一生。"聂瞎子刻意做了一个停顿,勾住了黄祁英的好奇心,"你瞅瞅泾河里的鳖,这货,该缩头的时候绝不伸头,才有千年王八万年鳖一说。烦恼皆因强出头,一动不如一静。"

黄祁英的心情如同暮染河山,一点一点地灰暗下来。屋里寂静似夜,两人沉默如金。

过了一会儿,聂瞎子打破了尴尬,笑着搭上一句:"要不重新测个字?"

"一字一事,这个道理我懂。"黄祁英说道。

"摸骨也行,为官看器宇嘛。"聂瞎子劝道。

黄祁英脑海里浮现出聂瞎子那双干枯似鬼爪的手在自己脸上、身上乱摸的样子,觉得异常硌硬。

"咱俩今天还谝得美,老哥你可不能当真,到处给人学啊。"黄祁英心结打开,豪兴大起。

"只要你不当真,我咋都好说。"聂瞎子爽朗一笑,"唉!新政府不让弄这事了,我给谁说哩?岂不是麦糠擦屁股——自找麻烦嘛。"

"老哥还是这样性格开朗,我看你能活一百岁。"黄祁英赞道。

"七十三,八十四,阎王喊你商量事,没几天日头背了。"聂瞎子一声叹息,"我算彻底看开了,人这一辈子,活鬼闹世事,没啥意思。"

"老哥多年没见,人越发豁达了,境界越来越高,让人佩服。依我看,你的境界已经高过白蟒塬哩。"

黄祁英塞给聂瞎子三块钱:"老哥,规矩不能破。"

新中国成立后,测字算卦、麻衣神相这些东西,全被当成封建迷信禁止了。混饭吃的手艺没了,聂瞎子很是苦闷,了无生趣,今天赚钱了,聂瞎子很高兴。

待了一会儿,聂夕来接聂瞎子回去。这个俊俏的女孩,似一汪清泉,让黄祁英眼睛一亮。

赛貂蝉如牡丹,这个姑娘似清荷。黄祁英的心着实被撞了一下,搁在以前,头上顶着太平镇镇长的乌纱帽,齐人之福就是碎碎个事。

一天上午,聂猪娃路过陈爷的铁匠铺,告诉他一件怪事。

"昨晚上我在院子里看见好多个鬼,嗖!嗖!乱飞一通,吓死人了!"聂猪娃边说边比画。

"黑灯瞎火的,你碰见了鬼?估计和你一样,都是懒死的。"陈爷讥讽道。

"懒得跟你说,和你正经说事,你偏要半空撇砖,能不能好好谝闲传了?"

"真的有鬼?"

"咦?谁骗你谁是鳖!"

"前两天晚上起夜,倒是看见塬上有数道红光,直直地照在夜空里,不知道是咋回事?"陈爷说道。

"天有异象,不是好兆头!"聂猪娃神神秘秘地说道。

两个人谝得热火朝天,杨柱子正好要到镇上汇报工作,听得真真切切。

新政府成立后,原地下党员聂占奎担任了泾阳县太平镇人民武装部部长,杨柱子则担任了聂庄的治保主任。

杨柱子把这个情况汇报给聂占奎。聂占奎听完,沉吟不语,想了一会儿,说道：“前两天后沟的治保主任反映他们村里也出现什么蓝色弹、红色弹。有个姓孟的孤老汉，说是看见恶鬼了，牛头人身子，拿着铁钩子，在他窗户上乱钩乱喊，说是妖魔出山了，天下要乱了，吓得老汉一夜没睡。”

"聂叔，你说这是咋回事？"杨柱子满脸疑惑。

"世上哪来的鬼？有人心中有鬼，有人黑天闹鬼。你晚上加强巡查，看能不能当个钟馗，抓几个小鬼。"聂占奎笑道。

"我以前塑的神像啊鬼像啊，多去了。老百姓都是跪拜祈求，捐钱捐物，我娘哪一年不给太平镇的娘娘庙捐香油？家里做饭也只是用筷子从油瓶里点上几滴，也没有见娘娘保佑，一年比一年的日子还差。当年要不是你介绍，我爹去了边区谋生，家早就倒灶了。"

"为啥国民党败了？各级衙门千方百计，用尽手段从老百姓身上榨油水。老百姓不傻，分得清谁好谁坏。"聂占奎拍了拍杨柱子的肩膀。

"我上次到县上开会，听说其他乡镇也发生了类似的怪事，而且是近期集中出现，我觉得不简单，里面肯定有鬼。"聂占奎说道。

杨柱子回到聂庄，没有回家，直奔聂猪娃家。

"叔，听说你遇到鬼了？"杨柱子嘲弄道。

"咦？谁说的？嘴太碎了。"

"我亲耳听到的。"

"大侄子，不对，你瞧我这张嘴。主任啊，"聂猪娃忙凑前一步，"我和你爹在淳化多年，关系好得很。你爹不在的时候还是叔连夜晚回来叫你上北山的，对吧，咱两家关系近！"

"说重点的。"

"好！好！听主任的。"聂猪娃谄笑道，"咱这关系，你不会给叔扣个宣扬封建迷信的大帽子吧？"

"咦？你想啥哩？实话实说。"

"叔不仅看见鬼，还捉了个鬼。"

"啥？"轮到杨柱子大吃一惊了。

"昨晚，几道蓝光在院子里一闪一闪的，你叔我到底在江湖上闯荡过，胆子也大，抡起扫把，一顿打，一个鬼被我打下来，剩下的飞了。"

"真的？"杨柱子更觉得不可思议。

"你猜鬼变成啥了？"聂猪娃一脸得意，自问自答道，"雀！尸首挂在窗户上，怕被猫叼走了，本想着给你汇报哩，谁知道你先来了。"

在聂猪娃的指引下，杨柱子看到了这只"鬼"，一个已经被烧焦的乌黑的依稀还能辨认出麻雀形状的东西。

杨柱子又好气又好笑，这是个鬼？他捡起麻雀，准备扔了。凑近鼻子一嗅，以多年泥塑匠的经验，这只雀隐约残留着硫黄味。

"主任啊，叔说的都是真话，真的是变成雀了，谁骗你谁是鳖！"聂猪娃一副信誓旦旦的模样。

杨柱子捏着那只焦黑的麻雀，左瞅瞅，右瞄瞄，似在端详一件珍宝。按说麻雀涂了硫黄，点着了，为啥不叫唤？他伸出两根指头，把麻雀的嘴捏开，一看，舌头没了。

杨柱子开始在聂庄的塬上塬下秘密巡查，白天混迹在太平镇街道，见人扎堆谝闲就凑过去听闲话。

有一天晚上，他发现有两个人往塬上走，头戴帽子，面捂口罩，四处乱瞅，鬼鬼祟祟。他忙悄悄尾随其后。

黑夜如幕，繁星似灯，秋风萧萧，树叶哗哗。

这两个人来到一处塬畔，说了几句话，各自从怀里摸出手电筒。光朝下，又从口袋里抽出一段红布，一层一层裹住灯头。两个手电筒都裹好，人手一个，同时将电光照向夜空。从远处望去，似红剑出鞘，刺破夜空。

"干啥的？"杨柱子大喊一声，从苞谷地里蹿出。两人扔掉手电筒，转身向苞谷地逃去。在手电光的照射下，两个慌不择路的家伙有形难遁。杨柱子在后面紧追不舍，手里拿着手电筒，前面如潮的苞谷迎面而来。

"站住，开枪了！"杨柱子边跑边喊。苞谷叶子似刀锋在脸上划过，脚底下磕磕绊绊。

前面的两个人突然分开跑了，一个向东，一个向西。杨柱子稍做犹豫，往东追去。一直向东有条深沟，看他逃向何处？前面的黑影跑出苞谷地，突然停下脚步。

眼前出现一条大沟。那人小心翼翼地探出脚步，踩在松动的沟边上，试着滑到沟底。脚底打滑，直接摔倒在枣刺窝里。在后面追赶的杨柱子听到一声凄惨的号叫声。

杨柱子打着手电筒，追到沟边。在手电筒照出的光圈里，一个人蜷缩在枣刺窝里，脸上、手上满是似针的枣刺，动弹不得。

杨柱子近前,将手电光打在这个人的脸上。"杨主任?"来人认识杨柱子。

"钱掌柜?"杨柱子笑了,老相识,纸扎店的钱掌柜。杨柱子将人拉出了枣刺窝。钱掌柜忙着摘脸上、手上、脚腕子上的刺,一副狼狈样。

"咋回事?说!"杨柱子从腰里拔出短枪,在光圈下晃了两晃。

"晚上没事干,胡耍哩!"钱掌柜尴尬一笑。

"多大岁数了?有五十了吧,耍瘾还大。"

"过年平五十!杨主任,当年我待你不薄,你在我那里学到的手艺不差,是吧?"

"对,对!你对我有大恩。当年你的规矩多,对学徒娃要求严,要不我也学不会这么多的手艺。"杨柱子顿了顿,继续说道,"仅每天早上倒尿盆子这一项,就干了整整三个年头。你大儿子的尿片子好像是我承包的,你媳妇一次没洗过哩。"

"杨主任,宰相肚里能撑船,你不能只记得不好的一面。"钱掌柜尴尬地挤出一丝笑容。

杨柱子嘲笑道:"严有严的好处,严师出高徒嘛!我帮你拔。"说着伸手从钱掌柜手腕子上连拔出两根长刺。

钱掌柜疼得龇牙咧嘴:"杨主任,你歇着,不劳烦你大驾。我来,我来。"

"走!"杨柱子喝道。

"哪?"钱掌柜面色大变。

"公安局。"

钱掌柜立马跪在地上,光圈里人影瞬间矬了一截。

"杨主任,就当我是一个屁,求你放了我。我给你说句结实话,一贯道的大师母说了,现在这个世道是青阳,马上要红阳了,到时候信教的入天堂,不信教的要下地狱的。瘟疫即将来临,先瘟共产党员,后瘟团员,其次瘟不信道的老百姓。我们信教的,头上自有光圈,一堆神仙保佑哩。"

"钱掌柜,你的正事不是钱吗?咋改性子哩?真是红辣子拌红萝卜,吃出没看出哩。"杨柱子挖苦道。

"你在教外,你不懂!"钱掌柜惆怅地冒出一句,"这才是真真的正事,你把我放了,我帮忙引你入教,先帮你弄个小护法。过几年,咱师徒俩起坛收徒,绝对现世里吃香喝辣,绝对来世脱离苦海,两全其美的好事哩。"

这个人以前以赚钱为人生终极目标,而今以得到永生为人生终极目标,人还是以前的人,思想变了。

"唉!都是我的错,好歹咱们师徒一场。这里也没有旁人,准备放你一马。"杨柱子故意说。

"杨主任是个好人哩。"钱掌柜忙恭维道。

"可是你还是信不过我,连利核都吐不出一个,你让我咋帮?"杨柱子冷哼一声,"我再问一次,能不能把握住机会,就看你的表现了。你可想明白了,你们干甚?受谁指使?"

"我说,我全说。"钱掌柜妥协了。

从钱掌柜的口里,杨柱子获得这样一个信息:最近一系列的天降异象,背后都是一贯道的点传师,就是当年克扣他四个银圆的张国权搞的鬼。

他放了钱掌柜,同时也和他结成同盟。一贯道有任何动静,随时通气,今晚两人就当没有见过面。

晚上秋风已凉,天上繁星点点,泾河滩的一片密林里,一贯道秘密集会。一个戴着书生面具的人正慷慨激昂地发言:"道友们,共产党要取缔一贯道,我们信仰的是至真至美的大道,信道者,得永生!污蔑我们是邪教,是反动会道门,道友们,我们要拿起武器,护教!"

"护教!护教!护教!"上百人同时高喊。

面具后面是黄祁英白净干瘦的脸庞,护教是煽动虔诚的甚至愚蠢的道徒们的借口,泾阳县县长的位子才是黄祁英翘首企盼的。

道徒们的激情和信心被狂热地调动起来了,高涨得如同涨水的泾河。在叽叽喳喳的一阵乱叫之后,他们每人喝了掺了符灰的酒,个个似有神功护体,人人自觉热血沸腾。

在黄祁英的带领下,百十号人浩浩荡荡向泾阳县城奔去。队伍里有一个人很随意地离开大部队,脱下裤子假装蹲在草丛里拉屎。看着这群人越走越远,这个人提起裤子,警惕地向四周查看,并无一人。这个人是杨柱子,钱掌柜前几日通知他,今夜坛主召集众道亲,有大事要干。

杨柱子忙跑到泾河边,脱掉衣服,只剩下一条裤衩,秋风吹来,裸露的皮肤顿时起了一层鸡皮疙瘩。杨柱子用双手从脸到腹部再到腿脚,来回摩挲几次,之后便一个猛子扎进河里,一只手攥一只鞋,双手划,两腿蹬,平缓的河面划开一道水波。

远乡

秋天是河涨水的时候,刺骨的河水里,眼看着河岸一点一点地拉近。杨柱子上了岸,迅速穿上湿淋淋的布鞋,向太平镇跑去。

半个小时后,杨柱子气喘吁吁地冲进太平镇武装部,端起桌子上的水杯,一饮而尽。

"你咋只剩下裤衩呢?"太平镇武装部部长聂占奎问道。

"事情紧急,我浮水过来的。"

"小李,拿身干净衣服。"聂占奎边下命令,边给杨柱子倒了杯热水。小李应声而去。

"一贯道今晚要突袭泾阳县城。"

"有这事?"聂占奎问道。

"千真万确,有百十号人。"杨柱子焦急地几乎喊上了,"许多人拿着枪,还有拿大刀长矛的。他们还喝符水,说是金刚护体。"

"喝了符水就成神了?"聂占奎讥讽道。

这时,小李拿了一身干净的衣服匆忙走进屋里,杨柱子忙换上,还觉得浑身上下冰冷刺骨。

"小李,你赶紧到县公安局送信,咱们人手还是欠。"

武装部人员加上杨柱子只有八个人,人手一枪,在武装部门前排成一排,夜色下,目视前方,神情坚毅。

聂占奎扫视一遍这支队伍,开口道:"同志们,一贯道妄想推翻新生的泾阳县人民政府,明白地说是螳臂当车,国民党八百万正规军都被消灭了,现在躲在台湾岛当缩头乌龟,小小的一个会道门就想翻天,叫我看是光尻子撵狼——胆大不知羞。这帮货脑袋被糨糊糊得实实的,还贼心不死,还明目张胆地到县城闹事。这帮货,喝符水,念符咒,自以为刀枪不入,我倒想知道子弹管用不?彻底消灭这股黑恶余孽,同志们有没有信心?"

"有!有!"只是区区几个人,声音却是很响亮,有气势。

聂占奎点点头:"我已派人到县上搬救兵去了,咱是先头部队,跑步前进,目标修石渡。"

另一边,一贯道的道徒们在夜色掩护下,排成两列歪歪扭扭的纵队,匆匆前行,前面便是修石渡。以前是个渡口,后来修了一座浮桥,横跨泾河两岸。修石渡向北走五六里路就是泾阳县城。

"都快点,别谝闲传了,马上就到了。""书生"边走边鼓励道徒们,"一鼓作气,拿下县城！道友们,只要进了城,随性子,想干啥干啥,三日不禁！"

队伍过了浮桥,前面是一片开阔的河滩地,县城近在咫尺,似唾手可得。人群里有人兴奋地低声闲聊,命运即将改变,今晚一过,就是人上人了。

突然,土坡上、杂草丛里响起噼里啪啦的枪声,在寂静的黑夜里显得特别清脆响亮。

"散开,散开,挤在一起寻死啊！""书生"大声喊道。

道徒中有人中枪死掉,有人受伤躺在泥地上呻吟。有个别道徒,坐在地上,双手做一个拱形,嘴里不停地喊道:"无太佛弥勒。"寄希望于有一大批的神仙下凡,拯救他们。

听声音,应该没有几条枪,"书生"趴在泥地上指挥道徒们反击,胆子大的道徒开始端枪射击。

"书生"慢慢地匍匐前进,从怀里摸出一颗手榴弹,拉开弦,扔了出去。

轰的一声,手榴弹在枪声最密集的地方爆炸,顿时枪声稀疏下来。

四名战士倒在血泊中,耳鼻口眼都在冒血。杨柱子忙从隐藏的一处土包后跑过来,想看看还有没有生还的可能。他从来没有想到,死亡离自己如此之近。

"柱子,瞄准了打,别浪费子弹。"聂占奎命令道,"同志们,坚持住,咱的人正赶过来。"

这时,"书生"站起来,不停地挥舞着手臂,好似一个指挥千军万马的大将军一样,镇定自若,威风凛凛:"道友们,冲上去！"

杨柱子端起枪,瞄准挥舞着手臂的"书生",打蛇打七寸,擒贼先擒王。嗖的一声,子弹擦着头皮而过,"书生"用手一摸,隐约有了血迹。

"书生"声嘶力竭地喊道:"他们没有多少人,冲上去干死他们。"

杨柱子再想瞄准这个领头的,发现这个戴面具的"书生"已混迹在人群里,不显山,不露水了。

"鸡贼！"杨柱子骂道。

在"书生"的鼓动下,一贯道的道徒们重新集结,似乎打了鸡血,燃起对信仰,确切地说是对银圆的渴望,挥舞着各种武器,发疯似的号叫着向前。

武装部这边只剩下四个人,零星的枪声更加证明了人手不够。

"柱子,绕到东边的土堆。你俩,瞄准了打。"聂占奎一边沉着射击,一边观察地势,下着命令。夜色沉沉,杀声震天。

一贯道的道徒们形成扇形的包围圈并慢慢缩小,猖狂地喊道:"投降！

投降!"

"逮住了点狗日的天灯!"

"抽筋扒皮!"

杨柱子迅速跑到土堆后,子弹在身边飞过,沙土四溅,蒿草折断。又有一名武装部干事被击中,侧翻在蒿草丛里捂着肚子,呻吟不止。聂占奎挨了一枪,胸口不停地涌出血,使不上力气,挣扎着想昂起头,却又无力地低下来,身体瘫软下来,倒在沙地上。杨柱子忙跑过去,抱住聂占奎,用力摇晃,他已没有了呼吸,浑身血迹斑斑。

"啊!啊!"杨柱子吼叫着,恐惧没有了,只有对敌人的仇恨。杨柱子举起步枪,拉栓,开枪,换子弹,一连串的动作,不停地射击。

正在危难之际,传来了急促的脚步声,伴随着闪烁不定的手电筒光,县公安局的同志们终于到了。

霎时间,枪声如鞭炮齐鸣,子弹似流星飞过。一贯道的道徒倒下一片。哭喊声、呻吟声、咒骂声此起彼伏,像一锅刚出锅的苞米粥,更像聂庄大皂角树上乱糟糟的乌鸦群的,惹人厌,惹人烦。神带来的不是福音,而是死亡。哪有什么刀枪不入,全是骗人的把戏。

"王字难出头!"黄祁英脑海浮现出聂瞎子的这句话,似泰山压顶,凌厉而来,他一下子觉得身似齑粉,心如死灰。

这一仗下来,一贯道道徒被打死三十人,尸体似装麦子的袋子横七竖八地倒在河滩上;俘获六十余人,他们或抱头蹲下,或举手投降,漏网者寥寥无几。黄祁英顺着河滩一路狂奔,深一脚,浅一脚。

正是:惶惶似丧家之犬,急急如漏网之鱼。

黄祁英逃跑的方向是太平镇,这是他的老巢,人头熟,关系铁。

聂振海刚躺下,准备睡觉,突然响起嘭嘭的砸门声,他很不情愿地起床。

"谁?"

"我!"门外一个低沉的声音响起。

"咋了?"

"有事!"

你问我答,寥寥数语,简单而有内涵。

来人听起来有点耳熟,一时想不起来到底是谁了。我也不是开药铺的,晚上来有甚急事?聂振海纳闷,但他还是穿好衣服,来到了门前。

第二十六章

一间门面,十块黑漆门板按顺序一字排开,上面有墨迹,写着数字,从壹到拾,不能错乱,要不插不上门。

聂振海刚把门板卸下三块,仅容一人通过,一个人影便挤了进来。聂振海抬头一看,吓了一跳。

来人是原太平镇的土皇帝黄祁英。他喘着粗气,看不清神情,只有大口喘气声,朝聂振海点点头:"进屋说。"

聂振海左右瞅瞅,一片寂静,偶尔传来野狗的叫声。他忙把门板对号装上,返回里屋。

黄祁英已经在里屋端起茶壶,仰着脖子一通猛灌,真把人渴死了。聂振海站在屋里,万分疑惑,看着黄祁英头上的血迹,心里不免忐忑不安。

"哥,出啥事了?你咋受伤了?要紧不?"

聂振海很关心的三连问,让黄祁英很受感动。

"要不我给你找胡郎中?"聂振海说着便准备往出走。

"兄弟,慢着。"黄祁英忙堵住门口,很随意地说了一句,"不碍事。"

黄祁英从洗脸架上抓起毛巾,这是一条污渍斑斑的毛巾,他皱了皱眉,将茶壶里剩下的温水倒在毛巾上,照着镜子轻轻地擦拭血迹。

"捡了条命。"黄祁英很庆幸,用手梳了梳头发,额头上一道血口子露了出来。

"到底出啥事了?"聂振海焦急地问道。

"我带人打县城,被人一锅烩了。"

"啊?"聂振海张大了嘴,半晌合不上,"你胆子太正了,你还想东山再起?"

"天不佑我,也是人之过啊!"黄祁英有种霸王兵困垓下的感觉。

黄祁英以前是土皇帝,现在就是个瘟神,请神容易,送神难呀!聂振海恨不得现在就推他出去。转念一想,不妥,不妥,黄祁英要是被抓住,不说以前,就现在收留他就够自己喝上一壶的。送走为妙,不伤和气,不惹是非。

聂振海在人神交战。他尽量低着头,不让黄祁英看到一点犹豫。要装出若无其事的样子,还真不是件容易的事情。

黄祁英看了看聂振海没有精气神的样子,喟然道:"我是省府的模范镇长,你是县府的模范保长,在民国是荣誉证,现在看来,他娘的是催命符。"黄祁英叹了口气:"你有没有想过我们最终会是啥落脚?"

"咱现在不是安全上岸了吗?"

"你当是鳖啊,你我以前把国民党的事当自己的事来干,得罪的人太多了。"

黄祁英满脸的落魄，像水落下去时显现出来的石头，清晰可见。

"布告上说旧政府人员只要不是首恶，概不追究。"聂振海一张脸似苦瓜一样渗出苦色。

"你这个人，一贯眼光短。一张布告，能保咱下半生？指屁吹灯！"黄祁英叹道，"从古到今，谁上台掌权，谁说话算数？官字两张口，反正话由当权派说。现在正在搞镇反运动，像你我这样的人这次能过关，算是烧高香了。话又说回来，这次过了，保不定哪次又过不了。共产党的会多，运动多。今年一个运动，明年一个运动，能次次过关吗？关山难越啊，我们现在和婊子一样，谁都嫌咱脏哩！我今晚在你这里避一晚上，明天准备到山西去。"

聂振海心里一万个不愿意，但是表面上还不能表现出来，尤其是瞥见黄祁英裤带上的那把短枪，更让聂振海说不出话。顺水推舟，方能避祸。

"不方便？还是？"黄祁英见聂振海半天不表态，面露不悦，眼光渐冷。

"好哥哩，兄弟跟你鞍前马后不是两三年了，你还不信任我？委屈你挤一张床了。"聂振海连忙说道。

"一晚上而已，多大个事。"黄祁英一笑。

两个大男人头对脚，脚对头，挤进一个被窝。

"哥！给你枕头。"聂振海殷勤地把唯一的一个枕头给了黄祁英，自己以棉衣为枕。

"睡，明天还要早走哩。"黄祁英说。

聂振海忙吹灭了煤油灯，黑夜里，黄祁英摸出短枪，放在枕头下面。一会儿，聂振海已是鼾声大作，黄祁英安安静静地躺着，发出均匀的呼吸声。其实，两个人都没有睡踏实，一个怕举报，一个怕灭口，彼此像防贼一样防着一个被窝里的兄弟。

天色慢慢地亮起来，再加上公鸡的几声打鸣，新的一天又开始了。聂振海小心翼翼地爬起床，担心惊到还在熟睡的黄祁英。

"起来了？"黄祁英似有先见之明。

"刚睁开眼。"

"你再睡会儿，我到镇上看看情况。"黄祁英打着哈欠，一骨碌爬起来，胡乱穿了衣服，"临走了，还要一事拜托兄弟。"

黄祁英从枕头下摸出短枪，又从裤腰里拿出两颗手榴弹，双手捧上，递给聂振海："我随身带不方便。"

"这个,这个。"聂振海结巴了。

黄祁英不由分说,直截了当地塞到聂振海手里,聂振海只好抱进怀里。聂振海心想:这人手咋和死人手一样,冰冷,还轻微地颤抖。

"多大个事!"黄祁英提高嗓门。不容置疑的口吻,让聂振海无法拒绝。

聂振海心里突然冒出一个念头,黄祁英不会是在试探自己吧?不收下的话,这个慌不择路的前上司,会不会当下灭口?

"那、那、那就存我这里。"聂振海感觉到翻江倒海般的苦涩。

"国军有朝一日还乡了,这些家伙能顶大梁!"

多年积威之下,聂振海屈服了。

"还是多年兄弟让人信任。"黄祁英说完,慌慌张张走了。

黄祁英走进县城,各个路口都设有卡子,穿制服的公安和戴着袖章的民兵,在检查路人。黄祁英四处瞅瞅,见没人跟踪,便一闪身进了自家院子。刚进里屋,他便急匆匆地向赛貂蝉说:"赶紧收拾,走!"

"出啥事了?"赛貂蝉惊讶地问道。

"哪个挨千刀的到县上举报,说我在解放前手上有血案。"

"那你到底有没有人命在身?"赛貂蝉忧心如焚。

"人啊!愿意锦上添花,擅长落井下石。以前得罪的人太多,这回事大了。"黄祁英没有正面回答,"我得到消息,他们要抓人,我不能坐以待毙。"

赛貂蝉心里泛起轩然大波,一个浪头高过一个浪头。她常常想起自己在外面唱戏时的情景,虽说风吹日晒,虽说抛头露面,虽说日子不好过,但能看到桃红柳绿,能听到鸟语风响,能做个人,即便是一个为一日三餐奔波劳累的人。

这个院子,这个狭小的天地,这个牢固的监狱。一待多年,人似病树。这个院子中央的石榴树,看它树枝发绿,看它花开花落,看它开口笑脸。笼子里的小鸟潇潇,好听的清脆的叫声似在召唤春天,春天过去,又在召唤夏天。一年就这样过去,又一年这样过去。

除了和黄祁英出门,这是偶尔的放风。赛貂蝉觉得自己就是一个囚犯,一个锦衣玉食的囚犯。走出这一方天地,也许是一个宽广的自由的天地。

"你走哪里,我跟哪里。"赛貂蝉脱口而出的话让黄祁英心里充满了感动。

"来!头巾裹上。"黄祁英从包袱里拽出一条黑色的围巾,丢给赛貂蝉,"还有颜色鲜艳的衣服,都扔了,惹眼!"

赛貂蝉站着没动,心似夜幕降临。

远乡

"快！赶不上火车了。"赛貂蝉一动不动，黄祁英很是生气，屎憋到尻门子了，还磨磨蹭蹭。

"咱们这是逃命，不是游山玩水啊，还不是为了安全着想？"黄祁英高声说道。

"好了，别耍性子了，到山西了，一切都会好起来。"黄祁英放低了声调，听起来柔顺多了。

黄祁英戴着一顶毡帽，背着一个大大的包袱。赛貂蝉头上裹着宽大的黑围巾，紧随其后。

"等我一会儿。"赛貂蝉急忙进了里屋。黄祁英站在院子里，这个女人真是麻烦。

抬头看时，赛貂蝉手里拎着鸟笼，兴冲冲走来："你看，潇潇！"

一阵秋风吹来，拂起围巾，露出一张明媚动人的笑脸。

黄祁英越看越生气，心里如同有一只狂怒的狮子。

"垂子！"黄祁英低声骂道，似一声闷雷。

他扔下包袱，一把抢过鸟笼，狠狠地摔在地上。鸟笼被摔得稀巴烂，一节一节小小的竹竿散落一地。红嘴小鸟滚落在墙角，扑扇了几下翅膀，不动了。女人的眼泪瞬间滴落在地，似雕像，一动不动。

"啥节骨眼了，还顾一个耍货子？"黄祁英的眼神似寒霜，如刀锋，直逼而来。

赛貂蝉不想解释，也不愿意解释了。潇潇是红嘴小鸟的名字，是自己亲自起的名字，出自《李慧娘》里的唱词：眼见得暮雨潇潇。本想着自己要走了，放小鸟出笼，还它一个自由身。可谁知？谁知！

女人刚刚还生出要和黄祁英同甘共苦，甚至为这个男人赴汤蹈火的想法，自己甚或都被感动了。刹那间，烧得正旺的火焰被瓢泼大雨无情地浇灭，彻彻底底凉了。

"走！"黄祁英冷冷地吐了一个字，拾起包袱，背在肩上。

过泾河，往南走二十里路，便是咸阳火车站。穿过陇海线，在潼关渡过黄河，便是运城。这是包德春的老家，黄祁英的亲姐和一双甥儿女在那里生活，一年半载一封信。目前看来是唯一可投奔的地方，应该是安全可靠的。

黄祁英压低毡帽，一双细长的眼睛警惕地张望，如惊弓之鸟。女人跟着黄祁英，暗自神伤。两人隔了三五米的距离，心情如同灰暗的头巾一样。

修石渡，一座浮桥，横跨两岸，稀稀拉拉的几个行人。乌鸦将巢筑在岸边的树杈上，一排排的杨树，一排排的巢。风已然有了寒意，让人不由得立起领子。

大河两岸,一片萧条,黄多绿少,竟有一人冒着寒风,摇着"猴儿船"往来两岸,不知所获几多?数只野鸭悠悠闲闲,徘徊游荡在河中央。秋风萧萧,河水东去,似西楚霸王正在告别虞美人。

正是:漫天凄风黄叶落,泾河两岸尽萧索。渔人不畏风浪紧,一桨划开万重波。

黄祁英加快了脚步,四处张望,昨晚太惊心动魄了。战场已经打扫过,但这一坨那一处的血迹在阳光下醒目而刺眼。

突然,聂振海熟悉的身影映入黄祁英的眼帘,聂振海的后面跟着四名男子,肩挎长枪。"日!"黄祁英在心里大骂一声,拽着胡思乱想的赛貂蝉狂奔起来。

"站住!站住!"

四名男子正是杨柱子和三名武装部干事,他们看见了黄祁英,便在后面紧紧追赶。

黄祁英没有停下脚步,他在赌。赌追击者是干打雷,不下雨。他扔掉包袱,紧紧抓住赛貂蝉的手腕,向前飞奔。到底是女人,赛貂蝉勉勉强强地疾跑了百十米,便腿脚发软,气喘吁吁,跌跌撞撞,扑通一声,她摔倒在浮桥上。

"娘啊!"女人一声痛叫,黄祁英急忙向后望了望,追兵正急急赶来。原本伸向赛貂蝉的手,稍做犹豫,立刻决然地收回来,黄祁英迅速转身,向南疾奔而去。

赛貂蝉忍住疼痛,慢慢地爬起来,神情恍惚,一步一步向桥边挪动脚步。她看清了,在这个男人的内心深处,自己只不过和那只红嘴小鸟一样,一个耍货子罢了,该扔的时候肯定抛弃。

杨柱子一行赶到,将赛貂蝉拦下。赛貂蝉望着滔滔的河水,坐在桥上号啕大哭。黄祁英飞奔向前,女人的哭喊声听得真真切切。

跑!拼命地跑!

浮桥过了!

河滩过了!

这个叫修石渡的村庄过了!

气喘得好像接不上来,腿沉得好像灌了铅,身体好像不是属于自己的,即将分崩离析。黄祁英瘫软在地上,搜肠刮肚般呕吐,全是泛着白色泡沫的酸水。

他实在跑不动了。

第二十七章

聂振海在黄祁英被抓的下午独自一人到塬上走了一圈,去干了件隐秘的事。黄祁英留给他的武器他没有上缴,而是留下来,说不好哪天就能用上,有点狡兔三窟的意思。他来到一孔废弃的窑洞前,环顾四周,没有一个人影,连忙低头进去。

窑洞里到处都是粪便,有人粪,但是人粪少,麻雀的和蝙蝠的居多。聂振海挖了个坑,将盒子枪和手榴弹埋了。

窑洞前面是成片的苞谷地,如大山般沉默。

陈爷家的老三——狗蛋,被陈爷支出来给猪割草。他们家里养了两头杂毛猪,正是饭量大的时候。狗蛋嘴馋,和杨砖头商量到塬上打牙祭,聂秀才地里的红薯熟了。

"哎!咱少拿几个,被人家发现就坏了。"

"怕啥哩。苞谷地里钻,谁能找见?"狗蛋满不在乎地说道。他们俩一人挎着一个藤条编的粪笼,上面盖了些"扒地龙""羊胡子"等野草,作为掩饰物,下面藏了十来个红薯。

"我给你说个秘密。"

"你尿床了?"杨砖头笑了。

"你才尿哩,还尿一河滩。"狗蛋反驳道。

"皮干了,想挨打啊。"杨砖头挥了挥拳头。

"咦?上回在河里你没喝饱?"

"那是在水里,在岸上你是这个。"杨砖头伸出小拇指在陈狗蛋眼前卖力地晃动。

"你就是嘴上的劲!"狗蛋讪讪一笑。

两个人打了多少次架,狗蛋十之八九是挨揍的下场,但这小子水性好,

第二十七章

"我前几天割草的时候看到聂振海鬼鬼祟祟溜进一孔废窑,你说他干甚呢?"

"黄狗出门,肯定没啥好事情。"杨砖头判定。

"为啥?"

"狗能改掉吃屎的毛病?咱们看看他藏啥了,说不定还是宝贝。"杨砖头怂恿道。

两人挎着粪笼从苞谷地里蹿出,直奔窑洞。

"咦?狗日的屎满了。"狗蛋骂道,"估计是来拉屎的。"

"拉屎的话,塬畔更畅快哩。"

杨砖头仔细地环视一圈,这是一孔废弃的窑洞,环窑皆屎,别无他物。

杨石头突然发现,最里面的东边拐角,那里的土和别处的有点不一样,有点新,有点松,好像是被翻了。杨砖头拿出镰刀,开始挖掘。不一会儿,挖出一个黑色的小匣子,打开匣子,赫然出现一把盒子枪,两颗手榴弹!

杨砖头慌忙将匣子塞进粪笼里,对狗蛋说道:"真是宝贝哩。"

两人一前一后出了窑洞。"你会扔手榴弹不?"杨砖头问道。杨砖头手痒心更痒,听说手榴弹的威力很强大,就是没见识过,如果能亲自扔一个,太刺激了。

"不会。"狗蛋摇摇头,眼里只有懊恼了。

"你想玩不?见识一下到底威力咋样?先扔一个,成功的话,明天到泾河炸鱼,红薯哪有鱼好吃哩,你说好不好?"

杨砖头继续不断地怂恿,与其说是说服狗蛋,不如说是给自己壮胆。

"整!"狗蛋终于生了英雄胆气。

"整就整,多大个事!"杨砖头摸出一颗手榴弹,小心翼翼地来到塬畔。

眼前一道深沟,杂树丛生,树叶黄多绿少,显得有点斑驳,和荒凉的深沟倒是般配。狗蛋早已趴在地上了,双手捂耳:"行不行啊?"

"我才不怕哩,我大哥是治保主任,他给我教过。"杨砖头给自己壮胆。杨砖头听杨柱子说过手榴弹咋弄的,这不假,可那是纸上谈兵;弄真的,还是心虚,虚得手颤腿抖。

"不行算了。"狗蛋想打退堂鼓。

"喊屁哩!连累我也害怕了。"杨砖头回过头埋怨道。

"我扔了!"杨砖头拧开盖子,拉出引线,"我扔了!"心如擂鼓,又一次给自己打气。

一个小环出现在眼前,将一根指头套进环里,嗖一声,小环抻开,手榴弹扔出。

杨砖头忙趴在地上，捂住耳朵，没有动静。

"咋没响？浪费了。"

"不可能啊，我记得拉了。"杨砖头挠挠脑袋，到底拉没拉，实在记不清楚了。

轰隆一声，像惊雷炸响，沟底陡然升起一团尘烟。狗蛋和杨砖头兴奋地站起来，连说："美得很！"

两个人挎着粪笼，一前一后，连说带笑，向塬下走去。

还没到村口，就碰见了聂文智。

"聂伯！"

"聂伯！"

"你俩崽娃子，从塬上下来，听见啥动静了没？"

"没，没！"两个人异口同声地说道。

"四五年日本人空袭西安城时，有颗炸弹掉到咱塬上，是哑弹，我还以为爆炸了。"

这么大声音，两个娃没听见？两个娃你看我一眼，我看你一眼，还不由自主地将粪笼向身后藏。

"最近啊，我地里的红薯老丢，我怀疑有人偷。"

"我没偷。"狗蛋低下头。

"我也没偷。"杨砖头红着脸。

"聂伯的日子是老太婆过年，一年不如一年啊！一家四口子，全靠塬上三亩地，今非昔比，恓惶啊！抓住贼的话，我肯定要给公安局打招呼，要抓起来的。"聂文智装作紧锁眉头，神情严肃，"聂庄不会出贼娃子，你们也是我看着长大的，都是好娃。为证明你俩的清白，我检查一下，不为过吧。"聂文智近前一步，将狗蛋和杨砖头拦下，伸手去抢两个粪笼。

"跑！"

杨砖头大喊一声，扔掉粪笼，拔腿就跑。狗蛋看样学样，在后面跟着。两个粪笼掉在地上，里面滚出十几个大大小小的红薯，一个笼里还露一截木头把子，拉出一看：手榴弹。

聂文智慌了，忙将两个粪笼翻了个底朝天，另一个笼里还有一把盒子枪。

"别跑！到底出啥事了？"聂文智拿上东西在后面紧追两人。

庄稼汉们正蹲在门前，吃饭谝闲，两不耽误，这是一天里最悠闲轻松的时光。

他们震惊地看到这一幕:狗蛋和杨砖头在前面气喘吁吁地跑,聂文智在后面气喘吁吁地追。

让人惊掉下巴的是,聂文智左手端一把盒子枪,右手拎一颗手榴弹。

两个月后的一天,黄祁英作为反动会道门的首恶在崇文塔下被执行死刑。以崇文塔为中心,周围人山人海,有人甚至爬上了树,爬上了房,比冬至塔会还要热闹。

黄祁英被五花大绑押进刑场,刑场设在崇文塔前面的空地上。场外人声嘈杂,如同粥熟,又似水沸。无论哪个时代,看过杀人都是可以让人吹嘘一阵子,甚至一辈子的事情。

黄祁英胡子拉碴,越发显得消瘦了,似一棵枯死的杨树,生机已去,却笔直挺立。他木然地环视四周,眼睛似雷达一样,在人群里热切地搜索,他在找一个女人,一个叫赛貂蝉的女人。

她也许来不了了,她也许来了,却躲在哪个角落。

此时此地,黄祁英想起了多年前初见她的那一天。那娇媚的面容,那善舞的长袖,那一唱三叹,那举手投足,往事如同一幅美好的水彩画在脑海里清晰地浮现。他深深地沉浸在对往事的回忆中,死亡的恐惧倒没有那么强烈了。

又一名人犯被押过来,说是押,还不如说是架,两个公安架着犯人走到黄祁英的身边。在公安松开手的同时,人犯瘫软在地上,因为恐惧,抖得像因缺水而濒临死亡的大青虾。黄祁英低头一看:聂振海。

正是:仇人相见,分外眼红。

"哟,你卖了我,咋还是和我一个落脚?"黄祁英冷哼一声,不屑,不甘,无可奈何。他挣扎着要踹死这个一辈子眼光短,一辈子爱耍小聪明的家伙,但被公安死死拉住。

"临了还有个陪葬的,好,甚好!"黄祁英仰天大笑,一脸惨然。

聂振海检举黄祁英的罪行,本可以立功,最起码可以补过。但这个人好留一手,将枪和手榴弹私藏下来,后被杨砖头和狗蛋无意中发现。

聂振海被县法院认定贼心不死,妄图复辟,被判陪绑死刑。他在刑场吓得尿裤子,疯了。

疯了的聂振海被侄子们接回家后,不知道他从哪里寻出一个铜盆子,从树上折了根食指粗的柳树枝子当锣槌子,一天到晚在聂庄招摇过市,吵得乡党们不得安生。他嘴里号叫着:"看戏喽!看戏喽!"明事理的,不与计较;记旧仇的,幸灾乐祸。

一日,聂振海又溜出家门,聂庄大部分人到地里去了,村子里没几个闲人。聂猪娃懒洋洋地斜靠在窑门前,抽着旱烟,远远地望见聂振海走过来了,聂猪娃故意问道:"啥戏吗,还要敲锣打鼓地宣传?"

聂振海四下瞅瞅,神神秘秘地说:"好戏!"

"来一段嘛。"聂猪娃笑嘻嘻地邀请道。

"来一段?"聂振海自言自语。

"月亮爷,丈丈高;骑白马,挎腰刀;腰刀长,杀个羊;羊没血,杀个鳖;鳖没油,杀个牛;牛没肉,杀个猪娃呼噜噜。"

聂振海不会吼秦腔,倒有模有样地来了段儿时的歌谣,唱一句,敲一下铜盆子,挺有节奏。

"你婆的屁。敢暗地里讽刺要杀你叔——我,寻死哩!"聂猪娃瞪起眼睛,嘴巴抽了几抽,似受了天大的委屈和侮辱。他扔掉旱烟袋,一跃而起,双手拽住聂振海的胳膊,将聂振海抡了一圈,扔了出去。聂振海闷哼了一声,重重地摔倒在地。

聂猪娃上前几步,靠近聂振海,伸出右手,弯曲中指无名指小指,做手枪状,抵住聂振海的脑袋:"保长,是吧?在旧社会,人五人六,正眼看过谁?瞅瞅你现在的样子,真是一条黄狗哩,你也有今天!"

"砰!"聂猪娃大叫一声,"枪"狠狠地戳在聂振海的太阳穴上。

聂振海脸色黄里透白,像一只四脚朝天的鳖,嘴里哀求道:"黄狗不咬人了,你放心,再不咬人了。你放了我,求你饶了我。"紧接着眼睛上翻,嘴里说"我咬死你",脑袋像拨浪鼓似的摇晃不止,张开嘴巴,大门牙似刮粪板子。

聂猪娃挥出右拳,正中聂振海的腮帮子,高声骂道:"滚!"

聂振海好不容易挣扎爬起来跑了,他视为珍宝的铜盆子撇在窑门口。聂猪娃满心欢喜地用手指敲了敲,听声音,铜的成色还不错,能换几块钱。

聂家三个侄子都已成家立业,没人愿意管这个疯子叔,都说自家的困难和恓惶,没人愿意伸出援手。尤其老三,一言不发,远远地蹲在墙角,态度不言而喻,干我何事?杨柱子调解了好几回,兄弟三个才极不情愿地达成口头协议:一家管一个月,一个季度抓阄一次,以天意决定先来后到。

聂振海丢了铜盆子,疯得更厉害了,折些树枝缠绕脑袋一圈,插几朵野花,似头戴官帽。有几回逮住村里的小娃,强行按住娃们磕头下跪,为此挨了好几回打。杨柱子找来聂家三兄弟开了次家庭会议。聂振海这个样子下去不是个事,如是伤人,就事大了,三兄弟都要负责任的。

这个月轮聂犊娃照顾了,他图省事,将聂振海关在房子里。用绳子拴上,不让出来,每顿送水送饭,里面放一个大桶,权当屎尿盆子。刚开始几天,聂振海还扯着喉咙喊,逐渐地没力气喊了,渐渐安静下来了。

一日,入夜后,聂犊娃趁娃们已经熟睡,急死忙活地趴在媳妇的肚皮上,已经脱掉衣服,准备提枪上阵。

媳妇对聂犊娃说:"回回猴急猴急的,等一会儿,我好像听见你疯子叔刨门哩?"

"就你事多!"聂犊娃极不耐烦。手没有停顿,已经解开了胸前的两个纽扣。

"要不你去看一下?"媳妇催道,挡住那双粗糙的手。

"你管得宽,明天轮老二经管了。"

"我害怕。"媳妇怯怯地说。

"天一亮,就送到老二家里去,还省下一顿早饭,这个月是小月哩。"聂犊娃笑道。

"看看嘛,我不踏实。"媳妇继续催促道。

"唉!摊上这个亲叔,真是倒血霉了。"聂犊娃低声骂道,下了炕,端着煤油灯,以棉鞋当拖鞋,三两步蹿到自己的房门口。耳贴门板,静听响声,从左厢房隐隐约约地传来吱吱的声音。

"老鼠!"聂犊娃很肯定。

"真的?"媳妇歪着头问。

聂犊娃点点头:"真的!"

他火急火燎奔到炕边,将煤油灯放在桌子上,噗的一口气,屋里重新变得漆黑一团。

他向炕的方向急促地说道:"脱!"

第二天早上,聂犊娃拿出钥匙,打开左厢房的房门,推却推不开,好像有东西挡着。

聂犊娃用力撞开门,亲叔匍匐在门板后面,早已僵硬。聂振海双手向前,两只手掌血迹凝结,地上还有几片脱落的指甲盖,门板上隐约可以看到许多抓痕,一道一道的。

第二十八章

　　杨柱子在担任聂庄的治保主任期间，积极协助县土改队工作。土改队的人进了村，在和杨柱子多次碰头后，他们一起制定了一套完整的方案：先钉钉子，随后串联，再开诉苦会。谁要被冠上地主富农的头衔，游街、批斗就是家常便饭，更是一生的污点。

　　土改队将聂庄第一个"钉子"钉在聂瞎子家，发展的积极分子就是十六岁的聂夕。第二个是聂猪娃，这个"流氓无产者"在土改队员多次教导下，终于自觉地认识到自己身上所有的不幸，是由罪恶的阶级剥削造成的。还有几个聂庄的贫农，被组织起来，杨家的窑洞是经常聚会的地方。

　　杨柱子端着黑瓷老碗，苞谷糁子，外加腌酸菜，蹲在门口，边吃边晒太阳。杨陈氏手端瓷碗，望着儿子吃饭，没有胃口。

　　杨柱子咽下一口糁子："娘哩，聂伯以前在旧社会是白蟒塬出名的地主，这总是事实吧。斗地主，就是打掉地主的嚣张气焰，聂伯的事你就别操心了。"

　　"人要有良心。当年石头跑了，黄扒皮关下你爹，要不是你聂伯，你爹早就没命了。"杨陈氏说道。

　　"豇豆一行，茄子一行，哪能套种哩！"杨柱子不耐烦，熟练地用筷子顺着碗沿刮了一圈，将刮出的最后一点残渣吞进口里，将碗放在门前的石凳上，"我忙去了。"

　　北极星不甘寂寞，早早出来溜达。太阳将最后的一抹光芒撤回，天色渐渐暗下来。

　　杨柱子忙了整整一天，和土改队员搭台子，写标语，画图像。十米长的白布上，"耕者有其田"这五个字写得磅礴大气，受到县土改队袁队长的当面表扬。这是个新时代，穷人举双手欢迎的时代。上了前面的缓坡就到家了，砖头在西安城上大学，只有寒暑假才能回来。

家里就剩下一个老娘了,腿脚不利索,早已干不动农活,能将就把生的做成熟的就很不错了。每晚在门口等候回家的儿子,已经是习惯成自然的事了。杨柱子说过多少次,不用等他。但她听不进去,说是有个盼头。

一抬头,杨陈氏正在窑洞前面的空地上烧纸钱,微红的火光下,好似说着什么。

杨柱子忙走过去,问:"娘,你这是给谁烧纸?"

"你爹。"

"你咋想起给我爹烧纸?"

"报喜讯。"杨陈氏用拐棍拨拉几下纸钱,火苗蹿得更高了,纸灰似蝴蝶一样纷纷飞去。

"砖头在学校考好成绩了?"杨柱子欣喜地问。

"砖头再能行,哪有你能行?"杨陈氏讥讽道。

"大学生出来要当干部,肯定有大出息。"

"这回给你爹说的是你的光辉事迹。"

"我有啥可夸耀的?"杨柱子有些不好意思。

"你爹一辈子老好人,没想到生了个好儿子,现在还要批斗他的救命恩人,多好的儿呀!"杨陈氏始终没有抬头正眼瞅一下杨柱子,好似自言自语,"我多好的命呀,两个儿子,一个是治保主任,一个是大学生,村里人羡慕,都夸我有福气。可是我还有一个,一走二十多年了,连个音信都没有,估计是死了,都不知道埋到哪里。"杨陈氏触到心里最深处的痛点,难受得她心里发紧,眼睛发酸,眼泪不由得滚下来。

"娘,你净瞎操心,石头命大哩!"

"你别给我宽心,石头如还活着,能不给家里捎个信?"杨陈氏的感情阀门彻底打开,委屈、难受、埋怨、伤心,如泄洪之水,滔滔而下,"当年咱日子过不下去,本想着让你当粮子,可你在纸扎店当学徒,快出师了,实在没办法,才让石头顶上。"杨陈氏想起了那个送石头走的寒冷的早上,酸楚地说:"手心手背,都是肉啊!"

逐渐暗淡下去的火光下,杨陈氏的脸庞残留着泪痕。曾经坚强的母亲,曾经健壮的母亲,现在依靠拐棍才能站立起来,杨柱子心里一紧。

"你现在干着保长的差事,你聂伯对咱杨家可是有大恩的,可不能胡来。"

"保长是旧社会的官,主任是新中国的,不是一回事。"杨柱子哭笑不得。

远乡

"我看差不多,一天到晚,挎着盒子枪,在村子转悠,就是没保丁,不敲锣了。"

杨柱子心里泛起了涟漪,划成分,斗地主,这是政治任务,岂能公私不分?让人咋评价自己这个治保主任。杨陈氏见儿子沉默不语,委屈地抹了抹眼泪:"娘不耽误你的大好前程,我回娘家去。"

"我舅家就剩下一个妗子了,还和你闹了一辈子,你去惹人笑哩。"杨柱子劝道。

最后一点残纸的火影暗淡下去,杨陈氏拿起拐棍,支撑起身:"无论啥朝代,人都要有良心。"杨陈氏一手拄拐棍,一手指胸口,"人做的每一件事,菩萨都知道。她看在眼里,记在纸上,行善的做记号,作恶的也做记号,善有善报,恶有恶报,你自己掂量!"

"娘啊!你咋又扯到菩萨身上了?给你说多少遍了,全是泥人人。"杨柱子反驳道。

佛教的佛陀、菩萨、罗汉;道教的三清、真人、财神;一贯道的老母、师尊、师娘。这些人世间供奉的各路大神小神,他几乎都塑过,见多不怪了,也就不信了。

"你个挨刀的,长能耐了,连菩萨都敢不敬。你敢带头批斗你聂伯,乡党们背地里能戳烂你的脊梁骨,好娃啊!"杨陈氏因儿子不能理解自己的苦心而深深地陷入焦虑之中,无法释怀。

"好娘哩,你真会给你儿子出难题。"杨柱子想了想,"我聂伯的事我想办法,大不了不当这个主任了。"杨柱子明白今晚不表态,想蒙混过关,门都没有。

"老杨家的儿子,本性善良,这随你爹。"杨陈氏高兴起来,"忙了一天,你也没吃口热的,我回家给你做黏面去。"

又是一个大晴天,冬天的太阳像救苦救难的观世音菩萨,伸出千万张手,抚摸着天下苍生。批斗会在村东边涝池旁的空地上,那棵巨大的皂角树依然挺拔,纵横捭阖的树枝上尽是老鸹的巢。今天是空巢,老鸹早早被人们的吵闹声吓飞了,算是被动清场。

聂文智站在"神树"下,戴一副老式眼镜。一条眼镜腿坏了,用一根细细的麻绳绷紧了,当条腿用。还是一身青蓝布袍,干瘦的脸颊密布皱纹,似深沟大壕。齐肩长发,已是白的多,灰的少。

媳妇在新中国成立前一年得病死了,陈家女子扶正了。天佑是她从小抓的,两个人很是亲近。她抱着天佑远远地站在场外,儿子看见父亲站在高台之上,觉得好玩,笑吟吟地招手。聂文智将头扭向一边。

聂文智恍惚地想起光绪二十六年(1900年),慈禧太后西逃长安,他在县城参加"跪迎"时的情景;想起了民国二十二年(1933年),同样在这个地方,那个杀人场面;想起他那个跑到台湾的义兄在民国三十三年(1944年)给自己写的一副对联:不欺不诈任我行;或毁或誉随人评。

孟村的批斗会,聂文智亲眼见过。张财东,他的一个棋友。两个人经常在一起下棋,经常为一子得失吵得不可开交。那一天戴了顶纸糊的高帽子,上面写了四个黑字"恶霸地主"。脖子上挂了一个破算盘,被人押着游街。有人唾唾沫,有人扔土块,有人骂,有人打。

正是:颜面尽扫地,惶惶似狗窜。

从土改队进驻聂庄那一天起,聂文智就等着被批斗,被游街。既然不能反抗,那么只剩下默默忍受了。

本来计划的是杨柱子打当头炮的,杨柱子捂着肚子,说是昨晚吃剩饭拉稀了。好汉顶不住三趟拉,现在手脚无力,上不了台子。

退而求其次,聂猪娃成了挑大梁的。他三步跨上高台,挥动着结实的右臂,大声吼着口号,似要把聂文智吓趴下。

"打倒地主聂文智!"声音很是洪亮。

聂猪娃心里想,凭啥你个棺材瓢子能娶个漂亮女娃,凭啥人前人后地显摆,还不是因为手里有几个臭钱?咋来的,还不是剥削穷人来的?"剥削"两个字是新名词,到底啥意思,他说不明白。

说一千,道一万。你手里的钱,包括家里的,都应该分给我一份,别人是别人,我是我,那头牛应该分给我。牛肉,太香了。时代不一样,穷人要出头。我是穷人,我要出头。

聂猪娃心里如同有一支松油火把,烧得他热血直向胸腔涌。

"聂文智,你是不是地主?"

"嗯。"

"你雇长工,雇短工,那个啥,对,剥削他们,是不是?"

"嗯。"

"你吃稠的,给长工喝稀的,对不对?"

"嗯。"

"你能不能说点别的,跟个应声虫似的,书读到狗肚子里了?"聂猪娃大声嘲弄道。

"哦。"

聂秀才改了唯一的一个字,还是同样的口吻,一动不动。寒风吹乱长发,身如摩崖老松。他回头望了聂猪娃一眼,眼里充满了轻蔑不屑。

"犟,真犟!跟你家的黄牛一个德行。又瞪我是不是?你以为治不了你?"聂猪娃低声恐吓,"给我等着!"

年上借你几斗粮食,日娘谳老子地骂。没想到你聂秀才也有今日,真是三十年河东三十年河西。风水轮流转,今日到我家。

"打倒恶霸地主聂文智!"聂猪娃在"地主"前面加上"恶霸"这个修饰语。听土改队员说的,恶霸地主属于很容易激起民愤的一类人,和一般地主是有很大区别的。他觉得聂秀才名副其实。

聂猪娃自感声音更洪亮,气势更威风。现场却是无人响应,无人跟风,静悄悄一片。批斗会冷场,煮了锅夹生饭。聂猪娃站在台上,向远处招了招手,他在寻帮手。

积极分子聂夕第二个冲上台。轮番上阵,不给被批斗者缓冲余地,这是事先商量好的。

"打倒恶霸地主聂文智!"聂夕漂亮的小脸露出不合年龄的苦大仇深,让人看着别扭做作,声音尖脆响亮。

在一片沉默中,西北角一个苍老的声音,像唱秦腔一样高昂:"你个笨种,滚下来!"

聂瞎子听到女儿在台上不知深浅地乱喊口号,气不打一处来。聂庄几百号人,能行的人多去了,轮到你一个女娃儿五马长枪?真是光屁股撵狼——胆大不知羞。一煽就动,真让人头痛。

聂瞎子拄着拐棍,一步一步循声而来。

聂瞎子上了台,抡起拐棍:"没有你聂伯,还轮不到你托生为人。"

"爹,别在这里瞎闹了。"聂夕躲闪着,劝说聂瞎子。

"我眼瞎,心没坏。"

"你别耽误我正事。"

"正个屁啊,正字咋写,你知道不?我咋生下你这个瓷锤啊!丢人现眼的货,回家做饭去。"

聂瞎子的咒骂,似狂风骤雨,疾速而来。聂夕长到十六岁,聂瞎子从来没有对她高声说过话,更别说打骂了。真是捧到手里怕摔,含到口里怕化,是个纯粹的女儿奴。而现在竟在众目睽睽之下,骂得难听得要死。女娃儿脸上挂不住,心里想不通,哭着跑了。

台下哄然大笑,议论纷纷,今日聂瞎子总算在闺女面前长回脸了。聂瞎子听了听聂夕跑走的声音,放下心来。他继续挥舞着棍子,一棍打在聂猪娃身上,聂猪娃高叫道:"打我干啥?"

"好狗不挡路。"

"你有病是不是?我没惹你啊。"

"我管教女子,你离远点,小心再打到你。"

"你女子早就跑了。"

聂瞎子靠着耳朵,准确判断出聂猪娃所在的位置,一拐棍正中聂猪娃的瘌痢头上。

"哎呀!"聂猪娃疼得一声惨叫,"老瞎子,你存心的?"

"你个懒鬼坏尿,文智哥啥地方对不住你哩,他是恶霸?没给乡党们借过粮?还是没借过钱?"

"借是借了,还不是要还的?"

"聂猪娃,你还过没?估计一回都没还过吧?"聂瞎子嘲弄道。

"谁说的,我还过一回。"聂猪娃反驳道。

聂瞎子气得嘴角抽了几抽:"有借不还,还有脸了?有手有脚,一身力气,日子混得连我一个瞎老汉都不如,羞你先人去!"

"你骂谁哩,老瞎子?"被当众揭了疮疤,聂猪娃很是恼火,"什么藤开什么花,什么阶级说什么话。聂文智是你亲爷,你帮他出头?"

"咦?咦?会撇新名词,真小看你了!爷三岁卖蒸馍,啥事没经过,狗日的还会撇新词了,以为长能耐了!你娃嫩哩,和长满嫩刺的黄瓜一样,手一捏,都是清水,显摆个垂子!"

在聂瞎子的重火力攻击下,聂猪娃恼羞成怒,双脚蹦起来,离地三尺,嘴里吼道:"你妈的,我是三代贫农,你敢骂我?"

聂瞎子蹦不起来,只好拿着棍子抡来抡去,在空中画着一个一个的圆圈。两个人像两只昂扬的斗鸡在互相挑衅。这句话激起聂瞎子极大的愤懑不平:"你三代贫农,你爷还八代呢!我今天就骂你这头懒猪了,你有本事把爷尿咬了!"

"瞎子!你敢掏,我就敢咬,怕你?"聂猪娃骂红了眼。

"懒猪!你敢咬,我就敢掏,怕你?"聂瞎子涨红了脸。

一个牛高马大的老光棍,一个又老又瞎的老头子,两个人在高台之上你来我往,唇枪舌剑。被批斗的聂文智倒像个配角,与己无关。

袁队长和另外三个土改队员坐在桌子后面,袁队长是唯一识字的,负责批斗会的记录。他心里咯噔一下,转上手里的钢笔帽,食指在桌子上噔噔噔地敲个不停。

第一次遇见这样的情景,这个批斗会咋开下去啊?这个记录咋做啊?在孟村批斗一个姓张的地主,排山倒海的口号声,让人热血沸腾,贫苦的村民们争先恐后地冲上台。前面还是文的,只诉苦;后来变成武的,你一拳,他一脚,将多年的愤恨发泄出来。那次批斗会就开得很成功,激发了贫下中农的阶级仇恨,地主的土地和浮财都被分了,还作为样板在全县土改会议上做过汇报。

批斗会如果继续这样开下去,成丑角斗赛了。袁队长思前想后,放下手中的钢笔,向还在揉肚子的杨柱子递了个眼色。杨柱子领会,忙上台劝聂瞎子离开了批斗会现场。

聂猪娃百无聊赖地站在台上,乡党们冷眼相对,让他浑身不自在,忙逃也似的跑下台,人群里也不敢待,回破窑洞去了。

"下一步咋办?你是聂庄治保主任,聂庄的事你最有发言权。"袁队长把这个问题交给了杨柱子。

"上次开全县的土改经验交流会,金县长说要实事求是地对待土改工作,不能左,也不能右。"

杨柱子沉吟片刻,望了望袁队长鼓励的眼神,接着说,"要不举手表决,批斗的决定权交给群众,你看?"

袁队长想了想,点点头:"这倒是个好建议!"

袁队长宣布由聂庄乡党举手表决,要不要批斗聂文智。

不知道是谁,率先鼓起掌来,一个连着一个,整个会场连成一片,满是掌声。望着台下一张张熟悉的面孔,聂文智的嘴唇不停地抖动,说不出一句话。

言语也有苍白无力的时候,言语也有画蛇添足的时候。

聂文智深深地鞠了个躬,长满花白头发的脑袋在低下的那一刻,泪水顺着眼镜框滴在这片他热爱的土地上。

第二十九章

聂瞎子晚上没有吃上饭,聂夕罢工了。月亮似一把镰刀,挂在西边的天空上,聂夕眼睛红肿地从杨家回来。

"咦?还知道回来?带啥吃的没?"

"今天当着那么多乡党的面,骂美了,我心情不好,没做饭!"聂夕冷面道。

"那你去倒杯水,你老子好好给你上一课,你忒嫩很哩。"

"没有。"聂夕愤愤地回了一句。

"你为啥这么积极地出头,你以为我不知道你的那点小心思?"

"我哪有什么心思,人家土改队说得对着哩,地主靠剥削农民获得土地和财富,不打倒他们,贫下中农就没有好日子过!"

"觉悟蛮高的,不是所有的地主都是靠剥削的,你聂伯剥削过你?"

"干爹在他家扛过长工,算不算剥削?"

"那他亲亲的儿子咋没有带头批斗?"聂瞎子问道。

"他生病了。"聂夕斩钉截铁地说道。

"屁,他怕被人笑,被人骂,被人戳脊梁杆子。聂庄的乡党哪个没受过你聂伯的恩情?他不愿意把人得罪完了,作为治保主任,又没办法不出头,只好生病了。他是个聪明人!聂猪娃,穿上龙袍也不像太子,懒得说他!你要求进步,这是个好事,爹支持!太爱表现,有时候反而出洋相,孔雀开屏的时候最漂亮,但是屁股蛋子露出来了。我听你干娘说,砖头可是喜欢文静懂事的女娃哩。"聂瞎子意味深长地一笑。

"他真这样说了?"聂夕紧张起来,语气急切。

"咦?我糊弄谁,还能糊弄亲闺女?"聂瞎子又是一笑。

"这可咋办啊?我原想在聂庄好好表现,在他心里留下一个好印象,这下完了。爹你经的事多,你说咋办?"聂夕慌了。

远乡

"满肚子的蝴蝶也飞不出来啊,都饿死了。"聂瞎子摸了摸肚皮。

聂夕去过一回杨砖头上的大学,那是今年的四月份。学校坐落在一个叫樊川的地方,北靠少陵塬,南望终南山。校园里满是参天大树,有榆树、槐树、桐树,还有许多叫不上名字的树,路边盛开着五颜六色的花。

杨柱子给杨砖头送生活费,聂夕缠着一起去,说是净在巴掌大的地方转悠了,想去趟大城市。她白天下地干活,晚上则在煤油灯下紧赶慢赶纳了一双布鞋。这是她第一次做布鞋,针脚长的长短的短,还好,算是一双鞋了。

"走!领你们转转,好不容易来一回。"杨砖头没想到聂夕能来,很是高兴。他在前,张扬着兴奋,大哥和聂夕在后。

"这是图书馆,这是教学楼,山上还有一座塔,比崇文塔小多了。这是食堂,你们今天来得很有运气,估计有夹肉荷叶饼,很香的!一个月蒸一回。"

杨砖头是个合格的向导,聂夕则是像刘姥姥进大观园,眼睛瞅不过来。杨柱子在杨石头报名的时候来过一次,新鲜劲早过了。

一条长长的阶梯,直通半山腰。一排排灰色的楼房,依山次第排开,杨砖头的宿舍坐落在一幢红色的苏式建筑后。从这里向南望去,全是麦地。麦苗正快乐地酝酿吐穗,青青的麦地像巨大的地毯,铺满大地。一小块一小块黄灿灿的绚丽的油菜地,像金色风帆徜徉在绿色海洋之上。

"砖头哥,你读书的地方真敞亮,真阔气。"聂夕满心欢喜,满脸羡慕。

"学校里仅仅学生,就一千八百多人哩。"

"哟,聂庄男女老幼加起来才是个零头。"

"我还有一节课,中午在食堂吃饭,正好下午没课,我领你们到寒窑逛逛。宿舍里有水,你们歇一会儿。"杨砖头叮嘱完,匆匆走了。

到底是男人住的地方,宿舍的地上满是纸屑杂物,墙上有蜘蛛网,墙面挂了一张伟人的画像。杨砖头的铺,各种各样的书籍占了一个铺位的一半还多,被子凌乱地挤成一团。

"哥,他还真爱读书啊!睡觉能不能翻个身?看起来就不宽展,晚上能睡好觉吗?"

"可不是,砖头从小爱看书,算是圆了我爹的梦,总算上了大学!大学生在封建社会相当于进士之类的,不是谁都能考上的。"杨柱子说。

聂夕把书籍一本一本整理好,整齐地摆放成一排,有灰尘的地方,用袖子抹

298

了抹,被子叠起来放在床头,将带来的布鞋放在被子上。

"你爹是砖头的启蒙老师,他懂得多,人心好,我弟兄三个都喜欢和他钻在一起。"杨柱子继续说。

"我也不知道我爹从哪里听来的这些故事,我记得有次讲《三侠五义》,砖头哥每天晚上都缠着我爹,足足讲了十几天,还有两晚上赖在我家哩。"聂夕说。

聂夕坐在铺上,等着杨砖头下课,杨柱子则翻一本发黄的书。

能在这样幽静的环境里读书,真是让人羡慕。幸好,自己喜欢的那个人也在这里。聂夕突然心里冒出一个自己都惊呆的念头:真想在他的铺上躺一天,这样的话,算是上过一天大学了。

杨砖头下课后,带聂夕和杨柱子去了食堂。松软的荷叶饼,肉末混着酱香。看起来好吃,闻起来也香,在家里难得吃一次。但聂夕却没有食欲,只喝了半碗面汤。因为她手里的荷叶饼是杨砖头的一个女同学让给她的,确切地说是让给杨砖头的。

那女同学说是吃不了那么多,又怕浪费,所以给了杨砖头一个。而杨砖头则说,一个月一次,每人配额两个,女同学饭量真小。聂夕却在女同学有意无意望向自己的眼光里读到其他的东西。那个戴着眼镜,文静秀气的姑娘,让聂夕感到一种压力,如同蛟龙戏水,翻江倒海,酸酸的浪花拍打着她脆弱的心岸。在偌大的食堂里,在熙熙攘攘的人群里,她因为自己的身份自惭形秽了。她突然讨厌现在的自己,觉得与这里实在格格不入。

杨柱子倒是打了顿牙祭。

聂夕说要回聂庄,怕聂瞎子担心,本来说好逛寒窑的事就这样夭折了。

杨砖头回到宿舍,看到收拾得干净齐整的床铺,被子上还有一双崭新的布鞋。杨砖头试布鞋的时候,感到鞋里有东西,他摸出一看,是一张叠得四四方方的纸。打开纸,一张十块钱静静地躺在里面。

杨柱子给的十块钱还在口袋里,这十块钱是聂夕偷偷攒下来,藏在鞋里的,她怕杨砖头手紧。

舍友们七嘴八舌地问杨砖头,今天来的那个如同清水出芙蓉的女娃是谁时,杨砖头顾左右而言他,说是表妹。舍友们互相挤眉弄眼,他们也想有这样的表妹。

一日,邮递员送来一封信,收信人是聂夕,信是从西安城发出的。聂夕慌忙拆开,除了落款杨志新三个字她认识外,其他的字一个不识。

她和他之间就这样不可避免地隔了一条鸿沟,虽然两个人没有挖,都在努力地填埋,或许是因为不够努力,或许因为,聂夕找不到其他合适的理由和借口。

正是:思如蔓蔓青萝,心似飘飘浮云。

他毕业后就是干部了,自己只是一个村姑。他会不会嫌弃自己没有文化,会不会不要自己了?这是他的退婚信吗?一定是的。他就是飞在天空中的老鹰,而自己却是一只平庸的麻雀;他那么有书卷气,而自己只会在锅台转悠,地里忙活。我上次就不应该去看他,可是心里实在忍不住,神仙挡不住人想人,我有啥办法?想看看他上学的地方,吃饭的地方,睡觉的地方。去就去了,他的一个女同学,对!就是那个文静的,戴眼镜的,还将好不容易一个月吃一次的美食让给他。一个人的配额只有两个,而她就将一半让给他!她的眼神,含着一丝什么样的感情。她和他每天都要见面,一起读书,一起吃饭,也许还一起在夕阳下散步,我算什么啊?聂夕脑子里如翻江倒海。

"你,高攀不起。"一个声音在心里从弱到强,仿佛来自地狱。

少女已经情不自禁地陷入自怨自艾的惊涛骇浪里,似一叶孤舟,漂泊在汪洋大海。聂夕将信揉成一团,扔在地上;捡起来,又揉成更皱的一团。眼泪不争气地在眼眶里东跑西窜,终于流了下来。

聂瞎子的拐棍噔噔戳在地上的声音,由远而近。他感觉女儿今天怪怪的,因为邮递员送来一封信?女儿躲在房间里,半天不出来,叫好几声,没人吭气,让人担心。

"夕娃!"聂瞎子踱进屋里,"喊了几声,都没个回应,你没事吧?"

"我好着哩。"聂夕揉了揉眼睛,不能给爹添烦恼。

"砖头来信了?"聂瞎子问道。

"嗯!"

"吵架了?怄气了?牙齿还经常咬舌头,啥事情给爹说,我见不得你受委屈!"

"我们好着哩。"聂夕好不容易挤出这几个字,声调却低沉地带着悲伤。

"真的?"聂瞎子根本不相信,知女莫过于父,女儿天生遗传了他乐观开朗的性格。

"我只有你一个亲人,你难受,我更不好受啊!"

"哇!"聂夕哭出声。

"多大个事!我娃不哭。"聂瞎子心急火燎地问,"到底出啥事了?"

第二十九章

"砖头哥,不要我了。"聂夕哭得很伤心。

聂瞎子顿觉黑云罩头:"他敢学陈世美,老子捶死他。"

"算了,怪我命不好,是我配不上他。"

"屁,哪有什么命!你如认命,命就注定;你如不服,命奈你何?老子实话告诉你,我给人算了一辈子的命,算是专业的。但我从来不相信命,我命在我不在天,事在人为。有我在,谁负你,我非把他的心挖出晒一晒,看是黑是红?"聂瞎子越说火气越大。

"信给我,我找杨砖头他娘去,这是第一步。他娘如有二话或者和他糠心儿子一个鼻孔出气,我找他学校去。问他校长,就问一句话,学校培养的是啥货色?学校不管的话,我到北京城告御状,不相信治不了他。"

"爹,这样不好,我想静静。"聂夕悲伤地说。

"屁憋到尻门子了,有啥不好的?你能静,我静不了!信!"聂瞎子伸出枯树枝般的手。

聂瞎子手里紧紧攥着揉皱的信,急匆匆地走了。

杨陈氏在窑洞门前,一大盆的水里泡了杨柱子的几身衣服。一天到晚,忙得团团转。

"砖头娘,你养的好儿哩!"

听见聂瞎子的嘲弄,杨陈氏如坠云雾之中:"火气大哩!夕娃做的苞谷糁子碱大了,还是吃枪药了?"

"别打岔,杨砖头不要聂夕了。从西安城寄来一封信,要退婚。他铁了心要当陈世美,聂庄人老几辈子了,还没有出过这样的人才,你当娘的好家教啊!"

"啊!"杨陈氏一声惊呼,立刻没有心情洗衣服了。

她沉默一会儿,伤心地说道:"我从小抓大砖头的,他的秉性为人我最懂。难道说,进了西安城,花花世界让他鬼迷心窍了?"

"我实在想不通。"杨陈氏继续说道,"砖头虽说是我儿,我有偏向的心,但没有偏向的理。如他辜负夕娃一片心,我捶死这没有良心的货。"

"有你这话,我心里还好受些,就是可怜夕娃。"聂瞎子蹲在窑门口,想摸出旱烟袋,走得急,忘家里了。

聂文智是聂庄最大的地主,田地和财产被分是不可避免的。陈寡妇得病了,手脚不利索,吃口热饭都难。陈家女子两头跑,忙不过来。

远乡

娘儿俩合计一番，陈寡妇搬下来投奔比她还大的女婿娃。聂秀才倒没有不悦，只说一句，人都要老哩。家里多了一口人，聂秀才真真感到压力。书用细麻绳捆了，堆积在厢房的角落，已落满灰尘。

正是：文章千古事，民以食为天。

聂文智每天早早地扛起锄头，将全部心思用在分给他的三亩地上。他路过杨柱子家，望见杨陈氏和聂瞎子两个人，板凳上坐一个，门楼下蹲一个。

一个是唉声叹气，一个是愁云惨淡，隔一条路，烦恼，扑面而来。

"咋了？娃们给你气受了？"

"没事，我俩拉闲话哩。"杨陈氏阴沉着脸，家丑不可外扬，她不想让人看笑话。

"拉闲话哪有拉出满脑门子黑气的？怪！"聂文智一笑。

"文智哥，我这里有杨砖头这货给聂夕的一封信，娃说是退婚信，你给念念。我眼睛彻底瞎了，看不到字了，干着急，没办法。"

杨陈氏瞪了一眼聂瞎子，心说，这瞎老头子，真是不嫌事大！

聂文智接过皱巴巴的信，这是一张带有横格的白纸，上面只题了一首诗：

他乡风雨我乡晴，推开纱窗好花浓。

满眼秋光思何处？蟒塬苍茫夕阳红。

"狗日的写得好，眼看就赶上我哩。"聂文智笑骂道。

"这货写啥哩？你还夸他？"聂瞎子急问。

"这是一首诗，表面写景，其实思人，每句第五个字连起来读就是四个字：我好思夕。"聂文智哈哈大笑，"谁说要退婚了？瞎说！幸亏我文字功底深厚，看出其中端倪。哎！志新也是，想人家聂夕就直接地写想你想得不行不就完了，还文雅地搞出一个藏头诗，害人嘛！"

聂瞎子大喜，拄棍而起，用力将拐棍戳在地上："我就说嘛，杨家门风好，娃学坏也有个样子哩。"

"咦？他伯，你咋像墙头草，哪边风大哪边倒哩，你不捶我儿了？"杨陈氏嘲弄道。

"唉！都怪我瞎操心。年轻人的事，以后我们老家伙不上杆子操心了。操不到点子上，老了老了，心还变小了。砖头有才，我儿有貌，好姻缘哩。"聂瞎子脸上的皱纹之间，跳跃着喜悦。

聂瞎子的话里夹杂些许道歉和讨好的味道，杨陈氏的心情一下子多云转晴。

"感谢菩萨！感谢菩萨！"杨陈氏双手合十,仰望湛蓝的天空,神色坦然。

当聂瞎子讲了这封信的内容,聂夕俏脸上堆满了掩饰不住的喜悦,为自己的无知和猜疑感到羞愧,同时暗自发誓:好好学习文化知识,努力让自己变得优秀。这样的话,才能跟上他前行的脚步。说干就干,明天报扫盲班。

第三十章

  哈密是新疆连接内地的咽喉要道，天山横贯全境，是一个天然的盆地。柳树泉，一眼泉的名字，源于一个美丽的传说。

  古代伊吾县城的西面住着一个叫帕力罕的姑娘，东面住着小伙子艾力尔。两人从小青梅竹马，艾力尔孔武有力，帕力罕美丽善良，两人准备成亲的时候，战争爆发了。艾力尔被乌什王招去当了将军，后来艾力尔战死沙场，帕力罕终日以泪洗面。一个老财主对帕力罕的美貌垂涎三尺，听说艾力尔战死，软硬兼施逼迫帕力罕成亲。忠贞的爱情不愿屈服于世俗的权势，帕力罕撞死在经常和艾力尔约会的大柳树下，以死明志。

  后来，一股清泉从地下涌出，日夜流淌，人们说这是帕力罕的眼泪。这眼泉就被称为柳树泉。

  新疆生产建设兵团农五师成立后，杨石头从野战医院调到柳树泉农场二场任场长，和他一同调去的还有原四十六团的一名指导员李志鹏，他是四川绵阳人，四川话听起来蛮有意思的。

  一辆军用卡车，奔驰在戈壁滩上，扬起呛人的灰尘。他们一行五人，带着帐篷、面粉、咸菜，向柳树泉进发，作为柳树泉的第一批探路者。

  这里遍地红柳，猩红是这种耐寒沙地植物傲然挺立的色彩。梭梭却是将身躯紧紧依靠在一起，根部在沙土里倔强地向下的一种植物。太阳似火盆，沙砾灼伤人。

  "黄羊！"李志鹏大喊一声。一群黄羊，大大小小有二十几只，在红柳树林间飞驰而去，把一只只野兔惊得四散逃逸。

  "真是动物的天堂啊。"李志鹏感慨道。

  "可惜了，枪在车上，要不然今晚我们就能开荤了。"杨石头望着远去的羊群，惋惜地说道。

"唉！我们才是不速之客,打扰了人家平静的生活。老杨,这荒原能不能变成良田？"

杨石头望着黑色的土地,用力踩了踩,腐烂的草木噗噗作响。

"多么肥沃的土地！老李,我们发大财哩。"杨石头欣喜若狂。

远处是几处残垣断壁的废墟,在秋风里似乎随时垮掉。

"哎呀,好像踩到东西了。"李志鹏说着,忙弯下腰,在一处土墙下面刨出一块青砖,厚重苍青,缺了一角。

"这算是我们建设柳树泉的奠基石。"李志鹏继续说道,"听说,这个地方在盛世才手里搞过农垦,当时的人算是老一代屯垦者,但是组织能力差,单打独斗,或者几户几家联合起来对抗恶劣的自然条件,难！"

"我们,二十万战士哩,而且都是从战场上下来的。流过血,还怕流汗？笑话！"杨石头豪迈地说道。

"最重要的是,他们缺乏与天地斗,其乐无穷的精神。沙进人退,鸣金收兵,是必然的结果。"李志鹏说道。

"师部上次开会的时候,谁知道天扬尘了,五六百人的会场,从师部领导到普通战士,没有一人离场。会开完,都成土人了,帽子上积土半寸厚。我们有革命乐观主义的精神,有钢铁一样的纪律,茫茫荒原,肯定能变成万亩良田的。"杨石头脸上露出坚毅的神情。

"我想起兵团张政委的一首诗来,我背给你听啊。"

"好！听听四川话版本的。"杨石头笑道。

"十万雄师到天山,且守边疆且屯田。塞外江南一样好,何须争返玉门关。"

这是时任兵团第二政委兼参谋长张仲瀚的一首诗,在整个兵团广泛流传。许多人耳熟能详,张口即来。

晚上,他们搭起帐篷。一轮圆月柔润似玉、光洁如镜,静静地挂在遥远的天边,默默地注视着千年荒原。几声猫头鹰凄惨的叫声划过空旷寂静的夜空,似受了委屈的女人在号哭,让人不由得心生惊悚。

其他的人累了一天,早早钻进帐篷。杨石头却睡不着,背起枪,坐在帐篷外面的沙地上。

这样的戈壁滩,这样的夜晚,让他想起在横山的那一段时光,想起那晚泪流满面的马燕。

解放了,天变了,她还在那里吗？她有什么样的生活？她还好吗？

远乡

"唉!"杨石头一声叹息。

"还没睡?伤感什么?"李志鹏的声音嘶哑,这是因为天气干燥,又省水的缘故。

"猫头鹰叫,会不会意味着将有祸事?这是不祥之兆哩。"杨石头说道。

"你脑袋里装的是什么东西,让我说你啥好哩?"李志鹏接着诙谐一笑,"你觉得不祥,以辩证的角度来看,这倒是吉祥之兆。猫头鹰是抓鼠能手,是益鸟,我们向沙漠要良田,它是向我们这些新一代的开拓者祝贺哩。"

"我读书少,不懂什么辩证法,但我很佩服你。一张好嘴哩,里外能说。"杨石头嘲弄道。

"里和外本身就是生活当中辩证法具体的两个方面。"李志鹏扶了扶眼镜,郑重其事地说道。

"你是秀才,我是兵,嘴上功夫你比我强。"杨石头忙打断李志鹏还想继续掉书袋的念想。

杨石头望着李志鹏,担忧地说:"有的战士说仗打完了,该享福了;有的战士说搞建设要回内地,新疆戈壁多,风沙大,不适合搞经济建设;有的开会不说会后乱说。我本身也感到有点迷茫,以前是小车不倒,尽管向前推,可是到目的地了,反而不知道下一步咋弄哩。"

"当新中国的整体生活水平提高了,水涨船高,我们部队的生活水平也会提高,这是肯定的。我们是人,不是苦行僧。是人就有七情六欲,谁不想吃好的,喝好的?谁不想过好日子?但绝不是现在,时机未到啊!"李志鹏脱了鞋,倒掉里面的沙砾。到底是政工干部出身,理论知识很丰富,"依我看,都是自由主义思想在作祟。我那里有本《毛泽东选集》,哪天借你。天下太平了,不读书不行啊。"

开荒开始了。没有农具,兵团战士锻造坎土曼、镰刀;没有牲畜,人拉肩扛;没有绳索,就用芨芨草搓成绳套,搭在肩上,八人一大组,或三人一小组,拉一张犁。

沉睡已久的荒原在人们辛勤的劳动中苏醒了。

"老杨,歇一会儿,要不你来喊号子?"李志鹏和杨石头一组,一人一条麻绳,连部孔会计负责扶犁。

"你当我泥人?"杨石头说道。

绳子在他的肩膀上勒出一道深深的印痕。

第三十章

"但你也不是铁人啊。"

"你咋不休息?"

"我比你小五岁。"李志鹏一笑。

成片成片已经平整出来的土地,露出肥沃的浅黑色。杨石头感慨道:"旧社会,我爹可是一个好长工哩!种地、碾场、扬场,只要地里的活,里外一把好手。尤其扬场,那可是个技术活,他能利用上扬力量带来的那一点点的微风,就将麦粒和麦壳分离出来,整个聂庄无人能比哩。"

"老杨,你可没有得到真传,你看你拉的犁,偏了。"

"我倒是想得到真传,可是家里穷,只好早早出来了。"

"两位领导,咱还是歇会儿呗,我实在扶不住犁了。"孔会计在后面央求道,年轻的脸上已是满脸汗水了。

"行,听小孔的,把小伙子累成马了。"

三个人坐在地上,孔会计大口喘着粗气,杨石头回过头,其他小组还远在后面。看样子,流动红旗是手到擒来。

通往垦区的干渠终于开通了,终于可以放水了。喜讯,像长了翅膀似的从渠首飞到下游开荒的工地。

"有水了,有水了。"消息像喜鹊的鸣叫声传到垦区的每一个角落。

大渠上下挤满了迎接渠水的人。垦区的人们,一直等到深夜,谁也不愿离去。有的提着马灯,有的举着火把,有的在渠岸上燃起篝火,有的趴在渠堤上把耳朵贴着地面倾听水的脚步声。

水终于来了。滚滚的,浑浊的雪山之水像一匹匹矫健的蒙古马,唱着胜利的欢歌来了,激荡出朵朵浪花。

人们欢呼,跳跃,歌唱,释放着抑制不住的喜悦。有人用两手掬起那浑浊的渠水,一洗万里征袍;有人干脆跳进渠里,任来自天山的雪水浸泡双脚,让清凉的快意沁入肺腑;有人跟着水头奔跑,送了一程又一程。人声鼎沸,渠水奔流。

满天星斗,两岸灯火,似全部倒映在渠水里。

荒原上,有很多狼及老鼠、蚂蚁群居的洞穴。它们隐藏在新建的渠道和农田中,给水渠造成危害。

巡水员在巡水途中发现,一个离干渠只有十几米的地穴正在倒灌渠水,随时可能危及干渠安全,忙向杨石头报告。

杨石头接到险情,带领二三十名战士跑到发现险情的地段。

远乡

只见一个粪笼大小的穴口,渠水正汹涌倒灌。周围的土壤在渠水的冲击下,迅速倒塌,穴口越来越大,水越来越急。

人们围着地穴,铁锹飞舞。

"老李,你瞅见前方的梭梭林没?带人弄些。"杨石头指挥道。

李志鹏领着五个战士走了,水流得急,冲力很大,装着沙土的麻袋扔下去就被迅速冲走。

豁出去了,顾不得其他了。杨石头在腰间绑了一把铁锹,毫不犹豫地跳进穴口,身体挂在洞口,用身体堵住口子。

"快!向我这里堆。"杨石头喊道。他的军大衣和棉裤彻底浸泡在刺骨的渠水里,顿时觉得负重许多。战士们以杨石头为中心,将装着沙土和卵石的麻袋奋力扔进地穴,险情渐渐地被控制了。

这时,李志鹏带着人回来了,他们每人抱了一捆梭梭。"老杨,快上来!"李志鹏焦急地喊道。

"速度!"杨石头浑身哆嗦,含混地吐出这两个字。

当这个地穴彻底堵住的时候,杨石头已经在冰冷的雪水里泡了半个多小时。战友们拉他上来时发现,杨石头如同甲胄裹身,动弹不得。

众人好不容易将他湿冷的军大衣脱掉,李志鹏忙将自己的军大衣给他裹上:"两个人快送杨场长回场部,剩下的,留在这里,再观察观察。"

杨石头的双腿冻伤了,尤其是残留弹片的左腿,更加笨重疼痛。为减轻痛苦,他走路时不由自主地会踮起脚。杨石头的左腿瘸了。

新中国刚成立,百废待兴。兵团不给国家添负担,将一年发一次的棉军装改为两年发一次,一年两次的单军装改为一年一次,就这样还要裁掉衣领、帽檐,甚至口袋。穿的省,吃的省,用的省,一省再省。省吃俭用,缩食节衣下来的物资全部投入新疆经济建设中。新疆成了兵团战士的第二个故乡。

杨石头的那件军大衣,从样式上看,的确是一件军大衣。但从里里外外,星罗棋布的补丁来看,像是件乞丐服。大补丁套着小补丁,小补丁上面又缝着更小的补丁,五颜六色、重重叠叠的补丁,衣衫褴褛也不过如此。那可是杨石头在煤油灯下,一针一线,缝缝补补而成的,手不知道被针扎了多少回。

垦区在当年就打了一个胜仗,粮、棉全面丰收,杨石头也迎来人生中的一件大事:他成亲了。

媳妇是从上海来的姑娘,叫胡春兰。胡春兰的爹是个商人,在上海经营一家废品收购店,兼做木器生意。他在这个行当圈里颇有名声,同行给起了个绰号叫胡十万。但这个店却惹下了天大的祸,让这个家庭从此和大上海没有了任何交集。

以前的一个街坊,姓罗,因为是个癞子,街坊四邻都称之为罗癞子。官名彻底搞不清楚了,没人特意关注和打听,大家就罗癞子罗癞子地叫,这人就应。

上海刚解放的第二年,胡十万有一天推着架子车在街道上吆喝收废品。罗癞子碰上了胡十万,说他现在在一家棉纱厂当门卫,厂主在新中国成立前跑到香港去了,留下他一个看场子的。棉纱厂停工后,无人维修和养护,机器全部生锈。其中有一个机轮彻底报废了,问胡十万收不？利令智昏的胡十万,跟着罗癞子到了厂里,果然是厂房破落,满院萧条。

罗癞子帮忙把一个废旧的黄铜的机轮抬上架子车,负重的车子几乎散架,车胎差点压爆,足足有二百多斤。胡十万很是高兴,给了罗癞子一沓厚厚的钞票。罗癞子刚开始是坚决推辞,后来半推半就,再后来麻溜地装进口袋。

一年后,"三反"运动轰轰烈烈地开始了。卖面的看不惯卖白灰的,同行是冤家,这话不假。有人看到胡十万的生意越来越红火,举报了他。胡十万讲述机轮的来历,罗癞子却已不知去向,没有人证,办案人员根本不相信他的说法。

在提篮桥监狱待了大半年,胡十万最后以盗窃罪的罪名被遣送到新疆劳教三年。出狱后,正赶上新疆生产建设兵团大量招收屯垦人员。胡老头就落户在新疆,一年后,妻子带着一双儿女也投奔而来,一家人总算在新疆团聚。那年胡春兰已经二十一岁了,被编到妇女队,有人开始给胡春兰说媒,二十一岁,年龄不算小了。

和杨石头一个农场的,除了年纪小点的,组织上都给解决了个人问题。年龄大点的没剩下几个了,杨石头就是其中一个。李志鹏也娶了媳妇,媳妇在团部当会计。婚后,李志鹏搬出场部宿舍,这下杨石头连个说话的人也没有了。

刀枪入库,马放南山。不打仗了,柴米油盐,锅碗瓢盆,该过日子了。进屋,冰锅冷灶;出门,孤家寡人。杨石头更加寂寞、孤独。想找个媳妇,确切地说找一个伴的愿望,如同年久失修的河堤崩溃,而河水汹涌澎湃。

相亲那天,杨石头特意穿了一件洗得有点发白的干净的军装,洗了个头,临出门还找了一把梳子,将头发梳整齐。镜子里人还算是端正,哦,胡子有点长！又找出剪刀,几分钟过后,杨石头摸了摸下巴,镜子里的人显得精神多了。他心里还不停地告诫自己,见了人家姑娘要主动打招呼,不能害羞,先自乱了阵脚。

远乡

自己瘸条腿,条件有限啊!

胡春兰围了条红色的头巾,走在戈壁滩上被车轱辘轧出的一条小道上。路旁的红柳盛开着点点的猩红,过了前面的沙丘,再走三五里路,便是团部了。

胡春兰脱了鞋子,两只手各提一只,赤脚走在沙丘上。细细的沙粒在脚趾中间摩擦,留下一串串清晰的脚印。湛蓝的天空,挂着棉絮般的白云,风一吹,悄然变了形态。而少女的心思如同那白云一样,看似轻柔,实则缥缈。

繁华的城市,殷实的生活,一夜之间,化为乌有。这里的山是荒的,这里的地是贫的,这里的人是冷的,让人感到冷的不只是人,还有人的心。

正是:身后桃花眼前雪,让人如何不回头?

大漠胡杨,万里戈壁,在画家眼里是一种孤独的荒凉的美。胡春兰的梦想就是当一名画家,她在这方面有很高的天赋。画人,似人在当场;画柳,如柳条随风。总之,画啥像啥。胡十万很以女儿为荣,花大价钱将宝贝女儿送到一家美术学堂,学了三年的绘画。

弄堂有人劝胡十万,囡囡学什么绘画,女子无才便是德。他很不客气地回道:我家的囡囡岂是别家可比?她是人才。

那时的胡春兰经常到外滩采风:浦江残阳,贩夫走卒,引车卖浆,都是她画作的内容。在离开上海的前一天晚上,那贴满一屋子墙壁的画作,被娘撕下来,扔进一个废旧的铁桶里,一把火烧了。担心左邻右舍看见,娘一边拿铁钩子不停地拨拉,一边焦急地说,带上惹事,烧了好。

胡春兰只保留了一张画:黄浦江岸边,一个凝视远方的少女的背影。可在兰州挤火车时,落在车站了。

命运尽情地捉弄了这个少女,她变得坚强而敏感。人前的她如同一个铠甲勇士,在妇女连干着男人的活;人后的她如同一条丧家之犬,觉得谁都会痛打她。

劳教人员子女的身份似一条长长的沉重的锈迹斑斑的锁链,不仅捆住她曾经想要放飞的梦想,而且还将她牢牢地禁锢在现在这满目疮痍的生活中。

仅仅因为出身不好,便遭人白眼,惹人笑话。胡春兰向场部连续写了三年的入团申请书,主动要求思想进步,回回如石沉大海。无论走到什么地方,她的额头上似乎贴了一张醒目的标签,谁都能看见,生人当面说,熟人背地说。她迫切地需要一场婚姻。

女人有一种天然的独有筹码,那就是婚姻,可以在必要的时候进行交换,却往往忽略了嫁的人自己是否喜欢,婚姻是否幸福,重要的其实就是一个字:逃。

310

第三十章

介绍人说,这个人是个场长,也是个老兵。人挺好的,年纪有点大,但是长相显年轻,今年应该有三十好几了。胡春兰默默地在心里算了算,大了近一轮,的确是有点大,但这个问题,是个问题吗?

正在思索着,一条红黑相间的蛇毫无征兆地从沙里蹿出来,爬上胡春兰的脚背,顺着小腿向上转移那丑陋恶心的身体。

胡春兰哇地惊叫一声,连蹦带跳,闭着眼两只手在身上胡乱拍打。

蛇跌下来,昂起丑陋的脑袋,盯着这个疯癫的女人,一动不动。胡春兰睁开眼睛,看见盘在地上的蛇,吐着芯子,抖动着尾巴,和自己对视。听场里的人说,颜色鲜艳的蛇,有毒。

手无寸铁的胡春兰恐惧得想哭,她提着两只鞋,不敢向前,也不敢后退。沙丘之上,蛇与人,僵持,对峙。

胡春兰转过身想逃,蛇抓住时机,似离弦之箭,在她脚背上咬了一口,随即扭动身体,快速撤离,寻找新的更加安全隐蔽的庇护所去了。

另一边,杨石头拉上自己的爱马黑风,出了场部,扬鞭而去。

正是:骏马踏清秋,豪情胜彩虹。

过了前面的这座荒凉的沙丘,就是团部了。忽然,他看见一团红色在荒凉的沙丘上散发出明亮热情的色彩,一个女子半躺在沙丘上,似乎受伤了。红色的围巾,蜷缩的女子,如同当年的马燕。

"出啥事了?"杨石头走近,黑风在旁边昂着头,大口喘气。

"被蛇咬了。"姑娘咬着嘴唇,很害怕,很惊慌的模样,让人生怜。

"你是哪个农场的?"

"五场的。"杨石头是二场的场长,两个农场隔了三十来里路。

面容清秀,身材娇小,像是南方过来的知识青年,身上有种读书人的气质,安静柔和。马燕却是塞上女子,大大咧咧。杨石头暗自在心里做了一个对比,想起了马燕,暗自伤怀。

女子的五个脚指头已经肿胀,脚背上,一个雀蛋大小的肿包,赫然入目。

"头晕不?能动弹不?"杨石头焦急起来。姑娘摇摇头,又点点头。

"现在送你去医院,忍着点。"杨石头开始解皮带。

"你要干什么?"姑娘急了。

杨石头不吭气,抽出皮带,抬起姑娘受伤的脚,用皮带在脚腕处缠了几圈,打了个结。将姑娘扶上马,自己坐在后面,手拽缰绳。

远乡

杨石头双腿用力夹了下马肚子,黑风开始发力,四蹄如飞轮翻滚,黄沙四溅,飞奔而去。胡春兰坐在马鞍上,右腿伸得笔直,两只手不知道放到哪里。第一次骑马,还是害怕,害怕摔下去。

注意到姑娘的担忧,杨石头喊道:"抓紧马鬃。"

杨石头双手拉着缰绳,马鞍前段坐着受伤的姑娘。马奔风吹,姑娘红色的围巾轻拂着杨石头的脸庞,隐隐地有淡淡的发香,一丝一缕,沁人心脾。

医院的楚院长是杨石头的老熟人,他亲自给胡春兰治疗。经过放血,排脓,消炎,已无生命危险。

"多亏送得及时,要不就有生命危险了。"楚院长对惊魂未定的胡春兰说道。

"让你爱人到药房拿药。"楚院长继续说。

"我不认识他。"

"哦?他急死忙活,跟前跟后的,我还以为你们是两口子。"楚院长故意说。

"我,真不认识,是他救了我。"胡春兰红着脸,慌忙解释道。

"他人呢?"胡春兰问道。

"走了!"楚院长意味深长地笑赞道,"老杨可是一个好人,一个好人啊!"

这个人走了?还没道声谢,真是个实诚人,像个路见不平,拔刀相助的英雄。不知道还有没有机会再见到这个老杨?胡春兰胡思乱想,脸有点烧,萍水相逢而已,哪能有下次呢?

见姑娘没大碍,杨石头忙骑马直奔团部。杨石头喝了三杯子茶,姑娘没来。杨石头和李志鹏的媳妇有一搭,没一搭地聊了半天,姑娘依然没来。李志鹏的媳妇很不好意思地向杨石头说,还有下次,她打听到的好姑娘多的是,没有一个排,最少也有一个班。

又过了半个月的光景,李志鹏媳妇打电话到场部,让杨石头火速前来相亲,姑娘不错。

杨石头忙骑上黑风奔向团部。"你飞过来的?"介绍人觉得很惊讶。十几里路,说到就到,还是个急性子。

"我的黑风跑起来比风快。"杨石头倒是忍不住赞美马。

"杨石头,二场的场长,名字好记吧。"

这是一个瘦高的姑娘,她起身相迎,颔首微笑。当看到杨石头一瘸一拐地走进屋子,姑娘的笑容僵硬在脸庞,随即如同夕阳的余晖,一点点地消失了。

杨石头问,姑娘答;杨石头再问,姑娘顾左右而言他;杨石头不问,姑娘不说话,两人干坐。杨石头明白,人家没看上自己,黄了。推说有事,姑娘给李志鹏媳妇打个招呼,先行告辞。

"喝水。好事多磨,别灰心。"介绍人有点不好意思。杨石头来得匆忙,口干,灌了两杯子水。

"没事!"

"结婚是人生大事,急不来。"介绍人语重心长地劝慰,"团部还有个寡妇,三十岁出头,带个男娃,人勤快,也老实,哪天给你介绍?"

"再说吧。"杨石头心情很糟,对介绍人一笑,"那我走了。"

黑风似乎懂得主人的情绪不好,慢吞吞地迈着步子。

炊烟袅袅,该是做饭的时候了,杨石头信马由缰,徐徐向前。起风了,隐隐地扬沙了,太阳如同裹了一层薄薄的灰色棉纱,暗淡无光。

一个月后,李志鹏再次打电话到场部,让杨石头相亲,但他有些心灰意冷了。

"好心好意给你介绍的,总得给人面子吧。以后少到我家吃馍馍混卷子。"

"我这条件,谁能看上?"杨石头很是无奈。

"老杨,樱桃好吃树难栽,幸福生活等不来。有本事一辈子单着,我才算真正地服你。"李志鹏连糟蹋带挖苦,生怕杨石头不去。

"单就单,好像没单过似的。"杨石头梗着脖子。

"死鸭子煮了七十二遍,浑身稀松,就一张嘴硬。实在不想去,算了。一人吃饱,全家不饿,洒脱嘛。"

"唉!找媳妇弄得和打仗一样。"杨石头叹道。

"我说的话,你别不爱听,比打仗难。上战场,敌我双方,穿着不同的衣服,便于识别。找媳妇,单凭衣服,就能一枪将人放倒,让你颠颠地扛回来?听我的,见一面,不行的话,再给你重新踅摸。世界上除了男人就是女人,还能把哪个人剩下?我还真有点不相信。当是时也,内无怨女,外无旷夫。"李志鹏还想继续说下去。

杨石头眉毛微皱:"咦?又是哪个子说的?"

"孟子。"

"别掉书袋子了,烦!"

杨石头起身,推门走了。

黑风在场部的牲口棚里,悠闲地吃着草料。杨石头刚刚进去,它急急跑来,嘶鸣一声,似与老友打招呼。

远乡

黑风还是那么矫健,杨石头骑着马却缓缓前行。二十里路,杨石头走了一个小时。

当他跨入李志鹏家时,他看到了那天在路上救的姑娘。

"你?"杨石头嘴角上扬,露出一个微笑。

"你?"胡春兰心里冒出两个字,缘分!

公共新房,只有新人才有资格申报使用。屋内,陈设简陋,但很干净,比起地窝子不知要好多少倍。

杨石头结婚的当晚,战友们闹完洞房,闹哄哄地走了,新房里只剩下一对新人。

两人端坐在床上,杨石头还是那身洗得发白的旧军装,胡春兰倒穿了一身新做的衣服,端庄漂亮。

"我比你小十来岁,你将来可不能欺负我。"胡春兰羞笑道。

"男子汉大丈夫,哪能欺负一个女人,让人咋看哩?"杨石头以手指为梳,梳了梳头发,哈哈一笑。

"你的那些战友都走了?有没有听墙脚的?"胡春兰问道。

"这心操的,早点歇!"杨石头脱掉上身衣服。

"我担心嘛,怕人笑话!"

杨石头腹部有一个碗口大小的丑陋的伤疤,让人触目惊心。

"还疼吗?"胡春兰抚摸着伤疤问道。

"习惯了。"

"有后遗症吗?"胡春兰问道。

"阴天下雨,左腿还有些疼,除此之外,啥都好哩。"

"你是个英雄。"胡春兰心里生出敬仰之情。

"一个活下来的老兵。"杨石头淡然一笑。

"你是一个好人。"胡春兰轻笑道。

"还行。"

"你愿不愿把工资全部交给我?我有一个大计划。"胡春兰说道。

"啥计划?"

"保密!点头或者摇头,难选择吗?"胡春兰有点小撒娇。

"行!"杨石头痛快地答应,"听我娘说过,男人是赚钱的耙子,女人是存钱的匣子。我在钱上散漫惯了,以后有人管了,好事哩!"

"那你娘肯定是掌管匣子的了。"

"关中道称家里管钱的叫掌柜的。别人家,我不知道,反正我家,我娘是名副其实的掌柜的。"

"我也是娘。"胡春兰羞羞地脱口而出。

"啊?"杨石头用一个字表达了不解。

"笨,新娘!"胡春兰有点小骄傲,"你看,我有没有资格当掌柜的?"

"你愿意当就当,多大个事!"

金钱、名誉、职位,这些能证明一个人价值的东西,杨石头看得淡了。那么多人在他面前死了,自己数次与死亡擦肩而过。过去的种种经历,让他深刻地明白一个道理:人世间除了生死,一切都是小事。

"好门风不能丢啊!"胡春兰揶揄道。

"掌柜的"这三个字,土得可爱。

"睡!"杨石头拉开被子,先自躺下。

胡春兰有些不好意思,觉得刚才两人之间的谈话,有那么几分无话找话的味道。那么人们常说的洞房花烛夜,该怎样度过?胡春兰不知道。她吹灭煤油灯,慌慌张张脱掉外衣,急急忙忙钻进另一个被窝。

皎洁的月光透过窗户,洒满房间。胡春兰的眼睛像明亮的星星在闪烁,那光芒是夺目的,动人的。

杨石头翻过身,掀开被子,女性特有的温馨美妙的气息扑鼻而来。

他的心似场部里做大锅饭的灶膛,架满了干枯的梭梭柴,正在熊熊地燃烧。冉冉升起的欲望如同渭河里翻滚的浪花,时而开放,时而飘零。

他双手胡乱地在柔软的身体上抚摸,嘴巴在柔美的脸上狂亲。新娘娇柔温馨的喘息,让他陶醉,让他沉沦,让他阵地失陷。

胡春兰呢喃道:"杨石头,我想有一个家。"

杨石头突然停止了所有的动作,脑海里浮现出马燕流眼泪的模样:"哥,我想有一个家。"猛然似被刺刀戳了一下,正中心脏。他粗暴地撕扯着身边人的内衣,近乎疯狂。当他把女人几乎扒光时,突然从床上爬起来,走到水桶前,拿起缸子猛灌了一通。他回过头对惊愕的新娘说:"对不住!"

正是:十年风雨万里关,却将天山作家园。旧时飞燕何处寻?徒见人间换新颜。

远乡

婚姻就是搭伙过日子，日子就是柴米油盐。日子像河水一样静静地向前方流淌，沙石随着暗流涌动在不停地翻滚。

杨石头做了一个很奇怪的梦，梦里的雪好大，似刚采摘回来的绒绒的棉花。

聂庄的大皂角树，枯枝纵横，挂满冰凌子，没有一只老鸹的踪迹，连它们的巢也看不到一个。村里荒凉冷清，不见人烟，如土匪进村；白茫茫，雾蒙蒙，似天地混沌未开。

这是聂庄吗？这是魂牵梦萦的聂庄吗？

上了坡就到家，远远地看到窑洞的栅栏门了。爹扛着锄头迎面走来。奇怪的是，爹穿着黑色的棉衣棉裤，却打着赤脚，没有戴毡帽，面容看不真切，似蒙了一层轻薄灰白的面纱。

"爹，你干啥去？"杨石头心疼地大声喊，"我是石头。"

爹沉默不语，目不斜视，一步一个脚印，向塬上走去。走得那么决绝，走得那么惨烈，走得那么义无反顾。猝然相遇，却是悲凉惨淡。

"爹，爹！"杨石头焦急地吼道。

胡春兰听见丈夫撕心裂肺的喊声，吓了一大跳。她慌忙点起油灯，使劲摇，才把杨石头从梦里拽出来。杨石头拥着棉被坐起来，在炕头摸出烟盒，抽出一根烟，凑近油灯点着，深深地吸了一口，缓缓吐出。

"做噩梦了？"妻子关切的声音让杨石头缓过神。枕边人睡眼蒙眬，哈欠连连。

"怪梦。"杨石头淡淡地说道。

"困死了，明天再听你的梦。"

胡春兰太困了，农场的生产劳动不以人的性别而有太大的区分，男女干活是一样的。

胡春兰已经发出轻轻的鼾声，杨石头一根烟抽完，扔掉烟头，以枕头为靠垫，斜靠在炕头，炕还是有点温。

杨石头心里恍惚，难受，还残留着弹片的左腿也来凑热闹，钝刀割肉般疼。他一夜无眠，困却睡不着，痛苦不堪。

第二天早上，胡春兰早早起床，张罗做饭。前几天的黄羊肉做了风干肉，还剩下两条大腿，冬天可是好口福，这是杨石头的功劳。

胡春兰在灶台上忙碌，没散尽的炊烟在屋里萦绕，杨石头咳嗽着下了床。

"你脸色好难看啊,生病了?"丈夫脸色憔悴难看,胡春兰很心疼,便伸出一只手,摸了摸他的额头,"不烧啊!会不会是其他的毛病?"

胡春兰边削土豆皮边指挥杨石头:"羊大腿拿过来剁碎了。土豆炖羊肉,给你补补!脸色太难看了,吃完饭到卫生院看看,找楚院长,他水平高,场部卫生员的医术我看不可靠。"

"我没病!"杨石头一口回绝。

他从雪堆里拉出冻得硬邦邦的黄羊腿,找了把砍刀,开始上下舞动,左右劈砍。羊肉单另剥了,拌上洋葱,爆炒了一大碗。骨头棒子在锅里熬煮,屋里弥漫着羊骨汤的香气。

杨石头扯着风箱,灶膛里梭梭柴在燃烧,当火光有变弱的迹象时,他又抓起一把柴扔进灶膛里。

"你还没说昨晚做的啥梦?"胡春兰追问道。杨石头便一五一十把昨晚的梦告诉妻子,"我觉得这是个不祥的预兆。听说梦见下雪是给人吊孝,我心里不踏实。"杨石头断定。

"信口雌黄,胡说八道。"胡春兰一连两个成语叠加起来给杨石头一记闷棍,"你不怕传出去被人笑话。"

"有啥笑话的哩?"杨石头不解。

"你就是一个榆木疙瘩!"胡春兰瞥了丈夫一眼,有点恨铁不成钢。

"你呀,要主动要求进步,朝上再挪一挪。你看人家李志鹏,经常往团部跑,在团领导面前经常晃悠,那是有目的的。"胡春兰像个师傅,谆谆教导。

"他媳妇在团部当会计,他能不往团部跑?"杨石头觉得胡春兰的想法很可笑。

"反正我觉得他挺有想法的。"胡春兰望了杨石头一眼,幽幽地说道,"我听他媳妇说,他在谋副团长的位子,他媳妇在团部当会计,给领导管钱,肯定会在领导面前说李志鹏的好话。你和他比,缺上进心。这么多年了,还是一个场长。"

"你就一天到晚瞎琢磨吧,什么叫给领导管钱?钱是公家的,不是私人的。溜须拍马舔尻子,我干不了。这些小资产阶级的话,你以后少在我面前说,我不爱听!"胡春兰一连串的小心思让杨石头很不高兴,一天到晚脑子里不知道被什么塞实了?

"我想办法让你和团里领导搞好关系,要求进步错了吗?逢年过节看望看望老领导,那叫溜须拍马吗?说话别那么难听好不?那叫联络感情,那叫人情世故。"胡春兰非常忌讳和讨厌别人拿她的出身说事,那是个禁区。即便这个人是她朝夕相处的丈夫。

"你做梦这事,谁都别说,传出去让领导听到了咋看你哩,对你前途不好。"胡春兰再次叮嘱道。

"想咋看咋看。"杨石头冷哼一声。

"你咋不懂得利害关系?幼稚!"

"屁,你懂个垂子!"杨石头脸色一变。

"屁,侬脑子瓦特啊!"胡春兰气愤至极,不由自主地飙出一句旧时的上海话。

杨石头听得出妻子的嘲弄,不由得怒气冲冲。随着一声重重的摔门声,他出了屋。

"你咋还出去?你还咳嗽呢。"胡春兰焦急地喊道。

邪说当成真理,还不让说,不能说,不敢说。真是人如其名,真是茅坑里的石头——又硬又臭。

"我的事,你少管!"杨石头的话从屋外传来,人已经走远了。

苦心、好心不被理解也罢,还被轻蔑地无情地践踏。我难道不是为这个家吗?

胡春兰觉得以前的生活是心在白云端,身处淤泥地。现在是身心都在泥地里打滚,望着灶膛里即将熄灭的火,她突然感觉很累。

场部里,李志鹏早就到了。手里端着水杯子暖手,窗户上的冰花开得晶莹剔透,屋里架着火盆,胡杨的枯枝在贡献着最后的价值,噼里啪啦作响。

"老杨,不陪媳妇,来陪我,真让人感动得想落泪啊。"

"人家是大上海来的凤凰,我是泾河滩的土鳖,有甚好陪的?"

"听话听音,我咋听到一股子气呀?"李志鹏问道。

"老李,你相信梦不?"

"你咋想起问这话?"

"我昨晚做了个不好的梦,给她说,人家给我扣个大帽子,说是封建迷信。你和我一个战壕出来的,你评评理。"

"就为这事闹矛盾?"李志鹏问道。

"我气不过她乱扣帽子。"

"人们常说,日有所思,夜有所梦,说说你到底做了个啥梦?"

听完杨石头的梦,李志鹏像个看病的大夫,下了一张处方:思乡太盛。

"周公解梦,你到底懂不?不行的话,我找别人去。"杨石头不满意这个解释。

"依我看,这解梦之说,也是日积月累形成的,也有个过程。流传几千年下来,或多或少,可能或许有那么一星半点的道理。你说我听,话赶话,到此为止,传出去的话,影响不好。"李志鹏一脸郑重其事。

"我一问,你一说,还上纲上线了。你们文化人都是一丘之貉。"

"咦?会用四字成语了。可见凤凰对你这土鳖还是有影响的,近朱者赤、近墨者黑,这句话有道理。"

"老子气得吐黑血,找你出出气,你还糟蹋我,啥货哩。"杨石头很伤怀。

"喝口水,消消气。"李志鹏递过水杯。

"我嫌你嘴臭。"

"不喝渴着。"

"喝水没劲,你真有心,请我喝酒。"杨石头说道。

"你是黄鼠狼给鸡拜年,给我那瓶新安老窖寻下家来了。"

"一句话,给不给喝?"杨石头觉得只有酒才能浇灭心头的烦闷。

"你就欺负我心肠软。"李志鹏笑道。

"我本想着过年送人哩。"李志鹏喝了口热茶,故意叹了口气,"唉!老鼠舍不得吃肉,全给猫攒下了。"

"没下酒菜,咱俩干喝?黄羊肉还剩下没?"李志鹏呵呵一笑。

"贼货,不吃亏哩。"杨石头也是一笑,他挠挠头,"我出肉,你出酒,到你家集合。"

少时,杨石头端着一大碗洋葱炒黄羊肉进了李志鹏家。一瓶子酒几乎杨石头一个人喝完,李志鹏只喝了一小盅,还是第一圈,两个人碰了杯。

酒瓶子抓在杨石头手里,一个劲地劝李志鹏吃黄羊肉,酒说啥都不再给倒了。

新疆的冬天漫长,足足有半年之久。杨石头酩酊大醉,嚷着喊着要回家。李志鹏架着喝醉的杨石头回到杨石头的家,说到家了。

杨石头却哭着说,他的家在远方。他说了一夜的醉话,寒风打着呼啸,唱了一夜的秦王破阵,今年第一场大雪整整下了一夜。

远乡

第三十一章

　　杨石头向团里请好探亲假，假期一天一天地来临，他打算和媳妇一起回。胡春兰说，她身体不好，受不了长途跋涉。最近还老捂着肚子，说是疼，到场部卫生员看了几回，也找不出毛病。
　　人心是偏的，从来就没有长正。胡春兰不愿意去看一个素未谋面的老妇人，仅仅因为婚姻，成为她名义上的娘。最主要的是她不愿意花更多的钱，每一笔攒下的钱都有用处。她想和杨石头过有质量的生活，只是她和杨石头。
　　杨石头坐了七天七夜的火车，啃的是馕，喝的是水。嘴角冒出一溜燎泡，没吃一顿正经饭。
　　从西安火车站出来，到草滩镇坐渡船。滔滔东流的渭河水，雄伟连绵的白蟒塬，杨石头心里涌出滚滚热流。
　　千山万水的羁绊，千难万险的磨炼。总有一个地方能够接纳曾经无处安放的灵魂，这个地方就是故乡。
　　聂庄村口的大涝池蓄满了雨水，清澈丰沛。三五个妇女在洗衣服，拉闲话。一个穿着干净的旧军装的中年人，吸引了她们的注意力。中年人一瘸一拐，蹒跚前行。手里还拎着一个大包，沉甸甸的。
　　"这人是聂庄的？"
　　"不认识。"
　　"路过的吧？"
　　"腿瘸了，还拎个包。"
　　"一个可怜人哩。"
　　皂角树还是那么高大挺拔，纵横捭阖的树枝上满是嫩绿的新叶。老鸹巢还是那样多，老鸹飞来飞去，衔食衔草，现在是子在巢中盼母归的当口。
　　正是：身似辽东归鹤，却是旧时城郭。

第三十一章

　　杨石头不理会她们的闲话,依稀记得上了前面的大坡就是一排排的窑洞。破旧的窑洞,似野兽张开豁豁的大嘴,东边第一孔窑就是魂牵梦萦的家了。

　　出现在眼前的是土坯瓦房,还有一个窄门楼。

　　杨石头心里充满了喜悦,他拉住铁门环,拍了一下,两下,没人来开门。杨石头侧耳倾听,同时眯住一只眼睛,从门缝向里张望。

　　挺大的院子,靠东边有两间土坯房,院子里有一棵枣树,枣花散落,斑斑点点的微黄,铺满在树下的那块地方。正前方是一孔窑洞,那是当年的窑洞?窑洞西边的一块空地,那是当年自己放置酸枣树根的地方?

　　"谁?"随着呼喊声,从窑洞里走出一个姑娘。

　　碎红花的上衣,下身黑裤子,脚上黑布鞋,匆匆而来。

　　门缝里的身影越来越近,杨石头忙站直身体,保持正立。

　　吱呀一声,门打开了,露出一张俊俏的小脸。

　　门外一个陌生人,很焦急的样子。

　　"你找谁?"

　　"这是杨柱子家?"

　　"柱子哥到玉皇阁水库去了,下个月才回来。"

　　杨石头拎着大包,推开大门,径直走进去。

　　"哎呀,人不在,你咋往里走哩?"

　　杨石头的心已经沦陷在喜悦中,这是我家!

　　"你这人,给你说人不在,咋听不懂?"姑娘一阵小跑,超越杨石头,奔向窑洞,边跑边喊:"干娘啊,快出来,来了个怪人。干娘!快点啊!"

　　"夕娃,咋回事?"随着一声问话,窑洞的门帘一挑,从里面出来一个老妇人,拄着拐棍,佝偻着腰,眯着眼睛望向门口。

　　"你看,找柱子哥的。"聂夕指着一瘸一拐而来的身影。

　　"娘!"杨石头扔掉手里的大包。

　　"你是?"

　　"石头!"

　　杨石头向前紧迈两步,双手抱住娘。

　　石头回来了!那个走了二十多年的儿子回来了!那个她日夜牵挂的儿子回来了!菩萨啊,大慈大悲的菩萨啊!菩萨一定是听到我的祈求了!保佑我儿子平安回来了!

321

远乡

"儿啊!"杨陈氏紧紧抱住儿子,突如其来的相逢,让人悲喜交加,"回来就好!回来就好!"

杨陈氏总算平复了心情,指着聂夕,抹着眼泪:"这是你瞎子伯的女子,叫聂夕,是我的干女,也是砖头没有过门的媳妇!"

"我瞎子伯还好?"

"他呀,除了眼睛不好,其他都好。人老了,就靠饭撑哩,我看能活一百岁。"

"真好!"杨石头由衷地为聂瞎子感到高兴。

杨陈氏拉着杨石头的手,聂夕吃力地拎着黄色的帆布大包。

"哥!包里啥东西?沉得要命。"

杨石头放开母亲的手,走到聂夕身边:"我来。"他扛起大包,向屋里走去。

望着儿子蹒跚艰难的身影,杨陈氏的泪水忍不住又流下来。

"干娘,你们说话,我做饭去。"聂夕到厨房忙碌起来。

屋里一盘大炕,被子整整齐齐地叠在一起,桌椅板凳俱全,墙上挂着伟人的画像。杨石头拉开包,从里面抓起一个布袋子,满是葡萄干;又抓起一个小布袋子,是风干黄羊肉。两个布袋子摆在炕桌上,鼓鼓囊囊。

"娘!尝尝葡萄干。这是黄羊肉,你儿媳妇亲手风干的。"真甜,真香!杨陈氏被巨大的幸福包围着。

"这是瓶新安酒,给我爹的。"

"你爹可没这个福气哩。"她抹了抹眼泪,"听你哥说,你爹临了,说话不利索了,流着眼泪,指着心口,嘴里艰难地吐出两个字,娃!娃!他的心思我最懂,不放心你啊!"

杨石头的心脏似被刺刀狠狠地捅了一下。他溜下炕沿,蹲在地上,以手覆额,眼泪流下。

聂夕端了一大老碗黏面走进窑洞,手里还捏了几个蒜瓣。这是今年的新蒜,辛辣脆生。见到母子二人都是泪流满面,聂夕不知所措。杨陈氏见聂夕做好了饭,忙劝道:"过去都是好年景,人,总要向前看。"

"能活着回来,这是菩萨的功劳,更是你爹在天上保佑哩。我娃不哭。"杨陈氏安慰道。

就着新蒜,少时一大碗黏面下肚,杨石头觉得精神多了。杨陈氏趁着杨石头吃饭的空当,开始翻腾柜子。

"干娘!你找甚?我帮你找。"聂夕忙说。

"宝贝。"

"银圆?"聂夕嘻嘻一笑。

"哟,比你亲爹还财迷。"杨陈氏也是一笑,她翻了左边的衣柜,没有收获。

"我记得放在里面了,老了,不中用。夕娃啊,你啥时候改口叫娘了,我就把这个家彻彻底底交给你,我当甩手掌柜的。"

"你那读书郎还有两年四个月零十八天才能毕业,长着哩。"聂夕垂下头,脸红红的。

"还是你们年轻人记性好,清楚地记到哪月哪天,我真的老了。"杨陈氏很是高兴,有点揶揄的味道,"我的身体我知道,好赖能磨七八年,我不但能等到你们结婚,还要等到经管孙子哩。"

"干娘!"聂夕嗔道,似喝了一杯烈酒,脸颊变得通红。

杨陈氏又认真地翻了一遍,终于从一件旧的黑粗布大褂里拽出一个东西,欣喜地说道:"找到了!儿啊,你看这是啥?"

"梆子!"杨石头一眼认出。

枣木把子,黑中透红,磨得有点毛糙。记得逃荒时,父亲敲一路梆子,唱一路乱弹,讨一路饭食,才将一家人带到黑龙口。

记得聂振江把粮食拉到家里的那个晚上,父亲坐在窑门口的空地上,敲着梆子,唱的《下河东》,直到半夜,方才散场。

"我爹一生就爱敲梆子,吼秦腔,咋没带走哩?"杨石头问。

"你爹得了急症,回来的路上人已不行了,当时只有你哥在身边。我也没听到一星半点的遗言,也没见上最后一面。"

杨陈氏哽咽了一会儿,断断续续地说道:"听你哥说,你爹留下话,他一辈子与人为善,一辈子没做过什么对不住人的事,却还是一辈子没有脱一个穷字,也没能给你们弟兄三个留下任何值钱的东西。留个梆子,做个念想。"

"这可是个传家宝哩。"杨石头欣慰地说道。杨石头接过枣木梆子,在一根细麻绳的牵引下,随着手掌左右摇摆,两截短木撞击在一起,声音清脆,动作难看。

"比你爹差远哩。"

杨石头要祭奠父亲,杨陈氏本想着休息一晚,明天早上再去,杨石头执意现在要去。高高的塬,杨陈氏是走不动了。塬上的田里,埋葬着当年的耕田者。聂夕在前面带路,缓慢前行,杨石头紧随其后。那瓶新安酒带上,算是祭品。走了大概半个小时的光景,聂夕站在一个长满青青的蒿草的坟包前,低声说道:"干爹

远乡

埋在这里。"

人与土地的关系很奇怪,典型的见不得,离不得。无论生前多么憎恨多么厌恶这片贫瘠的土地,最终还是要回归它的怀抱,与人的死亡握手言和。

斑驳的石碑正面镌刻着杨秉德的名字,立碑者为杨柱子、杨石头、杨志新兄弟三人。

正是:往事如烟眼前过,思绪似潮扑面来。

爹教自己扬场,爹牵自己登上塔顶,爹敲了半宿梆子,爹送自己离开聂庄。这一幕幕的场景在杨石头脑海里翻滚、变幻、重叠,他不禁悲从心生。

杨石头点了三根香烟,插在坟前的泥土里。酒,从瓶里缓缓倒出,一滴不剩,全浇在地上。杨石头跪在坟前,哽咽道:"爹,石头回来了,石头来看你了!"

他点着聂夕递来的烧纸,火苗突然向杨石头身上燎了一下。烟气,四散逃逸,飘向天空。

"爹听见了?"杨石头脑海里冒出一个不可思议的念头。

站在塬畔,温暖的风像母亲的手。他静静地凝望着这片土地:高耸的崇文塔,蜿蜒流淌的泾河,成片成片像浪花一样随风起伏的麦地。

一个声音在他的心里久久回荡:聂庄,我回来了!

后 记

所有人生路上的同行者,只不过是在某个相同的时间段与你在某条相同的路上结伴走了相同的一段路而已。走着,散着;散着,走着。如同小学生放学,走在回家的路上,大家一起唱歌,一起说笑,在一个个不同的门口,驻足,挥手。对我们而言,哪一段路不是人生?

记得小时候,总有一个瘦高个的老人来找我父亲谝闲,我叫他伯。为避免被人打扰,他们将一张小桌、两个小凳搬到后院。喝茶、抽烟、谝闲,一待大半天。他们说话很大声,说的都是以前的事情。有时,俩人说到高兴处,眉飞色舞,像两个小孩。

有一回,奶让我叫他们吃饭。快到后院时,听到棍子撞击的声音,啪啪作响。我从门缝望去,在开满桐花的大桐树下,两个人一人手持一长棍,你来我往。伯一个箭步向前,大喝一声,将父亲的棍子拨在地上,棍头斜指父亲腹部。隐约地听他说,拼刺刀就是这样的。

这一幕给我留下了深刻的印象。吃了饭,父亲送他到村口。回来后,我问父亲,他是不是一个武林高手?父亲说,他是一个老兵。他十几岁被拉壮丁,当过保安团团丁,和日本人过打仗,和共产党打过仗,后来又投了共产党。当了二十几年的兵,还能活着回家乡,真是命大。你伯的人生经历,可谓传奇。后来,他再来时,我也围在他身边,听他讲故事。多年以后,我才明白,他讲的哪是什么故事?他讲的是人生。

光阴似箭,我已中年,伯已作古三十余年。他讲的那些故事,随着年龄的增长,却越发清晰。于是萌发了写一部以他为原型的小说的想法。我自小就爱写文章诗词,小情小调居多。创作一部长篇小说,对我来说,颇具挑战。此后数年,我查阅了大量的相关资料,走访了许多当地老兵,他们个人的亲身经历,更加详尽,也更加真实,更激发了我将这部小说写出来的斗志。

远乡

　　白天为生活奔波,只有晚上才有时间静下来构思小说,散步是最好的静心方式。泾河在村口拐了一个大弯,默默无语,蜿蜒东去。走在河堤路上,我仿佛看到人对命运的抗争,如同河水一样,一路坎坷,一路向东。

　　是为记。

云涛
二〇二〇年春于高陵